CW00758910

Sonja Delzongle

Quand la neige danse

Denoël

Diplômée des Beaux-Arts de Dijon, Sonja Delzongle est une ancienne journaliste installée à Lyon et passionnée d'Afrique.

Née en 1967 d'un père français et d'une mère serbe, Sonja Delzongle a grandi imprégnée des deux cultures. *Quand la neige danse* est son deuxième roman à paraître en Folio Policier après *Dust*.

Les monstres existent vraiment,
les fantômes aussi...
Ils vivent en nous et parfois ils
gagnent...

Stephen KING

1

Février 2014, Crystal Lake, Illinois

Son corps fit un bruit sourd en tombant dans l'eau. Elle était glaciale, le froid lui saisit les membres. La bouche serrée, laissant échapper quelques bulles sporadiques, il battit des jambes pour remonter à la surface. En vain. Son poids l'entraînait vers le fond. En haut, juste au-dessus de lui, la couche gelée du lac, particulièrement épaisse cet hiver. D'un bleu translucide où ondulaient des reflets lumineux, alternant avec des ombres furtives. C'était le dernier spectacle que lui offrait la nature.

Alors qu'il disparaissait dans les ondes glacées, il revit son visage. Son expression figée. Ses yeux du même bleu que l'eau, sa bouche entrouverte, sa peau si pâle, presque transparente, sous laquelle couraient les veines du front, des tempes. Lieserl. Sa fille unique, adorée.

«Lieserl! Lieserl!» C'était le seul mot que ses lèvres devenues exsangues formaient alors que Joe Lasko touchait le fond. Soudain, il se sentit agrippé par le poignet. Tournant la tête, il la vit. Les yeux exorbités, les iris bleus baignant dans un faisceau écarlate, le visage congestionné autour duquel ondulaient, comme des algues, ses cheveux roux, la bouche déformée en un rictus.

Lieserl? Liese! C'est papa! criait-il sans qu'un son ne sorte de sa gorge. Mais, les doigts crispés sur le poignet de Joe, telles de petites serres acérées, Lieserl demeurait immobile, pétrifiée.

Il tenta de l'attirer à lui. Viens, Liese! Viens! l'encourageait-il du regard. Il comprit alors qu'elle le retenait délibérément, avec une force inouïe — ou bien étaient-ce les siennes qui l'avaient définitivement quitté?

Il se rendit compte que cette créature au visage de succube n'était pas sa fille et qu'il allait se noyer sans parvenir à se libérer de l'étreinte mortelle.

Dans un ultime instinct de survie, les poumons comprimés, il commença à se débattre, à secouer le bras qui l'empêchait de remonter. Si violemment qu'il l'arracha du tronc, dont les chairs se décomposèrent aussitôt, s'éparpillant dans les eaux assombries du lac.

C'est à cet instant que Joe Lasko se réveilla, en sueur, récupérant son souffle dans un râle.

La sueur… Il n'était plus que cette eau salée sortant par ses pores depuis le 7 janvier. La sueur, qui plaque les cheveux sur les tempes et la nuque, qui colle les vêtements à la peau, qui trempe les draps comme en pleine fièvre, coule sous les aisselles et se répand le long des côtes ou auréole le dos. Sueur nocturne, parfois annonciatrice de maladie. Il avait prescrit des examens à quelques-uns de ses patients qui lui rapportaient ces symptômes. Les résultats les avaient parfois condamnés. Dans le cas de Joe, la sueur était différente. Son odeur aussi. Stigmate de la peur. Une peur intense, folle, désespérée.

Il mit quelques minutes à retrouver une respiration normale. Puis fondit en larmes. C'était le même cauchemar depuis un mois… depuis que sa fille avait disparu sur le lac gelé où sa baby-sitter l'avait emmenée patiner. Le chagrin l'étouffait un peu plus chaque jour, comme un poison à diffusion lente. Survivrait-il à ce vide ?

Il se rappelait, des années en arrière, alors qu'il avait neuf ans et Gabe quatre de plus, ses premiers pas sur la glace du lac, chaussé des patins qu'il avait reçus pour son anniversaire. Gabe possédait déjà sa paire. C'est lui qui avait appris à patiner à son jeune frère. En quelques heures. Ils seraient des champions de hockey sur glace. Les meilleurs de Crystal Lake et de tout l'Illinois.

Dans un élan magnifique, Gabe s'était éloigné pour faire des figures libres. Joe, impressionné, ne quittait pas des yeux la bouille rieuse, les boucles blondes qui s'échappaient du gros bonnet en laine tricoté par la grand-mère Moore, et le corps souple et déjà sportif de son casse-cou de frère. Ils étaient proches, à l'époque.

Gabe le Magnifique avait tout pris de son père, Stanislas Laskowitcz — il avait fait raccourcir son patronyme lorsqu'il avait quitté sa Pologne natale pour s'installer aux États-Unis, en Illinois où les hivers rudes et les étés chauds lui rappelaient ceux de son pays —, la blondeur slave, les pommettes hautes, les yeux d'un bleu glacier, tout, sauf le caractère implacable.

Il avait toujours semblé à Joe que son père l'avait rejeté parce qu'il ne se retrouvait pas en lui. Et qu'il l'avait appelé Joe pour avoir le moins de lettres possible à prononcer lorsqu'il s'adressait à son plus jeune fils. Joe! Pratique, quand on appelle un chien. Lui tenait de sa mère, que de lointaines origines inuits dotaient d'une peau mate, de cheveux d'un noir corbeau et d'yeux en amande, étonnamment clairs. Aussi translucides que ceux des chiens de traîneau. Sa beauté altière empreinte de sensualité avait toujours intimidé Joe enfant. Il aimait respirer son parfum dans son cou lorsqu'elle se penchait vers lui pour déposer un baiser sur son front moite.

Et voilà que, adulte de trente-six ans et parent à son tour, on venait de lui arracher ce qu'il aimait le plus au monde. Lieserl, sa fille de quatre ans, avait disparu mystérieusement sur ce même lac gelé.

Les recherches lancées sur le lac et l'exploration du fond par les nageurs d'élite des pompiers n'avaient rien donné. Lieserl s'était volatilisée le 7 janvier, pendant que sa baby-sitter Ange lui avait tourné le dos à peine un instant.

Joe n'arrivait pas à savoir s'il en voulait à la jeune fille d'avoir relâché son attention alors qu'elle s'était vu confier la garde d'une enfant très vive et parfois imprévisible. Ou plutôt, si, il lui en voulait, mais il se sentait coupable de cette rancœur tout en se demandant s'il arriverait à lui pardonner un jour. Peut-être, si on retrouvait Lieserl saine et sauve.

Le jour de sa disparition, au fil des heures, l'espoir avait diminué à la vitesse de la combustion.

Les chances pour un enfant aussi petit de survivre par ces températures exceptionnelles même à Crystal Lake, frisant les moins quarante la nuit, étaient quasi nulles. Il était presque préférable qu'elle fût tombée entre les mains d'un ravisseur. Au moins, elle serait peut-être encore en vie.

Puis une autre petite fille avait disparu. Et encore une autre. À environ une semaine d'intervalle, trois autres disparitions de fillettes dans des circonstances similaires furent signalées dans la ville et ses environs.

Comme Lieserl, elles s'étaient évaporées, sans bruit, soit alors qu'elles jouaient dans la rue, soit lors d'une seconde d'inattention de la part des parents. Pourtant, dès la première disparition, les recommandations des autorités locales avaient été strictes : redoubler de vigilance, ne pas laisser son enfant sans surveillance, avertir la police au moindre comportement suspect émanant d'un adulte ou d'un groupe. Et malgré tout, rien n'avait pu être évité.

Quatre. Quatre fillettes dans la nature, loin de leur famille. Lieserl Lasko, 4 ans, rousse, yeux bleus, disparue le 7 janvier, Amanda Knight, 7 ans, métisse, yeux dorés, disparue à Ridgefield, le 16 janvier, Vicky Crow, 11 ans, brune, yeux marron, disparue le 21 janvier, en périphérie de Crystal Lake, Babe Wenders, 9 ans, brune, yeux verts, disparue le 28 janvier à Crystal Lake.

Où pouvaient-elles se trouver ? Entre les mains de quel déséquilibré ? Personne ne s'était manifesté pour revendiquer ces actes ni exiger une rançon. Était-ce quelqu'un du cru ? Un psychopathe était-il arrivé soudain dans cette ville paisible pour y sévir au nez de la police ? Un réseau pédophile était-il impliqué ? Toutes ces questions rongeaient Joe Lasko.

Émergeant de son cauchemar, qu'une douche fumante l'aida à évacuer complètement, Joe avala un café bouillant avec un bol de céréales, enfila ses vêtements, un caleçon long sous un pantalon pour la neige, un maillot thermolactyl, un pull col roulé et une parka légère en plumes d'oie pour les froids extrêmes. Aux pieds, des bottes canadiennes fourrées en cuir huilé et caoutchouc à semelles crantées.

Ayant vite compris, aux gestes de son maître, que le départ était imminent, Laïka avait déjà pris place devant la porte et attendait, haletante. Son poil épais et fourni la protégeait du froid mieux que n'importe quelle tenue. En revanche, à l'intérieur de la maison chauffée au bois, elle avait souvent la gueule ouverte.

Enfin équipé de pied en cap, gourde et barres énergétiques dans le sac à dos, serrant un bâton dans une main et dans l'autre la laisse de la chienne, Joe s'apprêtait à passer dans le garage pour monter dans sa voiture lorsque la sonnette d'entrée retentit.

Revenant sur ses pas, il ouvrit la porte et vit se dessiner la silhouette du facteur, qui avait laissé sa camionnette le long du trottoir, devant l'allée.

— Bonjour, docteur, j'ai un colis pour vous, dit l'homme sur un ton jovial. Signez ici, je vous prie…

Joe s'exécuta, la gorge serrée, puis lui rendit le papier et le stylo. Le regard bleu du postier contrastait avec ses joues vermillon et débordait de bienveillance. Il était au courant du drame qui touchait la famille Lasko, mais n'en faisait pas trop dans la compassion. À l'évidence, l'homme était pudique.

— Ça va aller, on va les retrouver, les gamines…
Faut pas perdre espoir, doc, glissa-t-il quand même.

— Merci… merci, c'est gentil, on s'y emploie.
Bonne journée à vous, souffla Joe avant de refermer
la porte, le colis sous le bras.

Depuis la disparition de Lieserl, il redoutait le
pire. Craignait surtout de l'apprendre du ravisseur
lui-même par un coup de fil anonyme, une lettre ou
un paquet, justement, dans lequel il découvrirait de
macabres reliques de sa fille.

Tremblant sur ses jambes, il se dirigea vers le
comptoir de la cuisine ouverte sur le salon et y
déposa le colis avec précaution.

Il regarda l'écriture en lettres capitales, constata
qu'il n'y avait pas de mention de l'expéditeur et avisa
le tampon. Le colis avait été posté de Woodstock,
deux jours plus tôt.

La curiosité piquée au vif par ce mystérieux objet
et par l'indécision de son maître, Laïka se mit à grat-
ter la jambe de celui-ci en geignant.

— Tout doux, ma belle! On ne sait pas ce que
c'est… Je suis aussi curieux que toi…

Puisant dans ses ressources tout en essayant de
garder son sang-froid malgré des pulsations à 150/
minute, Joe se décida enfin. De l'ongle du pouce, il
troua le papier journal à l'endroit qui lui semblait le
moins résistant et le déchira avec hésitation.

Une fois le paquet ouvert, il se trouva devant
une boîte à chaussures entourée de ruban adhésif.
Aucune lettre, aucun mot ne l'accompagnait, ce qui
ne fit qu'accroître son appréhension. Perçant l'adhésif cette fois à l'aide de la pointe d'un couteau, il fit

le tour de la boîte et, prenant une profonde inspiration, retira le couvercle.

Son sang se glaça. Allongée comme dans un cercueil, reposant sur du papier de soie, une poupée le fixait de ses yeux vides et froids. Le visage, sans doute en porcelaine, d'une pâleur cadavérique, à peine rosé, aux joues parsemées de taches de rousseur, fin et gracieux, était celui d'une petite fille. Des cheveux roux ondulés tombaient sur ses épaules.

Joe retenait péniblement le cri qui montait de son ventre. Cette poupée rousse était… la copie conforme de Lieserl. Et ses vêtements, la réplique exacte de ceux qu'elle portait le jour de sa disparition. Comment était-ce possible ? Le ravisseur se manifestait-il enfin ? Et surtout, quel était son message ?

Lasko, qui avait détourné le regard quelques secondes, le posa de nouveau sur la poupée. Le petit sosie dégageait quelque chose d'inquiétant et de répugnant. Il lui sembla un instant qu'il lui souriait. Un rictus sarcastique, moqueur, qui n'était pas celui de sa fille. Mais celui de son cauchemar.

Au même moment, son portable vibra dans sa poche.

— Joe ? C'est Robert Knight. Tu as quelques secondes ?

— Ou… Oui…, parvint à prononcer Lasko encore flageolant.

C'était le père d'Amanda, la deuxième fillette signalée disparue après Liese, le 16 janvier, à Ridgefield.

— Joe… on a reçu un colis, ce matin, à la maison, dit Robert Knight d'une voix altérée. Une boîte à chaussures… à… à l'intérieur il y a une…

18

une chose… c'est horrible ! Une poupée, le sosie d'Amanda, la couleur des yeux, les cheveux crépus et même la peau mate, tout ! Mais le pire c'est qu'elle est habillée comme Amanda quand elle a disparu.

Lasko dut s'accrocher au bar pour ne pas perdre l'équilibre. La pièce tournait autour de lui. Il fallait avertir le chef Stevens, de toute urgence.

2

Institut psychiatrique de Seattle,
État de Washington, novembre 1991

Debout au pied de l'unique fenêtre de la pièce, la tête renversée, Pupa regarde les flocons tournoyer derrière la vitre, aussi vifs que des lucioles. Elle en choisit un au hasard et suit sa trajectoire. Le plus souvent, il disparaît de son champ de vision pour aller tomber plus bas, mais, parfois, il vient se poser sur le rebord de la fenêtre avant de se dissoudre au contact du béton pas encore assez froid.

Dans cette neige qui danse, elle voit une métaphore de la vie. Une formation — la naissance —, un parcours — la trajectoire et la façon dont il tombe —, puis la dissolution ou la fonte — la mort. La libération. Elle n'y échappera pas non plus. Elle aimerait être un de ces cristaux à la structure parfaite avant de mourir.

Elle voudrait attraper une poignée de ces flocons, les sentir fondre dans le creux de sa paume. Mais la fenêtre ne s'ouvre pas et elle est placée trop haut, hors de portée de main. Pupa ne peut même pas approcher le tabouret métallique, il est scellé dans le béton du sol. Même chose pour le lit aux barreaux d'acier. Des barreaux aussi à la fenêtre, au cas où le patient parviendrait à se hisser et à casser la vitre. À moins que le danger ne vienne de l'extérieur.

Désormais, ce n'est plus par la vitre crasseuse et déformante du petit pavillon familial de Whitechapel qu'elle contemple la neige. Mais par la seule ouverture sur le ciel de la cellule de l'unité psychiatrique de haute sécurité de l'Institut des maladies mentales de Seattle. À vingt et un ans, voilà un an que Pupa y est internée. Schizophrénie doublée de bouffées délirantes, ont diagnostiqué les psychiatres. Une équipe de cinq médecins dont trois internes. Il y en a un qu'elle aime bien, un grand aux cheveux roux bouclés. Elle a toujours aimé la rousseur qu'elle tient de sa mère. Le feu dans les cheveux et ce côté rare, tantôt attirant, tantôt sujet à railleries. Elle voudrait coucher avec l'interne psychiatre, mais il reste insensible à ses avances. Pourtant, elle a un visage de poupée, son père le lui a toujours dit : « Ma jolie poupée. » Qu'est-ce qui ne va pas, chez elle ?

Qui sait combien d'années elle aurait été internée, combien de séances d'électrochocs elle aurait encore subies si sa poupée Lara ne lui avait pas soufflé de reprendre sa liberté…

Alors que Pupa regarde tomber la neige de décembre, la poupée, qu'on a consenti à lui laisser, se met à lui parler pour la première fois depuis son internement.

— Tu as vu que le jardinier en pince pour toi ? dit-elle.

— Le jardinier ?

21

— Oui, enfin, celui qui fait un peu tout, ici. Et quand tu sors dans le parc avec l'infirmier, il arrête pas de te reluquer. Il pourrait t'aider à partir.

Pupa baisse les yeux. Elle a du mal à recevoir les attentions d'un homme. Mais celui-ci l'émeut. Il lui a même offert une rose de Noël, cueillie dans le parc.

— Et en échange de quoi ? rétorque-t-elle à Lara en rougissant.

Au fond, cet homme ne lui déplaît pas. Il l'intrigue, même.

— De ce que tu pourras lui donner. Je suis sûre qu'il s'en satisfera…, répond la poupée avec un sourire malicieux.

Elle lui parle d'évasion comme si ce n'était qu'une simple promenade, mais est assez convaincante pour que Pupa l'écoute et élabore son plan.

Cela fait déjà quelques semaines que la jeune femme a cessé de prendre son traitement et qu'elle dissimule les cachets à l'intérieur de Lara en lui dévissant la tête. Elle a récupéré tous ses réflexes et sa vivacité, seulement elle n'en laisse rien paraître aux soignants.

Six semaines avant Noël, elle profite d'un moment d'inattention de son infirmier pour glisser dans la main épaisse et rugueuse du jardinier un papier plié sur lequel elle a griffonné ces quelques mots : « Aidez-moi à sortir d'ici et je ferai tout ce que vous voudrez. » Le lendemain, il lui en glisse un à son tour : « OK. S'es pour le soir de Noël. Tien-toi prête. »

Il a choisi le soir du 24 décembre pour aider son béguin à s'évader, alors que le réveillon relâche un peu les esprits et l'attention des surveillants et des infirmiers, en l'absence des médecins. Le matin même, en quelques mots soufflés à son oreille, il lui dit ce qu'elle aura à faire. Il se charge du reste.

Au moment convenu, recroquevillée sur le lit par de violentes douleurs abdominales, Pupa appelle à l'aide du fond de sa cellule. L'infirmier de garde, un grand costaud au crâne glabre et à la peau mate, arrive pour évaluer son état. Il referme à clef la porte derrière lui et s'approche de Pupa pliée en deux. À l'instant où l'infirmier se penche sur elle, le jardinier bondit comme un ressort du coin proche de la porte. En ce jour de relâchement, il ne lui a pas été difficile de voler un trousseau de l'étage.

Lui tournant le dos, l'infirmier ne voit rien venir et est assommé avant d'avoir pu esquisser un geste.

Ensuite tout se passe très vite. Verrouillant la porte derrière lui, le complice de Pupa lui fait signe de le suivre en silence. Après s'être assuré que le couloir est désert, l'homme s'y engage, Pupa agrippée à ses basques. Dans la précipitation, la jeune femme oublie Lara sur le lit de sa cellule.

Ils prennent le plus naturellement du monde la direction de la sortie. Ils ont de la chance, les surveillants occupés à réveillonner n'accordent qu'une attention distraite aux écrans de surveillance. Personne ne voit Pupa sortir du P10 en compagnie du jardinier et s'enfoncer dans le parc en pleine nuit d'hiver, chaussée de pantoufles, vêtue d'un pantalon et d'une blouse bleus par-dessus lesquels elle a enfilé un manteau trouvé dans les vestiaires du personnel. Personne ne la voit atteindre le mur haut de presque trois mètres. Avec l'aide de l'homme, Pupa parvient non sans effort à se hisser jusqu'au sommet du mur, qu'il lui est plus aisé de descendre de l'autre côté en terminant par un saut un peu maladroit qui la fait rouler dans la neige. Son sauveur, quant à lui, semble félin et retombe aisément sur ses deux pieds.

Pupa est libre, mais désormais fugitive, en pleine nuit de Noël, avec pour seule compagnie un homme dont elle ne connaît que les regards concupiscents. Il n'a pas hésité à organiser en peu de temps son évasion, comme s'il savait que cela arriverait. Il n'est plus question de rester à Seattle. Ils doivent quitter l'État de Washington. Mais pour aller où ?

Au bout d'un quart d'heure d'une marche rapide dans le froid, tandis que toute la ville illuminée ingurgite dindes et bûches glacées, l'homme avise un camion garé dans l'ombre d'un immeuble et fait un signe de la main.

Au même moment, quelque chose bouge dans la cabine, et par trois fois les feux s'allument et s'éteignent. Arrivé à hauteur de l'habitacle, l'homme ouvre la porte côté passager et fait monter Pupa avant de se hisser lui-même à ses côtés et de refermer la portière.

— T'as ce que je t'ai demandé ? lance-t-il au routier, un type au crâne rasé vêtu d'une parka kaki, une cigarette roulée au coin des lèvres, et, croit remarquer Pupa, un œil plus bas que l'autre, de chaque côté d'un nez écrasé.

Le chauffeur acquiesce et, sans un mot, tend au jardinier ce qui ressemble à des papiers d'identité.

— Tiens, dit-il à Pupa avec un clin d'œil encourageant, une vie toute neuve. Ne la perds pas.

La jeune femme prend le document. Ses yeux s'attardent un moment, incrédules, sur son nouveau nom, puis sur la photo, la sienne, et interrogent le jardinier.

— Je l'ai empruntée à ton dossier médical. Tout est réglé. J'ai de la famille en Illinois. Ils pourront nous aider. Tu verras, c'est une jolie petite ville, Crystal Lake, avec un beau lac, qui gèle en hiver. On sera bien, là-bas.

Sur ces mots le camion démarre pour prendre la route, emportant Pupa vers sa nouvelle vie.

3

Février 2014, Crystal Lake,
bureau du chef Stevens

Le chauffage turbinait à fond dans le bureau du chef Alec Stevens et la température devait atteindre les vingt-huit degrés Celsius, provoquant un choc thermique chez quiconque venait de l'extérieur où l'on frisait les moins trente-cinq.

Plus connu sous le diminutif de Al, le chef de la police, les cheveux ras, d'un brun grisonnant, l'œil doux, vert d'eau, qui pouvait à tout moment vous clouer sur place, une dentition parfaitement incrustée dans une mâchoire carrée et puissante, et dont l'allure lui assurait un franc succès auprès des femmes, avait été nommé trois ans auparavant à ce poste.

Texan pur jus, il avait passé la majeure partie de sa vie à Dallas, où il était né, s'était marié et avait eu trois enfants de sa femme dont il avait fini par divorcer comme quatre-vingts pour cent des flics de son âge. Rien ne traînait sur son bureau, qu'occupaient un ordinateur, un porte-crayon, une règle et un cadre avec la photo de ses enfants, deux filles et un garçon qui devait être le plus âgé, mais pas plus de dix-sept ans, les visages rieurs.

Accrochés aux murs repeints à son initiative, comme tout le reste du poste qu'il avait fait rafraîchir aussitôt arrivé, le portrait d'Obama, une carte des États-Unis, des villes et régions entourées ou hachurées de feutre couleur, dont Crystal Lake et Ridgefield, et les photos des quatre petites disparues venues s'ajouter à d'autres visages d'enfants, tous volatilisés et jamais retrouvés, en Illinois et ailleurs.

De l'autre côté du bureau, face à Stevens, se tenaient Joe Lasko et Robert Knight, qui s'étaient retrouvés à l'entrée du bâtiment, leur colis sous le bras.

Les deux boîtes étaient posées sur le bureau de Stevens. Lui aussi avait été saisi d'une sorte de répulsion instinctive lorsqu'il avait soulevé les couvercles.

— Je voudrais bien vous proposer un remontant plus costaud qu'un café, messieurs, commença Stevens, mais je n'ai rien, ici.

D'un petit hochement de tête, les deux pères lui signifièrent qu'un café ferait l'affaire. Au moins, ça leur réchaufferait un peu l'intérieur du corps. Par ces températures négatives, il suffisait de respirer l'air glacé quelques minutes pour sentir ses poumons geler sur place. Mais ce froid qu'ils ressentaient au fond d'eux venait d'ailleurs. Il s'était peu à peu insinué dans leur être et dans leur âme minés par l'absence et l'incertitude.

Lasko avait sauvé des vies, lorsqu'il travaillait comme médecin urgentiste dans le service de réanimation à l'hôpital de Crystal Lake. Il en avait sauvé quelques-unes, pas toutes. Seulement, celle de sa propre fille ne dépendait plus de lui. Il ne pourrait pas la sauver. Ni elle ni les autres. Et cette idée lui était insupportable. Comme il lui avait été insupportable d'avoir à annoncer sa disparition à sa mère, Rose.

Ils étaient divorcés depuis bientôt deux ans. Après avoir découvert une bouteille de whisky dans la chambre du bébé, enfouie dans un paquet de couches, Joe avait fait avouer à Rose, alors traitée pour une dépression post-partum, qu'elle buvait en cachette, et demandé le divorce. Il avait remué ciel et terre pour obtenir la garde de sa fille qui n'avait pas un an. C'est à la veille du deuxième anniversaire de Lieserl qu'il avait enfin eu gain de cause.

Juste avant leur divorce, Rose était retournée chez ses parents à Aurora où elle s'était engagée à suivre une cure de désintoxication en clinique privée. C'était à cette seule condition qu'elle pourrait avoir sa fille en garde encadrée, un week-end par mois.

Quand il prit le téléphone pour apprendre la terrible nouvelle à son ex-femme, Joe s'attendait à une pluie de reproches. À ce qu'elle lui rétorque que si elle avait eu la garde de Liese ça ne serait pas arrivé. Mais elle avait écouté, retenant son souffle, le récit entrecoupé de sanglots des circonstances de la disparition de leur fille. Sans une once d'ironie ou d'aigreur dans la voix, elle avait entrepris de calmer Joe avec des mots d'espoir. Où puisait-elle les ressources pour ne pas craquer, peut-être dans les antidépresseurs, Lasko l'ignorait, mais il avait admiré son sang-froid.

Tout comme il avait admiré l'incroyable élan de

solidarité dont faisaient preuve chaque jour les habitants de Crystal Lake. Le mouvement autour des petites disparues et de l'association aussitôt créée à l'initiative des familles touchées ne cessait de croître sous la forme de lettres, de messages de sympathie via les réseaux sociaux, de marches silencieuses, de dons pouvant atteindre des sommets de générosité. Partout sur les murs, les panneaux d'affichage, les feux, étaient placardés les portraits en couleurs des quatre fillettes, soulignés en lettres noires capitales de ce mot terrible : MISSING. DISPARUE. Aidez-nous à les retrouver…

Pour consacrer toute son énergie aux recherches, Joe Lasko avait décidé d'oublier les interrogatoires auxquels il avait été soumis, d'oublier qu'il avait été un suspect dans la disparition de sa fille, comme le voulait la procédure, lui avait précisé le chef Stevens.

Lui et Ange, la baby-sitter, avaient été interrogés, à l'instar des familles des trois autres jeunes disparues. Leurs noms et leurs photos étaient apparus à la une de la presse régionale.

Le corps médical s'était aussitôt mobilisé autour de Lasko pour lui apporter son soutien. À leurs yeux, un citoyen aussi honnête, un médecin aussi dévoué et bienveillant n'aurait jamais pu commettre l'irréparable sur sa propre fille. Or la police n'avait fait que son travail. L'enquête exigeait qu'elle n'entrât pas dans ces considérations humaines.

Après la quatrième disparition, Joe s'était exprimé à la télévision locale et nationale, lançant un appel aux ravisseurs. Rendez-nous nos filles… Ne brisez pas leurs vies et les nôtres… Plus d'un homme, plus d'une femme avaient pleuré en écoutant cette supplique d'un père en détresse. Derrière lui, dans le champ de la caméra, les parents des trois autres gamines, les yeux rougis, mais dignes, faisaient preuve d'un courage exemplaire.

À quatre reprises, durant quarante-huit heures, le chef Stevens et son équipe, une vingtaine d'hommes, avaient ratissé sans relâche les environs de la ville, les forêts, les villages alentour, sondé le lac. Sans résultat, malgré l'aide des militaires et des hélicoptères de l'armée.

Pour prêter main-forte à la police, et en aucune façon pour relever son impuissance, amis, proches et voisins avaient constitué un groupe indépendant qui poursuivait les recherches au sol. La plupart étaient des chasseurs ou randonneurs chevronnés. Joe Lasko faisait partie de ces derniers. Pas question pour lui de rester inactif et de regarder faire les autres.

Ce matin-là, le groupe avait prévu une nouvelle battue. Ils étaient prêts, l'espoir chevillé au corps, comme chaque fois. Sans se l'avouer vraiment, lorsqu'ils se trouvaient sur le départ, chacun vibrait comme s'il s'agissait d'une chasse au trésor. C'était un peu le cas. Ces petites filles étaient devenues une sorte de trésor national dérobé, qu'il fallait retrouver coûte que coûte.

Stevens savait que sa mission était de rendre ces gamines à leurs parents. Il n'y avait pas d'autre solution. Les retrouver, mortes ou vives. Lui-même n'aurait pas supporté de voir disparaître une de ses deux filles et, tout représentant de l'ordre et de la loi qu'il fût, il n'aurait pas donné cher de la peau du ravisseur s'il lui était tombé dessus.

— Ces deux colis qui vous sont parvenus ce matin ont été postés du même endroit. Woodstock, d'après le tampon, à la même date, le 8 février, reprit-il en se frottant les mains.

Il venait de faire couler discrètement dans sa paume derrière le bureau une noisette de gel désinfectant.

Le chef Stevens avait la phobie des germes et des microbes et craignait les poignées de main susceptibles d'en transmettre.

En prenant ce poste trois ans auparavant, il avait accepté un logement de fonction : il lui suffisait de traverser le parking réservé à la police pour gagner son appartement, un trois-pièces fonctionnel où s'étaient succédé cinq chefs de police en vingt ans.

Or depuis qu'il avait emménagé, il n'avait même pas défait la totalité de ses cartons. Il n'en avait extrait que ses livres de philo et se contentait d'un matelas pour dormir, à côté d'une petite lampe de chevet, indispensable à sa lecture du soir. Kant, Heidegger, Nietzsche. Ceux qu'il aurait aimé étudier, pour les enseigner à des jeunes gens en quête d'absolu ou en pleine réflexion existentielle. Seulement son père, alors shérif, n'avait pas envisagé l'avenir de son fils unique sous ce jour. Al entrerait dans la police et ne perdrait pas son temps à des niaiseries. Les «niaiseries» étant tout ce qui relevait du maniement des idées et du monde abstrait. Mieux valait faire appliquer la loi et savoir se servir d'une arme. Si Stevens avait obéi à son père, il n'avait pas pour autant renoncé à sa passion et entretenait avec la philosophie une relation clandestine depuis l'adolescence.

Tel était le personnage plutôt complexe établi dans la peau d'un flic que Joe Lasko et Robert Knight avaient devant eux ce jour-là. Il n'en restait pas moins que Stevens exerçait son métier avec rigueur et passion.

Il avait résolu plusieurs affaires de meurtres isolés au Texas, mais aussi des séries, dont une l'avait particulièrement marqué. Un tueur qui mangeait les yeux de ses victimes. Après de tels dossiers, Al Stevens devait s'avouer que son affectation à Crystal Lake sonnait un peu comme une retraite anticipée, tant la petite ville semblait tranquille. Un faible taux de délinquance, avec une criminalité presque nulle, en faisait un lieu prisé des touristes en quête d'activités de plein air qui affluaient aux beaux jours.

Pourtant, le mal frappe au hasard et il avait choisi Crystal Lake.

— Je ne pense pas que celui ou celle qui a posté ces colis soit de Woodstock, lâcha Stevens, le front plissé.

Son index massait sa tempe dans un mouvement circulaire en signe d'une intense réflexion.

— Ce serait trop simple. Et personne n'aurait pris un tel risque.

Lasko et Knight hochèrent la tête de concert.

Robert Knight était ingénieur en aéronautique et la plupart du temps en déplacement, quand il ne travaillait pas au Centre de recherches de la NASA à San Francisco. Mais, né à Ridgefield dans une demeure familiale, dès qu'il le pouvait il revenait dans la région voir ses filles. Lorsqu'on était issu de cette terre, on ne quittait pas facilement la nature verdoyante et les lacs de l'Illinois.

Elsa, sa femme, était une chanteuse afro-américaine, rencontrée dans un club de jazz à Chicago. Amanda et sa sœur aînée avaient hérité de sa beauté singulière, iris couleur d'ambre pailletés d'or, peau d'un brun velouté. Les petites filles avaient été élevées par leurs grands-parents paternels à Ridgefield, leurs parents étant trop pris par leurs carrières.

Les quatre fillettes disparues étaient très jolies. Était-ce un hasard? Cela confirmait-il l'hypothèse d'un réseau pédophile? D'un pervers isolé?

— Je vais devoir interroger les facteurs qui vous ont déposé ces colis.

— Je voudrais attirer votre attention sur les cheveux, chef Stevens, se décida Joe en reposant sa tasse sur le coin du bureau.

Sa main tremblait légèrement. Ce qu'il avait à dire au policier lui demandait un effort considérable. Son voisin ne le quittait pas des yeux.

— Ces poupées, souffla-t-il, ont des cheveux d'une texture naturelle. On dirait… on croirait que ce sont de vrais cheveux.

L'index de Stevens interrompit aussitôt le massage.

— Vous voulez dire qu'il s'agirait de cheveux humains?

— Lieserl… ma fille, a quelques poupées. Je vois bien la différence. Les cheveux artificiels ont une brillance, un éclat particuliers. En revanche, les cheveux humains coupés perdent de leur vitalité et deviennent ternes. Les cheveux de ses poupées sont doux, mais ils ont une certaine raideur synthétique au toucher. Pas ceux-ci. En tout cas, ceux de la

poupée que j'ai reçue pourraient presque… appartenir à ma fille… Ils sont exactement du même roux. Il
suffirait… d'en brûler une mèche…

Ce fut comme s'il portait l'estocade finale à cet
entretien. Sa voix s'était brisée. Knight et Stevens se
regardèrent, incrédules. Mais Lasko était médecin,
ce qui rendait hélas son observation crédible.

— On ne peut pas le faire nous-mêmes, ça risque
d'altérer ou de détruire des pièces à conviction. Je
vais demander au docteur Folcke d'effectuer de premières analyses capillaires. Si celles-ci confirment ce
que vous craignez, je demanderai des analyses plus
approfondies au labo qui travaille avec nous. Pour
cela, il me faudra des échantillons de l'ADN de
vos filles, messieurs. Des cheveux, par exemple, qui
seraient restés sur une brosse, ce serait l'idéal.

Knight, qui s'était redressé à l'évocation de l'origine humaine des cheveux des poupées, retomba au
fond de son siège, abattu. À cet instant, il pensa à ses
parents, qui s'étaient substitués à lui-même et à Elsa
dans l'éducation de leurs filles.

Cherry, l'aînée, avait quatorze ans et se montrait
rebelle face à l'autorité. Quelques mois auparavant,
elle avait volé un rouge à lèvres au rayon cosmétiques du supermarché proche de chez eux, presque
à la barbe du vigile. Elle avait toujours nié, affirmant
qu'on le lui avait glissé dans son sac, mais Robert
avait demandé à son père de la surveiller étroitement
et de le tenir au courant de la moindre incartade. Si
elle s'avisait de recommencer, elle serait placée dans
un internat. La menace avait semblé produire son
effet et Cherry s'était calmée jusqu'à la disparition

de sa sœur, alors que celle-ci s'amusait à faire un bonhomme de neige à quelques mètres de la maison.

Les deux filles avaient grandi avec le même sentiment d'abandon, et s'étaient soudées dans ce manque affectif que les grands-parents Knight essayaient de combler tant bien que mal en leur cédant sur tout. Plutôt fortunés, ils leur achetaient tout ce qu'elles voulaient : vêtements et chaussures de marque dernier cri, PC portables, MP3, smartphones et iPad. Cherry était la locomotive, avec ses sept années de plus et toujours au courant du dernier gadget sorti. Elle se posait en grande sœur protectrice, dans un rôle parfait de petite mère qu'il n'était pas question qu'on lui retire. Le destin, pourtant, en avait décidé autrement, laissant Cherry désemparée et perdue dans cette soudaine absence. Allait-elle revoir sa sœur un jour ? Elle se sentait comme amputée d'une partie d'elle-même.

Avertis du drame par les grands-parents, Robert et Elsa avaient aussitôt annulé conférences pour l'un et concerts pour l'autre et étaient arrivés à Ridgefield, où Robert était resté seul au bout de quelques jours, sa femme n'ayant pu annuler sa tournée complète. Il avait rapidement pris contact avec un psychologue pour Cherry. Les premiers entretiens semblaient avoir fait du bien à l'adolescente, mais, les jours passant, elle s'était de nouveau fermée, refusant de retourner aux séances. Le psychologue avait conseillé à Robert de ne pas la brusquer et de ne pas la forcer à affronter les cours tant qu'elle n'émettrait pas le souhait de retourner en classe.

La rencontre entre Knight et Lasko avait été une évidence, la disparition de sa fille ayant suivi de peu celle de Lieserl. Les deux hommes avaient aussitôt sympathisé — dans d'autres circonstances, ils auraient éprouvé l'un pour l'autre le même sentiment amical.

Conseillés par leurs avocats, c'est ensemble qu'ils décidèrent de créer une association afin de recueillir des dons qui financeraient des actions parallèles à l'enquête.

Même si, avec la deuxième disparition, une menace sérieuse planait sur la région, Lasko et Knight ne pouvaient s'imaginer un instant que deux autres familles rejoindraient leur association peu de temps après. Au signalement des premières fillettes disparues vinrent s'ajouter ceux de Vicky Crow et Babe Wenders.

Ils recevaient désormais des centaines de lettres et de mails par jour et avaient engagé une secrétaire à temps partiel. Largement médiatisée, l'affaire avait, en peu de temps, dépassé les frontières de l'Illinois pour gagner le pays. Les télévisions de tous les États se succédaient à Crystal Lake, au point que le maire avait fait réserver un hôtel entier pour la presse.

À son cabinet et dans son quartier, Lasko recevait de constants témoignages de sympathie et les manifestations de solidarité affluaient sous toutes les formes. Des voisins lui proposaient de garder Laïka que la détresse de son maître était supposée perturber, mais aussi pour lui permettre de mieux se consacrer à l'association et aux recherches en plus de son travail.

Sachant que Lasko vivait seul avec sa fille, des voisines lui apportaient des plats et des gâteaux — certaines, généralement mariées et mères, dans l'espoir d'adoucir un peu sa peine ; d'autres, veuves ou célibataires, nourrissant celui, plus secret, de s'attirer les bonnes grâces de ce médecin séduisant et libre. Quant aux hommes, amis ou simples connaissances, ils se retrouvaient pour continuer les recherches dans les environs du lac et de la ville, y compris du côté de Ridgefield.

— Chef Stevens, pensez-vous que ces poupées puissent être une sorte de menace destinée à nous intimider et à nous faire abandonner les recherches ? osa Knight d'une voix troublée.

Il ne s'était pas encore remis du choc causé par la découverte du petit sosie de sa fille.

— Ce qui est certain, c'est que ces poupées sont liées aux disparitions de vos filles, répondit Stevens, le regard rivé sur les boîtes.

Elles avaient quelque chose de terrible et de fascinant. Leur réalisme était parfait. On se serait attendu à les voir s'animer et parler.

— Mais je n'ai pas la moindre idée de ce que signifie ce message, poursuivit le policier.

— Elles sont morbides, fit Robert Knight dans une moue amère. Elles font froid dans le dos. Tu ne trouves pas, Joe ?

Lasko marqua une hésitation avant de répondre.

— On ne peut rien dire encore. Oui, bien sûr, elles sont glaçantes, même si elles ressemblent de façon troublante à nos filles. Même… même si elles « sont » nos filles. On peut se poser toutes les questions possibles. Attendons les résultats des analyses des cheveux. Je préfère ne rien en penser pour le moment.

Stevens lui lança un regard approbateur.

— J'ai vu que votre association est très active dans les recherches sur le terrain aussi, souligna-t-il.

— Mais pour l'instant, elles ne mènent à rien, avoua Joe, d'un air sombre. Pourtant, les aides et les dons affluent. Les gens sont généreux. La nature humaine n'est pas si mauvaise, au fond. Tout récemment nous avons reçu 10 000 dollars d'un donateur anonyme.

— Les gens se révèlent dans ce qui les touche au cœur, répondit Stevens. Le philosophe Jean-Jacques Rousseau croyait en la nature intrinsèquement bonne de l'Homme. Un donateur anonyme, dites-vous ?

— Oui, c'est un très beau geste, reconnut Lasko.

— Vous avez beaucoup de donateurs anonymes ? demanda Stevens en se tapotant la tempe, cette fois.

— La plupart, oui. Sauf lorsque les dons arrivent sous forme de chèques.

— Sinon, c'est en espèces ?

— Oui, par courrier, ça permet aux donateurs de garder l'anonymat.

— Avez-vous conservé, par hasard, les enveloppes d'expédition ?

— Pas toutes, non. Je dois demander à notre secrétaire.

— Vous voudrez bien me remettre celles qui ont pu être sauvées. Je vous remercie, en tout cas, pour votre efficace collaboration, messieurs, et je reste à votre disposition pour tout élément nouveau.

Sur ces mots, le chef Stevens se leva, signifiant aux deux pères la fin de l'entretien. Lasko s'apprêtait à lui serrer la main lorsque son portable vibra dans sa poche intérieure. Pensant échapper au contact rituel, Stevens éprouva un certain soulagement.

Le visage de Joe pâlissait à mesure que son interlocuteur lui parlait. Après un long silence, suivi d'un rapide salut, il remit le téléphone dans sa poche et regarda tour à tour Stevens et Knight d'un air désemparé.

— Ça y est, les Crow ont reçu une poupée eux aussi… C'est le portrait de Vicky, avec les mêmes vêtements que la petite le jour de sa disparition. Stella, la mère de Vicky, va vous l'apporter. J'imagine que les Wenders ne vont pas tarder à se manifester, je les ai prévenus pour atténuer le choc.

— Selon cette logique funeste, sans doute, approuva Al Stevens en jetant un regard chargé de compassion aux portraits des quatre petites disparues affichés au mur.

La quatrième poupée ressemblerait à Babe Wenders, la petite-fille de son ami Pete, un sexagénaire avec lequel il partageait une passion pour la pêche à la mouche dans les petites rivières de la région. Ils s'étaient promis de partir un week-end pêcher dans le Montana.

Cette fois, Lasko et Knight prirent congé du policier dans une poignée de main tendue. Gagné par l'émotion et la chaleur du bureau, Robert Knight transpirait comme un bœuf sous son pull en alpaga et avait les mains moites.

Une fois qu'ils furent sortis, Al Stevens recula de quelques centimètres sur son siège de travail à roulettes et ouvrit le tiroir du bas. La moiteur de certaines mains l'indisposait tout autant que les germes. Il sortit le petit flacon de gel antiseptique dont il versa quelques gouttes dans sa paume avant de s'en frotter la peau jusqu'aux poignets.

4

Le lendemain de leur visite au bureau du chef Stevens, alors que Joe Lasko venait de raccrocher avec les Wenders qui avaient eux aussi reçu une poupée à l'effigie de leur fille, sa secrétaire lui passa une communication. Un de ces appels auquel on s'attend le moins.

Une voix de femme, d'un timbre agréable, plutôt grave et chaleureuse, du genre à établir tout de suite une relation de confiance.

Lasko mit un certain temps à comprendre. Les nom et prénom glissèrent sur lui. Puis une silhouette émergea du terreau de ses souvenirs, tandis qu'il se répétait les mots, détachant les syllabes, comme s'il scandait un refrain. Eva… Eva Sportis… Spor-tis.

Il la connaissait depuis longtemps. Ce n'était pas un de ces flirts fugaces de fin de soirée qu'il avait enchaînés avant Rose, non, c'était plus ancien, plus ancré en lui, comme appartenant à ses fondations.

S'il y avait eu une seule femme dans sa vie, ça aurait été Eva Sportis et aucune autre. Seulement, parfois, on met des années à le voir. À se rendre compte qu'on est passé à côté de l'être qui vous convient le mieux, qui vous correspond, simplement parce que ce n'était ni l'heure ni le jour. Parce que c'est arrivé trop tôt, parce qu'il nous manque juste un peu d'expérience et de maturité. Et qu'Eva était à l'époque la petite amie de Gabe Lasko et qu'on ne touchait pas à la copine de son frère. Simple question de déontologie fraternelle et de code d'honneur.

Gabe et Eva étaient restés ensemble plusieurs mois. Gabe, qui avait alors seize ans et d'autres centres d'intérêt, comme la moto, avait fini par la quitter. Techniquement, la voie était libre pour Joe, mais Eva était marquée de l'empreinte de son frère et resterait toujours, dans la tête du jeune Lasko, la petite amie de Gabe. S'il avait tenté quoi que ce fût, il aurait eu le sentiment d'être un vautour tournant autour de la proie de son aîné.

Aussi renonça-t-il très tôt à celle qui était indubitablement la femme de sa vie et poursuivit-il sa route vers d'autres horizons amoureux, qui furent loin de le combler. Mais il s'en était contenté.

— Eva? Eva Sportis de Crystal Lake? s'étonna-t-il.

— Elle-même, à moins qu'il y en ait une autre, dit-elle sur un ton qui se voulait léger.

— Pour une surprise… Tu… tu m'as retrouvé comment?

— Plutôt facilement. Je t'ai reconnu tout de suite, lors de ton passage à la télévision. On ne peut pas oublier les frères Lasko.

Surtout Gabe, faillit-il corriger, mais il se mordit la langue et n'en fit rien.

— Et que me vaut ce plaisir d'entendre une voix amie venue du fond des temps? badina-t-il.

41

— Ce qui t'arrive, Joe. Ce qui vous arrive, à toi et aux autres parents, répondit-elle plus gravement.

Lasko sentit un frisson se propager dans sa nuque.

— Quel est le rapport avec toi ?

Sans le vouloir, il avait durci le ton.

— Je suis les actualités, je lis la presse et c'est comme ça que j'ai appris ce drame qui vous touche. Mon histoire avec Gabe n'a rien à voir dans ma démarche, s'empressa-t-elle d'ajouter. L'eau a coulé sous les ponts et si je me manifeste, c'est pour toi, cette fois.

— Je suis très touché, Eva, dit Joe d'une voix adoucie où pointait l'émotion.

Un appel d'Eva Sportis, son grand amour secret et impossible, était la dernière chose à laquelle il aurait pensé.

— En fait, je voulais te proposer mon aide.

— C'est… c'est très gentil, mais…

— Je suis détective, le coupa-t-elle, installée depuis bientôt sept ans ici, à Crystal Lake, après des études de droit et de criminologie à Chicago. Je travaillerai à titre officieux et gratuit, bien sûr. Une sorte de bénévolat, je crois que pas mal de bénévoles vous apportent leur aide.

— En effet, par le biais de notre association. Mais il n'est pas question que tu ne sois pas rémunérée.

— Ça veut dire oui ?

Lasko marqua un temps de réflexion avant de se décider. Il connaissait à peine le métier d'enquêteur privé et ignorait tout de la réputation d'Eva et des affaires qu'elle avait l'habitude de traiter.

— J'ai entière confiance en la police et en son chef, Al Stevens. Mais ça va faire plus d'un mois que

Lieserl a disparu, d'autres disparitions ont suivi et il n'y a toujours rien de nouveau du côté de l'enquête. Alors, merci, Eva, j'accepte ton aide avec joie.

— Je serai heureuse d'apporter ma contribution, sincèrement. Je te propose qu'on se rencontre ailleurs qu'à mon agence. Tu as été dans la liste des suspects et tu peux toujours faire l'objet d'une filature discrète. On n'est jamais assez parano, dans notre métier. Je pense que Stevens ne prendrait pas très bien qu'un privé s'immisce dans l'enquête.

Après avoir raccompagné son dernier patient et s'être assuré que sa secrétaire et son associé étaient partis, Joe alla lui-même ouvrir la porte à Eva à qui il avait donné rendez-vous à 19 heures.

La nuit avait enseveli Crystal Lake après une journée d'hiver sans soleil. Une nuit qui promettait d'être glaciale, où la lune apparaissait au-dessus de la ville, fantomatique, entourée d'un halo de vapeur blanchâtre. On aurait dit qu'elle avait absorbé toutes les étoiles égarées dans son périmètre.

Eva, chapka en fourrure, écharpe bleue en laine, bottes fourrées à talons qui s'arrêtaient juste en dessous du genou, pantalon en velours crème très près du corps et doudoune beige Moncler, se dessina à la porte du cabinet.

— Entre, dit Joe en jetant un regard par-dessus son épaule.

Elle secoua la neige de ses semelles sur le paillasson et franchit le seuil. Une fois débarrassée de son enveloppe protectrice, la femme qu'elle était devenue se révéla aux yeux de Joe.

43

Libérés de leur coiffe, ses cheveux blonds pleuvaient en désordre sur ses épaules, dans une bouffée de parfum ambré. Son regard tout en nuances de bleu et de vert sur des pommettes hautes rencontra celui du médecin pour la première fois depuis plus de vingt ans.

Un pull en cachemire d'un bleu d'eau qui relevait celui de ses yeux lui moulait élégamment le buste et les seins qu'elle semblait avoir petits et fermes. En somme, Eva, de taille moyenne, au corps élancé et sportif, était un très joli brin de femme. Sa beauté prometteuse à l'adolescence s'était affirmée. Pourtant, Joe ne l'aurait sans doute pas reconnue s'il l'avait croisée dans la rue.

À la seule idée que les mains et les lèvres de Gabe aient pu effleurer sa peau, le cœur de Lasko se contractait.

Il l'invita à s'asseoir dans la petite pièce où son associé et lui prenaient souvent leurs repas sur le pouce. Il préférait donner tout de suite à leur rencontre un caractère informel. Après tout, ils se connaissaient depuis toujours.

— Je n'ai pas d'alcool, je te sers un café, un thé? lui demanda-t-il en allumant la machine Nespresso multifonctions. Il versa de l'eau dans le réservoir et sortit les capsules. Tisane, thé vert, café, déca.

— Un thé, je te remercie, ça me remontera davantage que du whisky, de toute façon. On sait bien que l'alcool qui réchauffe n'est qu'illusion. Je n'ai encore jamais vécu un hiver pareil. L'autre jour je suis allée à Chicago et me suis baladée au bord du lac Michigan qui a gelé. Des vagues de glace, figées dans leur élan. Ça paraît dingue, non?

— Le climat s'emballe. Tout s'accélère, commenta Lasko en glissant une capsule recyclable de thé vert dans le compartiment de la machine. Entre les canicules, les froids polaires et l'intensité des tempêtes et des ouragans, la nature se rappelle à nous depuis quelques décennies.

— À échelle individuelle, j'ai un sentiment d'impuissance, soupira Eva.

— Il faudrait une vraie prise de conscience collective et si chacun s'y met, ça pourrait changer le cours des choses. Comme pour nos filles disparues, peut-être. Tu veux du sucre ?

— Merci, j'ai mes sucrettes.

— Pas terrible pour la santé, les édulcorants, tu sais.

— Je ne mourrai pas de ça, docteur, sourit Eva, découvrant une rangée de pépites d'un blanc éclatant, tandis qu'elle secouait une petite boîte d'où tombèrent deux granules.

Des dents parfaitement refaites, nota Joe. Eva avait donc succombé, comme beaucoup de jeunes femmes dont les moyens le leur permettent, au dictat de l'esthétique, des implants ou du blanchiment dentaire. Il se demanda si sa poitrine était farcie de silicone.

— Bon, raconte-moi comment ça s'est passé, dit-elle lorsque Joe se fut assis à son tour, posant les mugs sur la table. Il avait opté quant à lui pour un café bien dilué.

— Tu permets que j'enregistre ? Ça fait partie de mes méthodes de travail, ajouta-t-elle en sortant un petit dictaphone de son sac.

Joe acquiesça avec un léger hochement de tête.

— C'était le 7 janvier, se lança-t-il après un bref silence. Je travaillais et la nounou habituelle devait garder Lieserl, mais elle avait la grippe alors elle a demandé à sa fille Ange, qui vit avec elle, de la remplacer.

— Quel âge a-t-elle?

— Vingt-deux ans. Elle a emmené Liese au lac essayer les patins à glace que je lui avais offerts pour son anniversaire. Elle a rencontré une amie là-bas et elles ont commencé à discuter. Quand Ange s'est retournée au bout de quelques instants à peine pour voir où était Liese, elle… elle avait disparu.

La voix de Joe se coinça dans sa gorge.

— C'est ce que cette jeune fille t'a relaté? Rien de plus?

— Non, c'est tout.

Eva appuya sur le bouton pause du dictaphone.

— Tu devrais quand même essayer d'en apprendre davantage auprès d'Ange, dit-elle. Des détails lui reviendront peut-être avec le recul. Des détails qui ont leur importance. Un visage, une silhouette, quelqu'un dont le comportement pouvait dénoter.

Joe remua la tête en signe de dénégation.

— Ange Valdero a été interrogée par la police et a vécu un traumatisme, je ne voudrais pas remuer tout ça.

— Tu lui en veux?

— Bien sûr… Bien sûr que je lui en ai voulu, siffla Lasko entre ses dents. Mais je n'en ai pas le droit, je le sais aussi. Ce n'est pas sa faute. C'est arrivé à d'autres, aux Knight, aux Crow et aux Wenders. Personne n'est responsable.

Eva but une gorgée de thé et remit le dictaphone

en marche. Joe se surprit à s'attarder un instant sur ses lèvres posées sur le bord du mug. Brillantes et pleines. Il détourna vite le regard.

— Et comment ça s'est passé pour les autres gamines? demanda-t-elle.

— La petite Amanda Knight jouait devant la maison de ses grands-parents dans la neige quand elle a disparu, le 16 janvier, à Ridgefield.

— Elle n'a pas pu vouloir partir seule et s'être perdue?

— Tu penses à une sorte de fugue? Non, on l'aurait retrouvée. À sept ans, une gamine ne peut pas aller bien loin par ce froid. La petite Crow, onze ans, a disparu dans un magasin de bricolage pendant que son père cherchait des outils. Quant à la plus jeune des quatre filles Wenders, Babe, neuf ans, elle se promenait au parc avec sa grand-mère. La pauvre femme, ne voyant plus la petite, s'est mise à courir partout, tremblante, décomposée, interpellant chaque passant, mais personne ne l'avait aperçue.

— Quatre gamines âgées de quatre à onze ans ont disparu à Crystal Lake et sa périphérie, entre le 7 et le 28 janvier à environ une semaine d'intervalle, résuma Eva, rapprochant le dictaphone de sa bouche. Plus rien ne s'est produit depuis.

— C'est ça, confirma Lasko, que ce récit avait replongé dans des souvenirs douloureux. J'ai peur, Eva, peur qu'on ne les retrouve pas vivantes. Chaque jour qui passe joue en leur défaveur.

— Je ne peux pas te dire le contraire, Joe, reconnut tristement la détective. C'est pourquoi il faut mettre en œuvre tous les moyens dont nous disposons. Est-ce tout, concernant les disparitions?

Le petit visage figé et glaçant de la poupée reçue deux jours plus tôt revint à la mémoire de Lasko. En quelques phrases, il décrivit à Eva les inquiétants colis et son entrevue avec Al Stevens.

— J'ignore ce que ça peut vouloir dire, avoua-t-il. Les cheveux des poupées sont en cours d'analyse. Oh mon Dieu, c'est… c'est horrible… Où sont nos pauvres enfants? Que sont-elles devenues?

Joe se prit la tête entre les mains. Il sentit alors celle d'Eva, chaude et réconfortante, lui presser doucement le bras.

— On va y arriver, Joe. On va les retrouver.

Que dire d'autre?

Lasko releva la tête et posa ses yeux humides sur la détective. Ils n'avaient que deux ans d'écart, pourtant, à l'époque du lycée, Eva fréquentait des garçons plus âgés, qu'elle estimait plus mûrs.

Gabe le Magnifique et sa blondeur d'ange l'avaient conquise. Joe le ténébreux, plus renfermé, n'était alors qu'un gamin sans intérêt. Les deux frères étaient si différents, même physiquement, que l'on aurait pu douter qu'ils fussent issus de la même fratrie. Mais Eva avait déjà perçu la marque de fabrique des Lasko. Ce caractère trempé, ce tempérament fougueux aussi bien chez l'un que chez l'autre, qui se manifestait si différemment en chacun.

Une sensualité troublante émanait de Joe devenu adulte. Eva n'avait plus devant elle l'adolescent timoré évoluant dans l'ombre de son frère, mais un homme qui s'assumait, bien bâti, solide.

— Ce cauchemar qui revient presque chaque nuit…, reprit-il. Lieserl, au fond du lac, qui s'agrippe à moi avec une force inouïe et cherche à me retenir alors que je tente de la sauver... Pourquoi je la vois se transformer ainsi ?

— Tu sais bien, les rêves sont le fruit de notre inconscient. Ils empruntent souvent les chemins les plus tortueux pour nous envoyer un message simple. Tu as l'esprit emmêlé en ce moment, mille questions t'assaillent et c'est normal. Après, ton inconscient fait le tri.

Eva s'interrompit, sembla réfléchir devant son mug vide.

— J'ai quelque chose à te proposer. Avant de m'installer, je me suis offert une formation complémentaire en psycho-criminologie à New York.

— Pourquoi New York ? s'étonna Joe.

— Les cours étaient dispensés par une femme unique en son genre. Une des profileuses les plus réputées de la côte Est et sans doute des États-Unis.

— Rien que ça... Comme dans *Esprits criminels*, alors, la taquina Lasko.

— Sauf que ce n'est pas de la fiction, sourit Eva. Et je pense qu'elle pourrait nous être d'une grande aide. On ne sera pas trop de deux sur une enquête parallèle.

— À toi de juger. Mais si c'est une star dans son domaine, comme tu sembles le dire, elle a sans doute des affaires à la pelle et risque de ne pas s'intéresser à Crystal Lake.

Eva jeta un regard oblique à Joe. Quels yeux ! se dit-il en recevant le choc en pleine poitrine.

— Eh bien, détrompe-toi, mon ami. Il se trouve que j'ai pris les devants en lui envoyant un mail. Elle se souvient très bien de moi. À vrai dire, il m'est déjà arrivé de lui demander conseil sur une affaire un peu délicate. Elle est prête à examiner notre cas. Il y a juste une chose que tu dois savoir sur elle.

— Je t'écoute, dit Joe dont la curiosité était piquée au vif.

— Ses méthodes d'investigation sur le terrain peuvent paraître loufoques. Surtout pour un scientifique comme toi. On peut douter, de prime abord, de leur sérieux. Mais je t'assure qu'elles ont montré plus d'une fois leur efficacité. Elle se sert d'un pendule sur les scènes de crime. Étant très réceptive aux vibrations, elle parvient à déterminer la présence d'éléments organiques parfois invisibles à l'œil nu et met au jour des indices qui ont échappé à l'équipe scientifique.

Joe la regarda cette fois d'un air dubitatif. Mais il ne voulut pas se montrer trop incisif ni, surtout, contrarier la jeune femme qui lui offrait son aide aussi généreusement.

— Ça marche aussi dans la recherche de… de corps ? souffla-t-il avec effort.

Eva acquiesça en fermant les yeux. Elle savait où Lasko voulait en venir.

— Oui, elle a réussi une fois à retrouver une victime encore vivante, séquestrée dans une maison abandonnée.

Joe s'accrocherait à ces mots, « victime vivante », qu'elle venait d'employer à dessein.

Ils demeurèrent quelques instants silencieux avant que Joe ne se décidât à parler, anticipant une question qui devait brûler les lèvres d'Eva.

— Je n'ai plus de lien avec Gabe, dit-il d'une voix éteinte, le regard rivé sur le reste de café au fond de sa tasse. Il a mal tourné.

— Je sais, Joe. Il a cherché à me contacter. Il y a quelque temps, mes parents m'ont dit qu'il avait appelé pour avoir mon adresse. Comme ils l'avaient connu adolescent, ils la lui ont donnée. Il m'a tout raconté dans une longue lettre, à la fin de laquelle il me demandait de l'aide. Il venait d'être viré du chantier où il était employé à Los Angeles.

— De l'aide? tiqua Lasko, les sourcils froncés.

— Il voulait de l'argent.

— Et tu lui en as prêté?

— Je lui ai envoyé cinq cents dollars. C'est tout ce que je pouvais faire et je savais que je ne les reverrais jamais.

— Je vais te les rendre.

— Pas question, Joe. C'est entre lui et moi. Il me les rendra quand il pourra, sinon, eh bien, tant pis. Ce n'est que matériel.

— Il t'a dit qu'il a fait de la prison?

Eva se mordilla la lèvre inférieure.

— Il m'a tout dit, dans cette lettre. Je crois qu'il avait besoin de se confier.

— Tu es vraiment… très généreuse et indulgente, Eva. À ta place, je ne pense pas que j'en aurais fait autant. À vrai dire, je sais que non.

Joe fixa Eva intensément. Elle semblait figée dans un trouble qu'elle avait du mal à maîtriser.

— Je ne l'ai revu qu'une fois, poursuivit Lasko. Il est venu réclamer son héritage, en octobre, alors qu'il ne m'avait même pas répondu quand j'ai écrit pour annoncer la mort de nos parents. Il a beaucoup changé, tu sais. C'est pourtant mon frère et tu te souviens combien nous étions liés, mais ça ne l'a pas empêché de me menacer quand j'ai refusé d'accéder à sa demande. Légalement, je suis son tuteur. Il est toxicomane, ça aussi, il te l'a peut-être confié. Il n'hésiterait pas à dilapider tout son argent et le mien aussi, si je lui cédais.

Joe marqua une pause, se racla la gorge. Elle était sèche et brûlante. Il se leva et leur servit un verre d'eau sortie du réfrigérateur, un mastodonte qui crachait les glaçons à la demande.

— Il a levé la main sur moi, presque devant Liese. Je n'ai pas voulu lui dire qui c'était. «Quand je reviendrai ce sera pour autre chose. Tu me payeras tout ça bien autrement» ont été ses derniers mots. Je ne l'ai pas revu depuis. Quelques mois plus tard, Lieserl disparaissait. Pour tout te dire, j'ai même cru que ce pouvait être lui. Mon propre frère. Il avait été si menaçant, tu comprends? Il en semblait capable, vraiment. Pour se venger.

Le jeune médecin leva sur Eva des yeux baignés de larmes.

— Non, Joe, ce n'est pas lui. Pourquoi s'en serait-il pris à d'autres fillettes?

— Pour mieux maquiller sa vengeance. Faire croire à l'acte d'un pervers ou d'un réseau pédophile alors qu'il veut me nuire à moi.

Eva soupira.

— Je lui ai promis de ne pas t'en parler, mais puisque tes soupçons m'y forcent, c'est pour la bonne cause. En réalité, je ne t'ai pas vu à la télé, Joe. C'est lui, c'est Gabe qui m'a demandé de te venir en aide.

— Quoi? Qu'est-ce que tu racontes? s'écria Joe, interdit.

— La stricte vérité. Gabe m'a appelée il y a

quelques jours. Lui non plus ne connaît pas sa nièce, mais l'avoir simplement aperçue lorsqu'il s'est présenté chez toi l'a profondément ému. Beaucoup plus qu'il ne l'aurait cru. Il n'a pas d'enfants, quasi plus de famille et ça ne l'empêche pas d'être touché et révolté par ce qui vous arrive. À commencer par toi.

Joe restait abasourdi, en proie à des sentiments contradictoires. Cette révélation le remuait autant qu'elle l'irritait. Il avait fini par s'y faire, à sa vie sans Gabe. Une vie d'adulte responsable, rangé, où son délinquant de frère n'avait pas sa place.

La sonnerie de son mobile le tira de sa stupeur. Le nom de Al Stevens s'afficha.

Le coup de fil ne dura que quelques secondes. Juste le temps pour Stevens de lui apprendre la nouvelle. Encore un coup de massue.

— Les cheveux des quatre poupées… Ils sont bien d'origine humaine, lâcha Joe dans le silence de la cuisine, lorsqu'il eut raccroché.

5

Sous la fine couverture de neige qui s'était déposée en douceur, tel un morceau de gaze sur les toits de la ville, New York émergeait à peine d'une nuit glaciale dont plus d'un SDF ne se réveillerait pas.

Déjà debout, Hanah se préparait un café dans sa cuisine ouverte sur le salon. Un rendez-vous important l'attendait dans la matinée.

Le retour de sa mission au Kenya un an et demi auparavant n'avait pas été facile. Elle vivait encore avec les stigmates de cette sombre affaire qui avait causé la mort de dizaines d'innocents et réduit des vies à néant. Et, bien sûr, elle avait de nouveau éprouvé quasiment dans sa chair l'inexplicable barbarie et l'absence totale d'empathie auxquelles le profilage la confrontait souvent.

Durant cet été 2012, elle s'était absentée à peine trois semaines et, pourtant, rien ne lui avait semblé comme avant à son retour. Même son loft de Brooklyn lui avait paru étranger. Il lui avait fallu plusieurs jours pour apprivoiser son espace. Retrouver ses marques, ses repères, avec l'aide de Bismarck, son chat, qu'elle avait aussitôt récupéré chez son ex, Karen.

Hanah Baxter avait peu à peu renoué avec ses habitudes, et même réussi à raconter à son amie quelques épisodes de sa mission autour d'un whisky latte, leur cocktail favori, outre les canettes d'une bière japonaise qu'elle se procurait chez l'unique fournisseur de la ville.

Le mois d'août avait passé dans une sorte de torpeur oisive, juste ponctuée de séances de musculation et de cours de kickboxing auxquels elle s'était inscrite peu de temps auparavant.

L'automne s'était installé, couronnant les arbres de touches sanguines. Puis, le 29 octobre 2012, New York et d'autres États d'Amérique de l'Ouest avaient cru vivre la fin du monde. L'ouragan Sandy avait littéralement fondu sur la ville et ses alentours, avec une rage sans précédent, balayant tout sur son passage. Hanah se disait qu'un jour une tempête devrait porter le nom de Karen qui avait, elle aussi, tout dévasté sur son passage dans sa vie. Mais la liste d'attente était longue, des candidats qui voulaient prêter leur nom aux cyclones.

Pendant que le vent se déchaînait, Hanah était restée cloîtrée chez elle, plongée dans le noir, après la coupure générale de courant, croyant sentir le sol du loft se balancer sous ses pieds. Puis, partout à l'extérieur, dans les rues, dans les foyers inondés, le monde s'était reconstruit et, comme elle, New York avait pansé ses plaies.

Recroquevillée en chien de fusil sur le divan bleu, bras tendus et mains jointes entre les cuisses, Hanah regardait les flocons tourbillonner de l'autre côté de la fenêtre, semblables à des papillons affolés.

Un hiver comme elle n'en avait pas connu depuis longtemps. Le nombre de victimes du froid, prises dans la neige ou bien mortes dans un accident provoqué par le verglas, ne cessait d'augmenter. Au journal télévisé défilaient en boucle les images d'un pays paralysé par la neige qui ne cessait de tomber.

Elle lui tournait le dos. Ça lui était plus facile comme ça, parler ou se taire, en contemplant la douce chute des cristaux gelés le long de la baie vitrée. Le chauffage de la clim inversée tournait à fond, pourtant elle frissonnait de la tête aux pieds.

Toujours tenaillée par les insomnies et les cauchemars, craignant une rechute dans la coke qu'elle avait pris la résolution d'arrêter, Hanah avait décidé de revoir son psy. Jonathan Katz, un sexagénaire encore alerte, mâchoire américaine, tannage texan, les cheveux couleur aluminium et les yeux bleu d'Ormesson. Une vieille connaissance de Karen que celle-ci lui avait recommandée sans hésitation. Collectionneur d'art, il lui avait acheté un Soulages cinq ans auparavant.

Depuis son installation à Big Apple, Hanah allait régulièrement aux séances. S'arrêtait le temps d'une mission, puis reprenait. Entre le thérapeute et elle s'était tissé un lien non dit, au-delà du rapport psy-patient. D'une certaine façon, Katz lui renvoyait l'image paternelle qui lui avait tant fait défaut. Une image rassurante, à elle qui avait connu et aimé un monstre. Son propre père.

— Il… il doit bientôt être libéré, lâcha-t-elle du bout des lèvres.

— Vous en avez la certitude?

— Oui. Mon ancien professeur, Marc Carlet, m'a appelée pour m'annoncer la nouvelle. Depuis, je sens sa présence, en moi, autour de moi, partout, il me hante.

— Votre père est loin, pourtant. Vous avez souhaité mettre cette distance entre vous et lui en venant vous installer ici, nota Katz.

Hanah émit un petit rire grinçant.

— Il pourrait y avoir des années-lumière entre nous, il me poursuivrait toujours, dit-elle. En m'enlevant ma mère, en lui volant sa vie cette nuit-là, il a commis l'irréparable. Son crime a été puni, mais les dégâts sur moi sont irréversibles. Cet acte a conditionné mes choix professionnels, géographiques, peut-être même sentimentaux. Je suis inapte à une relation stable et durable. Mon homosexualité n'a rien à voir avec ça, mais parfois je me demande quelle femme je serais devenue s'il en avait été autrement. Si ma mère ne m'avait pas autant manqué. Si je n'avais pas perdu confiance en l'homme.

Un point de côté tenace juste sous l'omoplate lui faisait l'effet d'être transpercée par une lance. La douleur, plus vive à certains moments de la journée, la tenaillait depuis quelques semaines. Ça lui était déjà arrivé. Un point intercostal provoqué par l'angoisse, avait diagnostiqué son médecin.

Hanah resta encore un peu de temps prostrée dans le silence qui faisait aussi partie de la séance de psychanalyse, avant de se lever et de tendre sa carte de crédit. À chaque fois elle se demandait si elle retournerait chez Katz. Elle ne savait pas au juste si parler d'elle la soulageait vraiment ou bien si cela ne faisait qu'entretenir ses failles. Elle s'était promis d'essayer l'hypnose, dont elle avait entendu le plus grand bien en matière d'efficacité et de rapidité de résultats.

Alors qu'elle repartait de chez Katz, délestée de deux cents dollars, après une descente d'une quarantaine d'étages en ascenseur, son smartphone vibra dans la poche de sa doudoune.

— Baxter.

— Bonjour, Eva Sportis, fit une voix pétillante à l'autre bout du fil.

Hanah identifia tout de suite son ancienne élève de Chicago, une fille énergique, à l'intelligence vive et très jolie en prime, ce qui ne gâchait rien. Elle lui avait écrit quelques jours auparavant un mail au sujet d'une affaire dans l'Illinois. Quatre fillettes disparues au cours du mois de janvier dans les environs de Crystal Lake.

— Pouvons-nous compter sur votre concours ? demanda Eva après avoir brièvement résumé son entretien avec Joe Lasko.

Les doigts de Baxter se crispèrent malgré elle sur son mobile. À chaque nouvelle mission, une émotion l'envahissait. Un mélange d'excitation, de curiosité et de malaise. Elle ne savait jamais d'avance où ses pas la conduiraient. À quelle sorte de bête humaine elle allait être confrontée. Sans parler de l'espoir que suscitaient ses interventions chez les proches des victimes les rares fois où elle se retrouvait en contact avec eux. Comme dans ce cas. La jeune détective lui avait précisé qu'en un premier temps son intervention devrait rester confidentielle.

Depuis le mail d'Eva, Hanah n'avait cessé de réfléchir. Accepterait-elle une mission sur le sol américain qui, pour des raisons de sécurité et de confidentialité, n'était pas dans ses principes ? Dérogerait-elle à cette règle absolue qu'elle s'était fixée ? En d'autres circonstances, elle aurait sans doute refusé. Mais cette fois, outre l'âge et le nombre des victimes qui l'ébranlait, la libération du monstre faisait resurgir en elle une rage enfouie. Elle traquerait sans relâche le coupable dans l'affaire de Crystal Lake comme s'il s'agissait de son propre père. Pour les proches des fillettes mais aussi pour elle-même.

— Laissez-moi juste le temps de voir si les avions décollent, répondit Baxter.

Prise d'une quinte de toux, elle raccrocha. Leva les yeux au ciel. Se sentit soudain toute petite, insignifiante, au pied de ces géants de béton prêts à l'écraser.

Une demi-heure de métro plus tard, dans une atmosphère saturée de relents corporels où elle crut étouffer, elle regagnait la surface en plein Greenwich Village, le quartier branché de Manhattan, et se dirigeait vers la galerie de Karen, «K», que son ex avait ouverte six ans auparavant dans East Village. Elle avait eu les moyens et le bon goût d'acquérir l'espace habitable au-dessus de la galerie, un vaste duplex de cent cinquante mètres carrés.

Leur relation avait duré trois ans, ponctuée de ruptures de quelques semaines au cours desquelles l'une et l'autre avaient fait des écarts sans lendemain. Puis elles avaient d'un commun accord décidé de se séparer et de poursuivre leur vie en évitant de se revoir. Mais Karen avait rompu ce pacte, revenant chercher Hanah qui venait de rencontrer une fille plus jeune.

Baxter avait tenté de se soustraire aux avances de son ex, mais elles étaient rapidement redevenues amantes. Une relation libre qui leur convenait la plupart du temps.

— Tu as une bien sale mine, aujourd'hui, releva K au moment où Hanah apparut à la porte de la galerie.

L'endroit, tout en longueur, faisait à peine quatre-vingts mètres carrés. Il recevait pourtant la visite des grands collectionneurs et amateurs d'art contemporain, particulièrement d'art urbain et de street art dans lesquels Karen s'était spécialisée.

Ce style très prisé lui assurait de belles ventes. Les bandes vert fluo du mur répondaient à la couleur des ongles de K, pailletée d'or et assortie à ses yeux de jade. Ses cheveux, longs d'un côté et rasés de l'autre, selon une asymétrie à la mode, étaient ce jour-là d'un brun soyeux aux reflets prune, aussi patinés que du cuir. Mais elle pouvait changer de tête plusieurs fois au cours d'une année, comme si la sienne au naturel ne la satisfaisait pas.

Pourtant, malgré son exubérance, Hanah ne connaissait pas de femme plus belle ou plus désirable. Elle s'était toujours sentie à côté d'elle comme au pied de cette armée de tours new-yorkaises. Et, comme pour confirmer cette sensation, K évoluait en reine perchée sur douze centimètres de talons, les lèvres du même or que les brides de ses escarpins.

Leur relation devait son caractère passionnel à ce déséquilibre entre la confiance en soi très affichée de Karen et la crainte qui étreignait Hanah à l'idée qu'une autre femme pût approcher ou convoiter sa compagne. Karen avait eu beau la rassurer sur ses sentiments et son attachement, rien n'y avait fait. Baxter imaginait mal comment une femme d'un tel charisme pouvait s'intéresser à sa modeste personne. La jalousie et la peur avaient empoisonné leur couple, finissant par l'user au quotidien, sans avoir toutefois eu raison de leur complicité.

— C'est tout ce que tu trouves à me dire? grogna Baxter. C'est le froid, je suppose. Je peux entrer, malgré ma sale mine?

Secouant sa crinière, K vint au-devant de Baxter et l'enlaça en pressant ses lèvres contre celles de son amie qui esquissa une grimace.

— Je vais avoir la bouche passée à la feuille d'or, bougonna-t-elle en l'essuyant du revers de sa manche.

— Plains-toi… Je suis contente de te voir, ma Nana, répondit Karen en l'entraînant dans le petit salon au fond de la galerie, où deux fauteuils Barcelona en cuir blanc étaient disposés autour de la Coffee Table, une table basse Isamu Noguchi, grande fierté de Karen qui se l'était offerte lors d'une vente aux enchères chez Sotheby's.

Nana. Hanah serra les mâchoires à ce sobriquet ridicule.

— En fait, tu me plais beaucoup. Mais ça, tu le sais déjà, précisa Karen. Je te sers un café, un thé pour te réchauffer? À moins que tu préfères un lèche-minou…

Baxter leva les yeux au plafond en haussant les épaules.

— Si tu crois que j'ai la tête à ça… Merci pour le café.

— Alors assieds-toi, j'en ai pour une minute.

Hanah perçut une pointe de déception dans la voix de Karen et un sourire affleura à ses lèvres. Elle ne détestait pas surprendre l'air contrit de son amie les rares fois où elle lui opposait quelque résistance. La plupart du temps, K parvenait à ses fins. Dans les affaires, comme sur le terrain privé.

Hanah avait renoncé au tabac depuis des années, un passé que seule sa voix au timbre grave trahissait. Mais depuis son retour du Kenya et l'arrêt de la cocaïne, l'envie de fumer l'avait reprise. Elle avait résisté un certain temps, puis avait fini par craquer mais, face aux objections assez virulentes de Karen, avait dû se rabattre sur la cigarette électronique qu'elle tétait plus qu'elle ne la fumait. Elle la sortit de sa poche et la porta à sa bouche pour en tirer quelques bouffées. Son arôme du moment était à la cannelle.

— Dis-moi tout, ma vapoteuse préférée, lui lança Karen en posant sur la table les deux tasses asymétriques couleur acier.

La galeriste avait le sens du détail et du luxe.

— Pas tout, non. Je suis tenue au secret professionnel, ce n'est pas nouveau.

— Ah, c'est donc une nouvelle mission ?

— L'affaire des fillettes disparues de Crystal Lake. Des disparitions assez rapprochées et très inquiétantes, dans la mesure où la police n'a trouvé aucun indice et où le temps passe. Leurs familles ont reçu un colis anonyme, sans aucun message écrit, contenant une poupée qui est le sosie de leur fille, habillée comme elle l'était le jour de sa disparition.

Les yeux de K s'allumèrent d'un intérêt non dissimulé. Elle était friande d'enquêtes et de faits-divers tordus et, au travers de ce que voulait bien lui raconter Hanah, elle vivait les énigmes par procuration.

— Tiens, tu déroges à ta règle de ne pas accepter de mission sur le continent... La motivation doit être grande, siffla Karen en léchant nonchalamment le reste de crème sur le bord de la tasse. Au moins, ça me rassure un peu de te savoir plus près cette fois, ajouta-t-elle un peu plus gentiment. J'imagine que tu as un vol à prendre...

— Je dois d'abord voir si les vols internes peuvent décoller.

— C'est dingue, cette histoire de poupées, dit Karen, pensive. On se croirait dans du Stephen King ! Qu'en penses-tu ?

— Je me demande surtout comment on peut s'en prendre à des enfants. J'ai beau avoir vu mille horreurs, cette question ne me quittera jamais, je crois.

— Moi, mes poupées, je leur arrachais la tête et je les démembrais ! Et pourtant, j'ai été une enfant on ne peut plus épanouie et une adulte à peu près normale, s'esclaffa Karen.

— Toi, tu as raté ta vocation de tueuse en série, une aptitude générée par une mère étouffante et possessive... Heureusement que tes pauvres Barbies t'ont aidée à exorciser tes pulsions. Tu es un K clinique !

— Joli ! Mais laisse ma mère en dehors de ça, si tu veux bien. En tout cas, c'est carrément flippant.

Les yeux d'Hanah caressèrent les toiles exposées. Dans ces moments-là, l'art l'apaisait. Réalisées par un certain Damien Bach, toutes n'étaient pas de son goût, mais elle devait reconnaître à ce jeune artiste un talent incontestable. Et qui plus est, engagé, ce qu'elle préférait dans une œuvre. Il dénonçait la consommation de masse, l'invasion de la planète par les déchets, le pouvoir du capital, dans une peinture foisonnante et colorée, dont la lecture pouvait s'avérer complexe.

L'inauguration, à laquelle Baxter n'avait pu se rendre, avait eu lieu deux jours plus tôt.

— Ça te plaît? demanda K.

— Pas mal.

Ce qui, dans la bouche d'Hanah, voulait dire oui, beaucoup.

— Un peu moins de doré n'aurait pas nui…, grogna-t-elle.

— L'or est tendance, partout. Aussi bien en prêt-à-porter qu'en déco. Klimt savait tellement bien mêler ornement et puissance d'expression dans ses portraits…

— Je n'aime pas trop Klimt, avoua Hanah.

— En tout cas, moi, j'aurais bien vu sa «femme en or» exposée ici, dans ma galerie, sur le panneau central, soupira Karen en s'étirant.

— Toi et ton goût du clinquant, la taquina Baxter en se levant. Bon, merci pour le café, je dois y aller.

— Je t'appelle un taxi.

— Je t'amènerai Bis avant de partir. Demain, je pense.

Dans la foulée d'une dernière étreinte empreinte de tendresse, Hanah quitta à regret la chaleur réconfortante de la galerie et, elle devait bien le confesser, celle de Karen.

Hanah avait essayé, s'y était préparée sur tout le trajet, mais n'avait pas pu annoncer la nouvelle à

Karen. Lui dire qu'il allait être libéré. Son géniteur, comme elle l'appelait non sans dégoût, non sans honte d'être issue de son sperme. Honte de cet ADN qui la liait à lui malgré elle et contre sa volonté. S'il est impossible d'échapper aux liens du sang biologiquement, on est en revanche libre de s'y soustraire et d'y renoncer. Ce qu'avait tenté de faire Hanah. Mais le passé s'agrippait à ses basques.

Karen connaissait l'existence du monstre. Le drame qu'avait vécu Hanah cette nuit-là. Le bruit lourd d'un corps qui tombe. Puis ce frottement au sol. Et les coups de pelle dans la terre du jardin. Et pour finir, des années de silence plus tard, l'exhumation des restes de sa mère après que l'adolescente qu'elle était devenue s'était décidée à parler. À dénoncer le meurtre que son inconscient avait enfoui.

Son père lui avait raconté que sa mère était partie, comme ça, qu'elle les avait abandonnés, légère et frivole comme toutes les femmes. Pourquoi personne ne s'en était-il inquiété ? Parce que ce sont des choses qui arrivent. Parce que bien des gens disparaissent sans qu'on s'en inquiète davantage, et aussi parce que certains se volatilisent délibérément pour rompre avec une existence qui ne leur convient pas. Mais ce n'était pas le cas d'Hélène Kardec, tuée par son mari au cours d'une violente dispute.

Le taxi, après trois quarts d'heure de route et quelques coups de patins sur la neige, déposa enfin sa passagère devant son immeuble dans Jay Street à Brooklyn.

Le vieux monte-charge, seul témoin de l'époque industrielle de la tour de brique rouge où avaient été aménagés plusieurs lofts en duplex, emmena

Baxter jusqu'au sien, au quarante-deuxième et dernier étage.

La grille s'ouvrait directement dans le salon, un plateau d'environ quatre-vingt-dix mètres carrés où se trouvaient, outre un canapé Moss, une table basse seventies en verre fumé, deux fauteuils, trois appareils de musculation, un quart de queue et un billard.

Tandis que Bis lui faisait les démonstrations d'usage en se frottant contre ses jambes, Hanah se défit de sa doudoune, enleva son bonnet de laine où BOSTON se détachait en grandes lettres blanches et se glissa avec soulagement dans sa tenue d'intérieur. Un bas de jogging moelleux gris Abercrombie et un tee-shirt anthracite portant l'inscription *Live your way*.

Chez elle, elle aimait rester pieds nus. Il lui semblait qu'ainsi son corps s'ouvrait davantage aux vibrations terrestres. Son adhésion au bouddhisme n'y était pas étrangère. Elle se livrait aux prières quotidiennes devant Bouddha ainsi qu'à la méditation et aux exercices de yoga. Cette régularité et cette hygiène de vie lui permettaient de mieux surmonter la violence émotionnelle de chaque mission.

Elle prit Bis dans ses bras et frotta son nez contre le museau gris tout en lui caressant le poitrail. Un sphynx. Pas un poil sur le corps. Un chat de race qui coûtait les yeux de la tête, que Karen lui avait offert pour leur deuxième anniversaire. Elle en voulait un depuis longtemps et en avait repoussé l'acquisition, redoutant de devoir le laisser seul. Mais K le gardait lorsqu'elle s'absentait plus de trois jours.

Hanah s'était attachée à cet animal affectueux en un rien de temps. Toucher sa peau nue lui avait procuré au départ une sensation bizarre et quelques frissons désagréables, puis elle s'y était habituée et en était même venue à aimer ce contact. Peau contre peau, dans un amour dénué de sexe.

Pourtant cette fois, après quelques caresses, elle n'accorda à Bis qu'une attention distraite. Étrangement, depuis qu'Eva Sportis lui avait parlé des poupées, Hanah ne cessait de voir leur visage, de les imaginer, couchées dans leur cercueil de carton. Elle commençait à penser avec Karen qu'en effet c'était carrément flippant.

Un verre de whisky latte à la main — préparé la veille dans le shaker qu'elle n'eut qu'à sortir du réfrigérateur —, Baxter monta à l'étage par l'escalier métallique en colimaçon et s'installa à son bureau. La verrière aux armatures d'acier dispensait assez de lumière par beau temps pour éclairer tout le loft. Mais depuis quelques semaines, le soleil semblait s'être absenté pour l'éternité, remplacé par un ciel de plomb d'où pleuvaient encore quelques flocons épars.

Elle alluma son Mac, choisit sur Google Maps une carte détaillée de l'Illinois où apparaissaient nettement Crystal Lake et ses environs, et l'imprima. Après l'avoir étalée sur son bureau, elle prit dans un tiroir fermé par une petite clef attachée à son cou un étui en peau d'où elle sortit un cristal en forme d'ogive suspendu à une chaînette.

Le pendule l'accompagnait dans toutes ses missions et se révélait d'une aide précieuse sur le terrain. Au cours de sa mission kenyane, il lui avait permis de mettre au jour des indices qui avaient échappé aux enquêteurs pendant deux années entières. Suscitant souvent moqueries et scepticisme parmi les policiers avec lesquels Hanah collaborait, le pendule avait pourtant fait ses preuves. Les Russes avaient été les premiers à utiliser ces sciences dites, à tort, occultes ou parallèles — médiumnité, radiesthésie, télépathie, télékinésie — pour déstabiliser l'adversaire, notamment dans les grands tournois d'échecs, ou mener des investigations.

Hanah promena le pendule au-dessus de Crystal Lake. La ville avait une certaine renommée touristique et écologique ; les récents événements avaient dû ébranler ce petit monde paisible.

Au terme de quelques allers et retours accompagnés de nettes rotations de son pendule, Hanah le remit dans son étui.

— Bon boulot, lui souffla-t-elle avant de le replacer dans le tiroir.

Après quoi elle consulta les horaires de la compagnie aérienne interne, se renseigna sur la disponibilité des vols, prit son téléphone et composa le numéro de la détective. La neige avait redoublé d'intensité et de gros flocons venaient s'écraser sur la verrière.

— Eva ? C'est Baxter, dit-elle lorsque la détective se manifesta au bout de cinq sonneries. Je vais réserver un vol pour après-demain, le temps de quelques préparatifs. Mais j'ai découvert quelque chose en regardant une carte détaillée de Crystal Lake et de ses environs. Il faudrait que nous nous rendions rapidement à Oakwood Hills, dans la zone forestière la plus proche de Fox River.

— La neige est tombée en grandes quantités, je crains que ça ne soit guère praticable, objecta Eva.

— Avec de bonnes raquettes, ça devrait l'être.

— Qu'avez-vous découvert ?

— C'est précisément ce que nous allons voir. Je vous envoie mon heure d'arrivée à Chicago par mail.

— Je vous attendrai à l'aéroport, précisa Eva.

Hanah raccrocha, le cœur encore palpitant. Inutile d'expliquer par téléphone à la détective que les recherches là-bas cibleraient sans doute des restes humains.

6

Joe finissait de boire son café dans lequel il trempait un toast beurré. Ce matin-là il déjeuna un peu plus que d'habitude pour affronter le froid. Ici, en ville, il devait faire pas loin de moins trente, mais à Oakwood Hills la température pouvait encore baisser de cinq degrés au moins, voire atteindre les moins quarante-cinq. Pourtant, le jeune médecin aimait ces sensations extrêmes, sentir la bise glacée sur le visage, entendre la neige craquer sous ses raquettes dans un bruit de plaques de polystyrène qu'on casse. Le lointain sang inuit qui coulait dans ses veines y était sans doute pour quelque chose.

Il emporterait une autre paire de raquettes, achetée la veille pour la profileuse qui devait arriver de New York. Eva l'avait appelé pour lui parler de leur expédition jusqu'au lieu indiqué par Hanah Baxter.

La détective avait déjà ses raquettes et un équipement complet contre les grands froids. Au cas où la maison de Lasko serait encore sous surveillance, ils s'étaient donné rendez-vous sur le parking d'un supermarché à la sortie de la ville. Ils prendraient le pick-up, mieux équipé pour la neige, et auraient encore une trentaine de kilomètres à parcourir avant d'arriver à la forêt d'Oakwood Hills.

Le ventre plein elle aussi, Laïka, qui avait compris, alla s'asseoir devant la porte. Après avoir rempli une thermos de thé vert bouillant et pris quelques barres énergétiques avec des fruits secs, le médecin fourra ses après-ski dans un sac. Vêtu de son épaisse doudoune et coiffé d'un bonnet en polaire, il attacha son harnais à la chienne qui jappa de joie.

Eva n'était pas entrée dans les détails, le laissant en proie à une anxiété croissante. À quoi devait aboutir cette virée ? Qu'avait découvert cette Hanah Baxter pour être aussi avare de précisions ?

Joe verrouilla la porte d'entrée et rentra dans le garage, précédé de Laïka qui grimpa d'un bond dans le coffre du pick-up. Pendant que le portail électrique remontait, il alluma le moteur et sortit en patinant légèrement sur les congères amassées à l'entrée du garage et qu'il n'avait pas eu le temps de déblayer.

Dans les rues de son quartier, le chasse-neige n'était pas encore passé. Les gars de la voirie étaient débordés et s'occupaient en priorité des grands axes menant à Chicago et des routes vers les établissements scolaires et les hôpitaux. Les énormes pneus crénelés du 4 × 4 produisaient un son feutré sur la couche de neige fraîchement tombée. Les rares voitures qu'il croisait roulaient au pas dans le silence blanc.

À l'intérieur du pick-up, le chauffage tournait à fond et la radio, réglée en permanence sur WBBM, 780 AM, une station d'informations de Chicago, balançait les nouvelles du jour.

On ne comptait plus les accidents en chaîne, les victimes du froid et même les crashes d'avions privés. On venait d'annoncer le maintien au sol des vols long-courriers et de certains vols internes, dont ceux en provenance de New York et à destination de Chicago, sans doute devenue la ville la plus froide des États-Unis au cours de cet hiver. Lasko se demanda si Baxter serait vraiment au rendez-vous.

Écoutant distraitement la suite des informations, concentré sur la route dans le halètement régulier de Laïka, Lasko se figea.

«Pour le moment les recherches qui se poursuivent dans la région de Crystal Lake n'ont rien donné, mais, il y a deux jours, les familles des fillettes disparues ont chacune reçu un bien étrange colis anonyme, dans lequel elles ont trouvé une poupée d'une étonnante ressemblance avec…», déblatérait la journaliste d'une voix sans émotion, comme si elle récitait un texte appris par cœur.

Joe appuya sur le bouton de la radio. Il préférait ne rien entendre. Les nouvelles allaient trop vite et l'histoire des poupées avait certainement été l'objet d'une fuite. La divulguer à la presse lui paraissait une erreur.

Intrigué et inquiet, Lasko composa le numéro de Stevens. Celui-ci décrocha presque aussitôt.

— Joe Lasko, bonjour chef Stevens. Vous avez écouté les infos?

— Oui, ça ne devait pas se passer comme ça, dit le policier d'une voix sombre. C'est apparemment l'œuvre d'un des facteurs qui a voulu faire du zèle auprès de la presse après avoir été interrogé au poste. Il a dû être payé pour cette info. Dans le cas où les ravisseurs ignoreraient l'histoire des poupées, cette fuite pourrait nuire à l'enquête. Ça va forcément attirer leur attention sur la personne qui voulait peut-être vous envoyer un message concernant vos filles et que, de ce fait, ils doivent connaître. Il est même probable qu'elle fasse partie de leur entourage.

— Je sais que ce n'est pas votre faute et que vous faites au mieux, chef Stevens. Avez-vous d'autres résultats des analyses capillaires ? demanda Joe en déglutissant avec effort.

— Non, pas pour le moment. Les analyses ADN exigent un peu plus de temps. Prenez soin de vous, monsieur Lasko.

Joe raccrocha, une pierre dans l'estomac. Vraiment, il n'avait pas besoin de ça. Personne n'avait besoin de ça. Il y aurait toujours des gens peu scrupuleux pour piétiner la détresse d'autrui.

La neige avait redoublé d'intensité, provoquant la mise en route des essuie-glaces en mode automatique. Les conditions climatiques risquaient de compliquer sérieusement l'expédition.

Eva disait avoir reçu de Baxter par mail une carte avec l'indication de la zone à explorer. Mais que recherchaient-ils ? Des indices ? Des traces ? Dans cette épaisseur de neige, un mois après les enlèvements ?

Il en était là de ses réflexions, lorsqu'il arriva au parking du supermarché. Eva l'attendait déjà, à côté de sa Ford Mustang bleu ciel, sa paire de raquettes dans une main, la tête couverte de sa chapka pardessus laquelle elle avait rabattu la capuche fourrée de sa doudoune de ski. Elle avait mis un pantalon doublé, conçu pour la neige et le froid, enfoncé dans de chaudes bottes canadiennes.

Il n'y avait pas beaucoup de monde à cette heure. En quittant leur emplacement, les véhicules laissaient un rectangle sombre de neige devenue une sorte de mélasse brunâtre.

Joe se gara à quelques places de la voiture d'Eva et attendit sans sortir qu'elle vienne s'installer à côté de lui. Il avait déjà deviné qu'ils ne seraient que deux.

— Elle n'a pas eu de vol, dit-il à la jeune femme qui prenait place en retirant sa capuche et sa chapka.

Son parfum, Addict de Dior, se répandit aussitôt dans un sillage vanillé et entêtant qui ne déplaisait pas à Joe. Il aimait aussi cette odeur de neige et de bois brûlé qu'elle apportait sur ses vêtements. Sans doute avait-elle une cheminée à la maison. Il ne lui avait même pas demandé si elle était mariée, si elle avait des enfants. Peut-être en aurait-elle parlé spontanément, à moins qu'elle ne préférât rester dans le cadre professionnel.

— Eh non… Elle devrait arriver dans deux jours, en espérant que son avion puisse décoller. Il fait une chaleur à mourir dans ta caisse !

— Je vais baisser. Bon, dis-moi avant de partir, c'est quoi exactement l'objet de cette expédition polaire ?

— Je t'ai tout dit de ce que je sais, Joe. Elle m'a juste envoyé cette carte. Mais elle avait l'air de tenir à ce qu'on s'y rende au plus vite, sans l'attendre.

— Si tu es sûre qu'on ne va pas se perdre…

Pour toute réponse, Eva brandit triomphalement

sous les yeux de Lasko son iPhone allumé sur une application GPS.

— Et si ça ne capte pas ? lui fit remarquer Joe avec une moue.

— Plan B !

Sortant l'autre main de sa poche, elle lui mit sous le nez une vraie boussole cette fois dont l'aiguille tremblotait, semblant hésiter entre l'est et l'ouest.

— Je l'ai reçue de mon grand-père et j'y tiens ! Il me l'a offerte pour mes vingt ans. C'est pour mieux t'orienter dans la vie, m'avait-il dit. À l'époque, je n'avais pas trop compris, mais depuis, ça a eu le temps de bien rentrer dans ma petite tête.

Joe se contenta de sourire et le pick-up recula pour faire une boucle qui les conduisit vers la sortie.

Si on lui avait dit à l'époque que, vingt ans plus tard, il roulerait sous une neige drue en direction d'Oakwood Hills avec à bord de son pick-up la femme qu'il avait toujours désirée plus que tout, il n'y aurait pas cru. Mais il aurait encore moins imaginé que sa fille unique disparaîtrait sans laisser de traces après son quatrième anniversaire. Tant qu'il ne frappe pas chez vous, le malheur ne concerne que les autres. Tout nous porte à en être les spectateurs au quotidien, tranquillement installés devant la télé.

Oakwood Hills était un village du comté de McHenry, entouré de collines verdoyantes et de parcs forestiers, au bord de la Fox River. Un enfer blanc avait tout englouti. Même la rivière semblait figée dans son lit, réduite à un mince filet d'eau glacée. La nature, par ici, avait un aspect sauvage, mais en réalité, tout y était maîtrisé, répertorié, entretenu par les forestiers. Ils consacraient leur temps à ces réserves naturelles où ils vivaient en solitaires dans d'assez confortables cabanons de rondins équipés d'un poêle à charbon et de toilettes.

Arrivés sur le parking de la réserve après trois quarts d'heure d'une route prudente, Joe et Eva descendirent de voiture, munis de leurs sacs à dos et de leurs raquettes.

Libérée du coffre, Laïka courait comme une folle dans la neige vierge où elle se jetait la tête la première et se laissait glisser à la manière d'une otarie. Tout en la contemplant, amusé, Lasko attacha ses raquettes à ses après-ski, laissant ses bottines de ville dans la voiture. Eva l'attendait, prête à partir.

Pour le moment, son GPS semblait fonctionner. À dix heures passées, le soleil paraissait vouloir tenter une percée timide en dispensant une pâle clarté sur le paysage, lui donnant un aspect irréel, presque fantomatique.

À la lisière de la forêt où feuillus nordiques et résineux cohabitaient en harmonie, alors qu'ils allaient s'engager sur le sentier indiqué par Hanah Baxter, le jeune médecin sentit son cœur palpiter. Il avait peur de ce qu'ils allaient peut-être y découvrir.

Après une disparition dont un meurtre est à l'origine, on retrouve la plupart du temps le corps, ou ce qu'il en reste, abandonné dans une forêt, un cours d'eau, un ravin, ou dans tout endroit isolé propice à sa dissimulation. La région de Crystal Lake avait été ratissée par les policiers et les équipes cynophiles, mais à sa connaissance pas celle d'Oakwood Hills. Tout était donc possible.

Instinctivement, Lasko siffla sa chienne, tandis qu'Eva partait en tête, la carte et son portable à la main. Surprise par ce rappel inopiné, Laïka revint la queue entre les pattes, comme si elle avait fait une bêtise, et se laissa docilement attacher.

Joe marchait d'un pas encore hésitant, derrière Eva. Le flanc plaqué contre la jambe de son maître, la chienne husky avançait d'un air contrit. Les coussinets de ses pattes laissaient dans la neige fraîche des motifs semblables à des fleurs.

Sans raquettes, Eva et Joe se seraient enfoncés jusqu'aux genoux. Au-dessus d'eux, dans un grincement sinistre, les branches ployaient jusqu'à casser, pour les plus fragiles. Le bruit des paquets de neige qui s'écrasaient au sol était celui d'un corps qui tombe.

Certains troncs étaient couverts de fines aiguilles de givre dont les scintillements à peine perceptibles prenaient des teintes bleutées. Leurs ombres s'étiraient comme des croix sur la neige, donnant à l'endroit un air de cimetière.

Il aurait été déconseillé de quitter le sentier balisé. Se perdre dans ce froid équivalait à un arrêt de mort.

Un peu plus loin, le chemin se rétrécissant en un étroit goulot, Joe finit par relâcher Laïka qui accueillit cette décision avec un jappement de joie avant de filer devant eux.

Au fil de leur progression, la pénombre croissait, malgré la luminescence du tapis neigeux. Ils atteignaient la partie la plus sauvage de la réserve naturelle.

Des branches glacées crépitèrent sous leurs raquettes. Quelques mètres plus loin, un autre craquement résonna dans l'épaisseur ouatée du silence.

Un bruit étranger, qui ne pouvait provenir de leurs pas, puisqu'ils n'avaient foulé que de la neige vierge.

Joe et Eva s'arrêtèrent, dressant l'oreille, sans échanger un mot. Lasko sentait son pouls battre dans sa gorge. Même Laïka s'immobilisa, nez au vent. Le médecin eut la sensation désagréable d'être observé, épié. Mais n'en dit rien à sa coéquipière. Une sueur froide envahit sa nuque et ses tempes. Il tenta de se raisonner. Il n'y avait personne à des kilomètres, le pick-up était le seul véhicule sur le parking et les randonneurs étaient peu nombreux en cette saison. Peut-être était-ce un garde forestier qui faisait sa ronde. Ou bien un animal en quête de nourriture. Un cerf ou un sanglier. L'idée que ce fût un loup l'effleura, ce qui ne fut pas pour le rassurer, malgré la présence de la chienne. Elle aussi semblait sur ses gardes ; le fixant de ses yeux bleu et vert, elle attendait l'autorisation de son maître pour se remettre en route. Sur un signe de tête d'Eva, ils reprirent leur progression.

Ils parvinrent à une boucle, à la sortie de laquelle le chemin forestier se divisait. Eva s'arrêta à la fourche. Elle hésitait sur la direction à prendre. Les sentiers se rejoignaient-ils plus loin ou s'enfonçaient-ils dans une direction opposée ?

Elle déplia la carte.

— Selon les indications de Baxter, ce serait plutôt dans cette direction. Vers la gauche, nord-ouest, dit-elle en consultant cette fois la boussole. On n'est plus très loin de notre destination, apparemment.

Un battement d'ailes leur fit lever la tête en même temps. Une chouette retardataire au plumage blanc moucheté de gris, chassée par leur présence, s'éleva lourdement d'une branche où elle s'était posée en sentinelle. Elle s'envola au-dessus du sentier de gauche. Un peu de neige tomba, saupoudrant les trois intrus. La chienne se secoua vigoureusement. Lasko qui, par nature, ne prêtait pas attention aux signes, ne put s'empêcher d'y voir un funeste présage.

— Allons-y, alors, suggéra-t-il, résigné.

Ils se remirent en route, toujours précédés de Laïka qui savait anticiper le moindre des mouvements ou des intentions de son maître.

Au bout d'une centaine de mètres, une masse sombre se profila entre les arbres, un peu en diagonale, à droite du chemin.

— Ça ressemble à une cabane, lança Eva par-dessus son épaule.

Encore ce petit filet de vapeur blanche, s'échappant de leur bouche chaque fois qu'ils parlaient.

— Allons voir, proposa-t-elle en quittant la sente.

Lasko n'était pas très chaud, mais il n'avait pas d'autre choix que de suivre la jeune femme dans sa détermination.

Ils s'approchèrent avec prudence, regardant autour d'eux. Peu à peu, la masse se décomposa en un toit de branchages, des murs de rondins et une porte en bois massif. Seule une fenêtre latérale aux vitres crasseuses devait filtrer le peu de lumière du jour qui lui parvenait. La construction pouvait ressembler à la maisonnette d'un garde forestier.

Ils arrivèrent à la porte, le souffle raccourci par leur marche dans le froid, mais aussi par une anxiété naissante. Eva jeta un coup d'œil à la carte.

— C'est dans ce périmètre que Baxter a découvert quelque chose, dit-elle tout bas en relevant la tête.

Joe perçut une lueur dans son regard. Redoutait-elle la même chose que lui? En savait-elle plus qu'elle n'avait bien voulu lui dire?

Lasko se sentit tout à coup au bord du malaise. Il fut sur le point de suggérer à Eva de faire demi-tour et de revenir avec Al Stevens si nécessaire. L'endroit ne lui disait rien de bon, bien que ce ne fût qu'un cabanon.

— C'est la plaque des gardes forestiers, lui fit remarquer Eva, pointant un écusson aux insignes de la réserve au-dessus du chambranle.

Rassuré, Lasko allait frapper à la porte quand la détective retint son geste.

— Attends, d'après la carte, souffla-t-elle à voix basse, ce que Baxter voulait que nous trouvions n'est pas à l'emplacement de ce cabanon. N'attirons pas l'attention, il est peut-être occupé.

Joe hocha la tête en s'éloignant à pas feutrés. La cabane semblait vide, aucun bruit n'en provenait.

— Où est passée Laïka? Tu l'as vue? demanda-t-il soudain lorsqu'ils furent à distance.

— Non... Ça fait un petit moment d'ailleurs.

— Laïka! appela Lasko, les mains en porte-voix. Laïka, au pied tout de suite!

Il siffla, en vain. La chienne ne se montrait pas. La bougresse! Où avait-elle disparu?

— Ce n'est pas le moment de la perdre, gronda Joe en esquissant quelques pas sur une trajectoire circulaire.

Soudain il perçut un mouvement dans la blancheur glacée, à une dizaine de mètres d'eux. Laïka! Le bouquet fourni de sa queue s'agitait au pied d'un conifère au tronc monumental où s'était solidifié un amas de résine ambrée. Enflammée, elle aurait dégagé ce parfum d'encens qui imprègne les chapelles orthodoxes.

Avec l'excitation d'un sanglier en quête de glands ou d'un chien truffier, Laïka fourgonnait bruyamment le trou qu'elle venait de creuser, mélangeant la neige à l'humus et à la terre noircie.

— Te voilà enfin, fugueuse! lui cria Lasko, soulagé. Alors comme ça, on nous fausse compagnie? Qu'est-ce que tu as encore trouvé?

Eva lui emboîta le pas. À leur approche, la chienne grogna sans se retourner.

— Hé, Laïka, c'est nous! prévint le médecin.

En quelques enjambées il fut près d'elle. Mais, la gueule refermée sur un trésor, elle ne cédait pas.

Elle ne grondait ainsi que lorsqu'elle rongeait un os. Dans ces moments-là, personne ne pouvait le lui prendre.

Le cœur affolé, Joe se pencha doucement et tendit la main en signe d'apaisement. Il portait d'épaisses moufles fourrées en peau de mouton.

— Fais voir, Laïka, tout doux… Donne, allez donne, ordonna-t-il, en haussant le ton.

La chienne savait ce qui l'attendait si elle s'obstinait. Elle lâcha à regret le précieux objet qui roula dans le trou, se révélant aux yeux horrifiés de Lasko et d'Eva.

Là, à leurs pieds, un petit crâne humain détaché d'un squelette dont quelques débris émergeaient çà et là de la terre remuée.

Ce ne pouvait être que celui d'un enfant. Les

orbites vides et noires, tournées vers Joe, semblaient le regarder du fond de leur néant.

Alors, un hurlement qu'il ne put retenir déchira sa poitrine et il tomba à genoux dans la neige.

7

Pris d'un vertige et de nausées, Joe, en perdant l'équilibre, avait heurté le tronc du conifère au niveau de l'arcade sourcilière. Du sang coulait abondamment sur sa paupière. Eva, qui n'en menait pas plus large, fouillait dans son sac à dos à la recherche de son paquet de Kleenex.

— Attends, je vais tamponner la plaie, elle n'est pas si importante, dit-elle en sortant un mouchoir du paquet. C'est un endroit du visage qui saigne beaucoup.

Anéanti, sous le choc, Joe lui présenta son front. Il tremblait encore.

— Ce n'est pas possible, répétait-il en essayant de contenir ses sanglots. Dis-moi que ce n'est pas elle… que ce n'est pas Liese, ni une autre…

— Ne bouge pas, calme-toi, Joe. Pour l'instant, on ne sait pas. Il s'agit peut-être de tout autre chose. Cette… cette découverte n'a peut-être rien à voir avec l'affaire.

Joe se redressa péniblement et resta quelques instants adossé au tronc du conifère à reprendre ses esprits. Il n'osait pas regarder de nouveau dans le trou. Il espérait même que ce ne soit plus là. Qu'il avait fait un cauchemar. Encore un cauchemar.

L'arcade le tiraillait douloureusement, mais le froid commençait à anesthésier la plaie qu'Eva nettoyait avec un peu de neige fraîche.

Assise devant eux, Laïka se mit à gémir. Le regard de Joe alla se perdre malgré lui là où la chienne avait creusé, tout autour de sa macabre découverte. Le petit crâne y gisait, passablement abîmé, les narguant de son rictus figé.

Que faire ? S'ils le laissaient là, les enquêteurs risquaient de ne pas le retrouver, mais le rapporter serait une épreuve terrible. Surtout si l'enquête devait confirmer qu'il s'agissait des restes de sa fille. Le médecin chassa aussitôt cette éventualité de son esprit. Il n'aurait pas la force de l'affronter.

— Il faut le prendre et le remettre au chef de la police, se décida-t-il en désignant le crâne d'un mouvement du menton.

Eva acquiesça en silence. Elle semblait, elle aussi, très affectée. Malgré ses efforts pour ne rien montrer à Joe, la pâleur de son visage et les ombres sous ses yeux la trahissaient.

Alors que Joe se baissait à contrecœur pour ramasser le crâne, quelque chose à la base du tronc attira son attention. Une chaîne rouillée, à moitié enterrée, l'encerclait.

Son cœur cognait à tout rompre dans sa poitrine tandis qu'il se demandait s'il y avait un lien avec les ossements ? De ses mains tremblantes, il descendit jusqu'à l'extrémité de la chaîne, à laquelle était scellé un cercle de fer lui aussi attaqué par la rouille.

Le doute n'était guère possible. Quelqu'un avait

été attaché à ce tronc. Sans doute la personne à qui appartenait ce crâne. Un enfant.

Eva et lui se regardèrent sans un mot. Les os du squelette qui avaient été épargnés par les bêtes sauvages devaient se trouver ici, quelque part, sous cette terre recouverte de neige.

Quel monstre avait pu faire ça ? Et pourquoi ? Un garde forestier était-il en cause ? Le refuge n'était pas très loin et s'inscrivait dans le périmètre défini par Hanah Baxter.

Chancelant, mais plus que jamais déterminé à retrouver le malade responsable de cette horreur, Lasko fourra le crâne dans son sac à dos sans plus réfléchir. Il devait bien reconnaître que la profileuse les avait mis sur une piste. Même si la présence de ces restes humains pouvait être une parfaite coïncidence.

— Comment a-t-elle fait ? demanda Joe alors qu'ils prenaient le chemin du retour, précédés de Laïka.

— Fait quoi ?

— Pour savoir qu'il y aurait… quelque chose ici.

— Je te l'ai dit, ses méthodes sont assez atypiques, mais efficaces, répondit Eva, les yeux rivés au sol.

Le silence de la forêt devenait lourd, assourdissant, à peine troublé par le crissement régulier de leurs raquettes sur la neige.

— Comme… le pendule ?

Eva se tourna vers lui et hocha la tête.

— Ne me dis pas que c'est un pendule qui nous a conduits ici, rétorqua Joe, d'un ton sec. Sur le terrain passe encore, mais à distance ?

— Certains radiesthésistes retrouvent des trésors

ou des personnes à l'aide d'un pendule et d'une carte géographique sans bouger de chez eux.

À la cime des arbres, le ciel s'était subitement obscurci, plongeant les sous-bois dans une pénombre plus épaisse encore.

Laïka vaquait à distance, sans perdre de vue Eva et son maître. La forêt et la terre au pied des arbres étaient source d'odeurs musquées toutes plus intéressantes les unes que les autres pour un flair aussi affûté.

Ils avançaient entre les sapins, marchant dans leurs propres empreintes. Ils avaient dépassé le cabanon depuis dix bonnes minutes quand, soudain, un hurlement déchira l'espace. Le médecin reconnut aussitôt la voix de sa chienne.

— Laïka ! cria-t-il en partant à sa recherche. Laïka !

Les hurlements se transformèrent en gémissements de détresse aigus et saccadés. À l'évidence l'animal était blessé.

Guidé par ses plaintes, Lasko la trouva enfin et put mesurer l'ampleur du désastre. La pauvre bête était prise dans les mâchoires d'acier d'un piège à loups. La blessure était profonde, les dents métalliques lui avaient pratiquement sectionné la patte avant droite, déchirant les chairs et les tendons. Seul l'os résistait encore, malgré la fracture ouverte.

En voyant son maître et Eva accourir, un peu ralentis par leurs raquettes, ses oreilles s'aplatirent sur son crâne et elle eut malgré tout la force de remuer faiblement la queue.

— Pas bouger, Laïka, doucement, ma belle, laisse-moi voir…, lui murmura Joe.

Grognement sourd, aussitôt suivi d'un gémissement. Contenant son émotion pour ne pas stresser davantage la chienne, il lui caressa la tête. La neige recommençait à tomber.

— Pas question de te laisser là par ce froid... Alors tout doux et fais voir cette maudite machine!

À mains nues, il tâta le piège humide et glacé avec prudence. Même avec un père chasseur, il n'en avait jamais vu de tel. Le constat était sans appel. Il ne saurait pas le débloquer pour libérer la chienne. Sentant que bouger ne faisait qu'aggraver son cas, Laïka se tenait immobile, allongée sur le flanc, terrassée par la douleur. Elle perdait beaucoup de sang. Sans grand espoir, Joe sortit son portable. Pas de réseau. Il posa un regard impuissant sur Eva. Ses doigts lissaient la fourrure mouchetée de rouge qui frémissait. Il était médecin mais ne pouvait rien contre les mâchoires d'acier.

— Je vais retourner à la cabane voir s'il y a quelqu'un. Le garde forestier est peut-être revenu depuis tout à l'heure, dit-il en se relevant péniblement.

— Elle semblait vide, Joe. Et je ne pense pas qu'il y aura quelqu'un avant le printemps.

— Qui protégerait la faune contre les braconniers en plein hiver alors? objecta Lasko. Je vais quand même aller voir.

Il s'apprêtait à partir, lorsqu'un craquement proche les fit tressaillir. Ils se tournèrent en direction du bruit.

Une silhouette avançait vers eux d'un pas sûr, le dos courbé. Surgi de nulle part, un homme vêtu d'une parka sombre et d'un pantalon genre treillis, chaussé de grosses bottes, la tête recouverte d'un bonnet de laine. Une épaisse moustache noire lui barrait le visage. Joe fut aussitôt sur ses gardes.

— C'est votre chien que j'ai entendu crier ? bougonna le type sans s'embarrasser de présentations.

Il s'approcha de Laïka.

— Ma chienne, oui, elle vient de se faire prendre dans ce foutu piège ! Vous êtes garde forestier ? demanda Lasko.

— Ouais, et vous avez de la chance de tomber sur quelqu'un par ici, grogna l'homme dans sa moustache. Je peux vous demander ce que vous fichez dans les parages par ce froid ?

— C'est vous qui posez ces pièges ? l'interrogea Joe en ignorant la question.

— En général, les loups arrivent à se libérer. Vous savez comment ? Y s'bouffent la patte. Y s'amputent tout seuls, quoi, répondit l'homme, éludant à son tour.

Lasko ravala sa salive. Il sentait comme une boule de billard descendre et remonter dans sa gorge contractée.

— Je ne sais pas comment faire pour libérer ma chienne. Ce n'est pas un loup !

— Y a qu'une solution. Poussez-vous, dit le garde forestier en tirant un long couteau de chasse d'un étui pendu à sa ceinture.

— Qu'allez-vous faire ? s'inquiéta Joe.

— Déjà, la libérer… Après, on verra.

À l'aide de la pointe de son couteau, en un tour

de main, l'homme parvint à débloquer le système. Il écarta doucement les mâchoires du piège et libéra la patte abîmée de Laïka. La chienne poussa un gémissement et tenta de se relever, mais son maître la retint tout en lui parlant d'une voix douce.

— Ben dites donc, c'est moche ! constata le type. Il va falloir arrêter le sang, déclara-t-il en se redressant. Il était d'une carrure impressionnante. Vous êtes garés sur le parking, j'imagine ?

— C'est ça, oui.

— Je vois… ça fait une belle trotte. Vous êtes blessé, vous aussi ?

Machinalement, Joe porta une moufle à son arcade meurtrie.

— Ce n'est rien, je me suis cogné à une branche que je n'ai pas vue.

— Votre chienne, je vais lui faire une attelle.

— Avec quoi ? demanda le médecin, en cherchant autour de lui ce qui pourrait bien faire office d'attelle et de bandage.

— J'ai ce qu'il faut là-bas, à la cabane. C'est pas loin. Attendez-moi ici, je vais chercher la motoneige.

Le sang n'arrêtait pas de couler de la patte de Laïka, constellant la neige de gouttes écarlates. Joe tenta de comprimer la plaie.

— D'accord. Faites au plus vite, dit-il.

À peine dix minutes plus tard, le garde forestier arrêtait une énorme motoneige à côté d'eux et ils purent embarquer Laïka dans la remorque.

Eva et Joe montèrent derrière l'homme. Arrivés à

la maisonnette, Lasko et le garde portèrent la pauvre bête avec précaution jusqu'à l'intérieur.

Leur hôte se débarrassa de sa parka et de son bonnet, laissant apparaître une cascade de boucles noires sur un front haut. Un nez droit et rouge lui fendait le visage. Sans cette moustache hirsute, il aurait été plutôt bel homme.

Il fourra quelques bûches dans un vieux poêle qui occupait le centre de la pièce et les arrosa de produit inflammable. Pour se réchauffer, on risquait l'intoxication au monoxyde de carbone, songea Joe.

— Posez-la sur l'établi, dit le garde en désignant une planche épaisse en équilibre sur deux tréteaux.

Lasko s'exécuta, prenant soin de ne pas heurter la chienne, confiante et abandonnée. Il en profita pour jeter un coup d'œil à ce qui l'entourait, faiblement éclairé par l'unique fenêtre latérale.

Un seau métallique dans un coin, une bassine en fer-blanc bosselée, une pelle, une pioche, une hache et un balai dont on se demandait bien s'il servait parfois, tant le plancher était sale et poussiéreux.

Sur une étagère de fortune étaient empilés quelques vêtements, tandis que d'autres, roulés en boule, jonchaient le sol à côté d'un matelas recouvert d'un sac de couchage kaki troué.

Le garde ne pouvait pas se targuer d'être maniaque. Mais inconsciemment, Joe cherchait autre chose. Son regard sondait la pièce en quête d'un objet précis. Le même que celui qu'il avait découvert, fixé à l'arbre, avec le crâne. Une grosse chaîne et une sorte de collier en métal.

Joe, qui sentait peser le crâne dans son sac à dos, songea que les restes humains qu'ils venaient de découvrir se trouvaient dans le périmètre du refuge et se surprit à redouter qu'ils ne fussent en présence de l'auteur de ce qui s'annonçait comme un meurtre.

— Ça va? grinça leur hôte tout en cherchant un morceau de bois qui pourrait faire l'affaire.

Sa large moustache, du même noir corbeau que ses cheveux où se perdaient quelques fils argentés, lui occultait la bouche presque totalement. Il était impossible de voir s'il esquissait un sourire. Seuls ses yeux sombres parlaient.

— Vous… vous n'avez pas trop froid ici, la nuit? s'inquiéta Joe.

— Tu parles, c'est un vrai sauna quand le poêle marche à fond, dit l'homme en désignant l'appareil du menton. Et du bois, j'en manque pas! Tenez-la, j'ai ce qu'il faut.

Secondé par Eva, Lasko s'exécuta aussitôt, s'adressant à Laïka d'une voix apaisante.

— Ça va aller, Laï, tu vas voir, tu pourras de nouveau marcher.

Pendant ce temps, après avoir mis un peu de glace sur la patte de la chienne pour l'anesthésier, le garde avait fait chauffer à blanc la lame de son couteau sur les braises du poêle et avançait vers elle, l'arme à la main.

Lasko devina ce qu'il s'apprêtait à faire et maintint Laïka plus fort en lui fermant la gueule d'une main, tandis qu'Eva s'occupait de lui tenir les pattes arrière.

— Je vais mettre ça sur la blessure, en attendant qu'elle aille au véto, annonça l'homme. Tenez-la bon, ça va faire mal. Elle risque de mordre et moi, j'aime pas ça, les chiens qui mordent.

Il avait terminé sa phrase avec un air soudain hostile, une lueur étrange dans le regard.

— Elle ne mordra pas, assura Lasko en prenant une profonde inspiration.

— Prêt ?

— Allez-y, souffla le médecin en faisant suffisamment pression sur la chienne pour l'immobiliser sans l'étouffer.

Au contact de la lame brûlante, le corps de la pauvre bête fut agité d'un soubresaut, comme si elle venait de recevoir une décharge électrique, mais elle ne broncha pas.

Une odeur de chair grillée s'éleva aussitôt de sa patte. Joe, les larmes aux yeux, détourna le regard. Il en avait pourtant vu d'autres, en réanimation. Sauf que là, il s'agissait d'un être qui le touchait de près.

— Voilà, c'est fini, dit le garde en essuyant la lame de son couteau dans un torchon qui devait servir un peu à tout. Elle va s'en sortir. Emmenez-la d'urgence voir un véto.

Il entreprit ensuite de lui confectionner une attelle qu'il attacha solidement avec un point de compression sur la plaie pour contenir l'hémorragie le plus longtemps possible.

— Je vais vous ramener à votre voiture en moto-neige, dit l'homme en se frottant le menton d'un air dubitatif.

La chienne, vacillante, s'était finalement remise sur ses pattes et, intriguée, reniflait le dispositif sommaire.

En un coup d'œil Joe évalua son état. Elle ne pourrait pas marcher jusqu'au parking.

— C'est d'accord, merci beaucoup, je ne sais pas ce que nous aurions fait sans vous.

Laï serait morte, assurément, se dit-il en frémissant. Après sa fille, la chienne husky était l'être qu'il aimait le plus au monde. Il n'aurait pas pu envisager une seconde de la perdre elle aussi.

De nouveau embarqués sur la motoneige, ils prirent le chemin du retour, cette fois sur une piste tracée pour les véhicules de ce type, que le garde avait rejointe en empruntant un chemin plus étroit derrière le refuge.

Assis à côté de Laïka dans la remorque, Joe se demanda quelle serait la réaction de leur hôte s'il découvrait ce qu'ils transportaient à bord, en plus d'un chien blessé. Mais le garde, concentré sur la route dont la moindre aspérité, le moindre virage pouvait, à cette vitesse, les éjecter contre un arbre, filait vers leur destination sans un mot.

Le vent s'était levé et soufflait de plus en plus fort. Un vent polaire qui rendait difficile le simple fait de respirer. Une petite neige glacée leur fouettait le visage comme des milliers d'aiguilles. À la cime acérée des conifères, le ciel était d'un gris anthracite, comme à la veille d'un orage ou d'une tempête.

Parvenus au parking sans incident, ils transférèrent la chienne dans le coffre du pick-up où elle se coucha sur le flanc sans se faire prier, épuisée par la douleur et l'hémorragie.

Ils remercièrent chaleureusement le garde forestier pour son aide et montèrent en voiture.

Sur le chemin du retour, Eva et Joe n'échangèrent que peu de mots, de brèves impressions sur leur hôte et la proximité notable de sa cabane avec les restes découverts au pied de l'arbre.

Joe savait que ce n'était que le début d'une longue et terrifiante attente avant les résultats définitifs de l'identification du petit crâne.

Ils étaient venus à trois jusqu'à Oakwood Hills et n'auraient jamais pu imaginer qu'ils repartiraient à quatre dans le blizzard qui s'intensifiait.

8

Après avoir déposé Eva à sa voiture sur le parking du supermarché à environ 13 heures, Joe rentra chez lui sous des flocons épars. Le vent avait cessé de souffler son haleine glacée.

Ils avaient convenu avec la détective qu'il la rappellerait après avoir remis le crâne à Al Stevens, pour lui raconter leur entrevue.

Mais une fois arrivé à la maison, à peine emprunta-t-il la petite allée qui menait à son garage qu'il stoppa net le pick-up. Un homme venait à sa rencontre. Il portait un large blouson d'aviateur, un jean et des bottes de motard. Gabe.

Lasko sentit le sang lui monter aux joues. Il repensa à ce que lui avait avoué Eva sur l'initiative de Gabe. Elle lui avait proposé ses services à la demande de celui-ci. C'était peut-être ça qui irritait le plus Joe. Se sentir redevable à un homme qu'il ne considérait plus comme son frère. Un étranger.

Pourtant, Dieu sait s'ils avaient été proches. Gabe avait même été son idole. Mais à dix-huit ans il avait voulu poursuivre jusqu'au bout son rêve d'adolescent. Parcourir à moto la route 66 qui traverse les

États-Unis d'est en ouest, de Chicago à Los Angeles et Santa Monica. Douze mille kilomètres. Après un an de petits boulots, il avait déniché une Harley Fat Boy d'occasion. Le reste de ses économies, environ deux mille dollars, serait pour le voyage. C'est ainsi que Gabe le Magnifique, le modèle vivant de son jeune frère qui était encore au lycée, prit la route sans rien dire à personne le 8 mai 1992, ne laissant qu'un mot sur la table : « Je pars. »

Entrant dans une fureur folle, leur père avait décidé de couper les ponts avec ce fils aîné qui se dérobait à son devoir — reprendre la supérette familiale. Stan Lasko ne le reverrait jamais. Ce jour-là, Joe perdit non seulement un frère et un meilleur ami, mais aussi une famille.

Deux mois plus tard, dévalisé par une bande, Gabe appelait d'un bar avec la dernière pièce qu'il lui restait, espérant obtenir de quoi rentrer. Son père l'envoya au diable et raccrocha.

Ce fut sans doute ce qui scella le pacte du jeune homme avec ce même diable. Commença alors pour lui une vraie descente aux enfers. Drogue, petits boulots pour un dealer, encore plus de drogue… Un an plus tard, la police le serrait en Californie, à Los Angeles, sur sa Harley grise, en possession d'un kilo de cocaïne qu'il s'apprêtait à revendre pour le compte d'un autre. Il était arrivé au bout de la route 66… mais pas comme prévu.

Libéré à vingt-six ans, viré de son chantier de réinsertion après une bagarre, le fils aîné Lasko se retrouva à errer dans les rues de Los Angeles, au cœur des bas quartiers qu'il connaissait bien, renoua avec d'anciennes connaissances qui le firent replonger. Un mois plus tard, un braquage de banque auquel il avait participé vira au drame. Dans la fusillade qui éclata entre les malfrats et les forces de police, Gabe atteignit à la tête un policier qui mourut de ses blessures.

Son passé de délinquant et de toxicomane aggrava le verdict. Trente ans d'emprisonnement pour homicide volontaire.

Quand Gabe fut libéré pour bonne conduite de la prison centrale de Los Angeles, il allait avoir quarante ans et il était seul au monde. De ses frasques amoureuses, il ne restait rien. Il n'avait pas connu le véritable amour. Sa vie était du vent. La nostalgie de Crystal Lake le prit. Aussi fut-ce sans crier gare qu'il débarqua chez Joe un soir d'octobre 2013.

Après la mort de leurs parents, Joe avait revendu la demeure familiale et la supérette pour ouvrir son cabinet et s'installer dans une maison confortable d'un quartier résidentiel de Crystal Lake. Il était en train de dîner avec Lieserl quand, soudain, la chienne aboya comme une folle dans le jardin. Joe sortit. Au bout de l'allée, Laïka tenait en respect un homme de taille moyenne, plutôt maigre, le visage décharné encadré de deux vagues de cheveux blonds.

— Dis à ton chien de se calmer s'il veut pas en prendre une ! gronda le type.

Il portait un jean troué, des bottes et un blouson en cuir, et un gros sac à dos à l'épaule.

— Gabe ? cria Joe incrédule.

— Qui veux-tu que ce soit ? Le pape ?

— Laïka ! Au pied, tout de suite ! ordonna Joe tout en avançant vers son frère. Qu'est-ce que tu veux ? lui demanda-t-il sèchement.

— Ohohoh, c'est comme ça qu'on accueille son frangin ? railla l'autre.

— Je n'ai plus de frère depuis longtemps, répliqua Joe qui tentait de maîtriser son émotion.

— Dis donc, t'es rudement bien installé. La grande vie…, siffla le frère aîné.

— Mon argent, je le gagne honnêtement, Gabe.

— En travaillant à la supérette ?

— Non, je suis médecin. J'ai vendu la supérette, à la mort de papa.

— Tu t'en es bien sorti, on dirait. C'est le moment de toucher ma part. On entre pour en discuter.

Gabe fit un pas en avant.

— On n'entre nulle part, Gabe. Tu n'es pas le bienvenu ici, désolé. Pour moi, tu n'existes plus.

— Papa !

Les deux hommes se tournèrent en direction de la petite voix qui venait de crier ce mot.

— Liese, rentre, papa arrive !

— C'est qui ? insista-t-elle en s'arrêtant net.

— Personne… un monsieur. Il va s'en aller.

— Pas avant que tu m'aies donné mon fric, frérot. Et j'aimerais bien que tu me présentes ma nièce. Elle est très mignonne… C'est sa mère qui est rousse ?

— Ton argent est bloqué sur un compte. Je suis ton tuteur légal, Gabe. Papa a fait toutes les démarches nécessaires. Rentre *tout de suite*, Liese.

L'homme demeura interdit quelques secondes.

— Quoi ? C'est quoi ces conneries ?

— Quand papa a appris que tu étais en prison, il s'est renseigné sur toi. Tu es un délinquant, un criminel et un meurtrier ! Tu as tué un homme, de surcroît un représentant de l'ordre ! Et tu es… tu es un toxicomane. Tu ne peux pas dépenser l'argent de nos parents à ta guise.

— J'ai été majeur et vacciné bien avant toi, mon p'tit gars, alors je compte bien toucher mon fric sans ta permission.

— Tu étais absent quand papa a été malade, absent quand il est mort, tu n'as pas été auprès de maman pour la soutenir, ni dans son deuil ni dans la maladie... et maintenant tu viens réclamer leur argent ? Je te fais un chèque ou je te donne en espèces de quoi subvenir à tes besoins...

— Sale fumier, tu vas me le payer...

Gabe, le poing levé, fut interrompu net dans son geste par un grognement féroce de Laïka. On ne touchait pas à son maître.

— Je ne te laisserai pas sur la paille, Gabe, dit Joe. Reviens demain chercher ton chèque.

— Tu peux te le mettre au cul, ton fric, frangin ! Quand je reviendrai ce sera pour autre chose. Tu me payeras tout ça bien autrement. *Adios !*

Il cracha aux pieds de Joe avant de faire demi-tour et s'éloigner, tandis que Joe le suivait d'un regard humide, tout en se demandant comment deux êtres unis par les liens du sang, deux frères, issus des mêmes parents, pouvaient en arriver là.

Et voilà que ce presque inconnu débarquait de nouveau chez lui au pire moment de sa vie. Faisant mine de l'ignorer, Joe redémarra et roula au pas jusqu'au garage dont le portail électrique remontait. Les congères s'étaient accumulées par paquets de presque un mètre et bientôt elles risquaient de gêner l'ouverture de la porte.

Gabe le suivit et s'arrêta à l'entrée. Sa silhouette étique, légèrement voûtée, se découpait à contre-jour, un clair-obscur qui durcissait ses traits. Malgré sa blondeur à la Robert Redford et ses longs cheveux ondulés, on lui aurait facilement donné dix ans de plus.

Joe descendit de voiture et passa à l'arrière pour délivrer Laïka. Il fallait qu'il la fasse boire d'urgence.

À la vue de son maître, toujours couchée sur le flanc, la chienne, levant la tête avec effort, remua faiblement la queue. Le tissu qui lui servait de bandage pour son attelle était imbibé de sang.

Ce fut Gabe qui brisa le silence en béton.

— Qu'est-ce qui s'est passé? demanda-t-il en s'approchant.

— Elle a été prise dans un piège à loups durant notre balade, dit Joe, le regard fuyant.

— Un piège à loups? Putain de saloperie! Y a des fumiers qui utilisent encore ça, par ici?

— C'est sans doute le même fumier qui l'a sauvée en stoppant l'hémorragie et en lui fabriquant une attelle.

— À défaut d'aimer les loups, il aime les chiens-loups, railla Gabe. Un braconnier?

— Non, un garde forestier, et Laïka est un husky, pas un chien-loup.

— Tu la conduis chez le véto?

— J'ai appelé en route et je suis tombé sur sa messagerie, alors j'ai décidé de retenter le coup depuis la maison. Il faut qu'elle boive.

— Tu veux que je t'aide à la descendre de là ?

Joe secoua la tête.

— Inutile de la martyriser si je dois l'emmener dans pas longtemps. Il faut juste lui donner un peu d'eau.

La présence de son frère gênait Joe pour appeler Stevens. Pas question de révéler à Gabe le vrai motif de son escapade à Oakwood Hills avec Eva, et encore moins leur sinistre découverte.

Joe ne soupçonnait plus son frère d'être mêlé aux disparitions, mais il ne parvenait pas à lui faire confiance. Et s'il s'empressait d'aller vendre cette information aux médias ? Non, il ne pouvait pas téléphoner à Stevens devant lui.

— Passe ton appel, je vais rester avec ton chien, proposa Gabe.

Joe hésita. Même pour ça, il n'arrivait pas à se fier à lui. Mais il pourrait parler librement à Stevens. « Vous pouvez me joindre à tout moment », lui avait dit l'officier de police. Jusque-là, Joe n'avait pas abusé.

— D'accord, merci. Je reviens, dit Joe.

Tout en se dirigeant vers son bureau où il s'enferma avec son portable, Lasko se demandait comment se débarrasser de la présence indésirable et peu rassurante de Gabe. Était-il revenu chercher sa part d'héritage ? Joe ne voulait ni le léser ni s'attribuer son argent, mais il devait respecter le jugement du tribunal qui l'avait désigné comme tuteur légal d'un frère irresponsable, toxicomane et meurtrier. Or cela, Gabe ne le comprenait pas. Il devait penser que son frère voulait le déposséder. Peut-être était-il venu se venger. Peut-être avait-il utilisé Eva pour parvenir à ses fins. Rendre Joe redevable de son aide et le faire culpabiliser.

— C'est mal me connaître, soupira le médecin à voix haute en composant tout d'abord le numéro du vétérinaire, Allan Chester, qui cette fois décrocha.

— Joe? Je sors tout juste d'une intervention sur un raton laveur. Qu'est-ce qui t'arrive?

— C'est Laïka. Elle est tombée dans un piège à loups.

— Un piège à loups? s'exclama Chester. Où ça?

— Dans la réserve forestière d'Oakwood Hills. On a fait une sortie raquettes.

Pour la deuxième fois, Joe raconta brièvement l'histoire avec le garde forestier qui avait surgi en homme providentiel. Le récit laissa Chester dubitatif.

— Tu devrais quand même le signaler aux autorités. Je veux dire à celles du comté de McHenry. Ce n'est pas normal, un piège à loups en plein parc surveillé! Sans compter qu'un gosse aurait pu tomber dessus.

Joe pensa aussitôt au crâne qui se trouvait dans son sac à dos. Il avait tout laissé sur le siège passager. Et Gabe était resté dans le garage, avec le pick-up ouvert. Une sueur froide lui coula dans le dos.

— Je peux te l'amener maintenant? dit-il précipitamment.

— Bien sûr, à tout de suite, vieux, mais sois prudent en route, ça patine sec!

Lasko savait qu'il pouvait compter sur Allan, un ami de longue date. Sa femme, Merry, vétérinaire elle aussi, était son associée. Leur clinique était réputée à des kilomètres à la ronde. Ils n'avaient pas pu avoir d'enfants et consacraient leur temps à sauver des animaux.

Fébrile, Joe appela Stevens après avoir jeté un coup d'œil à l'extérieur de son bureau au cas où l'idée serait venue à Gabe d'écouter à la porte. Sans mentionner Eva, Joe demanda à voir de toute urgence le chef de la police.

— J'ai découvert quelque chose.

— Venez dès que vous pourrez, dit Stevens avant de raccrocher.

Joe fourra son mobile dans la poche de sa doudoune et se précipita dans le garage. Gabe se tenait près de Laïka, la gamelle remplie d'eau à la main. Lasko scruta son expression sans rien y déceler de douteux.

Son visage était impassible, les yeux fixés sur Laï avec qui il semblait avoir fait la paix depuis leur première rencontre un peu orageuse.

D'un rapide coup d'œil, Joe s'assura à travers la fenêtre du pick-up que le sac à dos était toujours à sa place.

— Elle a réussi à boire, par petites lampées, lança Gabe à son frère. T'as pu avoir le véto ?

— Il la prend tout de suite.

— Je viens avec toi.

La proposition cloua Joe sur place. Il n'avait pas prévu ça. Il était hors de question que Gabe l'accompagnât et qu'il voie où Joe s'arrêterait après avoir conduit Laïka chez Chester. Il ne manquerait pas de lui poser des questions. Mais le laisser à la maison lui déplaisait au plus haut point. Il n'avait que quelques secondes pour prendre une décision. Ses yeux se posèrent sur Gabe. Derrière ce masque façonné et endurci par les épreuves traversées et la captivité transparaissait une faille, une blessure de l'âme. Joe sentit qu'il n'aurait pas le cœur de chasser son frère encore une fois de chez lui. Cependant, il demeurait méfiant.

— Non, Gabe, je n'y tiens pas.

Cette fois, Joe soutint le regard de son frère. Un regard délavé, usé.

— Je ne suis pas revenu pour ce que tu penses, frérot, dit Gabe d'une voix posée.

À vrai dire, Joe ne savait pas vraiment s'il avait envie de connaître les raisons de son retour. Mais prendrait-il le risque de voir disparaître son frère encore une fois ?

Ces questions le taraudaient tandis que de précieuses minutes s'écoulaient. La respiration de Laïka devenait saccadée, la chienne s'affaiblissait.

— On en parle quand je rentre, si tu veux, là, je dois conduire Laï d'urgence si je ne veux pas la perdre, elle aussi, lâcha Joe en montant dans le pick-up.

— Dans ce cas, je t'attends.

— Installe-toi dans le salon et fais-toi un café, lui cria Lasko par la fenêtre de la voiture.

Une poignée de minutes plus tard, il roulait à tombeau ouvert en direction de la clinique. Les chasse-neige étaient passés dégager et saler la route et les rues devenues impraticables.

En traversant les flaques, le pick-up soulevait des gerbes d'eau et de neige fondue mêlées. Quand ce foutu hiver prendrait-il fin ? Quand ce cauchemar s'arrêterait-il ? À cet instant, Joe n'avait qu'une obsession, sauver sa chienne. Tiens bon, Laï…

En voyant la gravité de la blessure, Chester, qui, de par sa corpulence, faisait à peu près la moitié du médecin, mais, l'œil d'un bleu vif et pétillant, n'en était pas moins séduisant à bientôt quarante ans, secoua la tête d'un air maussade.

— Ça se profile mal, avoua-t-il à son ami, après qu'ils eurent installé Laïka sur la table d'auscultation pour lui administrer un premier sédatif en vue de la radiographie. Sa patte est broyée juste au-dessus de l'articulation et son os est pratiquement en miettes. On devrait leur faire la même chose, à ces connards qui utilisent encore ce genre de pièges. Tu disais que c'est le type qui l'a posé qui a aussi fait cette attelle?

— C'est possible, mais je n'en ai pas non plus la preuve, reconnut Lasko. C'est un garde forestier.

— Qu'est-ce que tu fichais là-bas, aussi?

— Je promenais Laï.

— Tu parles d'une balade par ce froid! Tu n'as pas moins loin?

— Oui... tu parles d'une balade...

Même à ses amis les plus proches, qui se comptaient sur les doigts de la main, Lasko se confiait rarement.

Il escamota donc une partie de la vérité sur son escapade dans les bois. Comment dire que lui, le père d'une des quatre disparues de Crystal Lake, était tombé sur des ossements humains déterrés par sa chienne au pied d'un arbre qu'entourait une chaîne rouillée laissant envisager le pire...

— Tu tiens le coup, sinon? s'enquit Chester.

— Je n'ai pas le choix.

Allan secoua la tête.

— Tu le sais, avec Merry, nous n'avons pas eu d'enfant. Je ne pourrai jamais mesurer ce que tu ressens en ce moment ni me mettre à ta place, mais je serais heureux qu'on serre le ou les fumiers qui ont fait ça.

— On va les trouver, c'est sûr. Pour Laïka, fais au mieux, Allan... tu es le meilleur vétérinaire de la région, implora Joe.

— Sauf que je ne suis pas Dieu. Ni magicien. Mais je ferai tout mon possible pour lui éviter l'amputation, à cette brave bête. Je te tiens au courant.

Une demi-heure plus tard, le cœur lourd et un nœud à l'estomac, Joe arrivait au poste de police.

Al Stevens l'invita à prendre place dans l'un des sièges en face de son bureau et lui proposa un café, que le médecin accepta volontiers.

Après une première gorgée qui le rasséréna, il relata en détail à l'officier de police attentif son escapade forestière, la découverte du crâne et ce qu'elle avait coûté à sa chienne, finalement sauvée par un garde forestier surgi de nulle part.

— J'ai regardé partout dans le refuge, mais je n'ai rien vu qui ressemble au matériel trouvé au pied de l'arbre avec le crâne, précisa Joe.

Il ouvrit alors son sac à dos et en présenta le contenu à Stevens par-dessus le bureau. Le policier retint une grimace.

— Je pense qu'il s'agit du crâne d'un enfant, dit Lasko d'une voix troublée. Quant à en déterminer l'âge et le sexe...

— Le labo s'en chargera. Je le leur fais passer tout de suite. Mon adjoint Max Dorwell et moi-même nous rendrons sur place, ainsi que le docteur Kathrin Folcke, notre médecin légiste. Et je vous demanderai de bien vouloir nous accompagner et nous indiquer l'endroit exact de votre découverte.

— Bien sûr, répondit Lasko avec un empressement forcé.

En réalité, il frémissait d'horreur à l'idée de retourner sur les lieux.

Alors qu'il s'apprêtait à sortir le crâne du sac, Stevens l'arrêta d'un geste.

— Je vais tout garder, si vous le permettez, y compris votre sac à dos, monsieur Lasko. Moins on touchera directement cette potentielle pièce à conviction, mieux ce sera pour les prélèvements.

Joe marqua spontanément une légère hésitation qui n'échappa pas à Stevens.

Ce sac avait une histoire et il y tenait. Lorsqu'il partait se promener avec Liese ou qu'il l'emmenait, aux beaux jours, sur l'aire de jeux dans le parc à proximité du lac, il prenait ce sac à dos et y mettait Elliott, le petit lapin en peluche de sa fille, avec son goûter. La veille de sa disparition, Joe l'avait emmenée au cinéma voir un dessin animé, *L'Âge de glace 3*. Il avait pris le sac à dos avec Elliott dans la poche extérieure. En rentrant, Liese était allée se coucher sans réclamer son lapin. Il était resté dans le sac. Depuis, Joe l'y avait laissé.

— Il… il y a dedans quelque chose que j'aimerais bien récupérer, chef Stevens, se décida-t-il. Il s'agit du lapin en peluche de Liese.

Stevens leva un sourcil.

— Vous me voyez sincèrement désolé, monsieur Lasko, mais je ne peux pas accéder à votre demande. Tout ce qui se trouve dans ce sac doit y rester jusqu'au résultat des analyses. Vous pourrez le récupérer plus tard.

À cet instant, Joe comprit que, au même titre que le garde forestier dont il avait parlé à Stevens, il redevenait un suspect potentiel.

Il avait, sans témoins, sans raison valable, découvert en pleine forêt et ramené un crâne d'enfant. Ne connaissant ni l'existence d'Eva ni la contribution d'Hanah Baxter à cette découverte, Stevens pouvait légitimement se demander ce que Lasko était allé faire à cet endroit précis où, comme par hasard, il était tombé sur des restes humains.

Pourtant, Joe n'en conçut aucune amertume, la police ne faisait que son travail d'investigation, en procédant par élimination. Il se leva en hochant tristement la tête et tendit la main à Stevens. Celui-ci la lui serra à contrecœur. Son visiteur reparti, l'officier de police sortit son flacon de gel antiseptique du tiroir du haut et s'en versa sur les mains.

Il prit ensuite son téléphone pour appeler son adjoint.

— Dorwell, tu choisis dans l'équipe un gars que Joe Lasko n'a jamais vu de sa vie et tu lui dis de ne pas le lâcher d'une semelle.

— Lasko est de nouveau suspect? demanda l'adjoint étonné.

— L'avenir nous le dira.

— Il y a du neuf?

— Il vient de sortir du bureau. Il m'a remis un crâne qu'il aurait découvert avec sa chienne en forêt d'Oakwood Hills. Un crâne d'enfant. Je l'envoie à Folcke qui transmettra au labo.

— Entendu, chef. Je mets Harry sur le coup.

Stevens raccrocha dans un soupir. Joe Lasko lui était sympathique et sa détresse de père le remuait. Seulement le flic qu'il était se devait d'écarter tout soupçon. Dans sa quête de vérité et de justice, une phrase de Nietzsche lui revenait souvent en mémoire : « Les convictions sont des ennemis de la vérité, plus dangereux que les mensonges. » Il ne devait céder ni aux unes, ni aux autres.

Comme le scientifique, le policier est un enquêteur, un chercheur de vérité. Et son pire ennemi est son humanité. Débarrasser le monde du germe du Mal, comme traquer et éliminer les virus et les bactéries, telle était sa tâche, dans laquelle l'empathie n'avait pas sa place.

Quand Joe rentra, après s'être arrêté pour manger un sandwich arrosé d'une root beer et réfléchir à la conduite à tenir avec Gabe, il trouva son frère affalé sur le canapé du salon devant un match de hockey sur glace.

— T'arrives à point, frérot, les Blackhawks sont en train de mettre une sacrée trempe aux Red Wings de Détroit !

Debout devant son frère, Joe le regarda gravement.

— Tu n'es pas revenu pour me parler des Blackhawks, Gabe. Alors éteins ça et on va discuter, si tu veux.

Gabe abandonna sa position indolente. Joe avait l'air très sérieux.

— Je suis pas venu pour ça, en effet, Joe, mais j'ai pas vu un match de hockey sur glace depuis des lustres. Et là, revoir les Blackhawks, chez toi, après tout ce temps, ça me fait quelque chose, tu peux pas savoir. Tu te souviens, quand on s'entraînait sur le lac? Notre idole, c'était Stan Mikita. On voulait lui ressembler.

Joe s'en souvenait, oui. Il s'en souvenait très bien. Ce culte voué à ce champion slovaque surnommé Stosh. Leurs racines slaves parlaient alors. Une histoire d'exilés, tout comme leur père Stanislas Laskovitch. Son prénom différait d'une seule lettre de celui de Mikita, dont le nom d'origine était Stanislav Gvoth. Les sportifs des pays de l'Est avaient cette culture de la discipline militaire qui produisait des champions comme Nadia Comaneci, Navratilova, Ivan Lendl, Sergueï Bubka.

Ainsi, Gabe cherchait à jouer sur la corde encore sensible, leurs souvenirs d'enfance. Lorsque, en frère protecteur, il avait initié Joe aux choses essentielles de la vie qu'il avait expérimentées avant lui. Quatre ans d'écart suffisent à ça.

— Ça va aller pour Laïka? demanda Gabe.

— J'en saurai plus demain. Elle va devoir être opérée. Peut-être même amputée.

— Ben merde... Pauvre bête... Y a pas une seule bière chez toi, j'ai fouiné un peu partout, dans le frigo, dans la réserve..., poursuivit Gabe.

— Tu ne verras pas une goutte d'alcool ici, prévint Joe.

— Tu comptes entrer dans les ordres?

— Mon ex-femme était alcoolique. On a divorcé à cause de ça. Je ne pouvais plus lui faire confiance, malgré ses promesses. Liese en a souffert aussi. L'addiction, c'est ça. Le mensonge permanent, les

trahisons, qui n'en sont pas pour les alcooliques
ou...

— ... les toxicos, termina Gabe. Je sais ce qu'on
peut ressentir de l'autre côté de la barrière, puisque
j'y étais avant, il y a longtemps, comme la majorité,
les gens normaux, comme on dit. Par contre, celui
qui n'a pas connu l'addiction ne peut pas imaginer
l'enfer que c'est.

— Quand on vit avec ce genre de personnes, on
le subit, trancha Joe. Et c'est intolérable, surtout
quand on a la responsabilité d'un enfant.

— En fait, c'est pour ça que je suis là, dit Gabe,
une émotion pointant dans la voix. Il prit la télécommande et coupa le son. Je veux t'aider à retrouver ta fille. Ma nièce. Et les autres gamines qui ont
disparu. Je sais, pour votre association. Chapeau.
J'admire ton courage, Joe. Je sais pas si, à ta place,
j'aurais pu faire face.

— Tu n'es pas à ma place et tu ne le seras jamais,
répondit Lasko un peu sèchement.

— J'en ai pas l'intention. Chacun la sienne. Mais
la mienne, maintenant, est à tes côtés, frérot, que tu
le veuilles ou non.

— Et si je ne veux pas? Que comptes-tu faire? Me
menacer encore?

Cette fois les yeux clairs de Gabe rougirent des
larmes qu'il tentait de contenir.

— Je suis désolé. Je voulais pas te menacer, j'étais
désemparé devant... devant ce que tu m'as appris.
Après des années de taule, j'ai un peu de mal dans
les relations humaines. Si tu veux pas de mon aide, il
suffit que tu me le dises. Je partirai.

— Tu es revenu pour Eva? demanda Joe de but en blanc.

La question était sortie toute seule, avant même qu'il pût y réfléchir.

— Eva? Pourquoi cette question? D'où tu la sors, après tant d'années?

— Je suis au courant, Gabe. Elle m'a parlé de ta démarche. C'est moi, c'est ce que je lui ai dit à ton propos qui l'y a obligée. Elle voulait te défendre. Me faire comprendre qu'au fond, tu es quelqu'un de bien.

— T'as pas l'air convaincu.

— Je pense que tu aurais pu être un homme bien. Je ne sais pas pourquoi tu as mal tourné. Nos parents ont tout fait pour nous. Nous avons reçu la même éducation.

Joe vit les mains de Gabe posées sur ses cuisses se mettre à trembler légèrement.

— À leurs yeux et aux tiens. Peut-être que t'appelles ça «tout faire», prétendre savoir ce qui est le mieux pour son enfant? Le contraindre à choisir une vie qu'il déteste? Quand Liese sera plus grande, tu l'obligeras à faire ce qu'elle ne veut pas faire sous prétexte que c'est pour son bien?

— Je ne sais pas, Gabe. Il n'y a pas de parents parfaits. Et Liese, encore faut-il qu'elle ait le loisir de grandir…

— Alors laisse-moi t'aider, Joe. On va la retrouver et l'aider à grandir et à devenir la femme qu'elle voudra être et pas celle qu'on veut qu'elle soit.

Joe se tenait debout, immobile, face au canapé, les mains dans les poches, indécis. Gabe se leva et s'approcha de son frère. Ses vêtements flottaient sur lui et une barbe de quelques jours courait comme du lichen sur ses joues creuses.

— J'ai pas été là pour la naissance de ma nièce, ni pour la mort des vieux, ni pour ton divorce. T'as raison, Joe, je t'ai lâché. J'ai pas été à la hauteur, mais laisse-moi me racheter. S'il te plaît. Allez, tope là, l'encouragea Gabe en lui tendant une paume ouverte.

Sans répondre, après encore quelques secondes d'un silence hésitant, Joe tapa doucement dans la main de son frère dont les doigts se refermèrent sur les siens.

Il l'attira à lui dans une longue étreinte. Joe eut l'impression de tenir un squelette dans ses bras.

Le regard perdu dans un coin de la pièce par-dessus l'épaule de Gabe, il laissa des larmes s'échapper et rouler sur ses joues. Le destin jouait un drôle de jeu, en lui retirant sa fille et en lui rendant son frère, dont il se sentit, à cet instant, et pour la première fois depuis vingt ans, très proche.

9

Joe avait fini par se décider à appeler la nourrice de Lieserl, Demy Valdero, afin d'en savoir un peu plus sur ce qui s'était passé au lac, le jour de la disparition de Lieserl.

Depuis le drame, il a évité tout contact avec Demy et sa fille, laissant la police faire son travail. À vrai dire, les voir, leur parler même, lui aurait demandé un effort considérable.

La vie n'avait pas été tendre non plus avec Demy Valdero. Veuve très jeune, vers quarante ans, après que son mari, pompier de carrière, avait trouvé la mort lors d'un incendie de forêt, elle avait dû pourvoir aux besoins de ses deux filles, Ange et Julian, alors âgées de douze et quatorze ans. Depuis deux ans, elle devait également s'occuper de sa propre mère atteinte d'Alzheimer, qu'elle avait recueillie chez elle. Et Ange vivait toujours chez Demy.

En plus des trois générations de femmes réunies sous le même toit, se succédaient chez elle les enfants en bas âge que Demy gardait.

Mère au foyer tant que son mari travaillait, après le décès de celui-ci elle avait passé son agrément pour être nourrice à son domicile. Le modeste logement de plain-pied qu'ils habitaient depuis vingt ans dans le quartier pavillonnaire avait été mis aux normes. Julian était partie étudier la biologie à l'Université de Chicago, tandis qu'Ange, plus fragile, avait préféré rester à Crystal Lake. Elle était ouvreuse dans un multiplex.

Après un instant de surprise à l'appel de Joe, Demy s'était ressaisie et lui avait proposé de venir dîner. Lasko avait accepté l'invitation pour le soir même. Gabe resterait à la maison à regarder le sport à la télévision. Joe le laisserait dormir chez lui cette nuit, après ils devraient en discuter.

Sans travail fixe, Gabe dénichait de petits boulots au noir, des chantiers chez des particuliers, qui l'occupaient une semaine ou plus, mais il n'avait pas de logement et dormait souvent dehors. Tant qu'il était en Californie, ce n'était pas trop grave. Ici, où les températures devenaient insupportables et dangereuses pour l'organisme, il devait se débrouiller pour trouver une chambre à cinq dollars dans un hôtel miteux ou être logé et nourri le temps d'un chantier.

Malgré l'aide qu'il venait de lui proposer, Joe ne souhaitait pas que son frère s'installât chez lui. Il craignait qu'il ne s'y incruste et se laisse entretenir sans chercher du travail et souhaitait le retrouver sur des bases solides. Il pensait à une solution provisoire dont il avait décidé de parler à Gabe dès le lendemain.

Chaque fois qu'il franchissait le seuil de sa maison, dans un sens ou dans l'autre, Joe revoyait ce colis qui l'attendait. Puis, une fois ouvert, ces yeux bleus inexpressifs qui le fixaient dans leur éternité le remplissant d'effroi.

Cette chose si petite et pourtant si terrifiante qui prétendait ressembler trait pour trait à Lieserl. Il avait raconté l'histoire des poupées à son frère, scrutant sur son visage la moindre manifestation d'une émotion qui pourrait trahir une éventuelle culpabilité.

Mais Gabe l'avait écouté avec attention, avant de manifester son dégoût et sa détermination à retrouver le fils de pute qui s'en était pris à des enfants.

En sortant son pick-up du garage ce soir-là pour se rendre chez les Valdero à une vingtaine de minutes de chez lui, Joe pensait à Laïka dont il n'avait pas eu de nouvelles. Avant de se prononcer, Allan devait attendre de voir si elle se réveillerait de l'anesthésie.

Joe se gara le long du trottoir et, une bouteille de vin à la main, se dirigea vers le pavillon. Une petite maison dépourvue de charme, au crépi clair et aux fenêtres étroites, entourée d'un bout de terrain couvert d'herbe et de gravillons.

Alors qu'il appuyait sur la sonnette, une voiture sombre, tous feux éteints, s'arrêta à quelques dizaines de mètres derrière son 4 × 4. Au volant, un homme en blouson fourré ne quittait pas des yeux la porte qui se refermait derrière Lasko. Harry était parti pour un premier quart dans sa surveillance. Un collègue devait prendre le relais un peu plus tard. Tout en tirant sur sa clope, le flic sortit de la boîte à gants un hamburger déjà refroidi dans son emballage. Impossible de manger chaud, avec ces putains de températures négatives !

Ce fut Ange qui ouvrit à Joe. Il la voyait pour la première fois depuis le drame et en fut troublé. Des éclats cuivrés enflammant çà et là ses cheveux qui lui tombaient jusqu'aux épaules, les yeux ambrés, Ange était d'une beauté singulière, sans fard ni artifice. Peut-être devait-elle son expression sérieuse et grave à la culpabilité qui l'habitait. Mais, d'une certaine façon, cela l'avantageait en lui épargnant cet air écervelé et superficiel de nombre de filles de son âge. Joe se trouvait face à la dernière personne à avoir vu sa fille avant sa disparition. Les ultimes instants de Lieserl dans cette vie familiale avaient été joyeux et doux, grâce à la jeune fille. Ange était l'unique lien avec le souvenir le plus vivant de la fille de Joe.

Centré sur sa douleur, il ne s'était pas vraiment préoccupé de ce qu'avait pu vivre Ange après la disparition de l'enfant dont elle avait la garde. Cet atroce sentiment de culpabilité qui devait la ronger jour après jour et dont sa mère s'efforçait de la débarrasser en l'endossant. Mais ce n'était pas non plus une solution. La culpabilité restait dans la famille, tel un poison, au lieu de se dissiper avec le temps.

Assise dans le salon, Demy attendait son invité, pendant que le chili con carne finissait de mijoter sur la cuisinière. Les épreuves avaient façonné ses traits au scalpel, effaçant presque le contour de ses lèvres, et des poches violacées sous ses yeux trahissaient des nuits d'insomnie. Une verrue brune, aussi grosse qu'une tique, avait trouvé refuge dans le coin d'une aile de son nez et fixait souvent l'attention. Mais ce que l'interlocuteur retenait avant tout de ce visage malmené était sa bienveillance.

117

La nourrice avait prié sa mère de garder la chambre. La pauvre femme n'était pas au courant de toute l'affaire et sa fille préférait l'épargner, même si elle oubliait d'un jour à l'autre ce qu'elle avait entendu. Le travail de la mémoire chez les malades d'Alzheimer demeurait un mystère. Il s'opérait un véritable tri, selon l'affect et les émotions que tel ou tel événement pouvait déclencher. Un jour sa grand-mère n'allait pas reconnaître Ange, et le lendemain elle l'appellerait par son prénom. Cela arrivait plus rarement avec Demy, qui s'occupait de sa mère presque exclusivement, ne souhaitant pas confier une part de ce fardeau à sa plus jeune fille. Ange n'était pas assez armée pour ça.

— Entrez, entrez, Joe, dit Demy en passant la main dans ses cheveux pour leur donner un peu de volume.

Elle n'était pas du genre à minauder devant un homme, et n'avait d'ailleurs pas refait sa vie après la mort d'Antonio. Elle devait faire face à un trouble d'une autre espèce. La honte. Elle avait failli à son engagement. Elle avait confié à sa fille une énorme responsabilité. Une responsabilité trop lourde pour une jeune personne. Vingt-deux ans était un bon âge pour être baby-sitter, mais c'était malgré tout trop jeune pour avoir la vie d'un enfant entre les mains.

Demy invita Lasko à s'asseoir à table, face à Ange. Dans son esprit, les apéritifs avec des vins ou des alcools forts étaient réservés à une autre classe sociale, plus aisée.

— Mon cher Tonio aimait tant mon chili, soupira-t-elle en ouvrant la bouteille de blanc que Joe avait apportée.

Elle ne remplit que le verre de son invité.

— Je suis seul à boire? s'enquit Joe avec un sourire gêné.

— Nous ne buvons pas d'alcool.

— Dans ce cas…

Sur le point de lever son verre à leur santé, Lasko se ravisa. Ils n'en étaient pas à ce degré d'amitié, même s'ils se connaissaient depuis la naissance de Liese.

La première gorgée de vin lui brûla la gorge. Cela faisait longtemps qu'il n'y avait pas touché. La seule boisson alcoolisée qu'il s'autorisait était la bière, de temps à autre.

Le repas fut simple, mais le chili était tellement bon qu'un silence religieux occupa une partie du dîner. Personne n'osait aborder le sujet sensible. L'ombre de Lieserl planait sous l'éclairage du plafonnier à ampoule économique.

Entre deux gorgées de vin, Lasko mâchait pensivement sa bouchée de haricots rouges et de bœuf haché à la sauce pimentée. Le plat était succulent, mais il n'arrivait pas vraiment à se régaler. Les deux femmes, le nez dans leur assiette, lui jetaient des regards tour à tour, se demandant avec angoisse à quel moment il se déciderait à les interroger.

Profitant de ce que Demy allait dans la cuisine pour rapporter plat et assiettes, Joe posa enfin son regard sur Ange. Toujours silencieux, il s'attarda sur elle quelques instants qui parurent à la jeune fille une éternité.

— Je sais que tu n'es pas responsable de ce qui s'est passé, Ange, commença-t-il d'une voix frémissante qu'il essayait de rendre la plus douce possible, mais je t'en ai voulu et je t'en veux encore, sans doute. Depuis le 7 janvier, ma vie est un point d'interrogation. Encore aujourd'hui je me demande comment ça a pu arriver. Comment as-tu pu détacher tes yeux de Lieserl, même dix secondes? Que s'est-il passé à cet instant, au point de te détourner de l'enfant dont tu avais la garde? Je ne veux pas te faire la morale, mais ces questions m'assaillent sans répit. Es-tu prête à y répondre, ou du moins à essayer?

Revenue de la cuisine, Demy, qui n'avait entendu que la fin, encouragea sa fille d'un regard rassurant.

«La vérité te comblera plus que le mensonge», avait-elle toujours répété à Ange, qui savait que sa mère entretenait un rapport affectif avec la vérité, la transparence.

— Maman était malade, j'ai emmené Liese au lac, se lança Ange. Je l'ai aidée à mettre ses nouveaux patins, j'ai chaussé les miens et nous avons fait quelques pas sur la surface gelée. Je ne lui lâchais pas la main. Elle apprenait vite. Au bout de quelques tours, on s'est arrêtées pour souffler un peu et c'est à ce moment que j'ai vu arriver une amie. Elle a glissé jusqu'à nous et on a commencé à discuter au centre de la piste. Je tenais toujours la main de Liese. Au bout de quelques minutes, Liese m'a demandé si elle pouvait faire un tour toute seule. Elle se sentait à l'aise, elle avait envie d'essayer. Après une hésitation, j'ai accepté à la condition qu'elle reste bien sur la piste intérieure, la plus proche de nous et qu'elle revienne aussitôt son tour terminé.

— Pourquoi as-tu eu cette seconde d'hésitation? intervint Joe après une profonde inspiration.

Il avait le sentiment que Ange récitait une leçon

apprise par cœur. Mais c'était peut-être normal, elle avait dû se répéter tout ça encore et encore.

— Parce que… je… je n'étais pas sûre. Je me disais qu'elle était un peu petite et surtout débutante. J'avais peur qu'on la fasse tomber, mais j'ai vu d'autres enfants qui patinaient seuls.

— Quel âge avaient ces enfants? demanda Joe.

— Six, sept, peut-être.

— Mais pas quatre ans. Continue, excuse-moi de t'avoir interrompue, dit Lasko d'une voix blanche.

Il aurait été si facile d'éviter le drame. Il aurait suffi de dire non à Liese. Elle était si petite. Voilà ce qu'il pensait à cet instant précis.

— Elle était toujours dans mon champ de vision. Et tout à coup, elle… je ne l'ai plus vue. On s'est mises à la chercher partout, je l'appelais, je criais, on demandait aux gens…

Joe se pressa les paupières avec le pouce et l'index.

— Attends, attends…, souffla-t-il. Ça, c'est la version que tu as donnée à la police quand tu as été interrogée. Moi, je voulais que tu me parles de détails, quelque chose qui ne t'aurait pas paru important et qui pourtant pourrait servir à l'enquête, ou encore quelque chose que tu n'aurais pas jugé nécessaire de dire.

Sur ces derniers mots, Lasko fixa Ange plus sévèrement. Il sentait monter une colère froide. Elle baissa les yeux. Il sut aussitôt qu'il avait vu juste.

Ange soupira. La vérité… les mots de sa mère résonnaient dans sa tête. En un mois, ils avaient eu le temps de se frayer un chemin à travers sa culpabilité.

— … En fait ce n'était pas avec une amie que j'ai discuté, mais… avec un garçon.

— Pourquoi tu ne l'as pas dit aux enquêteurs?

— J'ai eu honte.

— Honte de quoi, Ange? insista Joe.

Il sentait qu'il touchait une corde sensible.

— De m'être plus préoccupée de… de ce garçon que de Liese. Il était si beau, ça m'a impressionnée. J'ai arrêté de surveiller votre fille, pas longtemps, peut-être cinq minutes. Je me le pardonnerai jamais…

Sa voix alla se briser dans sa gorge. La tête dans ses mains, elle fondit en larmes. Lançant un regard cette fois désapprobateur à Joe, comme si elle et sa fille venaient de s'acquitter d'une dette envers lui, Demy se leva pour serrer Ange contre elle.

— C'est fini, ma chérie, c'est fini. Ça va aller. Tu as bien fait de le dire, ça te libérera.

Son verre vide à la main, Joe était plongé dans ses pensées. Cette fille était juste jeune, elle avait simplement vingt-deux ans. Un fossé entre sa façon de penser, d'agir et celle d'un homme de trente-cinq ans passés. Devait-il, pouvait-il lui en vouloir pour cela? Pas plus qu'il ne pouvait en vouloir à Demy d'avoir été malade ce jour-là. Ou encore à lui-même d'avoir confié Liese à ces femmes.

— Merci pour cet excellent dîner, dit-il en se levant après avoir plié sa serviette, et merci à toi, Ange, d'avoir bien voulu répondre à mes questions. Je ne peux pas dire que je sois soulagé, mais au moins, j'ai eu un élément qui manquait. Désormais la scène est complète et je peux mieux me la figurer.

— Ne perdez pas espoir, monsieur Lasko, lui glissa Demy sur le seuil où elle l'avait raccompagné. Nous-mêmes, nous y croyons, vous savez. Saint

Joseph ne nous abandonnera pas. J'allume un cierge à l'église chaque dimanche à ses pieds.

Joe eut un sourire amer. Si le coup du cierge marchait, avec tous les cierges allumés dans les églises on sauverait le monde.

Tandis qu'il regagnait sa voiture en se repassant, telle une scène de film, ce que venait de lui raconter Ange et qu'il allait rapporter à Eva, il ne prêta pas attention au passager tapi dans l'obscurité d'un véhicule bleu nuit garé à quelques mètres derrière son pick-up.

Harry avait relevé son col en mouton — il commençait à faire sérieusement froid dans l'habitacle — et éteint sa dixième cigarette dès que Joe était apparu à la porte du pavillon. Il n'était pas resté assez longtemps pour que son collègue prenne le relais.

Lorsque Lasko démarra, il le laissa s'éloigner d'une cinquantaine de mètres, alluma ses codes et se mit à le suivre à distance. En route, il prit son portable et appela.

— Quelles sont les nouvelles ? demanda Stevens.

— Il est allé dîner chez Demy Valdero. Il y avait aussi sa fille. Il est resté environ une heure et demie et il vient de repartir. Je le file.

— Intéressant. Bon boulot, Harry. Ne le lâchez pas, toi et Bradley. Je veux savoir en temps réel ce qu'il fiche et où il va.

Al Stevens reposa son portable sur le carton qui lui servait de chevet. Éreinté par une journée difficile, il s'était déjà couché, absorbé dans sa lecture du soir, mais avait donné pour consigne à ses hommes de l'informer des allées et venues de Joe à n'importe quelle heure, même en pleine nuit.

En fin d'après-midi, Kathrin Folcke lui avait transmis par téléphone les résultats des analyses des cheveux des poupées que le laboratoire scientifique de Chicago lui avait communiqués un peu plus tôt. L'ADN ne correspondait pas à ceux des fillettes disparues. Une nouvelle que Stevens pourrait donner aux parents sans craindre de les accabler davantage pour cette fois.

Il laissa son regard errer dans la pièce. Sur le mur face au lit étaient punaisés les quatre portraits agrandis des petites disparues, chacun accompagné d'une fiche signalétique reprenant leurs caractéristiques physiques, leur âge, et ce que Stevens avait pu glaner sur leur profil psychologique.

Ils cohabitaient tous les cinq chaque nuit. L'officier de police en était imprégné. C'était un rappel au quotidien de sa mission. Les retrouver. Les rendre à leurs familles.

Sur les photos, elles souriaient à la vie. Étaient-elles encore de ce monde? Stevens préférait ne pas y penser.

Reprenant le livre qu'il avait laissé le temps de l'appel de Harry, il le caressa du regard.

Il s'était attaqué cette fois à l'une des œuvres maîtresses de Nietzsche, *Aurore. Réflexions sur les préjugés moraux*. Dès le premier livre qu'il avait lu de ce philosophe de la pensée et des origines, *Ainsi parlait Zarathoustra*, Stevens s'y était retrouvé. Les mots exprimaient dans une sorte de perfection ce qu'il ressentait et parfois ce qu'il ne parvenait pas à organiser mentalement.

Il avait cédé à son père en entrant dans la police, mais il avait gagné sa propre liberté. Et triomphé malgré tout. Car il consacrait le peu d'heures dont il disposait pour lui-même à lire et découvrir des œuvres philosophiques. Si, comme il l'avait désiré plus que tout, il avait pu étudier la philosophie, il les aurait certainement lues plus tôt et aurait même écrit une thèse, mais au fond, n'est-ce pas celle-là, la vraie liberté ? Avoir pu satisfaire celui qui lui avait donné la vie sans renoncer totalement à sa passion. Et, il devait bien se l'avouer, il avait pris goût à rétablir l'ordre et la bonne moralité, à défendre la population contre les criminels, et ne considérait plus sa vie sans son métier.

Ses lectures l'aidaient à prendre du recul et à porter un autre regard sur l'humanité. Mais surtout, elles l'aidaient à accepter une chose, excepté l'inéluctabilité de la mort : le fait que face à n'importe quelle situation, face à ses choix, à la maladie et à sa propre fin, l'être humain est seul, désespérément seul.

Exactement ce que se disait au même moment Joe, devant la porte de sa maison, une main sur la poignée, et sur le cœur un poids terrible à l'idée de retrouver son frère.

10

Dès sa sortie de l'avion, Hanah fut saisie par le froid coupant sur le tarmac. Elle eut l'impression que des lames lui cisaillaient le visage. Les avions des vols intérieurs, trop petits, n'étaient pas reliés aux portails de débarquement par des passerelles couvertes.

Le vol, retardé à cause d'une météo défavorable, avait été maintenu. Deux heures et demie dans les airs, secouée comme un sac sur son siège d'où elle ne pouvait pas bouger avaient valu à Hanah quelques suées. Pendant des mois, avant sa mission kenyane, devenue subitement phobique à la suite d'un incident aérien sans gravité, elle avait été dans l'impossibilité de monter dans un avion, ce qui l'avait considérablement handicapée dans ses déplacements à l'étranger. Elle était guérie, mais avait peu apprécié le vol.

Heureusement, elle n'avait pas eu vent des dommages que venait de subir un autre avion de la même compagnie, contraint à atterrir d'urgence après avoir été pris dans une averse de grêlons aussi gros que des balles de tennis. Les vitres du cockpit étaient fissurées et le nez de l'avion enfoncé comme s'il était rentré dans un mur. Les passagers en avaient été quittes pour une belle frayeur.

Entre le trajet jusqu'à l'aéroport, le vol et les formalités, Hanah était en transit depuis cinq bonnes heures et commençait à accuser le coup. Comme elle n'avait pas pu s'assoupir dans l'avion malmené, la fatigue lui tomba dessus sans prévenir, réveillant la vieille douleur dans ses côtes.

Elle aperçut enfin le visage souriant d'Eva de l'autre côté de la vitre. Une fois le dernier portique franchi avec son sac à roulettes, Hanah éprouva physiquement le sentiment de quitter vraiment sa vie new-yorkaise. À partir de ce moment, elle ne serait que flair, tensions, interrogations, déductions, travail d'investigation. À partir de ce moment, elle oubliait ce qu'elle était. Elle devait penser comme celui qu'elle profilait, anticiper, prévoir, habiter son esprit. Devenir lui.

Après une poignée de main chaleureuse, Eva et Baxter se frayèrent un passage dans la foule des voyageurs poussant des chariots métalliques débordant de valises et accédèrent à la sortie du terminal. Eva avait hésité à venir en taxi mais elle avait pris sa Ford. La route de l'aéroport international Midway de Chicago était dégagée en cette mi-journée.

— Waouh, une Shelby GT500 de 67! Elle en jette, elle est magnifique! Beau bleu ciel métallisé, s'exclama Baxter devant la voiture d'Eva. J'aime les Mustang, vraiment. Elles ont un côté racé et solide en même temps, ce qui n'est pas incompatible.

— C'est un cadeau de mon père, sourit Eva en ouvrant le coffre pour y mettre le bagage d'Hanah.

Sans rien dire à personne, il l'a rachetée à un ami collectionneur et l'a retapée dans le plus grand secret. Je vous dis pas la tête que j'ai faite à la vue de la surprise! Et votre père, il est comme vous, il aime les belles voitures?

— Pas vraiment. Mais il n'aime plus rien, maintenant. Il est mort.

Elle avait lâché ces mots plutôt sèchement, sans réfléchir, comme ça. Au moins, Eva ne lui poserait pas de questions sur sa libération ni sur ce qu'elle éprouvait. La détective n'avait d'ailleurs pas remarqué que le visage de Baxter s'était assombri d'un coup. Celle-ci avait tourné la tête pour regarder par la fenêtre de la Ford. Le paysage filait en une bande blanche continue.

— Je croyais qu'on avait atteint des sommets dans les températures négatives à New York avec moins dix degrés Celsius, parfois moins quinze, mais là, j'avoue que Big Apple est battue! dit Hanah.

Elle avait gardé son bonnet de laine à pompon le temps que la voiture se réchauffe.

— Chicago est la ville des contrastes climatiques par excellence. Quarante-cinq en été et parfois moins trente lors des hivers les plus rudes. Celui-ci en est un. Et encore, vous n'avez pas vu le Michigan...

— Si, aux infos. Un instant, j'ai pensé que c'était la fin du monde!

— Chaque fois qu'il se produit une catastrophe ici, les Américains pensent que c'est la fin du monde. Comme si le monde se résumait aux États-Unis, répliqua Eva.

— Et pourtant je ne suis même pas américaine!

Les deux femmes se regardèrent, puis éclatèrent

de rire. Parfois, il suffit de peu de chose, d'une conversation des plus banales pour faire naître les prémices d'une complicité.

Eva avait gardé d'Hanah l'image d'une femme indépendante au profil atypique, une sorte de modèle dans lequel elle s'était projetée. Être seule en sa compagnie dans l'intimité de sa voiture l'impressionnait. Pourtant, bien qu'elle attendît Hanah comme une hôte providentielle, la détective était déterminée à apporter sa propre contribution à l'enquête et à se démener pour que l'on retrouve la fille de Joe et les trois autres disparues...

— Ah, Chicago, théâtre de la prohibition... Al Capone..., soupira Baxter. Même ça, ça se perd. Aujourd'hui, les gangsters n'ont pas cette envergure. D'autres stars ont surgi. Les tueurs en série. Mais même s'ils suscitent une certaine fascination, personne n'a envie de s'identifier à eux, ils semblent bien plus sinistres.

De l'aéroport, au lieu d'aller vers Chicago et de risquer les embouteillages, Eva préféra emprunter la 55, puis tourner sur la 294 en direction de Des Plaines, pour ensuite prendre la petite route de Crystal Lake, qui passait par Barrington.

— Ça ne t'ennuie pas si j'évite le centre de Chicago ? demanda Eva d'un air taquin. Je te ferai la visite une prochaine fois.

— À ce propos, vous avez pu vous rendre, toi et Joe Lasko, à l'endroit que j'avais indiqué ? demanda Hanah.

Sans quitter des yeux la route qui déroulait son ruban anthracite dans l'espace immaculé, Eva hocha la tête.

— C'était très éprouvant. Et proprement incroyable, Hanah. Trouver des restes humains sur les indications d'un pendule dépasse quand même l'entendement.

— Alors c'était bien ça. Le pendule ne s'était pas trompé. Il y a beaucoup de choses d'une simplicité mathématique que nous avons du mal à comprendre. Et déjà à expliquer.

— Vous saviez donc qu'il s'agissait d'un cadavre, dit la détective, un léger reproche dans la voix.

— N'en étant pas certaine à cent pour cent, je ne pouvais pas le dire.

— Laïka nous a bien aidés, j'avoue, précisa Eva.

— Qui est-ce?

— La chienne husky de Joe Lasko. Il y est très attaché. Elle a couru au pied d'un conifère et a commencé à creuser un trou. Quand nous nous sommes approchés, elle avait déterré des ossements. Un crâne intact. Sans doute un crâne d'enfant. Pour Joe, ça a été un vrai choc.

— J'imagine. Mais ça ne veut pas dire que ces ossements soient liés à l'affaire en cours. Y a-t-il des restes organiques attachés au crâne?

Eva revoyait très bien le globe crânien, presque aussi poli qu'un œuf, rempli de terre et noirci par l'humus. Les insectes et les larves nécrophages avaient eu le temps de faire leur travail de nettoyeurs.

— Non, répondit-elle en avalant un peu de salive.

— N'étant pas médecin légiste, je ne suis pas spécialisée en taphonomie, enchaîna Hanah, mais la squelettisation d'un corps enterré sans cercueil dépend de plusieurs facteurs. Déjà de l'acidité ou la basicité de la terre, de la température, de la corpulence de la personne. Également de son état physique au moment du décès. Dans l'affaire qui nous intéresse, il y a un peu plus d'un mois, en plein hiver, le sol était déjà gelé et très froid. Si c'était l'une des fillettes, vous auriez retrouvé un corps, pas des os.

— Taphonomie ?

— Oui, c'est l'étude des étapes de décomposition d'un cadavre jusqu'à sa désintégration complète.

— Joe devait le remettre à Alec Stevens, le chef de la police de Crystal Lake, dit Eva en ralentissant.

Elles arrivaient à une bifurcation.

— Étonnant que le FBI ne soit pas encore sur le coup, remarqua Hanah. Quatre fillettes ont disparu, le cas est grave.

— Il y avait autre chose, avec les ossements… On ne l'a pas vue tout de suite, mais une grosse chaîne rouillée recouverte par la neige entourait le pied de l'arbre et descendait dans le trou creusé par Laïka. Au bout, il y avait une sorte de… collier en métal, rouillé aussi. Je n'ose pas imaginer, mais… il y a sans doute un rapport avec les ossements.

— C'est possible, approuva Baxter. La victime a dû être attachée par le cou. Comme un chien.

La profileuse, très technique, professionnelle, gardait un calme surprenant. Elle a dû en voir, pour s'être forgé ce blindage, se dit Eva, presque admirative. Mais elle ne pouvait s'empêcher d'y déceler aussi une certaine froideur dépourvue d'humanité. Une absence d'affect qui en disait long sur l'intimité de Baxter.

— Comment arrives-tu à garder cette distance ? se décida-t-elle.

— Simple question d'autoprotection. Mon métier

me passionne, les profils que je rencontre et que j'établis me fascinent. Je sais ce que je risque aussi. Le recul est indispensable. Comme toi, avec tes clients, leurs situations personnelles compliquées, voire dramatiques.

— Mais tu n'as jamais eu peur de la contamination ? poursuivit Eva.

— De devenir comme eux ?

Eva acquiesça en silence. Baxter posa son regard sur elle. Son profil était plutôt agréable, joli nez fin, belles lèvres pleines, petite fossette au-dessus d'un menton à l'arrondi élégant.

La dernière fois qu'une femme l'avait troublée en dehors de Karen, c'était lors de sa dernière mission à Nairobi. Kate Hidden. Agent spécial du CID — Criminal Investigation Department. Une métisse aux yeux émeraude, intelligente, vive, passionnée par son métier qu'elle avait malgré tout quitté au moment où Hanah repartait chez elle. Eva ne lui faisait pas du tout cet effet. Elle ressentait pour elle plutôt de l'amitié.

Baxter réfléchit quelques secondes à la question.

— Un médecin peut-il craindre d'attraper les maladies de ses patients, oui, sans doute, et c'est pour ça qu'il se préserve en se réfugiant derrière les aspects techniques de son métier. Ma plus grande peur, je crois, est de devoir arrêter un jour. Car c'est là où je risque vraiment de sombrer.

Eva sentit qu'elle ne devait pas aller plus loin dans l'univers privé de Baxter et préféra garder le silence.

Une neige fine s'était mise à tomber. Avec la vitesse de la Ford, les flocons étaient comme aspirés.

— Ça te gêne, si je vapote ? demanda Hanah.

— Non, vas-y. Tu as succombé à la mode de la cigarette électronique ? sourit Eva.

— À mon envie de fumer. Pas question de mode, pour moi. J'ai arrêté la clope il y a des années. J'en étais à plus d'un paquet par jour. Je savais ce qui me pendait au nez. J'ai tenu, mais traversant une période un peu délicate depuis quelque temps, je me suis dit qu'au lieu de rechuter, mieux valait aspirer de la vapeur parfumée. Et il y a un grand choix d'arômes, c'est sympa.

« Et plein de cochonneries de produits chimiques dans les flacons aussi », faillit répliquer Eva, mais elle n'en fit rien. Son portable sonna tout à coup dans son sac qu'elle avait jeté sur la banquette arrière.

— Attends, je te le passe, dit Hanah en se retournant pour l'attraper.

— Merci… Ah justement, c'est Joe.

Elle prit l'appel d'une main. Écouta un bon moment sans parler, un silence ponctué de quelques « oui », « ah bon », l'autre main crispée sur le volant.

— Et Laïka ? dit-elle subitement.

Puis son expression s'éclaira.

— Super ! Je reviens de l'aéroport avec Hanah, enchaîna-t-elle. Nous arrivons d'ici une demi-heure, je la dépose à son hôtel, je t'appelle plus tard.

Glissant le portable dans le vide-poches à côté d'elle, Eva soupira. En quelques mots, elle raconta à Baxter l'accident avec le piège à loups qui avait failli coûter une patte à Laïka.

À l'évocation du garde forestier, Hanah dressa l'oreille.

— Établir un lien entre cet homme et la présence de ces restes humains est prématuré, conclut-elle, mais la proximité géographique est troublante. Ce serait bien d'y retourner.

Eva reçut cette suggestion avec un coup au cœur. La marche en raquettes dans le froid n'avait pas été une partie de plaisir, sans parler du reste. Revoir cet endroit sinistre l'angoissait.

— Le chef Stevens est en possession du crâne, dit-elle. Il envoie dès aujourd'hui une équipe sur le terrain. Ils vont boucler le périmètre.

— Dans ce cas, on ira dans deux jours. Ils auront sans doute fini les fouilles et les prélèvements, déclara Hanah.

Elle tira une bouffée de cannelle sur sa e-cigarette en écoutant Eva lui rapporter le nouveau témoignage d'Ange.

— Ils sont drôles, parfois, les jeunes, avec leurs cachotteries, commenta-t-elle. Pourquoi n'avoir pas parlé tout de suite de ce garçon…

— Elle jugeait sans doute ce détail trop futile à côté de ce qui s'est passé. Mais pour nous c'est à creuser. Les deux faits, l'un sans grande importance apparente et l'autre un drame, sont presque concomitants.

— Autant chercher une aiguille dans une botte de foin, souffla Eva.

— Heureusement, il arrive qu'on la trouve, cette aiguille. Encore faut-il tomber sur la botte de foin. Sinon, que penses-tu de la personnalité de Joe Lasko ? Pourrait-il être impliqué dans les disparitions ?

— Impossible, riposta Eva avec assurance. Non seulement je le connais depuis longtemps, mais il est réellement ébranlé.

Connaît-on vraiment les gens? se dit Hanah, pensive.

Au même moment, leur apparurent les contours de Crystal Lake, petite ville tranquille sous la neige et le ciel gris. Ici point de gratte-ciel ni de quartiers hérissés de tours miroir. L'horizontalité régnait en maître, aussi bien sur l'architecture que sur l'environnement naturel.

Hanah imaginait très bien le quotidien de cette bourgade avant le drame. Des dimanches pieux pour les paroissiens, des réunions de famille, chasse, pêche, randonnée, jeux, fêtes. Une existence saine et simple à dimension humaine.

Elle sentit qu'elle allait se plaire ici, respirer enfin un autre air.

11

De mémoire de garde forestier, jamais semblable dispositif policier et scientifique n'avait été déployé en forêt d'Oakwood Hills. Comme l'avait pressenti Eva, des bandes jaune vif «CRIME SCENE DON'T CROSS» bouclaient la zone où les restes avaient été découverts, incluant la cabane du sauveteur de Laïka.

Il ne neigeait pas ce jour-là, cependant la couche neigeuse était suffisamment épaisse pour donner du fil à retordre à l'équipe scientifique en charge des fouilles et des prélèvements que Tomas Walker et le docteur Kathrin Folcke supervisaient.

La légiste était un petit bout de femme énergique d'une cinquantaine d'années, cheveux aux reflets poivre et sel depuis ses vingt ans, iris dorés, seuls signes particuliers d'un physique plutôt passe-partout. Mais être sexy et glamour n'était pas ce qu'on demandait à un légiste. La réputation de Folcke, fondée sur des résultats scientifiquement incontestables, suffisait à entretenir la confiance en ses expertises.

Après avoir fait ses armes à l'Institut médico-légal de Chicago, suite à son divorce elle avait préféré s'expatrier à Crystal Lake, banlieue proche, mais plus tranquille et plus abordable. Elle avait pu acheter une maison avec trois hectares de terrain, y faire construire une piscine pour ses petits-enfants et une écurie pour ses deux chevaux.

Mère de deux garçons qui lui avaient donné à leur tour quatre petits-fils, trois d'un côté et un de l'autre, elle avait refait sa vie avec un sculpteur sur métal, Andy White, connu dans la région. L'artiste et la scientifique, malgré tout semblables dans leur rigueur et leur exigence professionnelle, se complétaient à merveille. De quinze ans son cadet, Andy se trouvait ainsi à mi-chemin entre Kathrin et ses enfants. Après des débuts chaotiques dans la famille de Folcke, qui voyait d'un œil critique cette importante différence d'âge et surtout le fait que la femme fût l'aînée du couple, leur relation avait trouvé son équilibre dans une indépendance et une estime mutuelles au-delà des sentiments.

Le dispositif était en place depuis environ neuf heures, et les techniciens s'affairaient dans leurs combinaisons blanches protectrices qui évoquaient de loin celles des cosmonautes. Kathrin allait bientôt procéder aux premières observations sur les ossements peu à peu mis au jour au pied du conifère, tandis que Stevens et son adjoint Dorwell gardaient un œil sur l'ensemble en échangeant des commentaires.

Comme l'avait demandé Stevens, Joe Lasko les avait accompagnés pour leur indiquer l'endroit précis où il appréhendait tant de retourner. Le premier café de la journée était déjà loin et, expirant des halos blancs par le nez et la bouche, les deux hommes n'auraient pas refusé un autre breuvage pour se réchauffer.

Dans son récit, Joe avait mentionné la motoneige à bord de laquelle le garde forestier les avait ramenés au parking. Or, l'engin n'était pas dans les parages du refuge, laissant supposer que son occupant s'était absenté.

En revanche, et par chance, la neige tombée la veille en quantité avait effacé les empreintes laissées par les raquettes d'Eva et de Joe. Stevens, relevant les traces de deux paires de raquettes sur le sentier et tout autour du refuge, n'aurait pas manqué de demander à Lasko qui l'accompagnait ce jour-là.

La porte du cabanon n'étant pas verrouillée, les policiers entrèrent sans forcer et, sans mandat de perquisition, ne purent procéder qu'à une inspection superficielle, sans déranger les objets et affaires personnelles du garde.

Un matelas sur un sommier de fortune, un duvet troué, deux épaisses couvertures, une couverture de survie, un seau métallique, des outils, un peu de vaisselle, quelques récipients en fer-blanc, des couverts, deux couteaux de cuisine, trois torchons, une radio, rien qui pût sembler suspect. Seul un piège à loups accroché dans un coin pouvait laisser supposer que celui qui avait blessé Laïka avait été posé par ce garde. Et encore, pas sûr : le garde avait peut-être au contraire souhaité confisquer ce piège.

Entre-temps, au pied de l'arbre, un genou à terre, les mains gantées de latex, Kathrin Folcke glissait dans des sachets en plastique, avec toutes les précautions du monde, les fragments d'os qui venaient d'être exhumés de la fosse désormais élargie d'un mètre autour des restes.

Parmi ceux qu'elle avait réussi à identifier, une mandibule presque intacte, des morceaux de côtes, une clavicule, l'humérus gauche, deux moitiés de cubitus, un fragment de radius, un fémur, une paire de rotules, des morceaux des deux tibias, des phalanges des membres supérieurs et inférieurs, quelques vertèbres.

De quoi reconstituer presque entièrement le squelette, songea-t-elle le cœur battant. Si tous n'étaient pas entiers, ces os étaient dans un très bon état de conservation, dû en grande partie à la nature du sol où le corps reposait.

Toute à sa découverte, la légiste ignorait la morsure du froid sur son visage et aux extrémités. Elle était chaussée de bottes fourrées et vêtue d'une protection en plus de sa tenue polaire, mais la posture statique freinait la circulation du sang dans ses membres qui commençaient à s'engourdir.

Kathrin ne se contentait pas d'interroger les cadavres à la lumière de la scialytique. Elle évaluait l'environnement dans lequel on avait retrouvé le corps ou ses restes, écoutait parler la terre, la poussière, le vent. Percevait intimement les échos de la souffrance subie, la durée de l'agonie. Ressentait chaque coup, la moindre meurtrissure de la chair, chaque os qui se brisait, comme si c'étaient les siens.

Elle vivait la mort dans son être, il lui semblait entendre, et plus encore, les cris de la victime, ses appels au secours, partager ses dernières pensées, sentir l'onde de terreur glacer sa peau avant de rendre son ultime soupir.

Cette fois, des larmes, qui n'étaient pas seulement dues à la température négative, roulaient sur ses joues avant de se cristalliser. Elle se releva dans un vacillement perceptible d'elle seule. Ce n'était pas la vue des os qui l'ébranlait, mais l'idée de ce que la victime avait pu endurer dans son corps et dans son âme. Ces arbres proches avaient été les témoins silencieux de l'immonde. En gardaient-ils les vibrations malsaines dans leurs fibres et leur sève ? S'ils avaient pu parler…

Elle prit une profonde inspiration, laissant l'air glacé et pur de la forêt s'emparer de ses poumons, et se dirigea vers sa mallette posée à proximité pour ranger les sachets, une vingtaine en tout. Cherchant Stevens du regard, elle s'attarda sur Joe Lasko qui discutait avec le chef de la police et Dorwell. Elle aurait beau choisir les mots, prendre des pincettes, il n'y avait pas de bonne manière d'annoncer ses constatations. Et elle était plutôt adepte de la vérité.

— Ces restes sont bien ceux d'un enfant, confirma-t-elle à Stevens une fois arrivée à sa hauteur.

Blêmissant à ces mots, Lasko sentit une violente contraction à la poitrine.

— Le sexe et l'âge exact restent à déterminer, s'empressa-t-elle d'ajouter en voyant Joe se décomposer. Les os, rendus spongieux par la nature humide du sol forestier, sont pour la plupart assez bien préservés. L'absence de restes organiques, chair, tendons, cheveux, muscles, indique que la mort n'est pas récente. Elle remonte même à plus d'un an.

— Vous… vous en êtes sûre ? demanda Lasko en un souffle.

À l'horreur redoutée qui le touchait de près se

substituait une autre atrocité, une autre hypothèse terrifiante.

— Pour ce qui est de l'estimation de la date du décès, pratiquement, oui, dit Folcke. Il est encore impossible d'établir un lien entre le collier découvert, bien qu'il soit de petit diamètre, évoquant davantage le cou d'enfant que celui d'un adulte, et la présence de ces ossements au même endroit. Il se peut également que ces os appartiennent à des personnes différentes. C'est ce que nous devrons vérifier. Quoi qu'il en soit, ce sont des squelettes d'enfants. Des marques significatives sur certains des os, comme l'humérus gauche et un des tibias, évoquent des morsures profondes. Celles de prédateurs, des loups, peut-on supposer. En revanche, l'autre tibia est sectionné à une dizaine de centimètres au-dessus de la cheville. Il ne s'agit pas d'une amputation chirurgicale, mais plutôt de… d'un accident, ayant provoqué une fracture. L'os s'est cassé avec plein de petites esquilles.

— Comme si la victime était tombée dans ce genre de piège, par exemple ? suggéra Stevens en désignant du menton le piège à loups sorti de la cabane comme pièce à conviction.

— Je devrai effectuer des mesures précises pour vous le confirmer, mais oui, ça correspondrait tout à fait à ce type de fracture dentelée.

— Que pensez-vous de tout ça, chef ? intervint Dorwell, en sortant une cigarette de son étui, comme s'il cherchait à se donner une contenance.

Une telle découverte affectait forcément chaque enquêteur, même les plus rompus.

— Merci de ne pas fumer à l'intérieur du périmètre sécurisé, Dorwell, lui rappela Stevens.

L'adjoint, l'air contrit, répondit par un léger signe de tête et laissa sa clope entre ses lèvres sans l'allumer.

— Si Folcke nous confirme que la fracture est due à ces mâchoires d'acier, poursuivit Stevens en plissant les yeux, nous pourrons conclure que le piège qui a blessé la chienne de M. Lasko ne visait ni les loups ni d'autres animaux. Et que la petite victime a été attachée à cet arbre, où elle aura été attaquée par des bêtes avant de mourir. Après, elle aurait été enterrée sur place.

Joe commençait à se sentir mal. Les quelques heures passées à disséquer les macchabées en cours n'étaient rien en comparaison.

— Chef Stevens, articula-t-il péniblement, vous... vous pensez que le garde forestier qui a sauvé ma chienne aurait... aurait pu faire ça?

— Aucune idée. Nous en saurons plus après les analyses des ossements et du piège à loups trouvé dans son refuge, n'est-ce pas, Kathrin?

La légiste acquiesça en silence. À cet instant, Joe, ne pouvant plus contenir un haut-le-cœur, se précipita à l'écart derrière un arbre aussi vite qu'il put et vomit le contenu de son estomac. Un mélange de café noir et de bile.

— Je... excusez-moi, dit-il une fois de retour, après s'être essuyé la bouche et le menton avec un mouchoir.

— Voulez-vous que mon adjoint vous reconduise à votre voiture, monsieur Lasko? Je ne pense pas que votre présence ici nous soit nécessaire plus longtemps, lui proposa Stevens en réprimant un mouvement de dégoût.

Comme il regrettait, dans ces moments, la saine compagnie d'un livre...

Lasko accepta aussitôt et embarqua sur une des motoneiges de la police avec Dorwell aux commandes.

L'air glacial qui lui fouettait le visage lui fit du bien. Mais il avait à l'esprit cette vision insoutenable... Un être si jeune et démuni, devenu, par le plus terrible des destins, la proie d'un monstre.

Il voyait l'enfant, mortellement blessé, finir d'agoniser, attaché au tronc au bout d'une chaîne, un collier en acier lui serrant le cou, servant de nourriture ou d'appât aux bêtes sauvages carnivores.

12

Le lendemain matin, Lasko fixait le café encore fumant, noir dans le mug blanc sur lequel était inscrit, d'une écriture enfantine, « DAD », avec un cœur rouge.

Le dernier cadeau de Lieserl pour Noël. L'école avait fait imprimer les dessins des enfants par une entreprise qui, outre des livres, des tee-shirts et des albums photo, proposait des mugs personnalisés à partir d'une création, un dessin, un graffiti ou une photo.

Combien de temps encore supporterait-il l'insupportable ? Combien de temps tiendrait-il en équilibre sur ce fil, au-dessus du vide ? De quel côté tomberait-il ?

La veille, très éprouvé par les révélations de la forêt d'Oakwood Hills, il avait retrouvé Gabe en rentrant chez lui. Puisant dans les forces qui lui restaient, il avait raconté à son frère le déroulement des opérations de police sur le terrain.

— Dire que si ça se trouve, c'est sur ce même fumier que vous êtes tombés, avait grommelé Gabe.

— C'est possible. En tout cas, il n'était pas là hier, avait répliqué Joe.

À la seule pensée que cet homme pouvait avoir torturé et tué un enfant, des mois, des années plus tôt, et d'autres plus récemment, peut-être sa propre fille, Joe avait de nouveau la nausée.

Il regarda sa montre.

7 h 15. Il pouvait appeler Chester. Collant le smartphone à son oreille, il attendit. L'angoisse lui vrillait l'estomac.

— Allan ? C'est Lasko.

— Salut, Joe. Quand est-ce que tu passes récupérer Laïka ?

Le cœur de Joe fit un bond.

— Ça va mieux alors ?

— Elle a même un peu mangé ce matin. Mais ce n'est pas ce soir que tu l'emmènes en boîte !

— Sacrée Laï ! Elle m'a fichu une de ces trouilles ! Merci, Allan, vraiment, merci, dit Joe, les larmes aux yeux.

— De rien, vieux, c'est mon boulot. Et puis, ta chienne, je l'aime bien.

— Ça ne te fait rien de la garder jusqu'à ce soir ? Je dois partir en consultation et j'ai des rendez-vous jusqu'à 18 heures.

— Pas de problème, mais pour le coup tu verras Merry, j'ai une intervention sur un boxer qui risque de durer un peu.

— Ce sera l'occasion de lui faire la bise, sourit Lasko.

Il aimait bien Merry et son petit air pétillant. Elle dégageait une bienveillance presque maternelle mêlée de bonne énergie. Joe lui portait la même affection qu'à Allan.

Lasko raccrocha, un peu plus léger. Si Laïka

n'avait pas survécu, avec elle se serait détachée la dernière pierre de l'édifice, serait mort le lien ultime avec Lieserl. Parce que l'une était un peu de l'autre.

Derrière la baie vitrée, le terrain de cinq mille mètres carrés était enseveli sous la neige. La fonte ne commencerait pas avant la mi-mars, à moins que la nature ne réservât encore une de ses surprises. Joe y avait planté quelques pommiers, un poirier, un cognassier, quatre noyers et deux érables rouges qui, dépouillés de leur parure de feuilles, n'étaient plus que des squelettes sombres habillés de blanc.

Les pattes de Laïka, sortie jouer dans la neige deux jours auparavant, y avaient formé, comme dans la forêt, des empreintes semblables à des fleurs. Joe songea avec un serrement de cœur que, à la veille de Noël, Liese et lui avaient décoré le-sapin-qui-ne-per-dait-pas-ses-aiguilles, planté à la naissance de sa fille, le 24 décembre 2010. En l'espace de quatre ans, le jeune conifère avait atteint la taille de Lasko et s'ap-prêtait à le dépasser. Ça avait été leur dernier Noël ensemble, tous les trois, avec Laïka. Les empreintes dans la neige étaient alors les leurs, comme trois signatures, elles se croisaient, se confondaient et se superposaient pour se séparer de nouveau.

Lasko aurait donné n'importe quoi pour voir encore les marques laissées autour du sapin par les petites bottes fourrées de Lieserl, symboles de son insouciance et, surtout, de sa présence à la maison.

Trois coups retentirent à la porte de derrière.

— C'est ouvert, Gabe, lança Joe qui s'était levé pour se verser à nouveau un peu de café.

— Salut frérot, dit l'aîné des Lasko en faisant tomber la neige de ses bottes avant d'entrer. Ça sent bon...

— Il y a du café chaud dans la cafetière.

Joe s'était décidé à parler à Gabe après son retour d'Oakwood Hills la veille. Il lui avait avoué que la cohabitation lui semblait impossible pour le moment, que ce serait prématuré et qu'il avait besoin de retrouver la confiance perdue. Leur lien endommagé était à reconstruire. Pour ne pas le laisser à la rue en plein hiver, Joe avait proposé à Gabe d'occuper une maisonnette dans le jardin, la Villa des Amis, comme ils l'avaient baptisée avec Rose.

Liese adorait y passer des heures à jouer. Une sorte de jeu de rôle comme savent en inventer les enfants, où elle s'imaginait tantôt en princesse dans un château avec mille prétendants, tantôt en Cendrillon ou tout simplement en bonne épouse avec des enfants. Ces derniers incarnés par des animaux en peluche, un ours, un chat, Cindy la tortue et Babe le cochon. Depuis le départ de Rose, la Villa des Amis était restée vide. Entre Liese dont il avait obtenu la garde et son cabinet, Joe n'avait guère le temps de recevoir. Ni vraiment le cœur.

Lorsque Gabe entra dans la maisonnette, les peluches étaient toujours sur le canapé-lit, sagement alignées.

— Grand luxe! Merci frérot! s'était-il exclamé en voyant l'intérieur plutôt douillet, aménagé avec goût, équipé d'une kitchenette pour que les invités puissent jouir d'une certaine indépendance.

— Je souhaiterais que tu me verses un loyer, lui

avait demandé Joe. Pas tant pour l'argent que pour le principe.

— T'as peur que je m'incruste en parasite, j'ai bien pigé. Et ce ne sera pas le cas. Tu as la bonté de m'accueillir et de m'héberger. Alors je vais pas faire la fine bouche!

— Ce n'est pas de la bonté, Gabe. Je te laisse une chance, une seule, prévint Lasko.

Gabe s'était contenté de le regarder au fond des yeux.

Ce matin-là, Joe fut presque content de voir son frère apparaître à la porte de la cuisine. La solitude et le vide de la maison sans les rires de Liese lui pesaient. Les réveils en sursaut, sans pouvoir se confier à personne, sans une parole réconfortante avant d'aller travailler étaient son quotidien depuis plus d'un mois. Les marques de bienveillance et de sollicitude ne manquaient pas, mais elles venaient de l'extérieur et finalement d'étrangers.

Tant que Liese n'était pas là, Gabe était sa seule famille, avec Laïka. Un lien qu'il ne pouvait ignorer malgré sa rancœur toujours vive. Un lien qu'il devait rétablir. Gabe lui tendait la main. Ce qu'il avait espéré et attendu tant d'années.

— Laï est tirée d'affaire, sans amputation, dit Joe. Je viens d'avoir des nouvelles.

— Tant mieux, je suis content pour elle, sourit Gabe.

Sa joie sincère toucha Joe.

— Et toi? Ça va mieux, après ta fichue escapade d'hier? demanda Gabe.

— Toujours le même cauchemar avec Liese. Ça me réveille vers 4 heures. Comme si elle m'envoyait un message. Un appel.

— Moi, j'y crois à la télépathie quand on est très lié à quelqu'un, déclara son frère en humant les vapeurs de café au-dessus de son mug. Bon sang, y a pas meilleur café que chez soi. Enfin, chez son frérot, ajouta-t-il d'un ton plus léger.

Sa relation avec Joe était encore sur la corde raide et pouvait basculer au moindre écart de langage, au moindre malentendu. Gabe sentait qu'il marchait sur des œufs.

— C'est bien que tu sois là, Gabe, vraiment, dit Joe après une légère hésitation. Je me sentais plutôt seul.

Le visage de Gabe s'éclaira. Comme lorsqu'il était Gabe le Magnifique.

— Les Lasko sont des durs à cuire, alors à deux, c'est encore mieux. C'est quand, la prochaine battue pour les petites ?

— Demain.

— Très bien. J'irai avec toi. Et je vais fouiner là où personne n'est encore allé chercher.

Joe lui lança un regard surpris.

— Comment ça ?

— Tu sais, frérot, je pense que j'en ai vu plus dans ma pauvre vie que la plupart des habitants de ce patelin. Les planques, les endroits auxquels on ne pense pas, je connais et j'ai pratiqué.

— Mais tu n'as pas fréquenté de pédophiles, dit Joe d'une voix tremblante. Pourrais-tu penser comme eux ?

— Ça non, ça se saurait. Faudrait pas que l'un

d'eux croise ma route. Mais tu sais pas par qui les gamines ont été enlevées. Si ça se trouve, c'est par une femme en mal d'enfants.

— Pourquoi seulement des filles, dans ce cas?

— Parce que c'est plus facile pour jouer à la poupée, répondit Gabe.

— Les femmes dont l'instinct maternel a été frustré enlèvent en général des enfants en bas âge, des nourrissons. Elles viennent les voler à la maternité.

— Possible, mais faut tout envisager, répliqua Gabe en avalant un fond de café.

— Bon, je dois y aller, fit Joe soudain assombri.

Cette conversation avait ravivé son angoisse. Il imaginait Liese entre les mains d'un malade.

Homme ou femme, peu importait, finalement. Si sa fille était en vie, elle n'était pas en sécurité, peut-être même en danger de mort. On venait d'exhumer les restes d'un corps d'enfant à quelques dizaines de kilomètres seulement de Crystal Lake. Cela signifiait qu'il ou elle finissait par tuer ses petites victimes après s'être amusé avec.

Il enfila son épaisse parka, mit son bonnet et gagna le garage. Aux beaux jours — il avait hâte qu'ils reviennent —, il faisait sans problème les neuf kilomètres à vélo qui séparaient sa maison du cabinet. C'était même son moyen de transport privilégié.

Le pick-up, comme à son habitude, emprunta l'allée et rejoignit la rue. À quelques mètres, Harry faisait le planton dans la voiture banalisée. Cette filature commençait à les lui briser sérieusement. Le chef Stevens semblait persuadé qu'elle aboutirait à quelque chose, mais pour le moment la cible avait un comportement tristement normal. Le seul os qu'il avait à mettre sous la dent de son supérieur était la présence de ce type, chez Lasko, qui était sorti sur le pas de la porte pour regarder le pick-up s'éloigner. Une drôle d'allure, on aurait dit un SDF.

Suivi à distance, Joe roulait sur la route dégagée depuis cinq minutes à peine lorsque son portable sonna. C'était Stevens.

— J'espère que je ne vous dérange pas, dit l'officier de police.

Sa voix semblait lointaine.

— Je suis en voiture, je vais à mon cabinet, répondit Lasko d'un ton maussade.

— Peu après votre départ hier, deux de mes hommes ont découvert le corps d'un homme, nu, grossièrement recouvert de branches, à environ trois cents mètres du parking à Oakwood Hills. Il semblerait que ce soit un garde forestier. Il y avait aussi une motoneige, pas très loin du corps, avec l'insigne de la réserve naturelle.

Les mains de Joe se crispèrent sur le volant. Stevens annonçait cela d'une voix étrangement monocorde.

— Comment est-il mort ?

— C'est ce que notre légiste devra déterminer. Il n'a aucune trace de blessure par balle ou arme blanche, ni strangulation ou coup à la tête. Seul son visage semble congestionné.

— Ça ressemblerait à un accident vasculaire, lâcha Joe sans trop y croire.

— Avant de procéder à l'autopsie, il nous faut être certains que c'est bien l'homme à qui vous avez eu affaire. Je vous demanderai de venir l'identifier. Dorwell se charge d'interroger les gardes forestiers de la réserve. Mais en hiver, ils ne sont pas tous là à temps plein. Le corps se trouve dans la chambre froide du bâtiment médico-légal, attenant au poste de police.

— Je ne pourrai pas m'y rendre avant ce soir, après 18 heures. J'ai des consultations.

— J'y serai aussi. Ah oui et... un détail qui a son importance, monsieur Lasko... le cadavre était émasculé.

13

La voiture fendait un rideau de flocons gelés aussi affolés dans le faisceau des phares qu'une nuée de papillons de nuit. En route vers la morgue, Joe pensait que s'il apprenait que Lieserl était morte, il n'hésiterait pas à tout plaquer, le cabinet, sa maison, sa ville, pour se tirer à l'étranger avec Laïka. Pour un médecin, il y a toujours du travail n'importe où. Et puis peut-être changerait-il carrément de profession. Un virage à cent quatre-vingts degrés. Sur une île, pourquoi pas.

En attendant, Joe avait prévu d'appeler la détective à son retour et de l'informer des dernières nouvelles. Il était également impatient de rencontrer Hanah Baxter, de voir si, comme le prétendait Eva, elle pourrait réellement les aider et faire avancer l'enquête.

Une obscurité glacée s'était abattue sur la ville. La nuit, la température chutait d'au moins dix degrés, contraignant les gens à se précipiter vers la chaleur accueillante de leur foyer plutôt que de traîner dans les rues. Aux alentours de dix-huit heures, celles-ci se vidaient, donnant à Crystal Lake des apparences de ville morte. C'était si différent à la belle saison… On vivait dehors, les activités extérieures s'organisaient, les barbecues crépitaient joyeusement dans des fumets de viande grillée. La vie ici pourrait-elle un jour reprendre son cours paisible ?

Stevens l'attendait à la morgue, en compagnie de Folcke. Ce n'était pas comme à l'Institut médico-légal de Chicago, véritable usine à cadavres qui accueillait presque autant d'élèves en médecine légale. Kathrin était seul maître à bord, avec son assistant, Victor Daemon, un type sans âge, le cheveu gras ficelé en queue-de-cheval, la peau criblée d'anciens impacts d'acné aiguë, le nez en crochet et des lunettes rondes à la Lennon. Une sorte d'éternel étudiant. Surnommé à juste titre « Nose ». Le genre de garçon vieux avant l'âge, qu'on imagine très bien partageant son lit avec une poupée gonflable.

À la vue du cadavre allongé sur une table d'autopsie en inox, exposé à la lumière blanche de la lampe scialytique et à moitié recouvert d'un drap bleu pâle, Joe eut un haut-le-cœur. Ce n'était pas la vision d'un macchabée qui causait son trouble, mais ce visage fermé derrière sa moustache noire, qu'il reconnut aussitôt.

Stevens ne le quittait pas des yeux. Il paraissait étudier chacun de ses gestes, à l'affût du moindre changement d'expression.

— C'est bien lui, c'est le garde forestier qui a sauvé ma chienne du piège à loups, dit Joe à mi-voix.

— Merci, monsieur Lasko, pour votre coopération, approuva l'officier de police, soulagé d'avoir échappé cette fois à la poignée de main réglementaire.

Je vais vous demander de me suivre dans le bureau, j'ai quelques questions à vous poser.

Joe inclina la tête en guise d'assentiment. Derrière celle des antiseptiques et autres produits de conservation, Lasko percevait une odeur doucereuse, entêtante, qu'il connaissait bien. Celle de la mort. Aussi silencieuse et présente qu'un rôdeur.

— Folcke, nous prêteriez-vous votre bureau? Nous en avons pour une dizaine de minutes.

— Faites, je n'en ai pas besoin pour le moment. Je vais préparer ce monsieur pour l'autopsie, en espérant qu'il nous livrera le secret de son trépas. Allez Nose, en avant!

Installé face à Stevens dans le bureau de la légiste, le regard de Joe alla se perdre sur les étagères qui occupaient les murs. Un vrai cabinet de curiosités. Fait étrange, malgré un crâne adulte trépané, des doigts, des mains, des poumons, un foie dans des bocaux remplis de formol, l'atmosphère n'avait rien de morbide. Car il ne s'agissait pas de trophées, mais d'objets d'étude exposés aux rares visiteurs que Folcke recevait dans son bureau.

En revanche, sur trois étagères qui occupaient un pan de mur latéral, l'exposition revêtait une dimension presque artistique. Dans des cubes de résine ou plexiglas transparent, comme incrustés dans de l'ambre, étaient captifs un cœur couronné de ses artères d'un bleu vif, des bronches attachées à leurs poumons, semblables à du corail, formant un arbre siamois aux milliers de minuscules ramifications, une coupe de cerveau humain, deux globes oculaires avec leur nerf optique et un rein d'un rouge frais.

Pour avoir entendu parler au journal télévisé d'une exposition très controversée à l'initiative d'artistes asiatiques, autorisée seulement dans certains pays, Joe connaissait la pratique des techniques de plastination des corps et des organes, permettant une parfaite conservation de ceux-ci avec un rendu de couleurs d'une grande beauté. Sous cette forme immortalisée, la mort respirait la vie.

— J'ai eu du mal à m'y faire, au début, avoua Stevens qui avait surpris le regard interloqué et fasciné de Joe. Mais je reconnais que ce serait presque beau si on arrivait à faire abstraction de la nature organique de ces œuvres. Folcke s'est initiée à cette technique et elle semble y exceller. Ce sont ses travaux, exposés ici.

Joe en resta coi.

— Heureusement, rien n'est à vendre, conclut Stevens en prenant une feuille de papier et un stylo. Bien, revenons à notre cadavre. On a retrouvé un permis de conduire dans la motoneige. Gary Bates. Vous le connaissiez?

Joe le regarda d'un air stupéfait.

— Si je le connaissais? répéta-t-il. Vous voulez dire : avant de l'avoir rencontré dans la forêt il y a deux jours?

Stevens acquiesça en silence. Il décortiquait Joe du regard. Ne rien laisser échapper.

— Bien sûr que non! se défendit Lasko vivement.

— Ce n'était pas d'une évidence absolue, vous en conviendrez, monsieur Lasko. Vous vous promenez souvent dans cette forêt avec votre chienne?

Joe nota le décalage entre le ton neutre de Stevens et la teneur de ses propos, un brin allusifs. Cherchait-il à le déstabiliser ? Quelques gouttes de sueur coulèrent dans son dos.

— Non, pas vraiment. Il y a d'autres balades plus proches.

Lasko comprit trop tard sa maladresse. Stevens fronça un sourcil.

— C'est ce que j'ai pensé, dit-il. Dans ce cas que faisiez-vous là-bas ce jour-là ? Vous découvrez par hasard, alors que c'est la première fois que vous vous y rendez, ces ossements avant de tomber, encore par hasard, sur un garde forestier qui sauve votre chienne d'un mauvais pas. Reconnaissez que ça peut sembler étrange, surtout dans le cadre d'une affaire probablement criminelle. Je parle des petites. Pour ce qui est de Bates, nous le saurons bientôt.

Joe se sentait pris au piège de son mensonge. Mais il était impensable de révéler à Stevens la présence d'Eva et encore moins celle d'Hanah Baxter, fraîchement arrivée de New York. Le risque était que le chef de la police, se croyant doublé, prenne mal cette concurrence officieuse et tente d'écarter les deux femmes de l'affaire.

— Je vous assure, chef Stevens, que ce n'est que pur hasard, affirma Lasko, en essayant d'être le plus convaincant possible.

Pour cela fallait-il encore qu'il fût lui-même convaincu. Seulement une partie de la vérité.

Al Stevens, la tête penchée sur le côté, consignait chaque mot de Joe sur la feuille.

— Vous ne pensez tout de même pas que c'est moi qui ai tué ce Gary Bates ?

Joe venait de lâcher ça sans réfléchir. Il ne savait que trop où Stevens voulait en venir avec ses questions. Et celle-ci le démangeait depuis qu'il était entré dans le bureau.

S'arrêtant d'écrire, Stevens le dévisagea.

— Si vous saviez combien de fois je l'ai entendue, cette phrase…, soupira-t-il. Et, le plus souvent, justement dans la bouche de celui qui s'avérait plus tard être le meurtrier. Pour le moment, je ne pense rien. Mais qui vous dit que Bates a été tué, monsieur Lasko ? En sauriez-vous plus que notre légiste et que la police ? Elle est surprenante, votre interrogation.

Alors qu'Al Stevens ne se départait pas de son calme, Joe sentit qu'il perdait le sien. La sueur ruisselait entre ses omoplates et, lui sembla-t-il, commençait à gagner les tempes. Une manifestation que le chef de la police ne manquerait pas de relever.

— Cet homme a été émasculé, c'est vous-même qui me l'avez appris ! contre-attaqua-t-il. Il n'est pas difficile d'en tirer des conclusions.

— Il a aussi pu s'automutiler ou être attaqué par une bête sauvage, rétorqua Stevens.

Joe essaya, sans y parvenir, de s'imaginer en train de se suicider en se coupant les couilles et accessoirement la verge. Mais il voulait bien croire que tout envisager, même les situations les plus fantasques, faisait partie du travail d'un enquêteur.

— D'ailleurs, si c'était en effet ce que je pense, pourquoi l'auriez-vous tué ? demanda Stevens.

— Je n'ai aucun motif, vu que je ne connais pas cet homme et que je ne suis pas un meurtrier.

— Le motif qui aurait pu vous pousser à l'acte, monsieur Lasko, c'est de vouloir faire justice vous-même. Vous découvrez les ossements, vous comprenez qu'il s'agit de ceux d'un enfant, vous avez la certitude que Bates, qui vit si près, est le coupable. Atteint dans votre chair par la disparition de votre fille, vous vous dites que c'est lui qui a enlevé les petites. Ou, autre hypothèse, bien plus fâcheuse pour vous, Bates a été témoin d'une scène gênante. Alors vous revenez l'éliminer.

Joe demeura abasourdi, sans pouvoir articuler un mot.

— Suis-je un suspect ? souffla-t-il après quelques secondes d'abattement.

— Je ne vous cache pas que, techniquement, vous êtes susceptible de l'être, en effet. Je comprends votre désarroi, monsieur Lasko, mais mettez-vous un instant dans la tête d'un enquêteur. Vous êtes probablement la dernière personne, à part l'assassin, si Folcke confirme le meurtre, à avoir vu Gary Bates en vie. Simple question mathématique. Eh bien, tout en cherchant ailleurs bien sûr, l'enquêteur que je suis vous aura dans sa ligne de mire. Le temps de vous disculper ou de confirmer votre culpabilité. Et toute la sympathie que je peux vous porter n'a rien à voir là-dedans. Vous comprenez, je ne peux pas, je n'ai pas le droit, au nom d'un sentiment humain ou de l'affect, de vous exclure de la liste. Vous seriez mon fils, je procéderais exactement de la même façon. Vous coopérez, c'est vrai, vous en faites même plus que certains de mes hommes, mais il arrive aussi que le coupable nous aide. C'est encore la meilleure façon de se disculper et d'endormir la vigilance de la police. Pas la mienne. Je sais détecter les manipulateurs. Je prends le temps qu'il faut, mais j'y arrive. Ah, une dernière chose… Les résultats ADN des cheveux des poupées sont négatifs. Ils ne correspondent pas à ceux de votre fille ni aux autres. C'est peut-être un simple canular. Une plaisanterie, de très mauvais goût, mais ça arrive. Je vous raccompagne.

Les deux hommes quittèrent le bureau de Folcke et se dirigèrent vers la sortie du bâtiment sans repasser par la morgue.

Cinq minutes plus tard, Stevens rejoignait Folcke et son assistant dans la salle d'autopsie en se passant du gel désinfectant sur les mains.

— Alors, Folcke? Les premières impressions sur le cadavre de Gary Bates?

— L'émasculation a été pratiquée par une lame très bien aiguisée et ce *post mortem*, au vu de la faible quantité de sang qu'il a perdue par cette plaie et des lividités. Cet homme a eu tout l'appareil génital tranché net, testicules et verge. Son meurtre est peut-être lié aux ossements d'enfant découverts à côté.

— Le charnier n'est pas récent, rappela Folcke en fixant l'élastique de ses lunettes protectrices autour de la tête. Cela voudrait dire que le meurtrier a mis du temps à retrouver Bates. Il nous faut le résultat des analyses sur les os. Nose est dessus… plus précisément sur la reconstitution du squelette. Car il semblerait que les os appartiennent à une seule et même victime. À confirmer avec les analyses ADN.

Le portable de Folcke vibra dans la poche de sa blouse. C'était un SMS d'Andy White, son artiste. Un sourire fugace souleva ses lèvres. Ce qui les liait, outre l'intellect et des intérêts partagés pour l'art, les voyages et les mots croisés, était le sexe. Une flamme entretenue à coups de messages salaces et d'allusions ouvertement érotiques. «Ton cul me manque, je bande, viens vite», disait celui-ci. Il ne s'était pas surpassé. En panne d'inspiration, sans doute, se dit Folcke en remettant son portable dans sa poche. Si Stevens savait…

Un jour où elle avait réussi à mettre Nose dehors à la nuit tombée, Andy avait rejoint Kathrin à la morgue et ils avaient baisé, à moitié nus sur la table d'autopsie, celle-là même sur laquelle Gary Bates reposait en ce moment. Tandis qu'Andy s'agitait sur elle, Folcke, le string aux chevilles, avait senti l'acier froid contre ses reins. Ce contact réservé aux morts qui eux ne ressentaient plus rien ne lui avait pas déplu. «T'inquiète pas, ma chérie, ils risquent pas de cafter», lui avait dit Andy en la pénétrant. Ils avaient éclaté de rire. Mais ces moments croustillants n'empêchaient pas Kathrin de se dire qu'elle avait quand même passé l'âge.

Alors qu'elle disposait à sa main les instruments de son chariot d'autopsie, une de ses manies, Stevens prit un bref appel.

— Je dois vous laisser, Folcke, on remet l'autopsie à demain matin, première heure, dit-il en raccrochant.

Il sortit précipitamment de la morgue et gagna presque en courant le poste de police à quelques mètres de là, pour rejoindre son adjoint qui l'attendait dans son bureau. Dorwell semblait plus nerveux que d'habitude et avait déjà mangé la moitié du capuchon de son Bic.

— J'arrive à temps, on dirait, avant que vous ne vous fassiez une éventration avec ce bout de plastique, lança Stevens en s'asseyant dans son fauteuil. Dites-moi tout.

— On a un nouveau signalement, chef. Un témoin qui s'est présenté spontanément dit avoir vu un gars rôder autour du lac le 7 janvier, le jour de la disparition de Lieserl Lasko. Le type portait un blouson d'aviateur, un jean et des bottes. Il n'était pas là pour patiner. Le témoin semble formel et très bien se souvenir de ce gars.

— Et il se fait connaître seulement maintenant ? Il patinait, lui, ce jour-là ? demanda Stevens sceptique.

— D'après ce qu'il dit, oui. Il a longtemps hésité à se manifester, pour ne pas faire courir de risque à sa famille, mais il nous a quand même aidés à établir ce portrait-robot.

Dorwell mit une feuille A4 sous le nez de son supérieur. Le portrait d'un homme y était dessiné. C'était lui-même qui s'y était attelé, sur les indications du patineur. Il était assez doué. Ses mains tremblaient légèrement.

— Vous avez l'air stressé, Dorwell, quelque chose ne va pas ? s'enquit Al Stevens.

— En fait, je sais qui est ce type, on était ensemble au lycée. C'était pas vraiment l'amour fou entre nous. Après, il est parti de Crystal Lake et on l'a plus jamais revu. Sauf ce matin, c'est Harry qui l'a vu, devant la maison de Joe Lasko. Il est sûr c'est l'homme du portrait-robot.

— Quel rapport avec Joe Lasko, bon sang ? gronda Stevens.

— C'est son frère aîné, Gabe Lasko. Apparemment, il est de retour.

14

Hanah dormit cette nuit-là d'un sommeil agité ponctué de rêves où se mêlaient poupées tueuses, squelettes animés et son monstre de père qui tirait les ficelles de tout ce petit monde.

Eva lui avait réservé un hôtel un peu excentré, équipé d'une piscine intérieure et d'un SPA dont Hanah avait profité avant un dîner de sushis et de sashimis dans sa chambre. La fièvre des bouchées au poisson cru avait même gagné une ville de la taille de Crystal Lake.

Eva passerait la chercher. Elles iraient directement à Oakwood Hills, sans emmener Joe.

Lorsqu'ils s'étaient parlé la veille au soir, Lasko et la détective étaient convenus que, devenu un suspect potentiel dans l'affaire Bates, Joe pourrait très bien être suivi par les hommes de Stevens et qu'il serait trop risqué pour lui de revenir sur les lieux où un meurtre avait sans doute été commis. En outre, il serait mieux pour les deux femmes qu'on ne les voie pas tout de suite en sa compagnie. Ils allaient devoir redoubler de prudence. « Laissons simplement passer un peu de temps et informons-nous par mail ou téléphone pour le moment», avait dit Lasko.

Eva avait récupéré Hanah devant l'hôtel aux premières heures du jour et elles roulaient maintenant en direction d'Oakwood Hills, équipées chacune d'une paire de raquettes.

Un modèle sport bleu ciel comme la Ford Mustang d'Eva ne passait pas inaperçu dans la blancheur du paysage. Et ce matin-là, sur la route déserte, sa carrosserie pimpante et lustrée réfléchissait joyeusement les rayons d'un soleil inattendu. On en avait même oublié son existence, à force de ciel de plomb et de tempêtes de neige. Malgré la météo, mi-février, les journées commençaient à rallonger.

— On ne devrait pas croiser la police, dit Eva derrière ses Wayfarer à la monture orange, mais j'espère qu'il n'y a pas d'autres pièges à loups.

— Il faudra veiller à ne pas poser nos raquettes n'importe où, approuva Hanah qui tirait déjà quelques bouffées de cannelle sur sa cigarette électronique.

— Il faut surtout souhaiter que le meurtrier de Bates ne rôde plus dans le coin. Ce n'est pas avec ma bombe antiagression que je vais pouvoir nous défendre.

— J'ai ce qu'il faut, en cas de situation extrême, souffla Baxter en découvrant sous son cuir un pistolet rangé dans son holster.

Eva ne put retenir un sifflement. Son père n'était pas seulement amateur de voitures anciennes, il était aussi féru d'armes à feu. Bien que vouant à celles-ci une sainte horreur, la jeune détective avait aussitôt reconnu le modèle du pistolet : un Glock 26, celui dont se servaient les forces du NYPD, qui convenait bien à une main féminine.

— Me voilà rassurée, sourit-elle. C'est quand même dingue, ce qui est arrivé au garde forestier. Dire qu'on l'a vu il y a trois jours… En fait, qu'espères-tu trouver de plus, là-bas? Ton pendule t'a donné d'autres indications?

— Je compte sur lui pour nous en donner sur place, répondit Baxter. On doit réussir à entrer dans la cabane du garde. Il y a forcément des objets, des indices qui ont échappé aux équipes. J'ai l'habitude de passer derrière elles, il y a souvent des trucs qui traînent. Des détails qu'ils ont négligés, délibérément ou non, mais qui ont leur importance.

À la radio, une grande voix de la country, Dolly Parton, soufflait dans l'habitacle sa fumée bleue, *Blue Smoke*.

Entraînées par le rythme de l'harmonica et de la guitare acoustique, les deux femmes se surprirent bientôt à reprendre les paroles à tue-tête et taper des mains et des pieds.

Leurs voix s'accordaient bien, celle d'Hanah et sa tessiture plus grave, accompagnant le timbre soprano d'Eva.

« Blue smoke climbin'up the mountain, blue smoke windin'round the bend, Blue smoke is the name of the heartbreak train that I am ridin'in… »

Hanah, qui n'était pas une fan de country, se laissa gagner par la légèreté de la musique, et l'espace d'un instant, oubliant ce qui les attendait, les vit, elle et Eva, en Thelma et Louise, quittant leur triste quotidien dans la Ford Mustang bleu ciel, libres jusqu'au bout.

— La country, ça parle d'amour et de départ, c'est plein de nostalgie, au fond, commenta Eva, en reprenant son souffle.

Elle se sentait bien.

— Sans vouloir te vexer, sans doute à cause de mes origines frenchies, j'ai toujours trouvé ça un peu «Américain moyen», dit Hanah. Mais les fesses sur le siège en cuir d'une Mustang, j'avoue que cette musique a son petit charme.

Une demi-heure plus tard, garées sur le parking à l'entrée de la réserve forestière, elles fixaient leurs raquettes à leurs épaisses chaussures avant d'emprunter le sentier. Il n'y avait personne. C'était à la fois rassurant et inquiétant, mais chacune garda pour elle son appréhension.

Au fur et à mesure qu'elles avançaient en respirant dans l'écharpe qui leur couvrait à moitié le visage, de cette démarche particulière aux raquetteurs, le soleil, promenant ses rayons quelque part au-dessus de la canopée, se faisait de plus en plus rare. Le froid s'intensifia tout à coup et le sol devint plus dur. Un peu plus loin, elles durent même enlever leurs raquettes qu'elles laissèrent au bord du chemin pour ne pas s'encombrer. Elles les reprendraient au retour.

Suivie de près par Baxter, la détective évaluait en silence le temps de réaction nécessaire à sa coéquipière pour sortir son Glock du holster, qui se trouvait maintenant sous quelques épaisseurs. Elle en conclut qu'en cas d'attaque surprise elles seraient mortes toutes les deux. «Une arme n'est efficace que lorsqu'on la tient», répétait son père à qui voulait l'entendre. Si le tueur de Bates leur tombait dessus l'arme à la main, c'est lui qui aurait l'avantage.

Lorsqu'elles atteignirent l'endroit où le sentier se scindait, Eva s'arrêta, prise d'un doute. Elle ne savait plus quelle direction ils avaient empruntée avec Joe. Dans son départ précipité pour chercher Hanah à l'heure, elle n'avait pas emporté la boussole. Et à ce point précis, le GPS ne servait déjà plus à rien.

— Un souci, Eva ? s'enquit Hanah, la voix tendue par l'effort.

Dans ce genre de situation, elle ressentait à quel point sa vie new-yorkaise, exclusivement urbaine, la maintenait dans une sphère protectrice. Elle avait beau être sportive, l'effort physique sur le terrain n'avait rien à voir.

— Oui, j'ai un doute sur la direction à prendre. Je n'ai pas un grand sens de l'orientation et j'ai oublié ma boussole, s'excusa la jeune femme. Il me semble me souvenir que c'était le sentier de gauche.

— Attends, on va le savoir tout de suite.

Libérant sa main gauche de son gant fourré, Hanah fouilla une de ses poches de doudoune à la recherche d'un petit étui. Une fois qu'elle eut trouvé son pendule, elle le tint devant elle, suspendu à sa chaîne. Il tira nettement vers la gauche.

— C'est par là, confirma-t-elle en ouvrant la marche.

Dix minutes plus tard, elles aperçurent les bandes jaune fluo délimitant le périmètre sécurisé. Elles s'arrêtèrent pour reprendre leur souffle puis, sans hésiter, se dirigèrent vers la cabane du forestier après être passées sous les bandeaux. Elles avaient bien conscience de laisser des empreintes et priaient pour que les équipes n'aient pas à revenir sur le terrain avant la prochaine neige. C'était quitte ou double, mais malgré tout un risque à prendre.

Pourtant, une fois devant la porte, elles se heurtèrent à un problème de taille. Comme elles l'avaient craint, des scellés avaient été posés.

— Là, c'est foutu, déclara Eva, découragée.

Sans se laisser démonter, Hanah fit le tour du chalet, inspectant le moindre détail.

— On n'a qu'une seule option : casser la vitre de la fenêtre, déclara-t-elle en revenant.

— Tu es sérieuse ?

— Ça m'arrive, oui, sourit Baxter.

Elle balaya du regard les environs à la recherche de ce qui pourrait lui servir à mettre en œuvre son plan.

— Pourquoi ne pas violer les scellés, tant qu'à faire ? suggéra Eva, avec une pointe d'ironie.

— Parce que c'est un acte délibéré et un délit. Alors qu'une branche arrachée par un gros coup de vent peut très bien briser une vitre… De toute façon, on n'a guère le choix. Tu vas faire le guet dehors et si tu vois quelqu'un arriver, tu te caches et tu imites le cri de la chouette, en joignant tes mains et en soufflant, tu sais faire ?

— Je crois, oui…, répondit Eva peu convaincue.

Elle doutait fort qu'Hanah eût le temps de ressortir par la fenêtre sans être repérée.

Avisant au pied d'un arbre une branche noueuse recouverte de givre, Baxter s'en empara et cassa une vitre du premier coup. Les morceaux de verre s'éparpillèrent sur le plancher. Hanah passa ensuite le bras dans l'ouverture et put atteindre sans difficulté la poignée de la fenêtre. Un homme de forte stature n'aurait pas pu passer, mais un petit gabarit comme la profileuse se faufila aisément, sautant à pieds joints sur le plancher qui grinça à peine. Dehors, Eva scrutait les alentours à l'affût du moindre mouvement anormal entre les arbres, se disant que si des flics revenaient par ici et les surprenaient, elles n'auraient plus qu'à renoncer à leur enquête parallèle.

La neige étouffait le bruit des pas, elle devait tendre l'oreille dans le silence de la forêt. Seul son cœur résonnait dans sa poitrine. Sans cette découverte sinistre, l'endroit aurait été beau, apaisant. La nature ensevelie purgeait son sommeil hivernal en attendant le renouveau. Mais il semblait à la détective que tout pouvait surgir de ses entrailles et la surprendre. Cette affaire, qui touchait un homme dont elle se sentait de plus en plus proche, l'obsédait désormais jour et nuit. Elle s'était insinuée en elle. Et, bien qu'elle n'eût pas d'enfants, la seule perspective que le pire ait pu arriver à ces fillettes décuplait son instinct d'enquêtrice. Elle était prête à tout pour les retrouver. À vaincre ses propres peurs, à défier le froid mortel dans les profondeurs d'Oakwood Hills.

Pendant ce temps, Hanah passait au pendule le moindre recoin de la maisonnette, s'attardant là où le pendule se mettait à tirer ou tourner plus fort. Elle fit un premier état des lieux et des objets, couteaux, fourchettes, verres, théière, cafetière, d'autres ustensiles de cuisine.

Elle passait au scanner chaque centimètre de plancher, de table, d'évier, jusque dans les toilettes et la douche. Et c'est là que le pendule s'affola soudain. Le carrelage blanc, en mauvais état, gondolait par endroits. Des carreaux étaient même cassés. En soulevant le couvercle de la cuvette, Hanah crut défaillir. L'intérieur était noir de crasse et une odeur nauséabonde de charogne s'échappait de l'eau stagnante où surnageaient des excréments. Comme si un rat mort bouchait le conduit.

En apnée, écoutant son pendule, Hanah persévéra dans ses recherches malgré son envie de sortir de là. Au bout de quelques minutes, son obstination finit par payer.

À l'arrière de la cuvette, au-dessus du carrelage, le cristal se mit à décrire des cercles de grande amplitude.

— Cette fois, on tient quelque chose, s'encouragea Baxter tout en dressant l'oreille au cas où elle entendrait une chouette hululer.

Se penchant à l'endroit précis que lui désignait le pendule, elle ne vit rien de prime abord. Pourtant, le pendule ne ralentissait pas son mouvement de balancier. Devinant soudain de quoi il retournait, Hanah s'agenouilla et examina le carrelage de plus près. Un des carreaux semblait en meilleur état que les autres. Elle le tapota : il sonnait creux.

— OK, dit-elle tout haut. À nous deux, maintenant.

Elle se saisit de son couteau suisse et, choisissant une lame assez fine, en glissa la pointe sous le carreau pour faire levier. Se révéla alors une cavité profonde d'environ une trentaine de centimètres et large de vingt par vingt. Une fois encore le pendule s'était avéré infaillible. Dans le faisceau de sa mini-Maglite, Hanah distingua un objet métallique à l'intérieur de la cachette. Y plongeant la main, elle en retira une petite boîte cylindrique en fer-blanc sur laquelle était collée une étiquette à moitié arrachée où l'on ne lisait plus que quelques lettres. Sans perdre de temps à déchiffrer, Baxter ouvrit la boîte. Celle-ci contenait un trousseau de clefs.

Suivant son instinct, Hanah fourra dans une poche le trousseau qui avait échappé à l'œil des équipes policières, la boîte dans l'autre, et balaya encore une fois la cavité de sa lampe torche pour s'assurer de ne rien avoir laissé, replaça le carreau et se releva avant de sortir des toilettes. Mais à peine était-elle de retour dans la cuisine du cabanon qu'elle entendit le hululement. La maladresse avec laquelle il était esquissé indiquait clairement sa source.

— Merde ! bougonna-t-elle en enjambant la fenêtre à toute vitesse. Au passage, elle sentit qu'elle accrochait la manche gauche de sa doudoune.

Eva l'accueillit, le visage déformé par l'angoisse.

— J'ai… j'ai entendu des chiens aboyer et des voix… Des gens arrivent ! Ils viennent de la même direction que nous, souffla-t-elle d'une voix à peine audible.

— Bon, gardons notre sang-froid, dit Hanah en ajustant ses gants. On va rebrousser chemin, reprendre nos raquettes et, si on rencontre quelqu'un, on improvisera. Tu me laisseras parler. En tout cas, ici, ça pue… À mon avis, ils auraient dû creuser le sol du cabanon.

Les deux femmes se remirent en route, le visage à moitié recouvert de leur écharpe en laine.

De chaque côté du chemin, les rangées d'arbres se resserraient, rendant l'atmosphère oppressante. Des empreintes d'animaux traversaient le sentier de part et d'autre par chapelets.

Elles avaient à peine dépassé la fourche, là où les deux sentes se réunissaient en une seule, qu'elles tombèrent nez à nez avec un petit groupe, au détour d'une courbe. C'était bien la police.

Dorwell marchait en tête, suivi de trois hommes qui tenaient en laisse deux chiens haletants, des malinois, pelage fauve et masque sombre autour des yeux.

En voyant les deux marcheuses, il s'arrêta net. Un bonnet en laine dissimulait son crâne glabre. Le froid gerçait la peau de son visage, accentuant des rides prématurées. Son nez était comme tuméfié et avait pris des teintes violacées sur la partie supérieure.

— Bonjour, mesdames, vous êtes bien matinales, lança-t-il en s'approchant d'elles.

Tous étaient équipés d'épaisses parkas et de bottes pour les températures polaires, le regard dissimulé sous des verres fumés.

— Bonjour, messieurs. Tout comme vous, répondit-elle du tac au tac. La météo allant bientôt se dégrader, nous avons préféré partir et rentrer tôt.

— Je peux vous demander ce que vous faites par ici? embraya Dorwell froidement.

— Que nous vaut ce questionnaire? reprit Hanah imperturbable tandis que, derrière elle, Eva se taisait.

Sans un mot, l'adjoint de Stevens sortit de sa poche intérieure sa carte de police qu'il brandit sous leurs yeux.

— C'est un argument suffisant?

— Sommes-nous suspectées de quelque chose, là, tout de suite? s'enquit Hanah, décidé à lui tenir tête.

— Pas que je sache, en tout cas pas pour le moment, reconnut Dorwell.

Tout en parlant, il regardait Eva avec une insistance aussi gênante pour elle que pour son interlocutrice qui devenait transparente.

— Alors nous ne sommes pas tenues de vous répondre.

— Sauf qu'il y a une scène de crime, assez proche. Vous n'avez pas l'accent d'ici, vous. D'où vous êtes?

— Une simple touriste française en visite chez une amie de la région, dit Baxter en se tournant vers Eva.

— Et où dans la… «région»?

Cette fois Dorwell s'adressait directement à la détective.

— Crystal Lake, se contenta-t-elle de répondre à mi-voix.

— Faut pas être si timide… Crystal Lake, alors… comme nous autres. Tiens, d'ailleurs, quelque chose chez vous m'est vaguement familier. Pourriez-vous baisser votre écharpe?

Le ton était si direct que ce fut comme s'il lui avait demandé de baisser son slip. Elle s'exécuta à contre-cœur, parce que, elle, elle l'avait reconnu depuis le début malgré son nez enflé.

— Eva? Eva Sportis, c'est bien ça? s'exclama-t-il la bouche grande ouverte.

— C'est bien moi, oui. Vous me connaissez?

— Tu me reconnais pas? J'ai tellement changé?

Le sentir vexé ne fit qu'encourager Eva dans son mensonge.

— Je suis désolée, mais non, je ne vous remets pas.

— C'est à cause de mon nez enflé, peut-être. Dorwell, Max Dorwell, ça te parle toujours pas?

— Oh! Max Dorwell, répéta-t-elle bêtement, feignant la surprise. Ça alors! T'es devenu flic? J'aurais jamais cru.

Dorwell se rengorgea. L'étonnement d'Eva signifiait qu'elle se souvenait de lui, de sa personnalité.

— J'étais pressé de travailler, je voulais pas faire de grandes études. Et toi? Aux dernières nouvelles, et ça remonte à loin, tu étais partie à Chicago. De retour par ici? Tu travailles dans quoi?

— Je suis revenue depuis un moment vivre à Crystal Lake. Ça me manquait trop. Je travaille dans l'immobilier.

— Tiens, ça tombe bien, ma belle, je cherche à acheter une maison. Au fond, on se connaissait pas trop, toi et moi, dit Dorwell en tirant sur la cigarette qu'il venait d'allumer. On se croisait surtout parce que t'étais la petite amie de Gabe Lasko et qu'on était dans la même classe.

À ce nom dans la bouche de Dorwell, le cœur d'Eva rata une marche. Max en avait toujours pincé pour elle et avait pris comme un affront que l'aîné des Lasko sorte avec celle qu'il convoitait. Il lui en vouait une profonde rancune.

— Toujours aussi jolie, en tout cas. Même encore plus belle qu'à l'époque. Quel veinard, ce sacré Gabe... Toujours en contact avec lui, à ce propos? demanda-t-il d'un ton qui se voulait détaché.

Derrière lui, ses hommes attendaient patiemment, retenant leurs chiens pressés d'en découdre avec la forêt et ses mystères.

— Depuis qu'il a quitté Crystal Lake, je ne l'ai jamais revu. Et c'est mieux comme ça.

— Ohoh… Il est plus dans tes petits papiers, on dirait ?

— Écoute, Max, t'es bien gentil, mais mêle-toi de tes affaires, veux-tu ? répliqua Eva. Ça m'a fait plaisir de te rencontrer. Nous, on continue, on est pressées de rentrer, avec ce froid.

— Bien sûr, bien sûr, mais justement, ce qui concerne Gabe me regarde aussi. Depuis peu, c'est vrai.

Eva sentit une onde glacée l'envahir depuis la nuque.

— Pourquoi donc ?

— T'es sans doute au courant comme tout le monde à Lake de la disparition des quatre gamines, dont la petite Lasko, la fille du petit frère de Gabe ?

La détective acquiesça en silence, attendant la suite avec une anxiété croissante. L'expression triomphale de Dorwell n'annonçait rien de bon.

— Eh bien, ton connard d'ex est en garde à vue depuis ce matin. Il m'a laissé un souvenir en prime, fit-il, l'index pointé sur son nez. Et rien que pour ça, il est pas près de sortir.

— Qu'est-ce qu'il a fait de mal ? questionna Eva, ignorant les derniers mots de Dorwell au sujet de sa contusion.

— Un témoin l'a vu rôder au lac, le jour de la disparition de sa nièce. Il est suspecté d'enlèvement et de séquestration de mineure. Si tu veux le revoir, faudra attendre et peut-être encore plus longtemps, cette fois.

Eva lança un regard consterné à Hanah qui ne bronchait pas.

— Tiens, trouvées en chemin. J'imagine qu'elles sont à vous. Sam, donne leurs raquettes à ces dames.

Le policier Sam tendit les raquettes à Eva.

— Merci..., fut tout ce qu'elle put prononcer.

— Au fait, reprit Dorwell avant de s'éloigner d'une démarche nonchalante, satisfait de lui, d'où vous arriviez, avant la réunion des deux sentiers ? Gauche ou droite ?

— Droite, s'empressa de dire Hanah. Pourquoi ?

Dorwell la fixa. Ses yeux étaient deux sondes.

— Pour savoir. C'était un plaisir, mesdames, bon retour ! À bientôt, Eva Sportis, pour la visite de ma future maison !

15

Avril 2012, réserve d'Oakwood Hills

— Le monsieur va t'emmener faire une promenade en forêt, pour t'aérer un peu, ma jolie. Ça fait plus d'un mois que tu croupis dans cette moisissure et dans ta crasse. Ça va te faire du bien, lui dit son hôte en lui présentant l'homme en question.

Une grosse moustache noire lui couvre la bouche et des tortillons de cheveux bouclés sortent de son bonnet comme de petits serpents aussi noirs que la moustache.

Shane ne répond pas. Elle ne parle plus, amaigrie, les yeux creux, perdus dans des cernes violacés, la peau rongée par l'humidité et la saleté. Elle s'est habituée à l'obscurité, complète le peu de nourriture qu'on lui donne par des insectes, cafards, araignées, mouches. Elle n'est plus qu'une petite ombre dans la nuit. Elle est entrée dans un autre monde, de l'autre côté du miroir, retirée très loin en elle, là où elle n'est plus qu'une survivante.

Shane Balestra. Se rappelle-t-elle seulement son nom ? Ses parents ? Ses frères ? Personne n'est venu

177

la chercher. Ils l'ont abandonnée. Elle n'appartient plus au monde des humains. Pourquoi? Qu'a-t-elle fait de mal? A-t-elle été désobéissante, indisciplinée à l'école? Ses parents ne l'ont-ils jamais aimée? S'est-on débarrassé d'elle comme d'un animal dont on ne veut plus? À toutes ces questions sans réponse a succédé autre chose dans son esprit. Le silence. Son refuge. Au moins, elle ne les entend plus, ces questions qui se plantaient dans sa chair comme des dents acérées.

Une promenade en forêt. Retour à la surface de la terre, à la lumière. Elle ne veut pas voir la lumière du jour, lui préfère l'obscurité. Est devenue une sorte de Sméagol des cavernes. Même son teint est du gris des murs de son caveau, sur sa peau se développent les mêmes champignons microscopiques, provoquant d'intenses démangeaisons. Elle se gratte jusqu'au sang.

Mais on ne lui demande pas son avis, on ne lui laisse pas le choix.

— Emmène-la, elle est pour toi. Que le travail soit bien fait.

Sur ces mots, on les dépose, elle et l'homme, au bord de la petite route qui longe la forêt d'Oakwood Hills.

Elle ne connaît pas cet endroit. Ne sait pas à quelle distance est son ancienne maison. Peut-être dix kilomètres, peut-être plus.

L'hiver n'a pas encore tout à fait cédé sa place, sous le ciel blanc et froid. «En avril, ne te découvre pas d'un fil.» Pourquoi ne l'a-t-on pas mieux habillée? Elle gèle, grelotte, dans ses chaussures déchirées qui trouent la terre molle. Elle suit l'homme. Elle n'a même plus de forces pour courir, ne saurait pas où aller. Il la rattraperait aussitôt.

Shane la Rebelle est cassée, brisée. Elle se contente de suivre. Il marche vite. Ça ne ressemble pas à une promenade, mais à une course. Contre quoi ? Elle n'en peut plus, elle va tomber. Il se retourne au bruit du corps qui chute. Revient sur ses pas, la ramasse en la tirant par un bras. Ses pieds traînent dans la boue, ses genoux s'entrechoquent. Il n'y a personne alentour. Personne d'autre que l'homme et la fillette qui s'apprêtent à s'enfoncer dans le bois d'où elle ne reviendra pas.

Au terme d'une marche forcenée et trébuchante entre les arbres, ils arrivent à un refuge dont la porte est cadenassée. Sans un mot, l'homme ouvre le cadenas, la pousse à l'intérieur et referme derrière lui.

Le cœur de Shane tressaute malgré elle. Elle a beau n'être plus qu'un pantin, ses instincts ne l'ont pas quittée. Que va-t-il lui faire ? « Elle est à toi. » Ces mots, elle les a bien entendus et traduits. Si elle ne parle plus, elle n'est pas sourde. Est-ce à lui qu'elle appartient, désormais ? Il serait libre de lui faire ce qu'il veut. Va-t-elle devenir son esclave ? La réponse ne tarde pas.

— T'as faim, gamine ? demande-t-il en découpant un gros morceau de lard sur la planche soutenue par deux tréteaux qui lui sert de table.

Elle fixe avec envie le morceau luisant de graisse entre les doigts épais de l'homme. Il ne paraît pas si méchant, au fond. Juste indifférent et bourru. Elle fait oui de la tête. C'est à peine perceptible, mais il a compris et lui tend le bout de lard. Elle mord dedans comme un chien. L'avale sans même le mâcher. Un vrai festin. Ses yeux implorent.

— On dirait bien que t'es affamée. Tiens, un autre. Mange. C'est tout ce que t'auras avant la promenade.

Elle saisit le morceau, l'avale tout rond aussi. Se lèche les doigts, le pourtour des lèvres. Tout ce qu'il veut, pourvu qu'il lui en donne encore. Mais c'est tout. Il enveloppe le lard dans son torchon sale et le range dans la boîte en bois qui lui sert de garde-manger.

La promenade? Elle croyait qu'ils l'avaient déjà faite, pour arriver au refuge. Elle n'en peut plus, veut dormir. Ses paupières clignotent.

— C'est pas le moment de roupiller, gamine! tonne le type. T'auras tout le temps de le faire là-bas.

Là-bas? Où l'emmène-t-on encore? Chez ses parents? C'est ça! Il la ramène chez ses parents et compte lui en faire la surprise! Il n'y a qu'à la maison qu'elle pourra dormir à loisir après les retrouvailles. Elle sourit béatement, tandis que l'homme, comme s'il accomplissait une tâche parmi d'autres, dépend d'un clou planté dans le bois une grosse chaîne d'acier terminée par un collier qui s'ouvre et se ferme avec une clef. Ça ressemble à ce qu'on mettait aux esclaves noirs. Elle l'a vu dans un film que regardaient ses parents. Sa gorge se serre. Il va la ramener chez eux au bout d'une laisse?

Il s'approche d'elle, le collier à la main.

— Bouge pas, et tout ira bien, lui dit-il.

Bouger? Elle n'en est pas capable. La peur et l'épuisement la clouent sur place. Pourrait-elle avoir encore un peu de lard? L'homme semble déterminé à la mettre en laisse. Quelque part au fond d'elle,

elle trouve la force de le mordre, dans la chair du pouce. Il hurle. La claque qui s'abat sur son visage lui secoue la tête avec violence. Elle tombe sur la terre battue, le sang lui gicle du nez.

— Qu'est-ce que je viens de te dire, petite garce? C'est comme ça que tu remercies la main qui te nourrit? mugit-il en grimaçant de douleur.

Une poigne la soulève de terre, à moitié sonnée, et elle sent le collier métallique se refermer autour de son cou dans un claquement sec. L'homme tire sur la chaîne par à-coups en ricanant. Elle tente de se débattre. S'interrompt, à bout de forces.

— Ohoh, ma belle, tout doux!

Après s'être amusé à la « dresser » pendant quelques minutes, l'homme se met à boire, puis, ivre, s'endort sur sa chaise. Ses ronflements retentissent bientôt dans le silence.

Shane comprend que c'est le moment. Elle essaie de retirer le collier de son cou, mais elle n'a pas la clef. Alors, tenant la chaîne dans une main, elle avance jusqu'à la porte, l'ouvre doucement et sort. Autour d'elle, des arbres, un océan de branches entrelacées et l'inconnu.

Elle commence à marcher, elle marche de plus en plus vite, se sait libre. Mais l'homme peut se réveiller à tout moment, la retrouver et qui sait ce qu'il fera d'elle. Elle court presque, maintenant.

Soudain, un claquement sec, puis une douleur atroce qui lui cisaille le mollet gauche. Elle regarde ses jambes. La gauche est prise dans des mâchoires d'acier. Elle ne peut pas se libérer. Un cri terrible s'échappe alors de sa gorge, puis elle s'écroule sur la terre froide, inconsciente.

Quand elle se réveille, le jour décline, le froid devient plus mordant. Elle tremble, le nez en sang. Le lard l'avait un peu réchauffée, mais là, ce sont des soubresauts d'effroi qui l'électrisent.

Bientôt, elle entend des pas, des craquements de branches, ils se rapprochent, une silhouette noire surgit devant elle. C'est l'homme. Il ricane et se met à la traîner dans la neige au bout de sa chaîne. Sa jambe est à moitié arrachée. Elle hurle de douleur, appelle au secours. Personne ne l'entend.

Il finit par s'arrêter au pied d'un énorme conifère.

— C'est tout ce que tu mérites, lui dit l'homme en attachant la chaîne autour du tronc.

Déjà l'obscurité s'insinue dans l'épaisse forêt et personne ne vient à son aide. Elle a perdu beaucoup de sang.

Shane ne sait pas depuis combien de temps elle est seule, couchée dans le froid glacé, à claquer des dents et à sentir la vie la quitter.

Elle a mal. Mal à vomir. Ce qu'elle fait, au pied de l'arbre. De la bile et du sang. À force de malnutrition, son estomac s'est rétréci et la brûle lorsqu'il est vide. La plupart du temps.

Elle se love un peu plus contre la mousse du tronc. Des larmes chaudes lui poissent le visage. Elle n'a pas peur de la nuit, non — dans sa cave, c'était la même chose —, mais de cette ombre qui recouvre ses yeux, ces craquements bizarres qui se rapprochent, de ces halètements perceptibles, de ces grognements, puis de ces prunelles étincelantes et hostiles, suspendues dans le noir comme de petites étoiles, qui se déplacent et rôdent autour d'elle, attendant qu'elle succombe.

16

Gabe était assis face à Stevens dans la salle d'interrogatoire, avec pour seul mobilier deux chaises et une table. Ses cheveux blonds lui tombaient le long des joues. Avec ses pommettes saillant d'un visage émacié et ses yeux d'un bleu d'eau, il ressemblait à Vigo Mortensen dans *La Route*.

Rompu aux techniques d'interrogatoire de la police, il ne se laissait pas impressionner et, calme et impassible, fixait Stevens sans ciller. Le lourd dossier de Gabe, des documents envoyés par mail du centre pénitentiaire de Los Angeles, était posé entre eux.

— Voulez-vous être secondé par un avocat, monsieur Lasko ? demanda le chef de la police.

Il avait du mal à se débarrasser d'une migraine qui l'avait envoyé tôt au lit la veille au soir. Le froid qui s'abattait sur son visage et ses tempes quand il sortait sur le terrain n'arrangeait rien.

— Non, pas besoin. Je sais me défendre tout seul. Surtout quand j'ai rien fait.

Ils étaient venus le chercher vers 7 heures, juste avant que Joe ne parte au cabinet, et l'avaient embarqué menotté sous les yeux ahuris de son frère.

— Que se passe-t-il? Qu'a-t-il fait? avait crié Joe.

— Demandez-lui, envoya Dorwell, chargé d'une mission qui le remplissait de satisfaction.

— T'inquiète pas, frérot, j'ai rien fait, avait lancé Gabe à Joe par-dessus son épaule avant de franchir la porte de la maison. C'est juste que Dorwell, ça le fait jouir, de pouvoir enfin se défouler sur moi, pas vrai, Max?

— Avance, ma poule, tu auras tout le temps de vider ton sac rempli de merde à Stevens, le tança l'adjoint en le poussant dans le dos.

À cet instant, Gabe s'était cabré et, se retournant violemment, avait pris son élan et donné à Dorwell un coup de tête en pleine face.

— La prochaine fois que tu me touches, je t'explose, cracha le frère aîné des Lasko.

Joe n'avait pas eu le temps de s'interposer. Il n'aurait jamais cru à une telle réaction de son frère, même s'il connaissait son tempérament sanguin. Il n'oubliait pas que Gabe avait la mort d'un flic sur la conscience. Visiblement, ça ne l'empêchait pas de vivre.

En présence d'un témoin civil, Dorwell avait renoncé à riposter et s'était contenté de menaces lâchées entre ses dents.

— Si vous appelez «rien» le coup que vous avez porté à mon adjoint, je vais tout de suite vous rappeler la loi, monsieur Lasko, dit Stevens en se tapotant le front.

Ce n'était plus qu'un réflexe. Les antalgiques avaient enfin fait leur effet.

— Vos lois, je les connais, c'est à cause d'elles que j'ai passé le tiers de ma vie en taule, comme vous

184

devez le savoir, shérif, balança Gabe, les mains écartées, posées à plat sur la table, retenues par la chaîne des menottes.

— Ah non, vous faites erreur, c'est à cause de vous-même, pour les avoir enfreintes, ces lois, rectifia Stevens qui ne releva pas l'ironie du mot «shérif». Mais on dirait que ça ne vous a pas servi de leçon, d'avoir écopé de trente ans de prison. Et encore, ce n'est pas cher payé pour avoir tué un policier.

— Il se trouvait là au mauvais moment, c'est tout. Et j'ai de leçons à recevoir de personne, surtout pas des flics.

— C'est noté. Nous allons pouvoir commencer, alors. Quand êtes-vous revenu à Crystal Lake ?

Gabe se doutait bien que ces enfoirés allaient cuisiner Joe pour le savoir et que son frérot, qui ne savait pas mentir, le leur dirait.

— À l'automne. Début octobre, je crois.

— Et vous êtes resté à Crystal Lake ?

— Ouais.

— Vous êtes chez votre frère depuis votre arrivée ?

— Non.

— Mais vous l'avez vu à l'époque ?

Lasko acquiesça en mâchouillant un bout de cure-dents qu'il avait gardé dans la bouche depuis la maison.

— Et pourquoi vous héberge-t-il maintenant, après tout ce temps ? Où viviez-vous ?

— On a un accord avec Joe. Avant, je créchais un peu partout. Hôtels minables, chambres de bonne chez l'habitant pour qui je faisais des petits boulots. Mais mon gentil petit frère a eu pitié de moi et m'a proposé leur cabane d'amis, dans le jardin. Un vrai palace !

— Quel accord avez-vous avec lui ?

— Je paie un loyer pour le logement.

— Pourquoi ne vous l'a-t-il pas proposé tout de suite, quand vous êtes venu le voir la première fois ?

En une rotation de la langue, Gabe fit passer le bout de cure-dents de l'autre côté de sa bouche.

— Allez savoir ce qui se passe dans la tête d'un type qui n'a pas vu son taulard de frangin depuis tant d'années. Il avait la trouille de m'avoir sous son toit. Pas très bon pour son image, ni pour la petite.

— « La petite », c'est votre nièce, Lieserl Lasko ?

— Non, c'est ma grand-mère. Enfin, shérif, comme si vous l'aviez pas deviné…

— Vous n'avez pas dû bien le prendre, le refus de votre frère de vous loger, n'est-ce pas, monsieur Lasko ?

Gabe leva les sourcils en signe d'étonnement.

— Pour qu'il refuse, il aurait fallu que je lui demande, non ?

— Et ce n'est pas le cas ?

— Ben non.

Stevens esquissa une moue.

— Non, car en réalité, ce que vous étiez venu lui demander, c'était votre part d'héritage ? dit l'officier de police après un bref silence.

— Ouais, c'est vrai, je suis venu pour ça, mais c'est pas interdit, que je sache.

— C'est même légitime, sauf que vous avez essuyé un refus de votre frère, qui se trouve être votre tuteur légal.

Gabe se rembrunit tout à coup. Il aurait beau tout

faire pour s'en débarrasser, son passé lui collerait à la peau jusqu'au bout.

— «Tuteur légal», vomit-il, quand la loi tiendra compte de l'humain, on sera peut-être moins tenté de la transgresser.

— Que faisiez-vous au lac le 7 janvier, monsieur Lasko?

La question, directe, prit Gabe au dépourvu. Il bascula la tête en arrière, mouvement qui balaya les mèches de son front. Il parut un instant décontenancé, puis se reprit. Le mâchage du cure-dents s'accéléra. Quel fils de pute l'avait balancé?

— On a plus le droit de se balader, maintenant? lança-t-il d'un ton aigrelet en crachant de côté un morceau de son cure-dents.

— Le problème, ce n'est pas la balade. Lorsqu'elle s'associe à la disparition d'une fillette, qui plus est votre propre nièce, le même jour, au même endroit, et alors que vous aviez eu un différend avec son père, là se pose le problème, pour vous comme pour nous.

— Alors ça en fait, des suspects! lança Gabe. Vous avez qu'à convoquer tous ceux qui se trouvaient là, sans oublier les patineurs.

— Nous avons fait notre travail, monsieur Lasko, soyez sans inquiétude. Quant aux patineurs, ils étaient au lac pour patiner, justement. Mais vous, que faisiez-vous là, sans patins à glace, le jour même où votre nièce y était?

— C'est un hasard. J'étais venu me rappeler le bon vieux temps avec mon frangin. C'est moi qui lui ai appris à patiner sur le lac. Je ne peux plus, avec mon genou rouillé. On voulait être champions de hockey sur glace, alors fallait s'entraîner.

— Saviez-vous que votre nièce était venue patiner le même jour, accompagnée de la fille de sa nourrice ? insista Stevens.

— Non, shérif. J'en avais pas la moindre idée.

Stevens sut à cet instant que Gabe Lasko mentait. S'il s'était limité à ce « Non », ça aurait été la vérité. Mais, d'expérience, l'officier de police savait que ceux qui mentent sont plus bavards et ont tendance à étoffer leur discours. Un autre élément incitait Stevens à penser que Gabe mentait. En prononçant ces mots, l'aîné des Lasko l'avait regardé droit dans les yeux, de ce regard qui, loin d'être fuyant comme chez la plupart des gens qui mentent, se veut franc, mais qui, par cette insistance simulée, finit par sonner faux. Stevens l'appelait « le regard du mensonge ».

— Vous n'avez rien contre moi, n'est-ce pas, shérif ? se moqua Gabe, dont le regard cette fois respirait le défi. Rien d'autre qu'un témoignage à deux balles. Oui, j'étais bien au lac, ce jour-là, je confirme et alors ? Ma nièce a disparu sur ce même putain de lac, le même jour ? Pure coïncidence.

Stevens serra les dents. Sous la pression, les maxillaires se gonflèrent. À vrai dire, ils n'avaient rien contre ce salopard. Aucune preuve tangible de son implication dans la disparition de la petite Lieserl. Lasko avait raison, sa présence pouvait être fortuite, et l'intime conviction d'un officier de police ne constituait en rien un motif d'inculpation. Le doute profite à l'accusé.

Ce sentiment d'impuissance dont souffraient les enquêteurs dans certaines affaires, faute de preuves et d'indices, indisposait Stevens, persuadé de tenir enfin un suspect potentiel dans l'affaire des disparitions, avec pour mobile la vengeance. Il décida d'utiliser pleinement le peu de pouvoir dont il disposait.

— Vous irez jusqu'au bout de votre garde à vue, monsieur Lasko, déclara-t-il en se levant, sa voix se faisant plus menaçante. Parce que je suis convaincu que vous m'avez menti sur un point.

— Ma curiosité est à son comble, shérif, siffla le frère de Joe en esquissant un sourire.

Ses lèvres s'écartèrent sur le cure-dents coincé entre ses incisives.

— Vous étiez au lac pour votre nièce, vous le savez aussi bien que moi. Si la mémoire vous revient, faites-moi appeler, je ne serai pas loin. À plus tard, monsieur Lasko.

— Un café serait pas de trop !

La voix éraillée de Gabe vint se planter entre les omoplates de Stevens qui sortit de la salle, laissant le suspect seul avec sa conscience. En admettant qu'il en ait une.

17

Malgré toutes ces années au centre pénitentiaire de Los Angeles, où il avait côtoyé le pire de l'humanité, le temps n'avait jamais semblé aussi long à Gabe que ces quarante-huit heures de garde à vue. Il se demanda s'il n'avait pas pris un coup de vieux. Mais il tint bon, comme aux heures les plus noires de sa vie carcérale.

Les coups et les insultes ne faisaient pas partie des méthodes de Stevens, qui veillait à ce que toute son équipe applique sa vision à la lettre. Or c'était peut-être pire, pour un homme comme Gabe Lasko, habitué au choc frontal, physique. Avec un flic tel que Stevens, la confrontation était psychologique, on le laissait mijoter dans son jus entre deux coups d'aiguillon. Des techniques bien plus sournoises. Stevens entendait lui montrer qu'il était le maître du temps et du jeu.

Lorsque sa garde à vue prit fin, il était difficile de déterminer qui était le vrai vainqueur de ce bras de fer. Gabe n'avait rien craché et Stevens l'avait interrogé jusqu'au bout, sans dormir une minute dans cette salle sordide aux relents de sueur.

Mais le pire l'attendait à son retour chez Joe, alors qu'une neige fine et serrée cinglait la nuit tombante. Il fit le chemin à pied depuis le poste de police. Se retrouvant sans clef face à la porte verrouillée de la maisonnette, il alla frapper à l'entrée principale de la maison. L'intérieur était éclairé. Joe était rentré.

— C'est Gabe, frérot ! Tu m'ouvres ? cria Lasko aîné après avoir frappé un peu plus fort le troisième coup.

Personne ne se montra. Rien ne bougeait à l'intérieur. C'est alors qu'il avisa son sac à dos, posé sur le banc à droite de la porte d'entrée. Sa poitrine se contracta.

— Nom de Dieu, Joe !

Il décida de faire le tour pour frapper à la porte vitrée de la cuisine. Si Joe avait mis la radio, il n'entendait peut-être pas.

Alors qu'il arrivait devant la porte-fenêtre, il aperçut Joe assis à table devant un verre à moitié rempli d'un liquide couleur caramel brun couronné d'une fine couche de mousse blanche. Une root beer. Son frère n'avait pas l'air d'aller fort. Le dos voûté, il semblait accablé.

— Hey, Joe ! répéta Gabe en toquant sur la vitre.

Son jeune frère releva lentement la tête et la tourna dans sa direction, mais demeura immobile, les yeux vides. Il regardait Gabe gesticuler sous la neige avec la même indifférence que s'il avait été un poisson dans un aquarium. Devant lui, étalé sur la table, le journal ouvert à la page où figurait la photo de Gabe menotté, entouré de policiers.

— Putain, à quoi tu joues, Joe, à la fin ! Ouvre, bordel, et explique-moi ce qui se passe ! cria-t-il exaspéré.

Sans se presser, le journal à la main, Joe leva son corps massif comme s'il soulevait une montagne et entrouvrit la porte-fenêtre de quelques pouces.

— C'est à toi de m'expliquer, je crois, dit-il d'une voix de pierre en brandissant la page du canard devant son frère.

— Justement, laisse-moi entrer, frérot, répondit Gabe en faisant un pas vers lui.

— Non ! Arrête avec ça, avec tes mots trompeurs, tes «frérot» qui ne veulent rien dire ! Du vent, tout ça, Gabe ! Du vent !

Pris de tremblements incoercibles, Joe hurla presque ces derniers mots. Ouvrant grande la porte, il avança vers son frère, qu'il saisit par le col de son blouson. Il le dépassait presque d'une tête.

— Tu t'es bien fichu de moi, espèce de salaud ! Comment oses-tu réapparaître ici comme si de rien n'était ? Comment, hein ?

Gabe, cette fois, ne riposta pas. Il sentait la colère de son frère monter comme une vague, il pouvait éprouver sa force à la seule pression de sa main sur sa gorge. Joe était capable de le tuer. Joe allait le tuer s'il ne lui disait pas la vérité. Il le voyait dans ses yeux.

— Joe… ne fais pas de conneries, s'il te plaît, laisse-moi te dire…, esquissa Gabe d'une voix étranglée.

— Fais vite, je n'ai plus de patience, fut la réponse, froide, incisive.

Et Joe ne relâcha pas son étreinte.

— J'ai… j'ai menti à Stevens quand il m'a demandé ce que je faisais au lac, ce… ce putain de jour. Je lui ai dit que c'était… un… hasard. En fait, c'en était pas un. Je… j'étais venu la voir.

— Qui ça ? QUI ? cria Joe d'une voix désincarnée.

— La petite… Liese…

— Si tu lui as fait quoi que ce soit, je te jure que…

— Non, Joe, c'est pas ce que tu penses. Ni ce qu'ils pensent tous, ces flicards de mes deux ! Je… je voulais juste la voir, tu comprends ? Tu m'avais jeté, sans lui dire qui j'étais, parce que t'avais honte et je comprends… Je mérite pas d'avoir une nièce comme Liese, je mérite pas d'avoir un frère comme toi…

Cette fois, Gabe, hoquetant, parlait dans ses propres larmes qui baignaient ses joues. Il ne jouait plus la comédie de l'ex-taulard arrogant et sûr de lui. Il ne jouait plus du tout.

Joe desserra son étau, sans le lâcher. Au fond, l'homme qu'il avait devant lui inspirait davantage de pitié que de dégoût. Une loque, une épave vivante, voilà ce qu'était devenu Gabe le Magnifique.

— Tu peux être plus clair ?

— Ça me faisait du bien de la voir, c'est tout, je te jure que c'est tout ! Crois-moi, bon Dieu ! se mit à supplier Gabe.

— Comment te croire ? Tu débarques sans crier gare il y a quelques mois, tu repars en me menaçant ouvertement de représailles, et voilà que tu es placé en garde à vue et suspecté d'être impliqué dans la disparition de MA fille ! Et je devrais te croire ?

— Joe ? Tu penses quand même pas que… que j'aurais été capable de faire une chose pareille ?

— Tu as été capable du pire, Gabe, lui rappela son frère, livide.

— Mais pas ça, bon sang, pas ça… Et tu penses que je me serais pointé en te proposant mon aide ? Je suis une merde, Joe, une grosse merde, mais pas un tueur d'enfants !

Joe lâcha sa prise et recula. Perdant l'équilibre, Gabe se retint pour ne pas partir en arrière.

— Même si tu dis la vérité, tu n'avais rien à faire au lac ce jour-là ! Je ne pourrai plus jamais te faire confiance, Gabe. Il restera toujours un doute. Et ça, je ne pourrai pas le supporter. Je ne pourrai pas supporter de te voir tous les jours ici. Désolé, mais tu dois t'en aller.

Ce qui restait de la carapace de Gabe s'effrita complètement. Il tomba à genoux.

— Me lâche pas, Joe, je t'en supplie, souffla-t-il. Pas là, pas maintenant. Avec Liese, vous êtes tout ce qu'il me reste.

— Ne prononce pas son nom, dit Joe entre ses dents.

— Je suis père moi aussi, Joe ! gémit Gabe alors que Lasko allait refermer la porte derrière lui. Moi aussi, j'ai un gosse !

Sous le choc, Joe vacilla. Incrédule, il rouvrit la porte et passa la tête dans l'embrasure. Gabe se releva avec effort, portant son poids sur la jambe gauche.

— Qu'est-ce que tu racontes ?

— La vérité, la pure foutue vérité ! Attends…

Fouillant fébrilement dans la poche intérieure de son blouson d'aviateur, il en sortit un portefeuille au cuir marron râpé et décousu sur un côté, d'où il tira une photo aux couleurs un peu passées.

— Je te présente mon fils, Nathan. Ton neveu.

C'était le portrait d'un enfant d'environ trois ans, aux joues pleines, les yeux clairs et rieurs, un petit air frondeur avec un nez droit aux narines bien ouvertes et des cheveux d'une blondeur d'ange.

Joe n'avait gardé qu'un souvenir imprécis de Gabe au même âge, mais, incontestablement, le garçon était son portrait craché. Il leva les yeux sur son frère. Le visage de Gabe s'était soudain éclairci et semblait rayonner. Mais il se referma aussitôt.

— Je ne l'ai pas vu depuis dix ans.

— Il est beau, dit Joe, ému. Depuis dix ans ? Quel âge a-t-il ?

— Dix ans. Il les a eus le 14 février.

Gabe remit la photo dans le portefeuille et le glissa dans sa poche.

— Et sa mère ? s'enquit Lasko.

— Elle est venue me rendre visite en taule avec Nathan un mois après l'accouchement. Ensuite elle est revenue deux fois avec lui et la quatrième, toute seule, pour me dire qu'elle avait rencontré un type qui la demandait en mariage et qui était prêt à reconnaître l'enfant. Mon gosse !

La voix de Gabe vibrait.

— Je comprends ta détresse…

— Ça me rend malade depuis dix putains d'années !

Joe soupira. Si seulement il l'avait su plus tôt… Gabe était père, et lui, il avait un neveu. Le verrait-il un jour ? Rien n'était moins sûr.

— Viens, entrons, dit-il, il fait trop froid pour parler dehors, dit Joe en ouvrant la porte à son frère. Ils prirent place à table, l'un en face de l'autre.

— Mais ton fils, même si tu ne le voyais pas, t'a aidé à tenir en prison, non ? demanda Joe.

Gabe hocha la tête en prenant une profonde inspiration. Il réprima un sanglot.

— Ça, tu peux le dire. Combien de fois j'ai regardé cette photo, la seule que sa mère ait bien voulu m'envoyer. Et je crois bien qu'elle m'a sauvé la vie autant de fois.

— Cette femme, où l'as-tu rencontrée? Tu en étais amoureux?

— J'ai pas vraiment eu le temps de tomber amoureux. Elle, au début, était assez accro. Elle était serveuse dans un bar. On a sympathisé et puis on est sortis ensemble. Elle s'appelle Olga. D'origine russe. Aussi blonde que Nathan, belle comme une étoile. Mais quelle chieuse! Un de ces caractères… Une vraie fille de l'Est. Bosseuse aussi, mais elle avait rien à faire avec un type comme moi. On faisait attention. Fallait pas qu'elle tombe enceinte. Et puis il y a eu le braquage. On était ensemble la veille, c'était la dernière fois que je la voyais hors de prison. C'est drôle, c'est comme si on l'avait senti. On a couché ensemble sans se protéger. Elle avait arrêté la pilule depuis plusieurs semaines parce qu'elle la supportait plus. En fait, ça la faisait grossir. Il a suffi d'une fois. Elle est tombée enceinte, et moi je suis reparti en taule pour un moment. Dix mois après, elle s'est pointée avec Nathan dans les bras. Elle était pas obligée. Elle aurait pu se barrer avec notre fils sans rien me dire. Mais je crois qu'elle voulait me faire autant de mal que je lui en avais fait.

Les yeux de Gabe se brouillèrent de nouveau. Joe demeurait silencieux, le souffle court, suspendu au récit de son frère.

— J'étais comme un fou, poursuivit Gabe en reniflant. C'était comme si la vie me tendait la main pour la retirer en même temps. Nathan avait un an

196

quand sa mère s'est mariée. À son troisième anniversaire, elle m'a envoyé cette photo. Je m'en suis jamais séparé. Y en a qui portent sur eux une image de Marie ou de Jésus, moi c'était le portrait de mon fils. Plus tard, il voudra me connaître, c'est sûr. Il me retrouvera.

Joe n'avait pas de réponse à donner à cette interrogation à peine voilée. Oui, un jour, peut-être, Nathan voudrait aller à la rencontre de son père biologique. C'est une volonté naturelle, qui s'impose à la plupart des enfants adoptés. Mais elle dépend aussi du lien tissé avec le ou les parents adoptants. En quels termes Olga parlait-elle de Gabe à Nathan ? L'évoquait-elle seulement ou bien Gabe était-il tombé aux oubliettes ? Autant d'interrogations qui devaient hanter son frère, songea Joe silencieux.

Voilà donc où en étaient les deux frères Lasko, orphelins de leurs parents et eux-mêmes pères, mais privés de leurs enfants. Telle était, semblait-il, la malédiction qui les avait frappés. La malédiction des Lasko.

Le regard de Gabe se posa sur le journal ouvert que Joe avait jeté par terre avant de l'attraper par le col. Il reconnut aussitôt à côté de lui Max Dorwell et son nez amoché, les lèvres soulevées par un rictus de triomphe. Ce salopard voulait sa peau et ferait tout pour l'avoir.

— J'ai acheté un pack de root beer, dit Joe en se dirigeant vers le frigo. Ça te dit d'en boire une avec moi avant de regagner tes pénates au fond du jardin ?

Gabe lui lança un regard reconnaissant.

— Merci.

Alors qu'ils s'attablaient devant leur bière, le

portable de Joe émit un extrait de *Long Train Runnin'* des Doobie Brothers. «*Down around the corner, half a mile from here, See them long trains run, and you watch them disappear, Without love, where would you be now, Whithout love-ove-ove-ove*» résonna dans la pièce, plongeant Gabe dans un passé révolu où il reprenait ces paroles à tue-tête avec Joe dans leur chambre en grattant une guitare basse imaginaire, debout sur le lit.

Le nom de Stevens s'affichait sur l'écran. Joe hésita à répondre. Il jeta un regard furtif à Gabe et, le téléphone contre l'oreille, sortit de la pièce.

Il réapparut cinq minutes plus tard, décomposé.

— C'était Stevens, commença-t-il d'une voix incertaine. Apparemment, ils ont le coupable. Ou plutôt, c'est lui qui s'est présenté à la police et il a avoué.

Blême, Gabe se leva. Son corps maigre tremblait.

— Et c'est qui, ce fils de pute? Qu'est-ce qu'il a avoué?

— Bob Mingo, une saleté de pédophile. Fiché pour viol et meurtre sur mineure. Il les a tuées, Gabe. C'est fini.

Ce fut tout ce que Joe put dire avant de s'écrouler sur sa chaise, la tête entre les mains.

18

Bob Mingo, la peau d'un noir de charbon, au physique séduisant malgré son visage grêlé, était un prédateur sexuel d'une intelligence au-dessus de la moyenne. Un QI de 150, d'après les tests que lui avaient fait passer les psychiatres. Longtemps sa responsabilité pénale avait été mise en question, ses avocats se servant de cet argument pour lui éviter l'incarcération. Pourtant, à l'âge de vingt-six ans, alors qu'il travaillait dans une banque à Chicago, il avait été reconnu coupable de trois viols et d'un meurtre sur mineure de douze ans, pleinement responsable de ses actes. Il avait été condamné à la réclusion criminelle à perpétuité. Huit ans plus tard, il était libéré pour vice de procédure.

Depuis, il était revenu vivre auprès de sa mère, établie à Crystal Lake, après avoir passé la moitié de son existence à Bronzeville, un quartier noir du South Side de Chicago où elle avait dû élever seule ses quatre fils en faisant des ménages, après la mort accidentelle de Mingo père, écrasé par une machine de chantier. Deux des frères, membres d'un gang, furent tués dans un règlement de comptes. Bob, le plus jeune, était maladivement attaché à sa mère. Sans autre homme dans sa vie, celle-ci s'était adonnée à des actes incestueux sur son benjamin, le plus docile des quatre, depuis son plus jeune âge. Plus tard, il n'avait jamais pu avoir de relation équilibrée avec une femme, et son intérêt sexuel pour les fillettes s'était révélé dès sa puberté.

Ses premières victimes furent deux petites filles de huit et onze ans dont il avait abusé après les avoir appâtées dans un parc où il allait courir, avec des mots gentils et des bonbons. Il entrait tout juste dans sa dix-septième année.

Six ans plus tard, sa troisième victime eut, d'une certaine façon, moins de chance. Plus âgée que les précédentes, elle avait tenté de se défendre en griffant Bob au visage. Réaction qu'il n'avait pas supportée. Il l'avait étranglée à mains nues, puis violée une fois morte. Il s'était par la suite vanté auprès des enquêteurs d'avoir mangé son cœur, mais la police n'en eut aucune preuve.

Malgré une enfance passée dans un des quartiers les plus difficiles, où les garçons atteignaient rarement vingt-cinq ans, Bob s'exprimait dans un langage parfait, parfois même châtié. Ses collègues le décrivaient comme quelqu'un de doux, au caractère affable et bienveillant, empreint de délicatesse. Et la plupart s'étonnaient de le savoir toujours célibataire à son âge. Lorsqu'ils apprirent la double personnalité de leur charmant camarade et ses préférences sexuelles, ils crurent que le ciel leur tombait sur la tête.

Et quand avaient été menés les premiers interrogatoires de tous les prédateurs sexuels fichés de l'Illinois, une centaine au total, dans la foulée des quatre disparitions à Crystal Lake, il avait bien sûr fait partie de la liste, mais avait nié tout rôle dans cette affaire et avait, en outre, un alibi. Sa mère avait témoigné de sa présence à la maison à chaque date. En somme, rien n'avait permis de l'incriminer.

Ce jour-là, il s'était levé comme tous les jours à 7 h 03, tiré du lit par la sonnerie du réveil, était allé acheter le journal qu'il avait lu sans ciller en buvant son café-crème dans un bar, installé à une table un peu à l'écart. Vers 9 heures, il était reparti, laissant le journal sur la table, avait acheté un bouquet de roses blanches et était revenu à la maison l'offrir à sa mère qui, devenue presque sourde, ne quittait plus guère son fauteuil. Ensuite, il avait pris son sac de sport qu'il avait discrètement vidé de ses affaires et avait embrassé sa mère comme chaque fois qu'il sortait un peu plus longtemps. « Pardon, Ma », avait-il dit à l'oreille de Ma Mingo. La vieille femme n'avait pas réagi.

Au lieu de se rendre à la salle de musculation, il avait emprunté le chemin du poste de police. Ce qu'il avait découvert dans le journal lui était insupportable.

Depuis sa sortie de prison qui avait déchaîné les passions dans les médias, il était retombé dans l'anonymat. Bob Mingo aimait sa mère plus que tout, mais s'ennuyait ferme dans sa petite existence de fils redevenu modèle. Parfois il caressait l'idée de réclamer la chaise électrique à laquelle il avait échappé à l'époque, sauf que la peine capitale ayant été abolie en Illinois le 9 mars 2011, quand bien même il récidiverait, il n'irait pas tout de suite en enfer.

À sa libération, sa mère l'avait accueilli comme un fils prodigue. Selon elle, et comme elle l'avait déclaré à l'équipe de télévision, les viols étaient des erreurs de jeunesse, qui arrivaient aux garçons bien plus souvent qu'on ne le pense. Quant au meurtre, elle avait fait part de son profond regret que l'affaire ait aussi mal tourné et avait emmené son fils voir le pasteur pour un nettoyage spirituel en règle.

Initiative qui semblait avoir porté ses fruits. Bob ne buvait pas une goutte d'alcool, ne fumait pas et se masturbait matin et soir en récitant des psaumes. Tous les soirs, avant d'aller dormir, il se flagellait avec une corde dans laquelle il avait fait des nœuds. Ceux-ci portaient des traces de son sang séché.

Après avoir appris dans le journal l'arrestation de Gabe Lasko, un parfait inconnu du cercle confidentiel des prédateurs sexuels, Mingo avait décidé de se rendre à la police et de tout avouer. Il n'était pas question de faire inculper un innocent à sa place.

Au vu de ses antécédents et de son intelligence hors normes, mais aussi parce qu'il avait commencé par nier quand on l'avait interrogé, Stevens lui avait accordé la plus grande attention. Il avait frémi de la tête aux pieds lorsque le pédophile lui avait livré son histoire macabre. À l'évidence il se délectait des détails, s'attardant sur la description des scènes les plus sordides. Au fil du récit, son regard s'animait d'une lueur avide et son sourire se teintait d'obscénité.

Un autre que Stevens n'aurait pas attendu la fin pour lui sauter dessus et l'écraser sous ses poings.

Mais l'officier de police le laissa aller jusqu'au bout. Au bout de l'horreur.

— Elles étaient si tendres avec moi, les petites chéries, gémissait Bob qui passait des larmes au rire avec une aisance stupéfiante. Je les ai aimées, chef Stevens, je vous le jure, toutes les quatre. Mes mignonnes… leur peau était si douce… leurs lèvres tellement sucrées, sentant encore presque le lait de leur mère, puisé à la source.

— Vous les avez tuées parce que vous les aimiez ? demanda Stevens.

— Oh oui, je les aimais, ça oui…

Les yeux dans le vague, Bob sembla partir dans un autre monde.

— Vous dites les avoir tuées, monsieur Mingo, reprit Stevens d'une voix plus ferme. Pourquoi avoir fait ça ?

Bob éclata d'un rire étonnamment chaleureux.

— Dans votre bouche, ça prend un autre sens, monsieur le policier. Un sens légal, pénal. Pas le droit de tuer, non, non, pas le droit, c'est pas bien, ça. Eh bien moi, je leur ai donné la vie, oui, monsieur, une autre vie. Plus sereine, plus paisible que dans ce monde de violence.

— Avez-vous demandé à leurs parents ce qu'ils en pensent ?

— Ils me remercieront un jour.

Stevens plongea son regard au fond de celui de Bob Mingo. Était-il convaincu de ce qu'il assenait ? Jouait-il la carte de la folie ? De l'irresponsabilité ? Tout en paraissant maître de ses actes… Ou bien était-il vraiment malade ?

L'intelligence manipulatrice de Mingo était connue

des enquêteurs, mais ses propos frisaient parfois la démence. Où était la vérité? Qui était cet homme venu avouer quatre viols et autant de meurtres?

— Pourquoi ne pas avoir avoué quand vous en avez eu l'occasion, monsieur Mingo? Vous auriez fait gagner du temps à tout le monde. Et épargné aux familles une attente cruelle.

Le pédophile semblait s'être attendu à cette question. Un sourire entendu découvrit ses dents parfaites.

— Surtout à vous, shérif! Que voulez-vous, je ne pouvais pas faire ça à ma pauvre mère.

— Et maintenant, vous pouvez? rétorqua Stevens.

— La donne n'est plus la même. La vie d'un innocent est en jeu.

Mingo avait réponse à tout, mais Stevens avait gardé sa carte maîtresse pour la fin.

— Et les poupées? demanda-t-il.

Mingo s'arrêta de respirer une fraction de seconde, semblant chercher la réponse au fond de lui-même.

— Oh oui, oui, les poupées! C'est ma mère tout craché... Elle a fabriqué elle-même leurs habits. C'est une excellente couturière. Elle est peut-être sourde, mais elle n'a pas perdu la vue ni la main!

La brève expression dépitée de Stevens n'échappa pas à la sagacité d'un esprit tel que celui de Bob. Mingo avait très bien pu entendre parler des poupées dans la presse ou à la radio, mais pourquoi évoquait-il leurs vêtements?

Stevens n'avait pas encore établi de lien avéré entre les quatre disparitions et les ossements de la forêt d'Oakwood Hills, en cours d'analyse. Mais

Folcke lui avait confirmé que les os appartenaient à un seul squelette d'enfant de sexe féminin et que la mort remontait à 2012. Stevens avait donc ressorti les fichiers de disparitions non résolues en Illinois entre 2010 et fin 2012, au cas où la fillette aurait été séquestrée un certain temps avant sa mort. Deux cas pouvaient correspondre. Celui de Shane Balestra, disparue le 12 novembre 2011 de Lakewood Village où vivait sa famille, et celui de Suzy West, disparue le 5 novembre 2010 à Carpentersville.

L'enquêteur avait alors contacté les parents des fillettes pour leur annoncer que, suite à la découverte d'indices, sans préciser lesquels, les dossiers étaient rouverts. Il avait demandé les coordonnées des médecins et dentistes afin de récupérer les dossiers médicaux et procéder à quelques vérifications : Folcke avait besoin des radiographies dentaires pour l'identification des restes.

Face à Mingo, Stevens ne pouvait se permettre le moindre faux pas. À moitié convaincu de la véracité de ses aveux, il espérait encore le confondre. S'il devait bluffer, ce devait être avec une assurance absolue.

— Monsieur Mingo, vous vous attribuez ces quatre disparitions en prétendant avoir tué les petites Lasko, Knight, Crow et Wenders, n'est-ce pas ?

— Attention à ce mot, « tué », monsieur l'agent… Mais si vous y tenez, oui, c'est bien ça.

— Y en a-t-il eu d'autres, avant ?

— Vous n'avez qu'à lire, c'est noté dans mon dossier, sourit Bob de toutes ses dents à l'émail éclatant.

— Je parle de la période qui a suivi votre libération anticipée.

— Eh bien non, pas que je sache. À moins d'être frappé d'amnésie ou de somnambulisme et, dans ce cas, je n'étais pas conscient de mes actes.

— Pourquoi vous rendre à la police? Ça ne vous ressemble pas.

— Vous savez, j'adore ma mère, mais je crois que je préfère encore un petit séjour carcéral, chuinta-t-il.

— Il ne sera pas «petit», le prochain, monsieur Mingo, alors j'espère que vous avez bien réfléchi.

— J'ai eu tout le temps, en huit ans de prison. Et je ne peux pas laisser un innocent payer à ma place. Ce serait très lâche de ma part de me débiner. J'ai des principes, voyez-vous.

— Vous parlez de Gabe Lasko? J'imagine que vous avez lu la presse.

— En effet. Et c'est ce qui m'a décidé à me rendre.

— Très bien. Mais vous ignorez sans doute le passé criminel de Gabe Lasko, et son mobile pour s'en prendre à l'une des petites qui s'avère être sa nièce. De plus, il a été vu dans les parages du lac le jour de la disparition.

— Peut-être, mais ce n'est pas lui.

— Auriez-vous eu un complice? Gabe Lasko, éventuellement?

— Pas le moins du monde. Je peux vous paraître un monstre, en revanche, j'ai toujours assumé mes actes seul. J'aime les filles impubères, elles m'apportent bien plus de plaisir que les autres, j'aime leur pureté, leur saveur, leur…

— Bien, monsieur Mingo, vous l'avez déjà dit, coupa Stevens. Je vais donc en référer au procureur. Vous aurez un procès en bonne et due forme, suite aux plaintes des familles qui se porteront parties civiles. En attendant, vous allez être écroué au centre pénitentiaire de Chicago avec un petit passage à Homan Square.

N'importe quel criminel ou délinquant, même le plus endurci, aurait frémi en entendant ce nom. Stevens venait d'annoncer implicitement à Bob Mingo la couleur de ce qui l'attendait. Homan Square qui, de l'extérieur, avec ses briques rouges, avait toutes les apparences d'un vaste entrepôt, était en réalité une sorte de prison secrète où les policiers pratiquaient des techniques d'interrogatoire dignes de celles de la CIA dans les Black Sites à l'étranger. Les détenus étaient conduits dans une cellule d'interrogatoire ou enfermés dans une cage, attachés pendant des heures sans pouvoir dormir ni manger. Certains «grands» flics se seraient même entraînés aux interrogatoires musclés et aux tortures dans les geôles de Homan Square avant de partir dans d'autres centres pénitentiaires. La plupart des détenus passés à tabac entre les murs de cette sinistre prison appartenaient à la communauté afro-américaine ou aux classes les plus pauvres.

Bob Mingo ne sembla pas impressionné. Il en avait vu d'autres en prison et subi de la part des détenus des traitements à côté desquels ceux des flics de Homan Square étaient du pipi de rat. Il avait même failli y laisser la peau, le jour où on lui avait enfoncé un tesson de bouteille dans le rectum, lui arrachant les chairs. Mingo était noir et pédophile, tableau qui n'avait pas arrangé son cas.

Pendant ce temps, Dorwell dirigeait la perquisition au domicile de Ma Mingo. Un logement modeste dans le quartier pavillonnaire de Crystal

Lake, avec un jardin aussi grand qu'un mouchoir de poche. La vieille femme y faisait pousser des roses trémières et des pivoines écarlates lorsqu'elle avait encore la force de s'en occuper. Bob n'avait pas la main verte, ses occupations l'entraînaient ailleurs, souvent hors de la maison. Sous un tel froid, ce petit monde floral était gelé, rabougri et recouvert d'une mante blanche. De nombreuses traces de chaussures crantées et de godillots tatouaient la neige.

Dorwell, le nez sous un pansement, était arrivé avec son équipe de quatre policiers et la perquisition avait aussitôt commencé. Demeuré près de la mère de Bob, l'adjoint de Stevens, après lui avoir annoncé que son fils s'était spontanément rendu à la police, avait commencé à lui poser quelques questions sur ses activités et son emploi du temps des dernières semaines, notamment entre le 7 et le 28 janvier.

Mais la vieille bourrique se contentait de répéter obstinément, la lèvre inférieure pendante, balançant la tête d'avant en arrière : «C'est un bon gars, Bob, un bon gars, vous savez. Il est revenu dans le droit chemin grâce à Dieu.»

— Ouais, mais dans ce cas c'est aussi grâce à Dieu qu'il est venu se livrer, m'dame Mingo. Pourquoi il mentirait, si c'est un si bon gars? répliqua Dorwell en forçant la voix.

Il tira nerveusement sur sa cigarette comme s'il voulait aspirer tout l'air de la pièce. En l'absence de son supérieur, il s'en donnait à cœur joie.

S'ensuivit un silence que seul le grincement des pas sur le parquet troublait.

La chambre de Mingo fut retournée et fouillée dans les moindres recoins et interstices, sans résultat.

Aucune mèche de cheveux, aucun fragment de tissu ayant appartenu aux vêtements des fillettes, pas d'indice susceptible de confirmer les aveux du pédophile. Par ailleurs, Bob n'avait pas d'ordinateur, donc pas de photos ou fichiers compromettants.

Entre ça et une vieille qui radotait, au bout de trois heures de fouilles, Dorwell, découragé, appela Stevens.

— On a rien, chef. On a rien contre lui. Je commence à croire qu'il se fout de notre gueule et qu'il a juste envie de faire parler de lui.

— Je vous arrête, Dorwell, on a quelque chose d'essentiel : ses aveux spontanés.

— Il peut très bien se rétracter, objecta l'adjoint.

— C'est rare, et il n'a pas d'avocat pour lui conseiller de le faire. Et si, comme vous le suggérez, il s'est fichu de nous, je lui réserve une petite surprise. Nous allons le piéger à notre tour, mon cher Dorwell.

Le ton de Stevens révélait une satisfaction manifeste.

— C'est quoi, votre piège, chef ? Un piège à loups ?

— Mieux que ça… Une confrontation directe avec les parents des petites. Plus efficace que n'importe quel sérum de vérité.

19

Sur la couette, devant elle, reposaient la boîte ronde en fer-blanc aux lettres à moitié effacées et le trousseau de clefs trouvés dans la cabane de Gary Bates. Depuis son intrusion dans l'intimité de Gary Bates, Hanah éprouvait un sentiment étrange de malaise. L'habitat du garde forestier était trop près des ossements. Peut-être n'y avait-il aucun lien avec les disparitions, mais peut-être que si.

Tout était possible, bien qu'il parût peu vraisemblable à Baxter qu'un type tel que Bates, dont le profil lui apparaissait assez basique et rustre, fût l'expéditeur anonyme des poupées. Elle-même et les enquêteurs se trouvaient devant un jeu de construction dont la complexité s'accentuait au fil des découvertes. De nombreuses pièces manquaient encore. Pourtant, à cet instant, une pensée, plus sombre, tapie au fond de son être depuis son départ de New York, remontait à la surface comme un cadavre.

Dans la chambre d'hôtel à l'éclairage tamisé, le chauffage tournait à fond, et en d'autres circonstances une douce torpeur aurait gagné Hanah. Mais sa tension était telle que le froid qu'elle ressentait jusque dans ses os dominait et que des fourmillements glacés se propageaient aux extrémités des mains et des pieds.

Elle jeta un coup d'œil à sa valise défaite au pied du lit. D'une des poches dépassait une boîte de Xanax. Habituellement, cette seule présence la rassurait et pouvait agir comme un placebo sans même qu'elle eût à en absorber. Aussi en emportait-elle toujours dans ses déplacements, mais n'en prenait-elle qu'en cas de forte angoisse, pour remplacer la poudre.

Se sevrer de la cocaïne lui avait demandé des mois. Des mois de douleurs dans tous les membres, de sensation de faim, de tremblements, de séances rapprochées avec le psy. Il n'était pas question qu'elle replongeât dans l'addiction. Présente dans ses gestes quotidiens, conditionnant ses réactions et même ses choix, celle-ci agissait comme un poison paralysant. Chaque jour, en tendant les mains vers la fée blanche, Hanah avait senti peser ses chaînes.

Ce soir-là, incoercible, la peur se coulait en elle comme une boue noire. Elle n'avait rien à craindre des tueurs en série qu'elle avait profilés, permettant à la police de découvrir leur identité. Ils ne sortiraient jamais de prison.

Mais son père était libre, désormais. Libre de retrouver sa trace, malgré son changement de nom et de continent. Libre de la persécuter, de se venger, peut-être, de celle qui l'avait dénoncé. Voudrait-il la tuer, comme sa mère ? Il n'était plus si jeune, mais il en aurait la force et assez de volonté.

Quand allait-«il» surgir devant elle ? Apparaître devant sa porte… Quand entendrait-elle «sa» respiration étouffée sur la ligne ?

Cette idée réveillait chez elle des terreurs enfantines d'ogres et de créatures sanguinaires. Elle se sentait soudain si petite, si fragile… Pourtant, l'adulte qu'elle était devenue avait encore la force de tendre la main à cette enfant mortifiée en haut de l'escalier, de l'envelopper de toute sa tendresse et lui dire : « Ne crains rien, petite, il ne viendra pas, il ne te trouvera pas. »

Comment pouvait-on laisser un meurtrier sortir de prison ? Ce n'était pas nouveau. Ce monstre avait tué sa femme. Mais celle-ci était aussi la mère d'une petite fille qui, tremblante dans l'obscurité du couloir, à l'étage, avait deviné le bruit. Celui d'un corps qui chute sur le sol.

Il l'avait frappée à la tête, plus exactement à la tempe. Morte sur le coup. Puis il avait enveloppé le corps dans une bâche de chantier et l'avait traîné jusqu'au fond du terrain de la maison, où il l'avait enterré.

Il y avait certains sons que Hanah ne pouvait plus entendre sans être envahie d'une sueur froide. Les coups de pelle dans la terre. Le frottement d'un sac sur le sol.

De cette nuit, dans sa bouche subsistait un goût âpre, comme si elle venait de manger un fruit trop vert.

« On ne se débarrasse pas du passé comme d'une vieille fripe qu'on brûle ou qu'on jette. » Un constat amer que faisait Hanah, assise en tailleur sur le lit king size. Il lui fallait au moins cette surface pour donner libre cours à ses rêves agités. Elle se retrouvait souvent en diagonale ou bien les pieds sur l'oreiller. Heureusement, la chambre était à l'image de ce lit confortable et accueillant. Sobre mais chic, ses tons chauds absorbaient toutes les tensions.

Renonçant à se battre seule plus longtemps, Hanah goba un comprimé rose sans eau, contractant sa gorge au maximum pour le catapulter dans le tube digestif, qu'il agisse au plus vite. Un demi-Xanax ne la plongerait pas dans une somnolence trop forte qui risquerait de nuire à sa réflexion.

Se sentant déjà apaisée, elle prit la boîte dans sa paume pour la soulever à hauteur de ses yeux, à distance confortable. Quelle cruche d'avoir oublié ses lunettes de presbyte à la maison…

La première lettre était totalement effacée, mais elle put quand même déchiffrer la deuxième qui était manifestement un «y». Les deux suivantes étaient illisibles, la cinquième ressemblait à un «e» ou un «c», la sixième posait problème, un «v» ou un «x» et la dernière devait être un «a».

— On est bien avancé, bougonna Baxter en notant les lettres sur un papier. L'ensemble donnait :? y?? e (ou c) v (ou x) a. Ses lèvres remuèrent sur chacune des voyelles et des consonnes.y.eva ou.y.exa ou encore.y.cxa, cva. La dernière possibilité correspondant sans doute le moins à un mot ou nom cohérent.

Lors de stages à l'hôpital, Hanah avait vu des boîtes semblables utilisées comme piluliers. L'étiquette aux lettres effacées mentionnait certainement un médicament, mais lequel? Son regard s'égara de l'autre côté de la fenêtre. Elle n'aurait pas de réponse de ces flocons duveteux et glacés qui commençaient à en recouvrir le rebord.

D'un geste déterminé, elle se saisit de son smartphone et composa le numéro de Fred Dantz, un ami pneumologue que Karen lui avait présenté lors d'un vernissage. Ils avaient aussitôt sympathisé. D'une blondeur scandinave, le regard bleu vif, Dantz était grand amateur d'art et collectionneur, mais aussi fan de romans noirs et policiers. De quoi meubler une conversation. Mais leurs affinités allaient au-delà. Sans qu'il se fût passé quoi que ce soit entre eux, Baxter s'était toujours dit que, si elle avait été hétérosexuelle, un type comme Dantz aurait pu lui plaire.

Entendant sa voix claire et avenante, Hanah souffla. Il débordait de rendez-vous et c'était rare qu'il puisse décrocher.

— Salut ma belle, que me vaut le plaisir ? Tu vas bien, au moins ?

— J'irai mieux quand tu m'auras aidée à déchiffrer ce que je suppose être le nom d'un médicament sur une étiquette à moitié arrachée.

— Je te sens à fond sur une enquête, là…

— Je commence tout juste en fait et, tu vois, déjà les énigmes qui se profilent.

— Mais tu aimes ça, sourit Dantz au téléphone.

— Si tu as de quoi noter, voici ce que j'ai pu déchiffrer.

Hanah lui déclina les quatre propositions qu'elle avait obtenues.

— Franchement, je n'ai aucune idée du médicament que ça pourrait être, dit-il après un bref silence, mais si tu veux je peux demander à Fiona.

Le prénom de la femme de Fred rappelait toujours à Hanah la chatte siamoise d'une amie, dont le sale caractère valait aux visiteurs trop entreprenants un bon coup de griffes. Fiona Dantz, neuropsychiatre de renom qu'Hanah n'avait rencontrée qu'une fois, était réputée pour être un chef de service plutôt tyrannique. Hanah s'était toujours demandé ce que Dantz fichait avec une fille qui le dominait. Mais peut-être aimait-il ça.

— Si tu penses pouvoir l'avoir rapidement, répondit Baxter.

— Je te rappelle.

À sa grande surprise, le portable d'Hanah sonna à peine dix minutes plus tard.

— Bingo, ma belle, il s'agit du Zyprexa.

— Elle en est sûre ?

— Fiona est toujours sûre. Surtout si ça relève de son domaine.

— C'est un neuroleptique ?

— Olanzapine, antipsychotique prescrit dans les bouffées maniaques délirantes comme chez les bipolaires, mais aussi dans le traitement de certaines formes de schizophrénies. Ça t'éclaire, j'espère ?

— Intéressant, tout ça… pas encore un véritable éclairage mais c'est une découverte qui me permettra d'avancer. Un grand merci, Dantz.

— Pas de quoi… sinon, tout va bien ? La santé ? Les amours ?

En évoquant la santé, Fred faisait allusion au sevrage de cocaïne qu'avait entrepris Hanah courageusement. C'était lui qui lui avait conseillé l'hypnothérapie et donné le nom d'un très bon addictologue qui pratiquait l'hypnose. Elle n'avait pas encore trouvé le temps d'y aller.

— Ça va, les moments les plus durs sont passés. Pas de rechute, pour le moment. Juste un demi-Xanax il y a cinq minutes, avoua Hanah. Et je dois te confier que je me suis mise à la cigarette électronique.

— Ah, cette cochonnerie à la mode… Tu aurais encore mieux fait de reprendre la bonne vieille clope.

— C'est toi, un pneumologue, qui me dis ça ? s'étonna Baxter.

— Tu sais bien que je fume comme un pompier. Mais tu n'imagines même pas les saloperies chimiques que contient le liquide de vapotage. Notamment le propylène glycol.

— Ce qu'il y a dans la clope, ce n'est pas mieux, je crois…

— C'est vrai, je ne suis pas objectif.

— Tu sais, le yoga m'aide beaucoup à gérer le manque. Ça ne m'empêche pas de vivre.

— Ça te réveille la nuit ?

— Non, ce sont plutôt les cauchemars…

— Avec tout ce que tu vois, rien d'étonnant, dit Fred.

Malgré leur lien et la confiance qu'elle lui portait, Hanah ne lui avait jamais parlé de son passé, de son père en prison et encore moins de ce qu'il avait fait. Seuls Karen et son psy étaient au courant. Elle se contenta donc d'acquiescer avant de raccrocher.

Zyprexa. Hanah ouvrit sa tablette et tapa le nom dans le moteur de recherche. Face à l'étendue des données sur l'olanzapine, elle écarquilla les yeux.

Le labo qui produisait ce médicament semblait avoir été poursuivi pour opacité quant à des effets secondaires indésirables tels que surpoids, impuissance, arrêt des menstruations. L'efficacité réelle de la molécule comme antipsychotique était même mise en cause et, selon certains experts, les études cliniques avaient révélé un taux record de suicides et accidents mortels depuis sa commercialisation.

Les pensées d'Hanah voyagèrent à l'intérieur du refuge du garde forestier. Elle se revit promenant le pendule au-dessus du sol, un plancher aux lames irrégulières et usées. L'atmosphère y était lourde, oppressante. Le pendule avait réagi en certains endroits de la pièce. Pressée par l'éventualité du retour des équipes de police, elle ne s'y était pas attardée, voulant tout inspecter. Mais elle était certaine que ce plancher renfermait d'autres secrets qu'une boîte à médicaments et un trousseau de clefs. Des secrets essentiels.

Il faut faire des fouilles dans le sol du refuge, dit-elle à voix haute. On n'a pas encore tout découvert.

Pour le moment, elle avait des éléments à exploiter. Et peut-être un début de piste. Gary Bates cachait des clefs dans une boîte qui avait un jour contenu un psychotrope. Était-il atteint d'une maladie psychiatrique ? Bipolarité ? Schizophrénie ? Ou bien avait-il récupéré la boîte quelque part ? Dans un hôpital psychiatrique où il allait rendre visite à un proche ? Où il avait travaillé ? Il avait aussi bien pu la trouver dans la forêt, perdue par un promeneur. Mais pourquoi y avoir mis ces clefs et avoir tenu à dissimuler le tout ?

L'esprit de la profileuse tournait aussi intensément que le chauffage. Il faisait si chaud qu'elle crut manquer d'oxygène. Elle se leva et alla entrouvrir la fenêtre. L'air du dehors lui fit l'effet d'une onde glacée sur le visage. Mais elle aimait cette odeur d'hiver, de neige.

C'est le trousseau qu'il a caché, pas la boîte, songea Baxter, qui entreprit de s'y intéresser de plus près. Parmi les cinq clefs du trousseau, trois étaient des modèles classiques et deux semblaient spéciales, du type de celle qui ouvrait son coffre-fort lorsqu'elle ne se rappelait plus son code. De ses yeux presbytes, elle parvint à lire sur chacune des deux clefs, outre un numéro de série, la marque Blind.

— Bien, on peut déjà avancer, avec ça, dit-elle à un auditoire virtuel.

Se servant de l'outil Internet, aussi précieux que destructeur, aussi fiable que trompeur, mais pratique pour glaner ce type d'informations, elle tapa «Blind» sur Google. Plusieurs occurrences s'affichèrent, à commencer par des articles en anglais sur la cécité, *blind* signifiant «aveugle». En déroulant les pages, elle finit par s'arrêter sur un lien. BLIND était le nom d'une société qui fabriquait des clefs spéciales pour portes blindées, cellules, coffres. Mais le lien semblait inactif.

Revenant au moteur de recherche, Hanah tapa cette fois «BLIND fabrique de clefs». Plusieurs autres liens apparurent, dont «BLIND liquidation judiciaire». La société n'existait plus.

— Et merde…, lâcha-t-elle avec une moue.

C'était trop beau… C'était souvent comme ça, dans une enquête. La machine s'emballait, tout allait vite, et soudain ça s'arrêtait net à cause d'un fichu obstacle. Le franchir ou le contourner prenait forcément un peu de temps.

Hanah s'attaqua aussitôt à la liste des serruriers de Crystal Lake. Avec un peu de chance, on pourrait la renseigner sur la destination de ces clefs et même, avec un gros coup de pouce du Barbu ou de la Providence, sur son ou ses propriétaires. Car Hanah doutait fort que Bates en eût l'usage en pleine forêt. À moins que… elle sentit les petits poils de sa nuque rasée se dresser.

Le squelette d'enfant trouvé dans le périmètre du refuge, les fillettes disparues, ça pouvait coller. Et si ces deux clefs étaient celles d'un local secret, dans un sous-sol, une cave ou un entrepôt, où il séquestrait les enfants ? se demanda-t-elle.

Or le garde forestier venait d'être tué et traité *post mortem* de la manière la plus sordide. Le fait qu'il ait été émasculé révélait une grande détermination à le priver de sa dignité, dans une forme d'humiliation qu'il ne pourrait pas éprouver étant mort. Il s'agissait d'un geste personnel, intime, comme si l'auteur de cette mutilation voulait assouvir un désir de vengeance. Si son meurtre était lié aux ossements d'enfant, peut-être le garde était-il un témoin ou complice qu'on aurait décidé de supprimer.

À première vue, Hanah imaginait plus une complicité entre Bates et son assassin qu'une vengeance liée aux fillettes. Ou peut-être les deux. Parfois les complices se retournent l'un contre l'autre après un dérapage ou une trahison.

Mais elle ne pouvait s'empêcher de se dire qu'elle avait possiblement entre les mains les clefs d'une geôle où étaient enfermées les petites. Et cette seule idée la faisait frémir.

Le nom d'Eva Sportis apparut sur l'écran de son

smartphone en même temps qu'il se mettait à sonner. Hanah sentit aussitôt le malaise dans sa voix.

— Joe m'a contactée, commença la détective. Pour les gamines, c'est fini. La police a le coupable. Il est venu lui-même se rendre et a tout avoué. C'est un pédophile notoire, Bob Mingo. Il a déjà été condamné pour viol et meurtre sur mineures. Joe est ravagé. Stevens a convoqué les familles.

— Bob Mingo? s'exclama Hanah malgré elle. Bien connu en effet! Il s'est rendu à la police locale?

— Oui. Apparemment, Stevens souhaite le confronter aux familles.

— Je vois… Il doit avoir une idée derrière la tête. Combien de types ont fait de faux aveux pour se faire mousser, avoir l'illusion d'une reconnaissance, même par le pire, dit Hanah.

— Mais là, ça collerait avec le profil de Mingo. Il vit seul avec sa mère à Crystal Lake depuis sa libération. Il était là et personne n'a vraiment pensé à lui!

— La première chose que les enquêteurs ont dû faire, ici, c'est justement de s'intéresser aux emplois du temps des pédophiles fichés. Même s'il a nié, ils ont dû faire quelques vérifications.

— Pourquoi avouer maintenant, alors? demanda Eva. Juste au moment où Gabe Lasko, le frère de Joe, a été placé en garde à vue.

— Peut-être que Mingo n'a pas supporté qu'on lui vole la vedette dans son domaine de prédilection, déclara Hanah. C'est le profil même du narcissique. Dommage que je travaille en sous-marin sur cette affaire, j'aurais bien aimé voir ce que ce type a dans le ventre et lui poser deux ou trois questions.

— Je vais essayer d'en parler à Joe. Il pourrait

peut-être informer le chef de la police de ta présence. Je pense que Stevens serait ouvert à une aide extérieure. Et toi? Tu avances? ajouta-t-elle.

Hanah fit cliqueter les clefs entre ses doigts. Le métal s'était réchauffé au contact de sa paume. Elle raconta à Eva ses recherches sur Internet et ce qu'elle avait appris grâce à Dantz.

— C'est pourquoi je pense, Eva, que c'est loin d'être terminé. L'affaire est bien plus complexe que ne le laisse entendre Bob Mingo. Et si tu veux savoir, je ne le crois pas impliqué. En attendant, il faut que je trouve un serrurier.

— Je viens te chercher, dit aussitôt Eva.

— Merci, mais essaie plutôt de voir avec Joe Lasko comment faire comprendre à Stevens qu'il doit envoyer une équipe fouiller le plancher du refuge de Bates.

— À quoi tu penses?

— Vu l'angoisse que je sens dans ta voix, Eva, je crois qu'on pense à la même chose.

20

Les murs du cabinet de Joe Lasko, composé d'une pièce qui servait de bureau et d'une autre pour les auscultations, étaient ornés des dessins colorés de Liese. La plupart représentaient la maison et le jardin sous un ciel ensoleillé, avec Laïka se promenant sur l'herbe. À côté de l'iMac, posé sur un plateau en verre tenu par deux tréteaux et éclairé d'une lampe halogène, une photo encadrée de la fillette, qui avait trois ans à l'époque, juchée sur les épaules de son père. Leurs visages irradiaient la joie d'être ensemble. Instant de bonheur immortalisé par Rose, venue rendre visite à sa fille. Une pyramide en malachite laissait supposer que Joe travaillait avec les énergies, ou qu'il aimait les minéraux. Quelques citrines, opales et autres pierres semi-précieuses étaient alignées derrière une vitrine fermée à clef. Sur des étagères métalliques reposaient les livres de médecine de Joe, une encyclopédie en dix tomes et des revues médicales.

À la veille de la réunion avec Stevens et les parents des fillettes, Joe n'avait pas la tête à son travail. Gabe faisait de son mieux pour le soutenir, mais il avait sombré dans l'abattement, mangeait à peine, dormait difficilement trois ou quatre heures, retranché dans le silence.

Il ne pouvait admettre que ce soit terminé. Pas de cette façon, si brutale, si inhumaine. Un homme qui vient presque se vanter d'avoir commis ces atrocités.

— T'as bien vu avec moi, lui avait dit Gabe au bout de trois bières, ils m'ont traîné au poste comme si j'étais LE coupable ! Il leur en fallait un, Joe, et voilà un mec, une saleté de pédo qui se pointe comme une fleur en se mettant à table ! Sur un plateau ! Du coup, ils l'ont, leur coupable, et hop, dossier bouclé, au suivant, par ici, m'sieurs-dames. Ça va paraître à la une des journaux, les tronches de Stevens et de Mingo en prime, et c'est réglé, Crystal Lake retrouve enfin son calme et sa petite vie pépère. C'est bientôt les beaux jours, faut pas faire fuir les touristes, hein… Je te parie que Stevens a eu la visite de m'sieur le maire, y a pas longtemps. Il veut retrouver sa ville, le bouffon ! Sauf qu'il se fourre le doigt dans l'œil jusqu'au trouffion. Parce que rien ne sera jamais plus pareil, ici. Rien !

Non, en effet, rien ne serait plus jamais comme avant, se dit Joe. Ni dans sa vie ni dans celle de la cité. Des vies désormais branlantes, détruites, amputées. Comme celle de Mary Cooper, d'ailleurs, mais pour d'autres raisons.

C'était la dernière patiente de Joe avant que s'achève cette journée éprouvante, passée à imaginer la confrontation prochaine avec le meurtrier présumé de Liese et des trois autres gamines. Miss Cooper était plutôt une pièce rapportée à Crystal Lake. Mais à l'instar de tant d'autres, venus de plus grandes villes chercher la quiétude, elle s'était parfaitement adaptée à l'existence joyeuse et saine de la ville natale de Joe. Ils ne se seraient sans doute jamais rencontrés si Mary n'avait pas été victime, quatre ans auparavant, d'un accident de la route qui lui avait valu trois semaines dans le coma avant de se réveiller paraplégique, condamnée à passer le reste de sa vie dans un fauteuil roulant.

Lasko travaillait alors aux urgences, en réanimation, deux ou trois jours par semaine. Il se souvenait bien de ce mardi 13 décembre 2011, où Mary Cooper était arrivée sur un brancard, inconsciente, le visage recouvert d'un masque à oxygène sous des draps ensanglantés. Ses freins ayant lâché dans un virage, sa voiture avait heurté un arbre et, sous le choc presque frontal, le moteur était remonté dans l'habitacle, broyant en partie ses jambes. Les fractures multiples aux tibias, chevilles et fémur ne l'auraient pas empêchée de remarcher un jour, mais la moelle épinière avait été sectionnée au niveau des lombaires et elle souffrait d'un traumatisme crânien. Qu'elle fût encore en vie relevait du miracle.

Joe avait été sensible à ce drame qui touchait une femme dans la fleur de l'âge, dont le destin avait été aussi soudainement brisé. Tandis que, enfin sortie de son coma, elle se remettait peu à peu, toujours alitée en réanimation, le visage tuméfié, Joe venait régulièrement lui rendre visite et une sorte de connivence s'était tissée entre eux.

Il lui avait recommandé un kiné qui s'était occupé de sa rééducation pendant un an. Elle avait goûté aux joies de l'eau en thalassothérapie et aux massages. Mais ceux-ci ne lui avaient pas fait recouvrer la sensibilité de ses jambes.

Elle vivait seule dans une vieille maison au cœur d'un vaste parc entouré d'une forêt et égayé par un étang, qu'elle avait achetée une bouchée de pain car personne n'en voulait. Il s'agissait de la propriété des Woodland, la «Maison du crime», comme on l'appelait, où un adolescent avait tué toute sa famille, près de quarante ans auparavant. Depuis le drame de la maison d'Amityville, toutes les maisons qui avaient abrité un semblable massacre étaient supposées hantées. Cependant, même sans fantômes, il n'est pas plaisant d'habiter un lieu où le sang a coulé.

Mary Cooper l'avait-elle su? Quoi qu'il en soit, elle n'avait pas hésité une seconde : l'endroit lui avait convenu et elle s'y sentait bien. C'était du moins ce qu'elle en disait à Joe au cours de leurs échanges dans la chambre d'hôpital.

Après son accident, on avait bien sûr raconté que l'esprit démoniaque qui hantait la maison en était à l'origine. «Rien de surnaturel dans des freins qui lâchent. Ça arrive, surtout à une vieille guimbarde comme la mienne. J'aurais dû en changer depuis longtemps», se défendait-elle auprès de Joe.

En revanche, le récit qu'elle lui avait fait de son coma avait laissé le jeune médecin perplexe. Elle lui avait confié avoir vécu une EMI, une expérience de mort imminente. Un cas de figure qu'il n'avait encore jamais rencontré dans sa carrière de médecin réanimateur. Peut-être les gens n'osaient-ils pas raconter une telle expérience de peur de passer pour fous.

— C'était si beau, racontait-elle les larmes aux yeux, je me sentais enveloppée d'un tel sentiment de plénitude et d'amour, dans une lumière que je n'ai vue nulle part ailleurs, que le retour dans ce qui m'a semblé être mon enveloppe corporelle a été aussi douloureux qu'un accouchement. Mais un accouchement à l'envers, et de moi-même.

Intrigué, Joe s'était documenté sur le sujet et avait constaté qu'il y avait une littérature considérable concernant les EMI. Face aux millions de témoignages dans le monde, les médecins, neurologues, cardiologues et scientifiques avaient fini par se pencher sérieusement sur la question.

Dans la vie réelle, Mary Cooper était bien seule, et personne n'était venu la voir à l'hôpital, excepté celle qui allait devenir la nourrice de Liese, Demy Valdero. Demy avait fait le ménage chez Mary à une époque. C'est ainsi que Joe avait fait la connaissance de la mère d'Ange et que, deux ans plus tard, il faisait appel à ses services pour garder Liese pendant qu'il travaillait.

Mary avait dû être une belle femme. L'accident ne l'avait pas défigurée, cependant le souffle des années avait altéré cette beauté et cette grâce que l'on devinait encore dans les traits réguliers de son visage. Comme si elle s'était mise à prendre du poids avec l'âge et une alimentation trop riche.

Lorsque Joe lui avait demandé si elle avait des enfants, quoiqu'il en doutât, vu sa solitude, elle lui avait répondu :

— L'occasion ne s'est pas présentée. Par «occasion», j'entends un homme, bien sûr. Un homme digne de confiance, celui avec lequel une femme puisse désirer avoir des enfants.

Sans qu'il pût se l'expliquer, cette femme l'attendrissait, sans l'ombre d'une arrière-pensée ou d'une attirance sexuelle.

Ce n'étaient pas les suites de son accident qui avaient conduit Miss Cooper à consulter son médecin ce jour-là, mais un coup de froid qui provoquait de sérieuses quintes de toux et un peu de fièvre.

— Vous vous en sortez, Mary, toute seule ? s'inquiéta Joe en lui auscultant le cœur et les poumons au stéthoscope.

— Oui, disons qu'avec l'aide de Demy, ça va. Et puis, aujourd'hui, presque tout est mis aux normes pour les personnes handicapées comme moi, dit-elle en reniflant. Par contre, cette bronchite, c'est vraiment la poisse.

— Une semaine d'antibiotiques et tout rentrera dans l'ordre. Vous êtes très résistante.

— Et vous, ce n'est pas trop dur ? Avez-vous des nouvelles, je veux dire… l'enquête avance ?

Le visage de Joe s'assombrit. Il n'aimait pas en parler. Surtout lorsqu'il n'y avait rien de plus à dire.

— Non, c'est au point mort, mentit-il.

De toute façon, elle apprendrait, tôt ou tard, dans la presse, les aveux de Mingo. Le seul fait d'en parler leur donnait corps, et Joe ne voulait pas que l'affaire se conclue ainsi.

Ses yeux rencontrèrent ceux de Mary. Leurs regards s'accrochèrent une fraction de seconde avant qu'elle ne détournât le sien.

— Ce n'est pas la peine d'avoir des enfants pour imaginer le calvaire que vous devez endurer, docteur, dit-elle, émue. Si je peux vous aider…

Ses mains étaient crispées sur les accoudoirs du fauteuil. Elle se mit à tousser. Une toux grasse, rauque.

— Rentrez vite vous mettre au chaud, Mary. Voici votre ordonnance.

— Merci.

Sur ce dernier mot, elle sortit de la pièce, actionnant la commande de son fauteuil électrique. Depuis quatre ans, il faisait partie d'elle, devenu le prolongement de son corps, remplaçant ses jambes, femme-centaure sur roues.

Quel est vraiment le but de cette mascarade ? se demanda Joe. Venir au monde, être, souffrir, connaître quelques accalmies, procréer, gagner, perdre, souffrir encore et disparaître. Retour au néant. Chacun cloué sur sa croix, condamné à la porter selon ses forces, sa volonté et ses moyens. Seul.

Ce « merci » prononcé dans un souffle, une expiration de la voix, vibrait encore dans la pièce. S'y mêlaient la reconnaissance, l'impuissance et la honte. La honte, sans doute, de ne pas pouvoir partager le désespoir de Joe, de ne pouvoir rien faire et de continuer à vivre comme si rien ne s'était passé. De l'aide, c'était cette femme, devenue la moitié d'elle-même, qui lui proposait son aide…

Joe ferma le cabinet, son associé et la secrétaire étant déjà partis, monta dans son pick-up et prit la direction du poste de police, dans le jour froid et déclinant. Quinze minutes plus tard, il se présentait à l'accueil, une boule de plomb dans le ventre. Rencontrer l'être immonde, le monstre qui avait enlevé et tué sa fille, était pire que la mort. Mais c'était tout ce qui lui restait : le regarder en face, lui faire peut-être baisser les yeux et avoir enfin une réponse.

21

Tous étaient venus. Tous avaient tenu à venir le voir. Comme Joe Lasko. Avec le même désespoir mêlé de curiosité et de colère.

Lors des procès, les parties civiles, parents, mari, femme, proches, tous cherchent l'éternelle réponse dans les yeux froids du meurtrier, au travers de chaque mimique, chaque expression. L'explication qui, souvent, ne vient pas ou ne les satisfait pas. Comment combler cette attente ? Quels mots, quels remords seraient assez forts pour adoucir la brûlure ? Il arrive parfois que l'assassin demande pardon aux survivants. Mais est-ce pour alléger sa conscience ou le fait-il sincèrement ?

De Bob Mingo, il n'y avait rien à attendre. Aucun éclairage et encore moins des excuses. Il assumait ses actes et finissait par en revendiquer la profondeur et la légitimité. Son plaisir narcissique avant tout.

Stevens avait organisé cette rencontre éprouvante à dessein. Ses hommes étaient sur les dents. Seuls les parents ou les grands-parents avaient été autorisés à assister à la confrontation. Ils avaient subi une fouille au corps méticuleuse dans une pièce à part dès leur arrivée. Canif, poing américain servant de porte-clefs, même un simple cure-dents ou un stylo, tout ce qui pouvait se transformer en arme contre Mingo avait été confisqué le temps de la rencontre.

En détention provisoire depuis presque quarante-huit heures, malgré son arrogance naturelle Bob Mingo accusait la fatigue, les traits tirés et une nervosité accrue. Mais Ma, à peine informée de la garde à vue de son fils, une fois la perquisition à son domicile achevée, avait entrepris de lui dégotter un avocat. Des trois qui l'avaient défendu autrefois, il n'en restait que deux, qui ne voulaient plus entendre parler de lui. Alors Ma avait fait appel à une ancienne relation de Bronzeville qui l'avait orientée vers Ashley Burk, un avocat afro-américain sur le retour, une relique du barreau, un personnage tout droit sorti d'un film de Spike Lee.

Il était arrivé à Crystal Lake avec une heure de retard, chemise rayée tendue à craquer sur un ventre de neuf mois, veste élimée à la couleur incertaine sous un manteau en peau de mouton mangé aux mites, et une paire de lunettes grasses posées sur un nez aussi plat et mou qu'une feuille de laitue.

Il avait fait irruption à l'accueil du poste de police dans un bruit de vieille locomotive. Pour un peu, le fonctionnaire chargé de l'accueil le prenait pour un SDF et appelait des renforts avec ordre de le jeter dehors.

— Je me demande comment on peut défendre un monstre pareil, souffla Robert Knight à l'oreille de Joe lorsque Burk s'installa à côté de son client, à l'évidence surpris de cette intrusion.

Contrairement à sa femme, qui n'avait pas pu

annuler sa tournée, Knight était parvenu à se libérer de ses obligations. La sœur aînée d'Amanda avait pleuré pour venir, mais son père avait tenu bon, considérant que ce n'était pas la place d'une adolescente, même si elle était touchée dans sa chair.

Stevens avait choisi une des deux salles du fond du poste de police. La plus petite, aux murs insonorisés d'un gris ardoise, qui servait aussi de salle d'interrogatoire. Des sièges supplémentaires y avaient été installés en vue de la confrontation. Le sol était tapissé d'un revêtement lavable couleur lie-de-vin. De l'autre côté d'une vitre, menotté, les pieds entravés d'une lourde chaîne et encadré de deux policiers, Mingo siégeait devant le groupe de six personnes, les deux pères seuls, Knight et Lasko, et les couples Crow et Wenders. Stevens avait pris toutes les précautions qu'il estimait nécessaires.

La tension qui se lisait sur les visages était maximale. Tous les regards convergeaient vers le pédophile qui semblait à son aise, dans son élément.

— Bien, nous allons commencer, annonça Stevens, debout, du côté des familles. Tout d'abord, dit-il en se tournant vers les proches des victimes, je tiens à vous remercier d'avoir eu la force et le courage de répondre à cette convocation. À votre place, je ne sais pas si je l'aurais fait. Ou plutôt, oui, sans doute aurais-je comme vous souhaité de toute mon âme obtenir une réponse. Cette réponse, monsieur Mingo, tout le monde, ici présent, l'attend avant le procès. Je compte sur vous, sur votre conscience pour nous l'apporter.

Stevens ravala sa salive. Elle était amère.

— Bob Mingo, avez-vous enlevé Lieserl Lasko,

Amanda Knight, Vicky Crow et Babe Wenders au cours du mois de janvier?

— Comme je vous l'ai dit spontanément, shérif, oui, acquiesça Mingo sans hésiter.

Un murmure d'effroi hérissa la petite assemblée.

— Je vous rappelle, Bob, que vous n'êtes tenu de répondre à aucune des questions qui vous sont posées. Je suis là pour ça, intervint Ashley Burk d'une voix de fausset noyée dans la graisse.

— Je connais mes droits et aussi mes devoirs envers vous tous et… envers moi-même, grinça Mingo sans quitter les familles des yeux.

— Où sont ces quatre fillettes, à l'heure actuelle, monsieur Mingo? poursuivit Stevens.

— Dans un monde plus paisible, où elles ne connaîtront que la paix éternelle.

Un bruissement plus fort parcourut le groupe et quelques insultes fusèrent de la bouche de John Crow.

— Ce qui veut dire? En termes plus clairs pour leurs familles ici présentes…, insista le chef de la police. Les avez-vous tuées?

— Nous ne donnons pas le même sens à ce mot, vous le savez, mais dans votre langage, oui, shérif, je les ai tuées.

Cette fois, un cri déchira le silence du côté de l'auditoire. La mère de Babe Wenders n'avait pas pu retenir le hurlement qui montait dans sa poitrine. Son mari l'enlaça et la serra contre lui en la berçant doucement.

— Comment expliquez-vous votre acte?

— Objection! s'écria l'avocat en réajustant ses lunettes prêtes à tomber de son nez. Euh… pardon…

232

Shérif Stevens, je voulais dire que mon client s'en expliquera au procès, s'il le souhaite. Nous n'y sommes pas encore et cette petite… réunion n'a aucun caractère légal, ni aucun lieu d'être, c'est en fait mon client qui…

— Ça va, ça va, assez de palabres, maître, pour l'amour de Dieu! s'agaça Mingo.

— C'est toi, fumier, qui parle d'amour et de Dieu! lâcha John Crow, le poing dressé.

— Je vous demande de garder votre calme, monsieur Crow, le reprit Stevens. Du moins, d'essayer. Je sais combien c'est difficile…

— Non, vous ne savez rien du tout! continua Crow sur sa lancée. Et si ce pédophile n'était pas venu avouer, vous n'auriez rien trouvé!

Assis devant, à côté de Knight, Joe se retourna vers le père de Vicky.

— Calme-toi, John, je t'en supplie. Fais-le pour… pour elles, pour nos filles. Ça ne les ramènera pas. Si ce que dit ce… cet individu est vrai, s'il ne nous manipule pas, alors la loi sera de notre côté et il paiera pour ce qu'il a fait. Dans la mesure où il a avoué spontanément, il est aussi prêt à assumer les conséquences de ses actes, n'est-ce pas?

Prononcer le nom du meurtrier de sa fille était au-dessus des forces de Joe.

Mingo se contenta de hocher la tête, les paupières à demi closes. Un lourd silence s'ensuivit.

— Pour ma part, j'ai une question à vous poser, intervint Joe sur un signal de Stevens perceptible de lui seul, selon un plan dont ils étaient convenus. Les avez-vous déshabillées? Les avez-vous vues nues?

Une vague d'indignation accueillit ces questions.

— Ça ne va pas, Joe, tu perds la tête? réagit Robert Knight, comme foudroyé.

— Laissez M. Mingo répondre, s'il vous plaît, s'interposa Stevens.

— Oh oui, elles étaient nues, délicieusement nues et douces sous mes mains…, enchaîna Bob.

Deux policiers durent retenir John Crow qui, d'un bond, s'apprêtait à fracasser la vitre de ses poings. Sa femme, le visage dans les mains, sanglotait. Les policiers la firent sortir.

— Pourquoi nous infliger ça? Vous croyez qu'on n'en a pas assez déjà? s'offusqua Wenders. Et toi, Joe, à quoi tu joues?

— Laissez-le continuer! ordonna Stevens.

— Si, comme vous le prétendez, elles étaient nues, vous avez pu les observer en détail? poursuivit Joe imperturbable.

Il fallait qu'il obtienne une réponse. À n'importe quel prix.

— Assez, Joe! C'en est trop, moi, je sors, clama Robert Knight en se levant.

— Robert, attends, je t'en conjure. Je sais ce que je fais, je ne pense qu'à elles, à ma fille comme à la tienne, le supplia Lasko à voix basse en le retenant par le bras.

Knight finit par se rasseoir et le calme revint à peu près dans la salle.

— Vous avez les mots justes, ça me fait plaisir de voir enfin quelqu'un qui me comprend, dit Mingo d'une voix doucereuse. Oui, je les ai regardées, longtemps, éveillées, puis endormies, pures et miennes.

— Ma fille est… était une jolie petite fille aux cheveux roux et aux yeux bleus, continua Joe malgré le tremblement qui le gagnait. Elle s'appelait Lieserl. Si vous l'avez regardée en détail, celui-ci n'a pas pu vous échapper : a-t-elle subi ou non une opération de l'appendicite ?

Plissant le front, Mingo parut fouiller loin dans ses souvenirs.

— Oui, oui, une toute petite cicatrice mignonne, je me rappelle bien, au niveau de son pubis, à peine plus haut, à droite.

Le coup au cœur que reçut Joe Lasko à cet instant faillit le terrasser, mais il parvint à maîtriser son malaise en respirant profondément. Autour de lui, la pièce tournait. Liese avait subi une appendicectomie six mois avant sa disparition, et sa cicatrice était discrète mais visible. Il ne restait plus qu'une chance. Une seule.

— C'est tout ? Rien d'autre, ailleurs ? insista Lasko.

Tous retenaient leur souffle.

— Non, rien d'autre que cette cicatrice, répondit Mingo après une hésitation à peine perceptible. Vous voyez, monsieur, que je vous ai dit toute la vérité, que j'ai été avec les petites et qu'elles ont passé de délicieux moments avec moi. Ce n'est pas gentil d'essayer de me tendre des pièges.

— Pourtant, le mien vient de fonctionner, déclara Joe soudain transformé, le regard brillant.

À la réponse de Mingo, il s'était levé. Il se sentait transporté, un navire aux voiles gonflées à bloc, que rien ne pouvait arrêter dans sa course bondissante à la crête des vagues.

— Lieserl a sur le torse, juste sous un sein, une large tache de vin comme on dit. Un angiome vio- lacé, d'environ sept centimètres de diamètre. Vous êtes donc un menteur, vous nous avez manipulés, Bob Mingo! Vous n'avez jamais vu nos filles nues et sans doute ne les avez-vous jamais vues tout court!

Le pédophile sembla déstabilisé. Il regarda son avocat d'un air contrit.

— Vous êtes innocent, hein, Bob, c'est bien ça? l'encouragea Ashley Burk en s'épongeant le front du revers de sa main.

Il faisait une chaleur tropicale, dans cette putain de pièce!

— Bon, j'ai peut-être un peu forcé le trait…, s'excusa Mingo.

— Comment étaient-elles habillées le jour de leur disparition? Si c'est vous qui les avez enlevées, vous devriez le savoir! enchérit Robert Knight, cette fois remonté.

— Dites-leur, Bob. Avouez, qu'on en finisse, lui conseilla son avocat, penché vers lui. Votre mère, elle, le savait. Elle savait que ce n'était pas vous. Dites-leur et rentrez chez vous libre, Ma Mingo vous attend. Elle a besoin de son fils.

Décontenancé, humilié, Bob se tortilla sur sa chaise. Les menottes lui meurtrissaient les os des poignets. Il avait payé pour ses crimes passés. Avait ensuite subi, au cours de sa peine, les pires choses qu'un esprit humain puisse imaginer. Il était prêt à les subir de nouveau, les insultes, les crachats, les coups, les viols dans les douches, cette fois pour une chose qu'il n'avait pas commise. Il était prêt à revivre cette ignominie simplement pour échapper à sa petite existence et à lui-même.

Pourquoi n'avait-il pas replongé alors? Pourquoi n'avait-il pas récidivé en les enlevant et en les tuant vraiment, ces gamines, au lieu de laisser quelqu'un d'autre le faire? Parce que depuis qu'il était revenu vivre ici, chez Ma, il y avait ce rempart puissant, indestructible, le rempart maternel, derrière lequel il avait trouvé refuge et où rien ne pouvait l'atteindre, pas même ses vieux démons.

Alors que les sanglots le secouaient, des larmes de petit garçon pris en faute, des larmes de honte, il avoua. Il avoua à l'auditoire, à la terre entière, qu'il n'avait ni enlevé ni tué les petites, que, comme tout le monde, il n'avait fait que suivre l'affaire dans la presse, jusqu'au jour où il était tombé sur cette page... Ensuite, son orgueil blessé l'avait conduit au poste où il avait fait de faux aveux.

En quelques minutes, la situation s'était renversée. Les parents se pressaient autour de Joe pour le remercier, presque reconnaissants envers l'ancien prédateur sexuel de ce qu'il n'ait pas nui à leur progéniture.

Quant à Stevens, il savourait sa victoire. Son flair ne l'avait pas trompé. Aussi, lorsque tout le monde se fut dispersé, Mingo reparti libre mais ridiculisé à vie, lorsqu'il put enfin respirer, seul à son bureau, après s'être copieusement arrosé les mains de gel désinfectant — il avait dû se soumettre aux poignées de main des uns et des autres —, s'autorisa-t-il quelques instants de vacuité en se repassant la scène qu'il venait de vivre.

La nuit était tombée, en même temps que d'épais flocons prenant, à la lumière des réverbères, une teinte orangée. Plus haut dans le ciel, au-delà des nuages de neige et de paillettes de glace, des étoiles oubliées. Certaines, dont la lumière se voyait depuis la Terre, étaient déjà mortes, éteintes. Les disparues de l'univers.

Quelque part, au coin d'une rue, la litanie solitaire d'un ivrogne sans abri. Passera-t-il la nuit ? Combien d'humains ne se réveilleraient jamais au lever du jour ? Les autres, les survivants, majoritaires, poursuivraient le cours de leur vie, jusqu'à ce que vienne leur tour de ne pas se réveiller, ou de ne pas rentrer chez eux le soir.

À la maison, nul n'attendait Al Stevens hormis ses livres. Des compagnons silencieux qu'il choisissait avec soin. Dans leurs pages, la violence était décrite, décriée, analysée, mais jamais elle n'en émanait comme elle pouvait le faire de musiques, de films, ou encore de la réalité.

Fut un temps, il s'était passionné pour les écrits de George Orwell. *1984* avait fait l'effet d'une bombe dans son esprit, une révolution en même temps qu'une révélation. Le capitalisme, avec ses retombées économiques néfastes, était pour lui une sorte de totalitarisme, de dictature de l'argent, ce que dénonçait l'écrivain journaliste. À ses yeux, certaines déviances, une forme de décadence et même les tueurs en série étaient un pur produit de la société de consommation et de ses manifestations compulsives. Une consommation qui, parfois, pouvait se rapprocher du meurtre.

Chaque fois qu'il sortait, éprouvé, d'un interrogatoire difficile, d'une scène de crime ou d'une confrontation comme celle-ci, Stevens trouvait une phrase du livre culte faisant écho à ce qu'il ressentait. « Il y avait la vérité, il y avait le mensonge, et si l'on s'accrochait à la vérité, même contre le monde entier, on n'était pas fou», se souvint-il alors qu'il pensait à ce que venait de faire Joe Lasko.

Il n'y avait pas une grande différence entre le jeune médecin et lui. Entre les familles des victimes et lui. Tous s'accrochaient à la vérité et ils n'étaient pas fous. Ils s'accrochaient à la vérité pour ne pas sombrer dans la folie.

Al en était là de ses pensées lorsque sa ligne sonna. Le numéro du centre médico-légal s'afficha. Si tout cela pouvait s'arrêter un jour... Comment parvenait-on à travailler à longueur de journée sur de la chair morte, sur des cadavres amochés? Jamais il ne pourrait coucher avec une femme dont la peau était imprégnée de cette odeur de mort.

— Oui, Folcke, dit-il d'une voix lasse.

— Chef Stevens, j'ai les premiers résultats de l'autopsie de Bates.

— Annoncez la couleur...

— Les analyses toxicologiques révèlent la présence de fortes doses de benzodiazépines et de somnifères. Trop fortes pour qu'il les ait avalées sciemment. À moins de vouloir se suicider, sauf qu'il a été émasculé *post mortem*. Le meurtre est donc confirmé et on a l'arme du crime. Si son assassin a pu lui faire ingurgiter ces quantités, mêlées à du liquide ou de la nourriture, c'est qu'il le connaissait.

— Très bien, beau boulot, Folcke. Autre chose?

Tout en écoutant la légiste, l'attention de Stevens fut attirée par une présence incongrue. Celle d'une mite sur sa manche de chemise. Il détestait les mites, les trouvait inutiles et sales. Des nuisibles.

Il la prit entre le pouce et l'index et l'écrasa avec une moue dégoûtée, puis regarda fixement ses doigts maculés d'un reste de poussière grisâtre. Les petites ailes, déchiquetées, palpitaient encore. Il souffla dessus avant de s'essuyer dans un Kleenex imbibé de gel antiseptique.

— Non, pas pour l'instant, finit par lâcher Folcke.

Elle raccrocha. Andy venait de lui envoyer encore un de ses SMS salaces. Mais ce soir, Kathrin Folcke ne rentrerait pas chez elle. Elle irait dormir à l'hôtel. Avait besoin de se retrouver seule dans un lit, seule avec ses pensées. Quand on touche de près l'horreur, comment reprendre une vie normale et se glisser nu contre un corps familier et aimé comme si de rien n'était ?

22

Aux autobus bleu marine de Pace Bus, Hanah avait préféré un taxi cab, plus rapide, qui la déposerait directement à l'adresse demandée. Elle avait dressé une liste de quatre serruriers, mais espérait ne pas être obligée de les voir tous.

Le chauffeur, de type latino, peau mate et yeux couleur de terre brûlée, faisait partie de ces nombreux immigrants ayant choisi Crystal Lake pour sa douceur de vivre et sa proximité avec Chicago. L'enseignement dispensé dans les écoles était d'un haut niveau. Ville de commerces de proximité et de restaurants avant tout, Crystal Lake ne disposait pas d'une industrie florissante, excepté celle de la terra cotta, qui servait à la fabrication de la céramique.

À la radio crépitait un morceau de salsa. Le volant était recouvert d'une fausse peau imitation panthère, et au rétroviseur se balançait une petite vierge bleu et or, les mains jointes et la tête légèrement inclinée.

— Vous n'êtes pas de Lake, vous, remarqua le chauffeur qui jetait des coups d'œil à Hanah dans la glace.

Son accent sentait le soleil.

— Il y a un type propre aux gens d'ici?

— Ça se voit surtout sur les peaux claires. Le teint, par ici, est couleur terra cotta, il est frais, il respire. Vous, vous avez l'air triste et gris des grandes villes.

Hanah se mit à rire malgré elle.

— Très flatteur, merci! dit-elle. Et vous, vous avez la franchise d'un enfant.

Ces mots, tout en pensant : J'ai l'air triste de quelqu'un qui est parfois triste d'appartenir à cette espèce dite humaine. Oui, j'ai l'air de quelqu'un qui, depuis sa petite enfance, baigne dans la noirceur de l'âme humaine, qui combat le Mal.

Les rues se succédaient en bandes grises luisant de neige fondue. Le taxi remonta dans un bruit mouillé l'avenue McHenry — du nom du comté où se trouvaient Crystal Lake et Oakwood Hills — et tourna à gauche dans Virginia Street avant de s'engager sur Dole Avenue.

La première adresse était dans Ash Street, une rue perpendiculaire à Dole.

— Vous avez l'air de savoir exactement où vous voulez aller, vous n'êtes pas du genre touriste, pour venir vous perdre dans le coin, nota le chauffeur alors qu'ils arrivaient.

Ses yeux souriaient dans le rétroviseur, juste au-dessus de la Vierge. Les arcs de ses sourcils s'embrassaient à la naissance du nez, formant un pont.

Sans répondre, Hanah se contenta de lui glisser un billet dans la main avec un petit signe de tête.

— Hé, seniora, voulez-vous que je vous attende?

— Je ne sais pas pour combien de temps j'en ai.

— Pas grave, c'est un plaisir de parler avec vous. J'en profite pour m'en griller une.

Remerciant ce chauffeur si serviable, Hanah poussa la porte de la première serrurerie dont l'enseigne, «Douglas Father & Son, clefs — serrures», faisait la longueur de la vitrine et entra.

Une forte odeur de métal chauffé la prit à la gorge. Elle se mit à tousser.

— Bonjour, madame, que puis-je pour vous? demanda l'artisan vêtu d'un bleu de travail en la toisant par-dessus ses lunettes en demi-lunes.

Un homme d'âge plutôt mûr, les cheveux argentés, qui devait être Douglas père. Hanah sortit le trousseau de clefs de son sac et le lui présenta avec un léger sentiment de culpabilité : les enquêteurs l'auraient manipulé avec des gants pour conserver d'éventuelles empreintes avant de le placer sous scellés comme pièce à conviction.

— En vidant le grenier de mon grand-père décédé récemment, j'ai trouvé ce trousseau, avec deux clefs qui me semblent être des modèles spéciaux. Elles portent la marque Blind. J'aurais voulu en savoir plus.

— Hmm… oui, je vois. Sauf que je ne sais pas quoi vous dire, ma pauvre dame, répondit l'artisan en tournant et retournant les clefs et les inspectant sous toutes leurs faces. Ça ne me parle pas. Je ne connais pas cette marque. Si vous voulez des doubles, ça risque d'être compliqué.

— Non, merci.

Le taxi attendait Hanah, comme promis, en double file.

— Vous avez l'air contrariée, seniora, rien de grave? s'inquiéta le chauffeur.

De sa bouche se dégageait une odeur de tabac

brun qui donna envie à Baxter d'en allumer une à son tour. Mais elle devait tenir et se contenter du vapotage à la cannelle.

— Ça me rassure, qu'on puisse avoir l'air contrarié dans les petites villes aussi, sourit-elle en montant dans la voiture.

— Ça arrive moins souvent quand même, je vous assure. Et maintenant ?

— 12 East Street.

— C'est parti !

Le taxi démarra sur un nouvel air de salsa, chanté par Tito Nieves. Avec Marie qui, accrochée au rétroviseur, continuait sa danse au rythme des virages et du freinage, l'ambiance dans l'habitacle tranchait quelque peu avec le reste.

Dans la grisaille et le froid, toutes les villes, petites, moyennes ou grandes, se ressemblaient. Mais ici, il fallait bien le reconnaître, l'atmosphère, même hivernale, restait bon enfant et les rues étaient joliment animées de quelques décorations de fin d'année qui n'avaient pas encore été enlevées.

— Ici, en 1965, ça été le chaos, commença le chauffeur. La fin du monde. Un tornado gigantesque, qui a touché plusieurs États, dont le Michigan, l'Indiana, l'Ohio et l'Illinois. C'est en Indiana qu'il y a eu le plus de victimes. À Crystal Lake, une centaine de maisons ont été détruites, ainsi que tout un centre commercial. Le maire a fait construire des abris pour les sinistrés. Ça s'est produit le 11 avril, le jour du Palm Sunday, une date importante pour les catholiques et les protestants. Les églises étaient pleines. C'est sans doute pour ça que tous ces gens n'ont pas reçu les messages d'avertissement. Aujourd'hui, avec les portables, ce serait différent.

Des chauffeurs de taxi bavards, Hanah en avait connu, mais celui-ci remportait la palme. On aurait dit qu'il voulait lui raconter tout ce qui l'avait marqué dans sa ville. Et comme il ne devait avoir pas loin de quarante-cinq ans…

— C'est vrai, approuva-t-elle, songeuse. Vous ne l'avez pas vécue, cette tornade, si?

Obtiendrait-elle des renseignements valables sur ces foutues clefs…

— Si, seniora. J'avais cinq ans. On nous a relogés dans un de ces abris, avec mes parents et mes trois frères. Je me souviens juste du bruit, un bruit d'enfer au sens propre. Tout était noir, autour. Tout volait. La maison aussi s'est envolée. Nous, on était au sous-sol, sous les gravats. On fait partie des miraculés. Et elle, tous les jours je la prie et je l'embrasse.

Il toucha doucement la petite Vierge et y déposa un baiser.

— En tout cas, vous ne faites pas votre âge, déclara Hanah impressionnée.

— À moi de vous remercier de votre franchise d'enfant, sourit l'homme.

Baxter lui trouva une bonne repartie et une étonnante aisance d'expression.

— Pourquoi avoir choisi ce métier, taxi? Vous ne devez pas avoir beaucoup de temps à consacrer à votre famille…, dit-elle.

— C'est justement pour la nourrir. Et aussi parce que, depuis ma voiture, je peux voir la tornade arriver. Voilà, seniora. Destination atteinte. Vous en avez encore d'autres?

— Tout dépendra du résultat obtenu ici.

Hanah entra dans la boutique. Même odeur, même raclement métallique des machines. Cette fois, c'étaient des jeunes qui semblaient tenir la petite fabrique de clefs. À l'un d'eux qui vint au comptoir, Hanah présenta le trousseau en lui servant la même histoire. Le gars secoua la tête.

— Désolé, je peux pas vous renseigner. Blind, je connais pas. Billy, tu vois ce que c'est, toi, Blind, par hasard ? Ils fabriquaient des clefs.

L'autre leva aussitôt sa tête rasée de son travail. Des taches de rousseur mouchetaient son visage rond.

— T'as bien dit Blind ?

— Ouais, tu connais ?

— Mon vieux a bossé toute sa vie pour eux. Tu voulais savoir quoi ?

Dieux du Ciel, enfin ! Le baiser à la petite Vierge y serait-il pour quelque chose ?

— C'est pour la dame. Elle se demande pour quel établissement ou pour qui ces deux clefs spéciales ont été fabriquées.

L'autre jeune émit un long sifflement.

— Vous enquêtez sur une affaire ou quoi ? s'exclama-t-il. C'est particulier, comme demande. Je vais voir ce que je peux faire. Déjà appeler mon vieux. Il est super maniaque et il a gardé des carnets de la société avec tous les numéros de série des clefs. Si ça se trouve, c'est même lui qui les a fabriquées.

Il nota les numéros de série de chacune des deux clefs et disparut dans l'arrière-boutique. Au bout de quelques minutes, il revint, un sourire aux lèvres. Hanah l'attendait comme le Messie.

— Je m'en doutais, dit-il en tapotant sur son feuillet griffonné. C'est les archives municipales à lui tout seul ! Alors, ces deux clefs ont été fabriquées en 1981 pour un hôpital psychiatrique de Seattle. L'Institut des maladies mentales, pour être exact.

Hanah se sentit frémir. Un trousseau dont deux clefs provenaient d'un hôpital psychiatrique, et peut-être le trousseau entier, conservé dans un pilulier de Zyprexa. Un psychotrope. Ça commençait à se tenir.

Le garde forestier nommé Gary Bates avait un lien avec l'Institut de Seattle. Restait à découvrir lequel. Y avait-il été interné ? Auquel cas, comment serait-il entré en possession de ce trousseau ? Y avait-il travaillé ? Dans ce cas, pourquoi avoir emporté et caché ces clefs ? Pourquoi ne pas s'en être débarrassé ?

Les questions affluaient et c'était bon signe. Hanah ramassa le trousseau, remercia et sortit à l'air libre. Une valse de flocons effleura ses joues et ses lèvres. Elle en attrapa un sur sa langue et le laissa fondre. À nous deux, Bates !

Cette fois, elle donna au fidèle chauffeur de taxi l'adresse de son hôtel. En vingt-deux minutes de trajet, elle apprit que Salvatore, c'était son prénom, était fils de parents réfugiés politiques mexicains et que son grand-père avait connu Frida Kahlo. Il avait même possédé un tableau et quelques dessins de l'artiste qui lui avaient été confisqués au cours de la révolution.

Salvatore était peut-être tout simplement un conteur-né, peu importait, il avait permis à Hanah de s'évader, l'avait transportée jusqu'au Mexique qu'il n'avait sans doute jamais connu, mais qu'il savait si bien raconter de sa voix pleine de musique et de soleil.

Lorsqu'il l'eût déposée devant son hôtel, elle lui tendit trois billets, deux fois le prix de sa course, car son récit l'avait charmée et elle voulait le récompenser. Peut-être était-ce de cette façon qu'il mettait du beurre dans son chili. Quoi qu'il en soit, le talent s'honore, et Salvatore avait un vrai talent.

Une fois dans sa chambre, des crampes d'estomac signalèrent à Hanah qu'il était autour de midi.

Elle appela le room service pour se faire monter un plat chaud. Elle avait envie d'un énorme hamburger dégoulinant de ketchup et de moutarde sucrée. Ne lésinez pas sur les oignons, bien grillés, demanda-t-elle avant d'ouvrir sa tablette.

Elle trouva tout de suite le téléphone de l'Institut des maladies mentales de Seattle, composa le numéro et attendit. Au bout d'une dizaine de sonneries, une voix masculine plutôt jeune se manifesta enfin.

— Bonjour, dit Hanah. Auriez-vous eu un patient du nom de Gary Bates?

— Vous avez un lien avec cette personne?

Hanah hésita une fraction de seconde.

— Je suis psychocriminologue, lâcha-t-elle. Cet homme est mort récemment en Illinois. Il a probablement été victime d'un meurtre et parmi ses affaires figure une boîte contenant un trousseau de clefs dont deux viennent apparemment de votre établissement.

— Je vois. Ne quittez pas.

Le ton était plus expéditif. Le standardiste la mit en attente, en compagnie d'une musique détestable. Une dizaine de minutes plus tard, il se manifesta de nouveau.

— Ne quittez pas, je vous passe le secrétariat de direction.

— Bonjour, madame, reprit cette fois une femme qu'Hanah imaginait volontiers pète-sec et l'air supérieur. Je viens d'effectuer quelques recherches à partir du nom qu'on vient de me communiquer, Gary Bates, c'est bien ça? Il n'y a aucun patient de ce nom-là aussi longtemps qu'on puisse remonter dans les fichiers informatisés, c'est-à-dire dans les années soixante-dix. Si c'est antérieur, il faut voir avec les archives de l'hôpital.

— Il y a peut-être travaillé alors, suggéra Baxter, crispée.

— Je viens de regarder aussi, dans cette éventualité. Non plus.

Désemparée, car convaincue qu'elle était sur une piste solide, Hanah évoqua les deux clefs. À cette mention, la voix de la secrétaire parut se tendre.

— C'est curieux, ce que vous me dites, sur ces clefs. Si elles proviennent bien de notre établissement, elles n'ont rien à faire à l'extérieur, et qui plus est à des kilomètres! Pourriez-vous nous les envoyer?

— Je préfère vous les apporter moi-même. Et en échange obtenir des renseignements.

— À condition qu'ils n'enfreignent pas le secret médical.

— Tout ce que je veux savoir, c'est quel lien avait Gary Bates avec cet institut. Écoutez, je ne vais pas tourner autour du pot, Gary Bates a été sans doute assassiné, mais il est possible aussi qu'il soit impliqué dans le meurtre d'un enfant.

Le silence se fit au bout de la ligne.

— Bon, je vous les apporte ou non, ces clefs? s'impatienta Hanah. À condition, bien sûr, d'avoir un rendez-vous avec la bonne personne.

— Pourriez-vous être ici dans deux jours? Lundi? Je vois que le directeur adjoint a un créneau... entre 13 h 30 et 14 heures. Puis-je avoir votre nom, s'il vous plaît?

Deux jours, c'était long, et subir de nouveau l'avion — s'il décollait — pour une demi-heure de rendez-vous n'enchantait pas Baxter, mais cela pouvait être décisif dans ses recherches. Une idée l'effleura.

— Sportis, Eva Sportis, épela-t-elle en souriant avant de raccrocher.

Au même moment, on frappa à la porte. Quelques instants plus tard, elle était installée sur le lit, le plateau sur ses cuisses, et attaquait son repas. Jamais burger ne lui avait paru aussi savoureux.

23

Ce fut le premier groupe de patineurs, deux pères de famille et leurs quatre garçons adolescents, arrivés au lac ce dimanche 18 février, vers 8 h 30, qui découvrit le corps, à une bonne centaine de mètres du bord, au milieu de la surface lisse et gelée, striée de marques de patins semblables à des coups de cutter. Complètement nu, on l'avait placé dans une position étrange, plié sur lui-même, le buste reposant sur les cuisses, les tibias et les genoux ramassés dessous, à même la glace, et les bras en arrière, tendus le long du corps. Les cheveux, longs, étaient rabattus sur la tête et formaient un éventail sombre sur l'eau gelée. La peau glacée avait pris des teintes gris bleuté. Le dos luisait sous un soleil froid. C'était une femme, et elle devait avoir une vingtaine d'années tout au plus.

— Qu'est-ce que c'est que ce bordel ? rugit l'un des deux hommes chaussés de patins en s'approchant.

— Elle dort ? demanda un garçon.

— Je ne crois pas. Surtout, ne touchez à rien, vous entendez ? Il vaut mieux s'écarter de là, pour ne pas détruire d'éventuelles empreintes, ordonna l'autre homme, qui était sapeur-pompier à Crystal Lake. J'appelle les collègues et la police.

Pendant qu'il téléphonait, le deuxième adulte se dépêchait de regagner le bord du lac avec les garçons.

— Qu'est-ce qu'il lui est arrivé ? interrogea l'un d'eux en fronçant le nez.

— Je ne sais pas, en tout cas rien de bon.

— Elle est morte ? suggéra le plus grand des adolescents.

— Probablement, dit le père en jetant un regard vers le corps.

À côté, le portable plaqué contre l'oreille, le pompier parlait avec de grands gestes.

L'enthousiasme et l'élan sportif des patineurs matinaux avaient été refroidis.

— On se tire, dit le grand, un rouquin aux cheveux fous qui dépassaient de son gros bonnet de laine à pompon.

— Déjà ce n'est pas à toi de donner le signal, Kev. Alors on va gentiment tous se déchausser pour pouvoir enfiler nos bottes en attendant que ton père revienne.

Les trois ados s'exécutèrent et sortirent leurs chaussures de leur sac à dos, sauf le plus grand, Kev.

— J'ai dit tout le monde se déchausse, rappela l'adulte.

— C'est pas toi mon père, que je sache. Il est là-bas, le mien, et il m'a rien dit. Alors les patins, je les enlève pas.

— Comme tu veux, c'est vrai que je ne suis que ton oncle. Eh bien, tu verras ce que *ton* père te dira… En tout cas, ton petit frère montre l'exemple.

— Ça le regarde, s'il est con.

L'homme soupira sans répliquer. Ça n'aurait servi à rien qu'à faire dégénérer la situation.

Son regard s'attarda sur le corps de cette pauvre fille, exposée dans le froid, dévêtue, morte. Morte. Un frisson le transperça. Quatre disparitions de mineures, et maintenant un autre cadavre, en peu de temps. La région devenait-elle le terrain de jeu d'un tueur, d'un désaxé?

L'adulte jeta ensuite un œil à Kev. Cette génération n'avait aucun respect de l'autorité, croyait tout savoir de la vie réelle alors qu'elle ne l'appréhendait qu'au travers du virtuel. Rien d'étonnant à ce que des criminels d'un nouveau genre apparaissent et prolifèrent dans un monde où toute forme de souveraineté ou de pouvoir était contestée. Des tueurs de masse qui n'hésitaient pas à sortir une arme en pleine rue, dans un lieu public ou dans une école et à faire un massacre. Des âmes en perdition dont l'unique langage était la violence, le défi à l'autorité, qu'elle soit parentale, policière ou étatique. Seul Dieu, parfois, trouvait grâce à leurs yeux, quand lui-même ne servait pas d'arme mortelle.

Et l'oncle de Kev savait à quoi il faisait référence. Enseignant depuis une vingtaine d'années, il avait assisté à la dégradation des rapports avec les jeunes. Des jeunes tels que Kev, qui se réfugient derrière l'idée d'un père quand ça les arrange et s'ils se sentent en danger.

Il vit son frère revenir, balançant son corps d'un côté puis de l'autre sur la glace. C'était un excellent patineur, un sportif accompli, avec une constitution d'athlète à bientôt cinquante ans. Il avait fait partie des équipes de plongeurs qui avaient sondé le lac à la recherche de la première fillette disparue, Lieserl Lasko. Puis des trois autres.

— Qu'est-ce qui se passe, bon sang, par ici, Mike? demanda l'oncle de Kev.

— Ah, je n'en sais rien. En tout cas, ça sent mauvais. On dirait une mise en scène. Je ne pense pas que cette gamine se soit suicidée.

— Ce serait encore le moindre mal. La pauvre. J'ai tout de suite pensé à mes élèves. Ils ont seize ans. Ça pourrait être l'un d'eux.

— Ça pourrait être n'importe qui, Dan, répondit le pompier en retirant ses patins. Il se trouve que c'est une femme, encore toute jeune, quoiqu'on n'ait pas vu son visage. J'ai pris quelques photos avec mon portable.

— Ouais, trop cool, pa, tu me les envoies, je les posterai sur Facebook, ça va déchirer sa race!

— Ne dis pas n'importe quoi, Kev. On n'est pas au cirque, ici. Dan, rentre avec les garçons, je vais attendre les gars et le chef de la police. Ils ne devraient pas tarder.

— J'ai eu un peu de mal avec Kev. Visiblement, il n'acceptera un ordre que de toi.

— C'est ce qu'il t'a dit? sourit Mike. En fait, il n'en accepte de personne. Il nous donne du fil à retordre, à moi et à sa mère.

— Surtout vous gênez pas, je suis pas là, aboya l'adolescent, hargneux. D'ailleurs, cette pouf elle a peut-être eu que ce qu'elle mérit…

Sans prévenir, Mike se retourna vers son fils et le prit par le col de sa doudoune qu'il serra. Le pompier était blême, mais son fils l'était encore plus.

— Tu retires tout de suite ce que tu viens de dire.

Je ne veux plus jamais entendre ça, dit-il d'une voix blanche, dans un calme glaçant, sans hausser le ton ; seul le roulement de ses maxillaires sous la peau trahissait sa colère. Tu m'as bien compris ? Encore un écart et je te jure que je te colle à l'internat militaire. Et on verra bien si tu fais toujours le malin.

Dan, consterné, et les trois garçons regardaient la scène sans piper mot. C'était la première fois que Kev voyait son père dans cet état, et sans doute la dernière.

Plus loin, sur la glace scintillante du lac, telle une statue de sel, reposait la morte, indifférente aux gesticulations et aux cris de ceux pour qui la vie continuait, avec ses aspérités, ses virages et ses lignes droites.

Mike accueillit Al Stevens et Dorwell, suivis de Folcke et sa mallette. Quatre collègues de Mike arrivèrent à leur tour, ainsi que la voiture de la brigade scientifique, trois techniciens en identification criminelle.

Les véhicules noirs de la police et le fourgon des pompiers, alignés le long de la berge nord, se détachaient comme des scarabées sur la neige persistante. Dans le ciel, quelques traînées sanguinolentes, reliques d'une aube meurtrière.

— Vous étiez seul, ce matin ? questionna Stevens qui ne retira pas ses gants pour la poignée de main.

— Non, il y avait mon frère Dan et nos garçons, répondit Mike. Je leur ai dit de rentrer.

— Il aurait mieux valu que vous restiez tous, vous êtes des témoins et nous allons devoir vous interroger.

— Je sais, chef Stevens, mais je ne voulais pas infliger ça aux garçons. Ils sont encore jeunes et voir un cadavre alors qu'ils venaient patiner est une épreuve suffisante.

— Bien, dans ce cas, j'enverrai un inspecteur les interroger à vos domiciles. Comment ça s'est passé ? Vous veniez patiner et vous l'avez trouvée là ?

Mike acquiesça.

— Exactement dans cette position. J'ai dit à Dan et aux garçons de ne rien toucher et de regagner le bord. Ensuite, je vous ai appelé en veillant à ne pas mettre les patins n'importe où, au cas où il y aurait des empreintes suspectes.

— Pour l'instant, il n'y a rien, chef, commenta l'adjoint d'une voix nasillarde.

— Il doit y avoir quelque chose, on n'a pas descendu ce corps d'un hélicoptère !

Malgré le soleil dont tout ce petit monde se protégeait derrière des verres fumés, le froid mordait le visage, le moindre centimètre de peau non couverte rougissait et des bouches s'échappaient de petites traînées de vapeur blanche, semblables à des ectoplasmes. La température du corps contre celle de l'air. Moins vingt-huit degrés Celsius, pas de vent. Une atmosphère sèche et glaciale.

Le cadavre de la jeune femme fut bientôt au centre d'un dispositif de bandes jaune fluo. On aurait dit un ring de glace et, au milieu, la perdante par KO, sonnée, prostrée dans sa défaite.

Kathrin Folcke procéda à une première inspection du corps. Elle évaluait l'heure de la mort à environ minuit. Lorsqu'elle eût observé le cadavre sans le bouger, lorsque les techniciens eurent pris des clichés, on entreprit de déplier le corps sur une bâche avec toutes les précautions possibles. La surface gelée autour était méticuleusement passée au crible, dans la recherche d'empreintes ou autres indices. Mais, sur la glace griffée par les lames des patins, autant chercher une aiguille dans une botte de foin.

— Nom de Dieu! s'exclama la légiste, qui en général ne s'exprimait guère sur les cadavres, lorsque la morte fut allongée sur le dos.

À la place des yeux, deux orifices sanglants étaient tournés vers le ciel.

— Cette jeune fille a eu les yeux crevés, constata Folcke alors qu'approchaient Stevens et Dorwell, toujours avec son pansement sur le nez.

Stevens tenta de réprimer un haut-le-cœur.

— Si c'est celui qui a tué puis émasculé Bates, l'assassin a monté d'un cran dans l'horreur. S'il y a un lien entre Gary Bates, cette jeune femme et le tueur. À moins qu'il ne choisisse ses cibles de façon aléatoire.

— Un type comme Gabe Lasko serait capable de faire ça, intervint Dorwell, jusque-là silencieux.

Il fit un mouvement pour jeter sa cigarette, mais Stevens l'arrêta.

— Vous tenez à être inculpé lorsqu'on aura retrouvé votre ADN sur ce mégot, Dorwell?

— Désolé, chef, ça me brasse un peu, tout ça. Parce que le coupable, je suis sûr qu'il est pas loin.

— Lâchez-le un peu, ce Gabe Lasko! Il a purgé sa peine et il est sans doute revenu chez son frère trouver un peu de quiétude et d'équilibre. Nous n'avons rien à sa charge. Et puis, de vous à moi, je le trouve trop rustre pour agir de cette façon. Nous sommes face à une mise en scène élaborée. Presque sophistiquée. Le tueur est prévoyant. La victime a été abandonnée complètement dévêtue, donc moins de chances de trouver l'ADN de l'assassin à partir d'un cheveu, d'un poil ou d'un fragment d'ongle coincé dans les vêtements. Et pas de papiers d'identité, ce qui retarde son identification. Mais, je vous l'accorde, Dorwell, le meurtrier rôde et, apparemment, il récidive. Qu'on emmène le corps à l'Institut, si tout le monde a fini. Il faut voir si des proches de cette fille vont signaler la disparition. Elle n'est peut-être même pas du coin.

L'air contrarié, Dorwell rejoignit ses gars un peu plus loin. Tandis que les équipes regagnaient lentement les véhicules, le regard de Stevens, soudain brouillé, se perdit à l'horizon. Au-delà du lac de glace et des vallons, au-delà de la cime argentée des arbres.

Malgré ses épaisseurs chaudes, le froid commençait à le gagner. Un froid incisif qui se propageait à l'intérieur de son corps. *Toute cette affaire finit par me dépasser… Le deuxième meurtre, sa configuration particulière, les quatre disparitions, les restes d'une petite fille…*

Il lui fallait de l'aide. Le secours d'un esprit psychologue et perspicace. La perspicacité, il n'en manquait pas, en revanche, d'une formation en criminologie et profilage, sans doute. Un tel éclairage serait précieux.

Il avait entendu parler, par un copain du FBI,

d'une femme profileuse, une sorte d'électron libre qui ne sortait pas de Quantico et qui pourtant était une des meilleures psycho-criminologues en activité. Seulement, elle refusait toutes les missions sur le sol américain. Son nom... Quelque chose comme Baster. Non, plutôt Baxter, oui, c'était bien ça, Hanah Baxter !

Al Stevens s'arrêta, les yeux rivés sur le ciel azuréen. C'était elle qu'il lui fallait sur cette affaire. Il devait essayer de la convaincre, coûte que coûte. Non, pas essayer... la convaincre, tout simplement.

Il reprit sa marche, soudain déterminé et allégé d'un poids. En arrivant au bureau, il l'appellerait. Hanah Baxter.

24

Lorsque Hanah écouta le message qu'elle venait de recevoir, elle n'en crut pas ses oreilles. Le chef de la police locale de Crystal Lake cherchait à la contacter. Voyant un numéro qu'elle ne connaissait pas, elle avait préféré filtrer.

Eva l'avait appelée un peu plus tôt pour lui proposer de déjeuner chez elle avec Lasko. Celui-ci passerait la prendre à l'hôtel. Ils n'avaient pas encore eu l'occasion de se voir, Lasko craignant une filature. Or, sans qu'il le sache, ses craintes étaient justifiées. Mais Harry, chargé de le suivre, à force de planquer dans une voiture gelée, contraint de couper le moteur pour ne pas se faire remarquer, était tombé malade et, avec trente-neuf de fièvre, devait rester alité. Son coéquipier, quant à lui, venait d'avoir un enfant et avait pris quelques jours de congé. Stevens, manquant d'effectifs sur les autres enquêtes, ne les avait pas remplacés.

Joe Lasko l'attendait dans le hall de l'hôtel. Il portait un pantalon en peau, des bottes fourrées marron et une doudoune kaki gonflée de duvet. Pour rencontrer Hanah, il avait quand même enlevé son bonnet.

Dès qu'elle aperçut sa silhouette charpentée, debout dans la lumière tamisée, elle devina que c'était lui.

— Bonjour ! Joe Lasko, se présenta-t-il, dans une poignée de main un peu retenue, sans doute impressionné de rencontrer une star du profilage. Désolé pour ce contretemps, mais nous arrivons enfin à nous voir.

— Et je suis sûre que nous avons beaucoup de choses à nous raconter, compléta Hanah en souriant.

Elle sentit tout de suite qu'elle lui faisait plutôt bonne impression, mais, avec son mètre soixante, elle se trouva bien petite à côté de lui qui devait atteindre un mètre quatre-vingt-dix.

Ils gagnèrent le pick-up dans un rayon de soleil et se mirent en route. L'immeuble où habitait Eva se trouvait à un quart d'heure à peine.

— En fait il vous faut deux places normales pour garer votre monstre, le taquina Baxter en sautant du véhicule.

— C'était celui de mon père. J'aimerais en changer, mais il y a d'autres priorités et j'ai ma nouvelle maison à finir de rembourser.

Hanah lui lança un regard bienveillant. Ce grand gaillard lui plaisait comme aurait pu lui plaire un ami. Elle devinait un caractère sensible et entier. Eva avait raison, il lui semblait très peu probable qu'il eût un lien quelconque avec la disparition de sa fille.

Ils empruntèrent l'escalier en bois qui menait à l'appartement de la détective, troisième étage sans ascenseur. Juste devant la porte, des plantes en pots disposées sur un petit banc profitaient d'un puits de lumière. C'était la première fois que Joe s'y rendait et il était impatient de découvrir Eva dans son intimité. Souvent, les intérieurs parlent et sont le reflet d'une personnalité.

Le médecin fut aussitôt charmé par le bon goût et le raffinement des lieux. Un mobilier de type nordique, en bois massif clair, aux lignes épurées, un ensemble canapé et fauteuils en cuir ultra-contemporains, assortis aux murs ardoise et bronze où figuraient des photos artistiques grand format sous verre. Sous les pieds, le moelleux d'un épais tapis de laine douce en damier gris et crème. Un assemblage moderne de bois et de métal, chaleureux et accueillant malgré un dépouillement notable, le tout réparti dans deux pièces spacieuses, la chambre d'Eva et le salon-séjour ouvert sur une cuisine parfaitement équipée. Chaque objet semblait avoir une fonction. Rien n'était de trop. Un insert où dansaient des flammes réchauffait la pièce et les esprits.

— C'est toi qui fais ces photos? demanda Joe en lui tendant une bouteille de vin blanc californien à la robe aux teintes de miel.

— Non… non, c'est… c'est un ami, dit-elle d'un ton léger. Merci, pour le vin.

— Je l'ai pris dans ma cave, il n'a pas eu le temps de se réchauffer, dans la voiture.

— Je l'ouvre pour l'apéritif, alors.

— J'ai une amie qui tient une galerie à New York, ces photos lui plairaient, dit Hanah. Si ton ami a besoin d'exposer…

— C'est vraiment sympa, mais… on ne se voit plus trop. Installez-vous, je reviens avec quelques petites choses à grignoter avec le vin. Vous avez faim, tous les deux, j'espère…

Hanah et Joe se regardèrent, comme si chacun attendait de l'autre qu'il se décidât à répondre. Ils finirent par acquiescer de concert et prirent place sur le canapé.

La table du salon était déjà dressée comme dans un restaurant. Grandes assiettes carrées, verres ballon pour le vin, verres à eau en cristal, couverts design en argent avec manche en corne. Eva avait mis les petits plats dans les grands pour ses deux invités. Ou bien était-ce adressé plus particulièrement à l'un d'eux ?

— Vous n'allez pas y croire, j'ai moi-même eu du mal, mais devinez qui m'a laissé un message sur mon portable professionnel tout à l'heure ? lança Hanah.

— Je ne sais pas... Dieu ? railla Eva, très en forme et en beauté, un pull fin en cachemire s'ouvrant sur sa poitrine en un décolleté plongeant.

Joe ne put s'empêcher d'y égarer ses yeux pendant qu'elle servait le vin. Le liquide doré chantait en coulant dans les verres.

— En un sens... le dieu de la police de Crystal Lake...

— Non ! Stevens ? s'écrièrent Joe et Eva abasourdis.

— Lui-même. Il me demande si je veux bien collaborer sur une affaire complexe. Deux meurtres à caractère rituel. Je voulais vous en parler avant de lui donner une réponse. Je peux vapoter chez toi ?

— Pas de souci, j'aime la cannelle, dit Eva qui leur tendit à chacun un verre.

— Deux meurtres ? Aux dernières nouvelles, il n'y en a qu'un, celui du garde forestier Bates, s'étonna Joe.

— Alors Stevens m'a donné des nouvelles encore plus fraîches. Dans son message, il parle d'une jeune femme dont le corps a été retrouvé ce matin dans une position étrange au milieu d'un lac.

— Oh non…, gémit Eva, portant une main à sa bouche comme pour retenir un cri.

— Nom de Dieu…, dit Joe. C'est l'horreur ! Tout ce que j'espère, c'est que ces meurtres ne sont pas liés aux disparitions de… de nos gamines.

Il sentit le sel des larmes lui piquer les yeux et fit un effort surhumain pour se reprendre.

— Je crois qu'il faut jouer cartes sur table, et vite, en avertissant Stevens qu'Hanah est déjà là, enchaîna-t-il.

— Je pense plutôt qu'elle doit faire comme si elle acceptait sa proposition et qu'elle arrivait aussitôt, suggéra Eva.

— Il enverra quelqu'un la chercher à l'aéroport…

— Elle prend un taxi, à ce compte-là.

— Les taxis, j'ai eu ma dose et, si je peux aussi avoir mon mot à dire, ce serait bien, intervint Hanah entre deux bouffées de vapeur épicée. Je ne compte pas mentir à Stevens, c'est trop compliqué. Eva, nous ne sommes pas allées dans cette forêt sinistre d'Oakwood Hills pour rien. Depuis, j'ai un peu travaillé.

Elle leur raconta en quelques mots ses recherches sur les clefs et où elles l'avaient menée.

— À l'Institut des maladies mentales de Seattle, conclut-elle avant d'avaler une gorgée de vin. Hmm, fameux !

— Un hôpital psychiatrique ? demanda Eva.

— Ça m'en a tout l'air. Quand la secrétaire de

direction m'a demandé mon nom, j'ai hésité et, pour finir, j'ai donné le tien, Eva.

La détective manqua avaler de travers.

— Pourquoi donc?

— Je me suis dit que tu ferais une parfaite Hanah Baxter, sous ton vrai nom, là-bas. Sinon, tant pis, j'irai sous le tien.

— Et s'ils te demandent des papiers d'identité? Non, j'irai. En plus, maintenant, tu es attendue officiellement, ici.

— Je vous avoue que je me sens soulagé, reconnut Joe. Tôt ou tard, Stevens aurait découvert le pot aux roses. Là, c'est lui-même qui sollicite Hanah. Alors, à votre collaboration avec la police de Crystal Lake et… merci du fond du cœur d'être venue, Hanah.

Ému, Joe leva son verre et but une longue gorgée en fermant les yeux. Un deuxième meurtre… Une jeune femme, au milieu du lac. Des images de son cauchemar lui revinrent…

Il avala le reste de vin d'un trait et sentit la chaleur de l'alcool se répandre dans ses membres et lui monter légèrement à la tête. C'était agréable. S'il avait été chez lui, il aurait sorti sa guitare du placard où il l'avait rangée après la disparition de Liese et aurait pris plaisir à en tirer quelques sons.

«T'es trop modeste, frérot, t'es dur avec toi-même, franchement, tu joues comme un pro!» lui avait dit Gabe en regardant la vidéo de l'anniversaire de Lieserl, où il reprenait un air des Rolling Stones, *Emotional Rescue*.

Gabe… Il ne lui avait pas dit où il allait. Simplement prétexté un travail à son cabinet. «Même le dimanche?» s'était étonné son frère. «Ça m'arrive, oui, depuis le 7 janvier. Pour m'occuper l'esprit», avait répondu Joe, et ils en étaient restés là.

Joe souhaitait retarder le plus possible les retrouvailles entre Gabe et Eva. Depuis qu'il l'avait revue, il espérait secrètement conquérir son amour de jeunesse. Il savait pourtant que, si des sentiments subsistaient entre son frère et elle, il ne pourrait rien y faire. Comme il n'avait rien pu faire à l'époque où ils sortaient ensemble. Seulement souffrir en silence.

À table, pendant qu'ils mangeaient l'entrée — avocats crevette mayonnaise maison avec des rondelles de cœur de palmier fondantes —, la conversation dévia sur les poupées. Baxter ne s'était pas encore penchée sur cet épisode et, surtout, ne disposait d'aucun élément matériel dont tirer de premières observations. Mais Joe avait pris la précaution de photographier avec son smartphone la poupée qu'il avait reçue. Il la montra à Hanah.

— Elle est glaçante sur la photo, mais en réalité elle est encore plus malsaine, commenta-t-il. Et les autres, c'est pareil. Elles sont toutes les quatre sous scellés, maintenant.

Concentrée, Hanah l'observa quelques minutes. Jouant du pouce et de l'index sur l'écran tactile pour zoomer, on aurait dit qu'elle plongeait dans l'âme de la poupée, qu'elle voyait au-delà du visible.

— Avec un regard extérieur, cette poupée n'a rien de menaçant, Joe, déclara-t-elle enfin. Je veux dire que, si c'est le ravisseur qui les a envoyées, il y a des chances pour que les petites ne subissent pas de mauvais traitements, mais soient plutôt l'objet d'une fixation maternelle et qu'elles apparaissent à ses yeux comme précieuses.

— Mais pourquoi avoir envoyé ces poupées si ressemblantes, jusqu'aux vêtements que portaient les filles le jour de leur disparition, si ce n'est pas une menace, un message annonçant même une intention de les tuer ? s'interrogea Joe.

— Pour vous rendre votre fille, d'une certaine façon. Par cet échange il pense se dédouaner. Il, ou elle d'ailleurs, a retiré des enfants à leurs parents et souhaite donner une compensation aux familles lésées. Mais ce n'est qu'une hypothèse. Je reconnais que cet acte est ambigu et peut donner lieu à des interprétations opposées. Il faudrait que je puisse voir ces poupées et même les passer au pendule.

— D'où la nécessité de contacter Stevens au plus vite pour tout lui dire. De toute façon, il a pensé à vous et attend votre réponse maintenant, conclut Joe.

— D'où ont-elles été envoyées ? demanda Hanah en rendant le smartphone à Lasko.

— De Woodstock.

— Woodstock ?

— Oui, c'est dans la région, à une cinquantaine de kilomètres d'ici. Mais Stevens pense que l'envoi a été fait de là-bas pour brouiller les pistes et que le ravisseur ne s'y trouve pas.

— C'est probable, intervint Eva. Il n'aurait pas donné cette indication géographique, même si l'envoi est anonyme. Ce serait intéressant de savoir si, à la même date, il s'est passé quelque chose à Woodstock. Une manifestation, un événement public. Le ravisseur a pu faire d'une pierre deux coups.

Levant les yeux vers Eva, Joe s'aperçut qu'elle le regardait intensément. Leurs regards se scellèrent, l'espace de quelques secondes qui donnèrent à Lasko le vertige et une sensation de chaleur dans tout le corps.

À cet instant, il eut la certitude que ce qu'il attendait depuis toujours était enfin à sa portée.

25

Après avoir déposé Hanah à son hôtel, Joe Lasko fit un détour par son cabinet. Ainsi, il n'aurait qu'à moitié menti à son frère.

Le déjeuner chez Eva s'était terminé vers 15 heures, la journée était loin d'être finie et il n'était pas pressé de retrouver le vide et l'absence qui s'étaient installés dans chacune des pièces de la maison depuis un mois. Et puis Gabe n'avait toujours pas trouvé de travail et semblait s'accommoder de la situation, dormant jusqu'à midi après avoir tenté quelques efforts pour se lever en même temps que Joe, et traînant devant la télé une fois qu'il avait fini de déjeuner.

Joe avait décidé de patienter encore un peu avant de lui parler. Peut-être que Gabe marquait le coup suite à sa garde à vue, même s'il ne le montrait pas. Ça n'avait pas dû être facile pour lui de se retrouver suspecté d'avoir enlevé sa propre nièce. Joe tentait de lui trouver des circonstances atténuantes pour ne pas laisser libre cours à une colère naissante. Et si Gabe le trahissait encore ? S'il n'avait pas du tout l'intention de trouver un job, comme il le lui avait laissé entendre ?

En réalité, Joe ne parvenait pas à se débarrasser d'un doute. Depuis que son frère était revenu, un homme avait été tué dans la région, et maintenant une jeune femme. Sans qu'il eût connaissance des détails de ce deuxième meurtre, il ne pouvait s'empêcher de porter ses soupçons sur Gabe.

Un homme émasculé, un cadavre de femme au milieu du lac gelé… Et Gabe vu par un témoin aux abords de la patinoire naturelle le 7 janvier. Voulait-il brouiller les pistes? Faire croire à la présence d'un tueur? Et si le tueur, c'était lui, Gabe… autrefois le Magnifique? Non, impossible, pas son frère, il était paumé mais Joe ne sentait rien de malsain en lui. Installé à son bureau, la tête entre les mains, le médecin réfléchissait. Il avait besoin d'être seul. En arrivant à son cabinet, il avait envisagé de mettre à jour des dossiers de ses patients, mais son esprit était trop encombré. Quelqu'un tuait, entre Oakwood Hills et Crystal Lake.

Son cœur se serra, et cette fois les larmes coulèrent sans qu'il essaie de les retenir. Reverrait-il sa fille un jour? Ce mois écoulé sonnait presque le glas de tout espoir. Mais jamais il ne se résignerait… pas tant qu'on ne les aurait pas retrouvées, vivantes ou non.

Il revit le petit crâne que Laïka avait découvert au pied du conifère. Quelqu'un avait laissé mourir un enfant attaché à une chaîne, dehors, en pleine forêt. Sans doute la nuit, sinon les promeneurs et randonneurs, nombreux à la belle saison, l'auraient probablement découvert. Mais était-ce le même monstre qui avait tué cet enfant et ensuite Bates puis la fille du lac? Si l'assassin de l'enfant n'était pas le garde forestier, il se pouvait fort bien que le même individu ait enlevé les fillettes et commis ensuite le double meurtre. Quelqu'un tuait… et semblait déterminé à poursuivre. Est-ce toi, Gabe?

Au cabinet du matin au soir, Lasko n'avait aucun contrôle sur l'emploi du temps et les allées et venues de son frère. La veille, par exemple, ils ne s'étaient pas vus de la soirée. Gabe était censé être dans la maisonnette, mais il avait très bien pu s'éclipser en laissant la lumière allumée.

Non, Gabe n'était pas un tueur dans l'âme. Trop marginal, trop rebelle à toute forme d'autorité. Les tueurs ressemblent au commun des mortels, se fondent dans la masse, font partie du quotidien, un voisin, un ami, un bon père de famille… Tout le contraire de Gabe. Il avait tué un flic dans un braquage qui avait mal tourné. Dans une sorte de combat à armes égales. C'était lui ou les policiers. Mais il ne tuerait pas de sang-froid, pour le plaisir. À moins qu'il n'ait changé… Qu'il se soit révélé à lui-même, durant ces années d'enfermement. Joe, au fond, n'en était pas convaincu. Il voulait croire que son frère était revenu avec les meilleures intentions, que son passé de délinquant était derrière lui.

Alors qui était le monstre? Un étranger? Un meurtrier en cavale? Un habitant de Crystal Lake? Cette seule idée lui faisait froid dans le dos. L'avait-il croisé? Était-ce l'un de ses patients?

Une heure passa en réflexions et vaines interrogations sans que Joe trouvât vraiment la force et la concentration pour travailler. Concluant qu'il serait bien inutile d'insister, il éteignit son ordinateur et enfila sa doudoune, prêt à partir.

Avant de sortir, passant par la salle d'attente et

voyant les magazines en vrac sur la table basse, il entreprit d'y mettre un peu d'ordre quand un petit tas de prospectus attira son attention.

«Week-end du Handicap de Woodstock», lut-il sur le premier de la pile. Il sentit les battements de son cœur jusque dans la gorge. Woodstock. Là d'où les poupées avaient été envoyées. Il regarda la date : 9-10 février. Le colis contenant la poupée avait été envoyé le 8. Cela pouvait très bien n'être qu'une coïncidence, mais Joe en doutait.

Il prit son smartphone et appela Dean, son associé, ainsi prénommé en hommage à l'acteur Dean Martin et à l'autre icône hollywoodienne, James Dean. Il ne ressemblait pour autant ni à l'un ni à l'autre, étant d'une laideur presque fascinante, fruit d'une sorte d'hybridation entre une fouine et un corbeau. Sa mère, entichée des deux Dean du cinéma américain, avait tenu à les faire revivre au travers de son rejeton que dans son ventre elle espérait déjà aussi séduisant. Mais même une mère peut se tromper… Elle n'en regarda pas moins toujours son Dean chéri avec les yeux de l'amour, ce qui le sauva sans doute d'un terrible complexe. Esprit brillant, n'ayant aucune conscience de sa laideur, il avait un certain charme et était parvenu, de façon improbable, à séduire et épouser la plus belle fille de sa promo.

Lasko et Dean s'étaient connus quelques années avant leur installation et avaient sympathisé. N'étant pas suffisamment proches pour que naisse une amitié et partageant en revanche les mêmes exigences et les mêmes valeurs professionnelles, ils convinrent que c'était la configuration idéale pour une association durable. On croit toujours que l'amitié de longue date facilite ce genre de chose, mais c'est un leurre. Les affaires brisent les amitiés. Joe en avait la certitude et l'intuition. Aussi, comme il existe un profil de gendre idéal, Dean était-il l'associé idéal. Discret, transparent, indépendant, fiable. Seulement là, une question démangeait Lasko.

— Dean ? C'est Joe. Pardon de te déranger un dimanche, mais est-ce toi qui aurais mis sur la table de la salle d'attente une petite pile de prospectus sur la journée du Handicap de Woodstock ?

— Non. Je ne connais même pas cette manifestation. Ce doit être un des patients qui l'a déposé là.

— Sans doute... Merci, Dean, désolé pour le dérangement, bon dimanche.

— Je t'en prie, à demain.

La photo en première page du prospectus montrait une rangée de handicapés moteurs dans leur fauteuil roulant, comme au départ d'une course. Le sang de Joe se figea. Fauteuil roulant, handicap... Mais oui, bon sang... Il n'avait qu'une seule patiente handicapée, Mary Cooper. De surcroît, elle était venue consulter récemment. Deux fois en peu de temps.

S'était-elle rendue à Woodstock ? Et qu'avait-elle fait là-bas, hormis participer à cette manifestation ? Pour en avoir le cœur net, il suffirait de l'appeler et de le lui demander, mais Joe ne voulait pas attiser les soupçons de sa patiente si elle avait un lien quelconque avec l'envoi des poupées.

Retournant dans son bureau, il ralluma son ordinateur et déroula le tableau des dossiers médicaux de ses patients. Le jeune Conrad Smith, dix-sept ans,

273

souffrait de handicap moteur et était dans un fauteuil roulant. Il l'avait oublié, sur le coup, Conrad n'étant pas venu consulter depuis un an. Il était resté paralysé suite à un accident de scooter survenu à la sortie de Crystal Lake avec un camion. Il avait eu de la chance de s'en sortir vivant. Mais à ses yeux était-ce vraiment une chance d'être emprisonné à vie dans son corps à demi inerte ?

Vu la date de sa dernière visite, le jeune homme ne pouvait pas avoir déposé ces prospectus, à moins d'en avoir chargé quelqu'un.

Joe avisa au bas du papier le numéro de téléphone de l'association Handy Wha-Roll, qui avait organisé l'événement. Un dimanche, personne ne répondrait. Il essaya toutefois d'appeler et, à sa grande surprise, quelqu'un se manifesta. Une voix féminine, plutôt jeune.

— Bonjour, commença Joe, j'aurais voulu savoir si une dame du nom de Mary Cooper a participé au dernier week-end du Handicap que vous avez organisé à Woodstock ?

— Qui êtes-vous ? demanda la fille.

— Oh, oui, pardon, je ne me suis pas présenté… Je suis le docteur Lasko, c'est moi qui me suis occupé d'elle en réa suite à son accident et je continue à la suivre. Il me semble qu'elle m'avait parlé de cet événement, j'ai un jeune patient qui serait intéressé par les activités de l'association, mais je n'arrive pas à joindre Mme Cooper alors…

— Oui, oui, elle a bien participé, elle est la présidente de Handy Wha-Roll, l'interrompit la femme, soudain radoucie.

— Je l'ignorais… Et vous, vous êtes ?

— La secrétaire. C'est moi qui prend les appels, Vingt-quatre heures sur vingt-quatre et sept jours sur sept, comme vous pouvez voir.

— C'est tout à votre honneur, j'apprécierais d'avoir une secrétaire aussi dévouée, quoique la mienne le soit bien assez. Bon, il faut vraiment que je joigne Mme Cooper alors, merci beaucoup pour cette précision, bon courage.

Lasko raccrocha, un nœud dans l'estomac. Mary Cooper se trouvait bien à Woodstock autour du 8 février. Mais pourquoi diable aurait-elle envoyé ces poupées? Pourquoi s'amuserait-elle avec des familles en détresse? Parce qu'elle en voulait au monde entier, comme certaines personnes frappées par le sort ou par la nature? Avait-elle pensé ainsi se venger de ce qui lui était arrivé?

Les poupées auraient été une manière de dire aux familles que c'était bien fait pour elles… Aussitôt les mots de Baxter lui revinrent en mémoire. Selon elle, il n'y avait pas de connotation menaçante dans ces objets de substitution. Au contraire… Mais elle n'en avait vu qu'une, et de surcroît en photo sur un smartphone.

Les cheveux des poupées étaient d'origine humaine. Où Mary Cooper se serait-elle procuré suffisamment de mèches pour coiffer quatre poupées? Et pourquoi?

Joe appela Hanah Baxter et lui raconta sa découverte, sans oublier l'histoire de Mary Cooper ainsi qu'une description succincte de ce qu'il connaissait de sa personnalité. C'est-à-dire peu de chose.

— Si c'est bien elle qui a envoyé ces poupées, dit Hanah, je ne sens pas de mauvaise intention derrière.

D'après ce que vous me dites de cette femme, elle est altruiste et généreuse. Ce serait une façon, pour elle, d'accompagner dans leur douleur les familles touchées. Elle connaît la souffrance.

— Dans ce cas, pourquoi un envoi anonyme depuis Woodstock ?

— Elle ne se déplace pas facilement, même si elle a une voiture équipée. Si j'ai bien compris, elle habite une propriété très excentrée, voire plus proche de la campagne que de la ville. À Woodstock elle avait accès à un bureau de poste. C'est quelqu'un qui n'aime pas se mettre en avant, sauf si elle s'implique pour une cause, comme cette association dont elle est présidente, ce que vous ne saviez même pas. Donc un envoi anonyme me semble cohérent avec une certaine pudeur.

— Je devrais quand même en parler à Stevens. Merci pour votre éclairage, Hanah. À demain.

Le lendemain serait le grand jour des présentations. Joe avait prévu de se rendre au poste de police en compagnie de Baxter et de tout révéler à Stevens, sans toutefois mentionner Eva qui, de son côté, partait pour Seattle.

En quittant son cabinet après avoir glissé un prospectus dans sa poche, Joe ne se doutait pas qu'il verrait l'officier de police bien avant l'heure prévue.

Le seul aspect positif qu'Al Stevens accordait aux dimanches où il était en repos était la possibilité de lire à satiété, seul chez lui, la cafetière allumée à portée de tasse. Or, ce dimanche, la journée avait commencé par la découverte d'un corps. Un deuxième meurtre et une mise en scène encore plus macabre que pour Gary Bates.

Avant de procéder à l'autopsie, la légiste avait découvert, enfoncé dans le vagin de la jeune femme, un appareil génital masculin. Et, à moins qu'un autre homme que Gary Bates ait subi le même sort, il ne pouvait s'agir que de sa verge et de ses testicules.

Après avoir reçu cette nouvelle, Stevens avait éprouvé le besoin de se retirer chez lui et de rester allongé, les yeux ouverts dans la pénombre. Dans sa tête, rien, pas de visions macabres, seul le vide et le silence. Un silence de mort. De tous les morts qui jalonnaient sa carrière. Car rétablir l'ordre a un prix. Voir défiler les cadavres, assister aux exploits de ces messieurs les criminels, les tueurs et les psychopathes. Toutes sortes d'assassins.

Les restes de la petite Shane au pied de l'arbre. Son crâne noirci par la terre, qui avait autrefois un visage. Celui d'une petite fille heureuse de vivre. Il n'avait pas encore trouvé le temps de se rendre chez ses parents. Qui pouvait permettre cela ? Quelle intelligence supérieure, quelle divinité était assez barbare pour accepter que de pareilles atrocités surviennent dans le monde qu'elle avait créé ?

Les yeux rivés à la faille du plafond, Stevens était plongé dans ces interrogations lorsqu'il vit surgir la première mite. Suivie d'une deuxième, puis d'une troisième. Collées au plafond, elles avançaient, s'arrêtaient, tournaient sur elles-mêmes et repartaient. Certaines s'envolaient, remplacées par d'autres. Bientôt, le plafond en fut couvert, grouillant, noir de petites ailes poussiéreuses et agitées. Bientôt, elles viendraient se déposer sur la main, sur le bras de Stevens tendu devant lui.

— Ce n'est pas vrai, mais d'où elles sortent? s'écria-t-il en allumant sa lampe de chevet.

La petite table, ses livres, tout était recouvert de mites. Il tenta d'en écraser quelques-unes. Ça laissait des traces partout. Elles voletaient autour de lui, se pressaient pour entrer dans sa bouche, dans ses narines. Debout sur le lit, il les écrasait entre ses paumes, mais d'autres jaillissaient, elles arrivaient de toutes parts, encore plus nombreuses.

C'était la même chose, le jour où il s'était trouvé devant son premier cadavre. Le corps d'un adolescent dans une décharge. Les mouches l'habitaient, le recouvraient comme une carapace, à tel point qu'il semblait bouger. Un déferlement d'ailes et de pattes dans un bourdonnement insupportable. Un bourdonnement qui s'amplifiait, lui percutait le cerveau sans discontinuer.

Les mites, au moins, étaient silencieuses. Mais aussi nombreuses que les mouches sur la chair morte.

Trouver la source. Trouver d'où elles venaient. C'était probablement des mites alimentaires, ces insectes-là n'étaient pas nécrophages. Ils ne provenaient donc pas d'un cadavre.

Stevens passa de sa chambre à la cuisine où il entreprit d'ouvrir les placards où il avait des stocks de nourriture, riz, pâtes, céréales, lentilles, bref, tout ce qui pourrait servir de festin à des mites affamées. Il en surprit quelques-unes sur le point d'entrer dans les paquets par des trous qu'elles y avaient faits. Ou bien en sortaient-elles? Mais là où il y en avait le plus c'était sur la panière. Un nuage sombre s'en échappa lorsqu'il l'ouvrit. À l'intérieur, ça grouillait en silence. Un silence pénétrant, poisseux.

Le pain! Stevens avait acheté une miche bien ronde une semaine auparavant. Il y avait à peine touché. Il ouvrit la boîte à pain et en sortit la miche. Mais au lieu du pain rond qu'il croyait tenir, c'était un crâne qui reposait sur sa main. Le rictus, les orbites creuses et noires. Le crâne de la petite Shane…

Dans un hurlement qu'il ne put réprimer, Stevens le lança contre le mur où il se fracassa en deux. Lorsqu'il voulut récupérer les morceaux, il ne vit que des bouts de pain sec épars sur le carrelage.

Il leva les yeux sur la panière que les mites avaient désertée comme si elles s'étaient donné le mot.

Regardant de nouveau dans le placard des denrées sèches, il constata la même chose. Plus une seule mite, comme par magie.

De retour dans sa chambre au pas de course, il s'immobilisa net. Les mites avaient disparu jusqu'à la dernière. Il inspecta les murs et la table, où il en avait écrasé quelques-unes en laissant des traces d'ailes broyées, là non plus, aucun vestige de ce combat à mains nues.

Comme si rien ne s'était produit. Stevens porta la main à son front. Il était brûlant.

— Al, qu'est-ce qui t'arrive? Tu délires, mon gars? Tu as fait un cauchemar ou tu es somnambule? s'interpella-t-il lui-même.

Mais Al Stevens ne s'était pas endormi et ce n'était pas un rêve. Il était bien éveillé sur le lit, lorsqu'il avait vu les mites envahir le plafond.

— Je crois, Al, que tu as besoin de voir un médecin.

Alors qu'il se préparait à déranger Joe Lasko un dimanche, on frappa à la porte d'entrée.

— Dorwell? fit-il, surpris.

C'était la première fois qu'un subordonné se permettait ce genre d'intrusion. Il n'invitait personne chez lui.

— Désolé, chef, j'ai essayé de vous joindre sur votre portable et je tombais sur la messagerie. C'est assez urgent, c'est pour ça que…

— Oui, Dorwell, dites, je suis pressé, j'allais partir faire une course en pharmacie de garde.

L'adjoint mâchait nerveusement un chewing-gum dont l'odeur sucrée déplut fortement à Stevens, lui rappelant les gamins à l'école, qui lui soufflaient une haleine de Malabar au visage. C'était à peu près les mêmes relents artificiels.

— On a eu un appel en fin de matinée signalant la disparition d'une jeune femme. C'était sa mère, elle dit qu'elle habite chez elle et qu'elle n'est pas rentrée après être sortie hier soir. Elle lui avait dit qu'elle ne rentrerait pas tard. Et sa fille est plutôt du genre ponctuel, alors la mère s'est inquiétée. Bradley a pris la déposition. Ça collerait avec la fille du lac.

— Merci, Dorwell, retournez au bureau, j'arrive. Il faut qu'on rappelle cette personne et qu'on lui demande de venir identifier le corps.

Dorwell se troubla.

— En fait, elle est là. Je lui ai dit de venir pour pas perdre de temps. C'est bien le corps de sa fille. Ça a été un sacré choc.

— Vous auriez dû prendre des pincettes, Dorwell, mais ce qui est fait est fait. Vous avez donc son identité?

— Oui, tout est noté et, quand je l'ai interrogée, sa mère m'a dit qu'ils se connaissent avec Joe Lasko. Elle a fait partie des témoins dans l'affaire des disparues. Demy Valdero. La victime est sa fille, Ange. C'est Bradley qui l'avait entendue, il est assez bouleversé.

— Tiens donc… Je vais profiter de ma sortie pour aller saluer notre cher Joe Lasko et lui poser deux, trois questions sur son emploi du temps de ces dernières quarante-huit heures. Et ramenez-moi toutes les informations que vous pourrez sur Gary Bates. On n'a pas assez creusé. S'il a un casier, fait de la prison, etc. Bref, je veux tout savoir de la vie de ce sombre type.

26

Une demi-heure plus tard, Stevens arrivait chez Lasko et lui apprenait sur le pas de sa porte l'identité de la fille du lac. Terrassé, Joe ne put articuler un mot. Stevens le dévisageait d'un œil inquisiteur. Une foreuse. Il voulait le percer à jour.

— Entrons, si vous le voulez bien, docteur Lasko, suggéra l'officier de police.

— Oui, oui…, bredouilla le jeune médecin, hébété.

Suivi de Stevens, il franchit le seuil d'un pas lourd. Accueillis par les jappements de Laïka, les deux hommes s'installèrent dans les fauteuils du salon.

— Un café ? demanda Joe sans conviction.

Si Stevens prenait la peine de se déplacer jusque chez lui un dimanche pour lui annoncer cette nouvelle, c'était sans doute avec une idée précise.

— Volontiers.

Joe disparut dans la cuisine, profitant de ces quelques instants de solitude pour se reprendre. Où était Gabe ? À cette heure-ci, il regardait souvent un match à la télé.

Ange Valdero assassinée. La fille du lac était Ange Valdero. C'étaient ces mots que Joe se répétait mentalement, comme pour bien les intégrer. Il avait vu Ange peu de jours auparavant et c'était bien ce qui risquait de poser problème. Interrogée, sa mère ne manquerait pas de le signaler à la police.

La rancœur de Joe à l'encontre d'Ange était connue. Cette fois, il serait forcément le premier suspect sur la liste.

Il revint au salon avec les deux cafés fumants, posa une tasse sur la table basse, devant Stevens, sans le regarder. Laïka, la patte bandée, observait la scène, sagement assise sur son postérieur. Ses yeux vairons brillaient.

— Alors, c'est elle, l'héroïne d'Oakwood à qui nous devons la découverte des ossements ? demanda Stevens en soufflant sur son café.

— Oui, c'est elle.

— Elle a l'air d'être une brave chienne.

Joe acquiesça sans parvenir à sourire.

— Quand est-ce arrivé ? demanda-t-il.

— Pour Ange Valdero ? D'après notre légiste, la température du foie indique qu'elle serait morte aux alentours de cinq heures du matin. L'autopsie révélera les causes exactes du décès. Mais nous avons déjà quelques éléments qui peuvent suggérer un lien entre les deux meurtres.

Joe leva les yeux sur son hôte. Celui-ci lui décrivit ce qu'ils avaient découvert sur le corps et à l'intérieur.

— C'est... c'est monstrueux... Qui est capable de faire une chose pareille ? souffla Lasko, hagard. Ses lèvres tremblaient.

— Celui qui a été capable de tuer Gary Bates et de le castrer. Où étiez-vous, hier soir ?

Même s'il s'y attendait, la question cloua Joe sur place.

— Je... j'étais chez moi.

— Quelqu'un peut en témoigner ?

Joe n'avait pas vu son frère. Et d'ailleurs, que vaudrait sa parole aux yeux du flic ?

— À part elle, personne, répondit-il en montrant la chienne d'un mouvement du menton.

— C'est plutôt faible, comme alibi.

— Pourquoi moi ?

— Sa mère, dans sa déposition, dit que vous êtes allé dîner chez elle, il n'y a pas longtemps, et que vous l'avez beaucoup questionnée sur les circonstances de la disparition de votre fille. Car c'est Ange qui en avait la garde, ce jour-là, si ma mémoire est bonne ?

— Vous l'aviez interrogée, elle aussi, après la disparition de Liese, rappela Joe.

— Vous avez dû lui en vouloir, docteur Lasko, lui en vouloir à mort...

— Le terme est un peu fort. Mais oui, je lui en ai voulu et elle le sait... elle le savait. Et sa mère aussi. Mais si, comme il semble, les deux meurtres sont liés, en tout cas par le tueur lui-même, il n'y a qu'un seul assassin. Alors, si j'ai un mobile pour le meurtre d'Ange, expliquez-moi pourquoi j'aurais tué un garde forestier.

— C'est une hypothèse que j'ai déjà envisagée. Dans votre désarroi, découvrant les restes d'un enfant à proximité de la maison de Bates, vous auriez pu lui imputer ce crime et vouloir éliminer un tueur d'enfant.

— Absurde ! La disparition de ma fille m'a ébranlé,

mais je ne suis pas devenu un monstre pour autant, chef Stevens.

— Entre nous, je ne le crois pas non plus. Mais je dois procéder par élimination. Et je suis plutôt tenace quand je n'ai pas définitivement écarté un suspect.

— Je vois ça, dit Joe, amer.

— Que vous a confié Ange, exactement, ce soir-là ?

— Qu'elle parlait avec un jeune homme, sur le lac, quelques minutes avant la disparition de Liese. Elle était sous son charme. C'est ce qui l'a distraite.

— Tiens donc…

— Ange culpabilisait beaucoup de s'être laissé influencer et de s'être détournée de Liese, même aussi peu de temps.

— Cela suffit, parfois.

— C'est pour cette raison qu'elle n'a rien dit lors de son interrogatoire. Elle avait honte.

— Et vous, vous avez réussi à la faire parler…

— Je pense que c'est sa culpabilité à l'égard de Liese et envers moi qui l'a poussée à se confier.

— Vous voyez, chaque détail compte, rien n'est à négliger, docteur Lasko.

Non, en effet, rien, pensa Joe. Pas même une pile de prospectus déposés dans son cabinet, faisant la promotion d'un événement à Woodstock presque aux mêmes dates que l'envoi des poupées.

— Finalement, votre visite tombe à point, dit le médecin. J'ai moi aussi quelque chose pour vous.

Il se leva de son fauteuil et alla chercher le prospectus de Handy Wha-Roll. Il raconta à Stevens l'histoire de Mary Cooper, sa consultation récente et les flyers découverts après son passage.

— Très intéressant, docteur. Vous travaillez pour nous, on dirait.

— Je ferai tout pour vous aider à retrouver ma fille et les autres.

— Je vais aller interroger cette Mary Cooper, annonça Stevens.

Joe sentit que le moment était venu de lui parler de Baxter.

— Selon une personne compétente que j'ai consultée, ce geste, s'il vient de Mary Cooper, serait plutôt bienveillant, une façon d'accompagner les parents dans leur douleur.

Stevens plissa le front d'étonnement. Il reposa sa tasse précisément où il l'avait prise. Au millimètre près.

— Quelle est cette personne qui semble si sûre de ce qu'elle avance?

— Une psychocriminologue reconnue, qui fait autorité dans son domaine. Hanah Baxter.

Le policier eut du mal à contenir sa surprise.

— Vous êtes en contact avec elle?

— Mieux que ça, chef Stevens. Elle est ici.

— Ici... à Lake?

Joe hocha la tête. Devant celle que faisait Al Stevens, il ne put réprimer un sourire. Il n'était pas mécontent de sentir le flic déstabilisé et voulut en rajouter.

— Je sais que vous avez cherché à la joindre, dit-il. Pas plus tard que ce matin. Après la découverte du corps d'Ange, semble-t-il.

— Vous étiez donc au courant...

— Oui, mais c'est vous qui m'avez appris son identité.

— Et Baxter, où est-elle?

— Je l'ai ramenée tout à l'heure à son hôtel. Nous avons déjeuné ensemble. C'est une amie qui m'a donné l'idée de faire appel à une pointure du profilage. Son travail est complémentaire au vôtre et peut être utile.

— Et vous comptiez m'en parler un jour, ou bien dois-je cet aveu à un concours de circonstances? demanda Stevens d'une voix aigre.

— Si vous voulez un autre aveu, je ne sais pas si je vous en aurais parlé. J'avais peur que vous le preniez mal, et je crois qu'elle souhaitait rester discrète. Après votre appel, je l'ai encouragée à accepter les présentations. Nous envisagions de venir vous voir demain. C'est à elle qu'on doit en réalité la découverte des restes de Shane. Et c'est sur ses indications que je me suis mis en route avec ma chienne en forêt d'Oakwood Hills.

— Quelles indications? Je ne vous suis pas, docteur...

— Vous verrez avec elle. Ses méthodes de recherche sont, disons, un peu marginales, mais elles portent leurs fruits, comme vous pouvez voir.

— Je suis ouvert à tout. Vous étiez avec elle, lors de votre expédition à Hills? Et elle aussi a vu Bates vivant?

— Oui, mentit Joe pour éviter d'avoir à révéler la présence d'Eva.

Mais il se garda de parler des clefs que Baxter avait découvertes dans la cabane de Bates.

— Eh bien, j'ai hâte de rencontrer cette personne. Elle peut donc témoigner que vous ne connaissiez pas Bates avant. En revanche, elle ne peut pas affirmer que vous n'êtes pas revenu voir le garde forestier après votre expédition.

— C'est sûr, mais mon emploi du temps ne me l'aurait pas permis. Écoutez, Stevens, je sais que vous piétinez, que le mystère s'épaissit et que vous n'avez personne d'autre, a priori, que mon frère ou moi à vous mettre sous la dent, mais ôtez-vous ça de la tête. Je n'ai pas tué Bates. Ni Ange Valdero. Je veux qu'on retrouve ma fille, les quatre gamines, c'est tout ce que je veux.

Joe regardait Stevens droit dans les yeux pour mesurer l'effet de ses mots sur le flic. Celui-ci écoutait en silence, sans répondre. Puis, plongeant à son tour son regard dans celui de Lasko :

— Avez-vous des mites chez vous, docteur ?

— Des mites ? répéta Joe, stupéfait. Non, peut-être, je n'y prête pas vraiment attention.

— Si vous en aviez, vous y feriez attention, croyez-moi. Vous ne pourriez pas faire autrement.

— Pourquoi cette question, chef Stevens ?

— Juste pour savoir si je suis le seul dont le foyer est infesté et parce que ce n'est pas la saison, répondit le policier en se levant. À demain, docteur. Bonne soirée.

27

Une pluie fine et froide accueillit Eva à son arrivée à Seattle ce lundi, aux alentours de midi, après un vol de plus de trois heures à travers des zones de turbulences. C'est simple, à Seattle, il pleut un tiers de l'année.

À cause de l'épaisse couche nuageuse, les passagers n'avaient même pas pu admirer, lors de la descente, les reliefs du mont Rainier, majestueux volcan dont le sommet culmine à 4 392 mètres et que l'on aperçoit depuis la ville, à une cinquantaine de kilomètres.

Eva prit le premier taxi qui se présenta pour l'Institut psychiatrique, situé à proximité du Pacific Science Center, dans Elliott Bay, là où se concentraient différents centres de recherche de pointe.

Lorsqu'elle aperçut le complexe hospitalier sous la pluie, enveloppé d'une brume grisâtre, elle frissonna malgré le chauffage monté au maximum. Le bâtiment avait été construit sur une des nombreuses collines de Seattle. Selon la légende, la ville reposait sur sept collines, mais en réalité il y en avait bien plus.

Seattle était également réputée pour sa constante fragilité sismique, avec un risque élevé de tsunami. Eva pria secrètement que cela ne se produisît pas lors de sa visite de quelques heures. Elle reprenait l'avion en fin d'après-midi.

Sur les instructions d'Hanah, elle avait rendez-vous avec le directeur adjoint, un certain Frank Meyer, à 13 h 30 dans son bureau. Le taxi la déposa à l'entrée, devant une grille bleue fermée sur un vaste parc entouré d'un mur surmonté de piques acérées à décourager plus d'un roi de l'évasion.

Le bâtiment administratif, le plus apparent — les autres formant les ailes avec, un peu plus loin, les pavillons de haute sécurité gardés par des vigiles armés de tasers et de matraques —, se trouvait au bout d'une allée d'arbres centenaires, dont les branches commençaient à se couvrir de timides bourgeons.

Quelques silhouettes, dans leur imperméable ou leur parka cirée, erraient à travers le parc, tels des zombis. Leur démarche et leur gestuelle avaient quelque chose d'étrangement mécanique, comme si on les avait remontées à l'aide d'une clef. Certaines étaient accompagnées d'infirmiers tenant un parapluie et vêtus d'uniformes bleu ciel. Des anges gardiens. Il ne leur manquait que les ailes.

Eva sentit monter en elle un sentiment de malaise alors qu'elle se dirigeait vers l'entrée principale. Elle avait la sensation qu'on l'effleurait de toutes parts. Comme dans le train fantôme. Une femme qui arrivait seule en sens inverse, une fois à sa hauteur, se mit à siffler et à lui cracher dessus à la façon d'un chat, puis s'éloigna comme si de rien n'était en poussant de petits cris adressés à une entité invisible.

L'antre de la folie. À chaque pas, Eva s'y enfonçait un peu plus, sans pouvoir reculer. Elle eut une envie soudaine de fondre en larmes. Tout comme de la pauvreté, personne n'est à l'abri de la folie. Chacun peut, un jour, s'y perdre. Cette idée terrorisait Eva. Elle n'avait pourtant jamais manqué de rien et était dotée d'un esprit sain et équilibré, mais dans les rues ou dans les reportages, elle voyait, comme tout le monde, les ravages de la misère et de la solitude.

— Tu dois prendre sur toi, ma fille, juste un sale moment à passer, et peut-être une piste, s'encourageait-elle en marchant sous la pluie.

Les gouttes lui cinglaient le visage, aussi froides que des clous, la contraignant à cligner des yeux sous sa capuche.

Elle fut presque soulagée d'atteindre le bâtiment administratif où elle pénétra après avoir essuyé ses bottes sur un paillasson grand comme un tapis de salon. L'intérieur lui parut moins lugubre. Dans le vaste hall d'entrée, au bas d'un large escalier de pierre claire, une exposition de peintures et de dessins colorés, sans doute réalisés en ateliers d'art-thérapie, égayait quelque peu l'atmosphère confinée.

S'annonçant à l'accueil, Eva fut orientée vers le troisième et dernier étage, où se trouvaient les bureaux de la direction. Elle profita de la glace de l'ascenseur pour arranger ses cheveux aplatis par la capuche et se remettre un peu de rouge à lèvres.

La secrétaire de direction, une femme sans âge, d'une apparence austère qui laissait penser qu'elle pouvait venir d'une communauté amish, lui demanda d'un ton sévère de passer dans une toute petite pièce qui prétendait servir de salle d'attente.

Dix minutes plus tard, Frank Meyer l'invitait à s'installer face à lui, de l'autre côté d'un bureau en acajou sur lequel reposait un sous-main en cuir usé et un ordinateur à écran plat, au milieu de piles de dossiers administratifs. Comptabilité, plans prévisionnels pour des travaux, papiers juridiques. Séparée par une porte qui restait entrouverte, la pièce donnait sur le bureau de la secrétaire.

Après les présentations, le directeur adjoint, assis dans son fauteuil ergonomique, les mains jointes, se plongea dans une observation silencieuse de son interlocutrice.

Mince et élancé, un physique d'athlète de triathlon, le regard d'opale sur un teint bronzé, l'homme était séduisant et ressemblait davantage à un jeune loup du courtage qu'à l'administrateur d'un centre psychiatrique. Il ne devait pas occuper ce poste depuis bien longtemps. Et ne serait sans doute que de passage avant d'avoir une meilleure occasion d'exercer ailleurs une ambition qu'on mesurait à la longueur de ses canines d'une blancheur parfaite.

— Merci de me recevoir, monsieur Meyer, attaqua Eva, déterminée à ne pas faire durer l'entretien trop longtemps. J'imagine que vous avez été informé de l'objet de ma visite ?

— Oui, bien sûr. Et ce n'est pas souvent que j'en ai d'aussi charmantes.

— Je vous repose la même question qu'à votre secrétaire par téléphone, dit Eva sans relever la flatterie. Y a-t-il eu ici un patient du nom de Gary Bates ? Ou un employé ?

— Je vous ferai la même réponse je crois. Personne de ce nom-là, ni dans la longue liste des patients, ni parmi les employés qui se sont succédé. J'ai moi-même effectué les recherches, puisque vous avez précisé que cet homme a été tué, et je n'ai rien trouvé.

— Et pour ces deux clefs ? demanda Eva.

Elle posa sur le bureau les clefs d'un côté, de l'autre le reste du trousseau.

— J'allais justement vous en parler.

Le regard bleu nacré de Meyer passa du trousseau aux clefs, sur lesquelles il s'attarda.

— Ces deux clefs spéciales proviennent bien d'ici. J'ai donné à notre serrurier les numéros de série que vous nous aviez communiqués. Il est formel. Leur utilisation date des années quatre-vingt-dix. L'une ouvrait alors l'un de nos pavillons de haute sécurité, le P10, et l'autre une des cellules. La cellule 8.

Eva sentit sa poitrine se serrer.

— Et c'est précisément de cette cellule que, durant la nuit du 24 décembre 1991, l'une de nos patientes s'est évadée. Sans doute avec l'aide d'un des jardiniers, un employé polyvalent, puisqu'il a disparu en même temps. Mais il ne s'appelait pas Gary Bates.

La détective tiqua.

— Et cette patiente, quel est son nom ?

— Ah ça, toute charmante que vous êtes, mademoiselle Sportis, à moins d'une commission rogatoire établie par le procureur, dont vous ne disposez pas, et remise par un officier de police, que vous n'êtes pas, je ne peux pas vous le donner.

— Je comprends, je ne suis que détective privée, dit Eva, déçue. Il est possible qu'ils aient été amants et qu'ils aient changé d'identité afin de faciliter leur cavale. Avait-on lancé des recherches ?

— Je vous avoue qu'à l'époque on ne mettait pas les moyens et qu'elles ont vite tourné court.

— Mais cette patiente était-elle internée dans ce pavillon parce qu'elle était dangereuse ?

Meyer parut soudain très gêné. Il sembla un instant chercher ses mots.

— Je… je n'étais pas en poste ici à l'époque, mais, je suppose, oui. Dangereuse pour elle-même, avant tout.

— Pour quelle raison se trouvait-elle dans un centre psychiatrique ?

Le directeur adjoint jeta un coup d'œil à un dossier ouvert derrière l'ordinateur, qu'Eva ne pouvait pas bien voir.

— Elle souffrait d'une forme de schizophrénie accompagnée d'hallucinations et de bouffées délirantes.

— Prenait-elle du Zyprexa ?

Nouveau regard au dossier.

— C'est exact. Vous êtes bien informée…

— Donnait-on les médicaments aux patients dans des piluliers ronds en fer-blanc, comme celui-ci ? demanda Eva en sortant de son sac le pilulier trouvé chez Bates, que lui avait remis Hanah.

— À l'époque, oui.

— Vous pouvez au moins me communiquer le nom du jardinier, il n'est pas concerné par le secret médical. Et vous avez peut-être une photo ?

— Ça j'ai pu l'obtenir, il s'agit de Todd Chandler. Mais pas de photo, hélas… C'était un ancien repris de justice, il a fait de la prison pour vol à main armée, il était en réinsertion, lut-il.

Eva nota aussitôt sur son calepin déjà bien noirci. Les éléments s'ajoutaient au compte-gouttes, mais elle ne reviendrait pas les mains vides vers Hanah. Il fallait désormais établir le lien entre Todd Chandler, ancien employé à l'Institut des maladies mentales de Seattle, et Gary Bates, garde forestier à Oakwood Hills où il venait d'être assassiné. Peut-être par Todd Chandler lui-même, que Gary Bates avait pu cacher et qui lui aurait confié les clefs, sans se douter qu'un jour l'homme à qui il avait fait confiance le ferait chanter en menaçant de tout révéler, les clefs servant de preuve de son évasion avec une patiente de Seattle. Chandler, finissant par en avoir assez de payer Bates en échange de son silence, avait alors un bon mobile pour le tuer. Un scénario tentant, songea Eva que gagnait l'excitation du limier. Il lui restait une dernière carte à abattre.

— Écoutez, monsieur Meyer, je ne voudrais pas être désagréable, d'autant que vous y mettez du vôtre pour collaborer, mais je connais très bien l'officier de police, le chef Al Stevens, qui est sur cette affaire de meurtre et je suis sûre à cent pour cent qu'il l'obtiendra, cette commission rogatoire. Nous gagnerions, vous et moi, du temps si…

— Je connais la musique et j'estime que je vous ai largement aidée, mademoiselle Sportis, dit Meyer en haussant soudain la voix. Vous m'excuserez, mais ayant un rendez-vous dans cinq minutes, je dois clore cet entretien.

Il se leva comme un ressort devant Eva désemparée. Elle n'avait plus qu'à l'imiter et repartir avec l'os qu'il lui avait donné à ronger. Mais, alors qu'elle passait devant lui pour sortir du bureau, il la retint doucement par le bras.

— La patiente s'appelait Alice Patterson et son surnom était Pupa, lui souffla-t-il à l'oreille. Elle est née en Angleterre. En sortant, arrêtez-vous à la loge du concierge, il a quelque chose à vous remettre de ma part. Un objet qui appartenait à Alice. Cette affaire d'évasion a suffisamment entaché la réputation de l'établissement. Si vous pouvez retrouver la trace de Patterson et de Chandler, ce sera une bonne chose. Tenez-moi informé, c'est tout ce que je vous demande.

La détective le regarda d'un air reconnaissant.

— Merci, monsieur Meyer, ravie de vous avoir rencontré, dit-elle en lui tendant la main avec un grand sourire.

— En d'autres circonstances, je vous aurais invitée à boire un verre ou à dîner.

Eva fut flattée mais ne rebondit pas sur la proposition à peine voilée de Meyer. Depuis quelque temps, depuis qu'elle avait revu Joe Lasko après tant d'années, elle sentait son cœur pris, se disant qu'à l'époque elle s'était sans doute trompée de frère en sortant avec Gabe.

Parvenue à la loge, elle se présenta au gardien, un petit homme dégarni, les yeux cernés de violet, la poignée de main moite et molle. Il ne détonnait pas vraiment dans cet endroit, se dit Eva. Comme le lui avait promis Frank Meyer, il lui remit un paquet soigneusement emballé et entouré de larges bandes de papier adhésif.

Eva remercia et quitta l'enceinte de l'hôpital pour

se diriger vers le taxi qu'elle avait commandé. Une fois à l'intérieur, elle tourna et retourna le paquet d'une forme oblongue. Quel était cet objet qui avait prétendument appartenu à Alice Patterson ? De quoi Frank Meyer voulait-il débarrasser l'établissement dont il était responsable ?

Peut-être était-ce un objet fragile, aussi préférat-elle attendre d'être arrivée chez elle avant de décider quoi faire. En principe, elle devrait le remettre à la police par l'intermédiaire de Joe. À son retour, il aurait déjà présenté Hanah à Stevens, ce qui allait grandement faciliter leurs affaires.

Alice Patterson. Meyer ne s'était pas étendu sur les effets de sa schizophrénie, ni sur ce qui l'avait conduite ici, mais il lui avait donné l'essentiel. Son identité. Et, accessoirement, son surnom. Pupa.

28

Ce jour-là ne serait pas comme les autres pour Al Stevens. Le soleil, de retour sur la ville, ne réchaufferait pas son âme désertée. Il ne brillerait pas pour lui comme pour tout le reste de la population de Crystal Lake.

Ce jour-là, Stevens devait remplir la tâche la plus détestable de ses fonctions. Aller chez les parents de la petite Shane Balestra, leur annoncer la sale nouvelle sans ciller. La découverte récente des restes appartenant à leur fille disparue depuis trois ans. Plus affreux peut-être, il faudrait aussi leur dire que son meurtrier présumé ne serait jamais jugé. Car celui-ci, là où il était, ne pouvait plus parler ni avouer quoi que ce soit.

Il devait aller lui-même chez les parents de la petite. Il ne pouvait pas déléguer la tâche à Dorwell. Il fallait de l'expérience, du tact, un peu de psychologie et beaucoup d'humanité. Dorwell en était incapable. Dorwell était un bœuf.

Stevens et Lasko étaient convenus de se retrouver en fin de journée. Le médecin viendrait avec Hanah Baxter. Il était temps de profiter d'une aide officielle extérieure. Il devenait nécessaire de faire appel aux compétences d'un spécialiste en psychologie criminelle. En profilage.

La police était encore divisée à ce sujet. Certains considéraient cela comme une perte d'argent et de temps. Stevens faisait partie de l'autre école. Plus moderne, plus ouverte aux méthodes parallèles. Comme en médecine. D'un côté la médecine traditionnelle et de l'autre les médecines alternatives, sujettes à controverse.

En même temps que son rapport sur Shane Balestra, Folcke lui envoyait les résultats des analyses toxicologiques concernant Ange Valdero. Son sang contenait, comme celui de Bates, de hautes doses de benzodiazépine et de somnifères ingérés en quantités suffisantes pour les plonger dans un coma dont, à cause du froid auquel ils avaient ensuite été exposés, ils ne se réveilleraient pas. Ils avaient été tués par la même main. Et tous deux la connaissaient assez pour avoir pu avaler en confiance un aliment ou un liquide contenant les substances.

Stevens se remémora la réponse de Lasko sur la présence de mites chez lui. Négative. Ce n'était pas la saison. Y avait-il vraiment une saison pour les mites? Leur prolifération ne dépendait-elle pas de la température du lieu où elles pondaient, de la nourriture qu'elles pouvaient trouver? Stevens n'en avait pas revu une seule depuis l'épisode de la veille. Avait-il tout imaginé? Était-ce possible?

La route jusqu'à Lakewood Village lui parut plus longue que s'il avait dû retourner au Texas.

Le ranch des Balestra se trouvait en rase campagne, au milieu d'une vaste exploitation, à cinq kilomètres de Lakewood. Ils possédaient quelque chose comme trois cents têtes de bétail, une vingtaine de chevaux, des cochons, ainsi qu'une basse-cour bien remplie. Leurs journées de travail s'évaluaient à au moins douze heures, souvent plus et, en l'absence des parents, les six enfants s'éduquaient entre eux.

Un an après la disparition de Shane, les Balestra avaient eu coup sur coup, en plus des trois aînés, deux garçons qui devaient les occuper au moins autant que leurs chevaux, observa Stevens en voyant les terreurs de trois et quatre ans se courir après dans toute la maison en jouant à la guerre.

Il se demandait d'ailleurs comment de si petits êtres pouvaient reproduire des gestes aussi réalistes tout en vivant en pleine cambrousse, loin de toute civilisation. Mais en jetant un coup d'œil à l'écran plat 200 × 112 qui occupait le centre d'un des murs comme une sorte d'idole d'une technologie inédite, il comprit d'où venait cette maîtrise précoce de la gestuelle militaire chez des gamins aussi jeunes.

Comme tout bon Américain, le père Balestra possédait au moins une arme chez lui, une Winchester qu'il tenait à portée de main. Il devait aller à la chasse et y emmener ses fils. Peut-être même leur avait-il déjà appris à tenir le fusil et à tirer.

À l'aube de la quarantaine, Ellen Balestra paraissait plus âgée d'au moins dix ans et, en plus d'une abondance de mèches à la blancheur prématurée, elle portait sur son visage les stigmates du drame qui avait frappé leur vie.

Stevens était assis face à eux, sur le canapé rouge

du salon. La femme occupait un fauteuil, quant à son mari, il avait pris place à côté d'elle, sur une des chaises en rotin. Une tapisserie écarlate recouvrait les murs et le policier se demandait comment on pouvait vivre là-dedans sans éprouver de pulsions meurtrières. Or, ce qui le frappa bien plus que le mauvais goût évident, ce fut l'absence de photos de Shane dans la pièce, alors que les portraits des autres enfants ne manquaient pas. Mais peut-être en avaient-ils une à leur chevet?

— Si vous avez pris la peine de venir jusqu'ici, ce n'est pas pour nous annoncer une bonne nouvelle, dit Ellen, les yeux rougis.

Dès que Stevens avait appelé pour dire qu'il passerait, elle avait su. L'officier de police prit une inspiration qu'il alla chercher au fond de ses poumons pour annoncer la suite.

— J'aurais mille fois préféré ne pas avoir à vous dire cela, commença-t-il alors que son plexus devenait dur comme du bois. Mais les restes retrouvés en forêt d'Oakwood Hills sont ceux de Shane. Il semblerait qu'elle soit morte un an après sa disparition. Nous avons donc tout lieu de croire que votre fille a été enlevée, puis séquestrée avant de mourir au pied de cet arbre auquel on l'avait attachée.

Ellen mit son poing entre ses dents et serra très fort. Jusqu'au sang. De sa gorge sortit un cri étouffé. Comme si on l'étranglait. C'était ce qu'elle devait ressentir, se dit Stevens en déglutissant. Tony, lui, demeura silencieux, impassible. Certains proches sont anesthésiés par la douleur ou ont besoin d'un moment pour comprendre.

— Vous… vous êtes certain? hoqueta la mère de Shane.

Une femme tellement frêle qu'on avait du mal à l'imaginer se mesurant au bétail. Mais peut-être était-elle seulement préposée aux tâches domestiques, même si Stevens en doutait en observant ses mains. Presque des mains d'homme, aux ongles noircis et cassés.

— Hélas, oui. Les radiographies dentaires ne trompent pas. Par ailleurs…

Stevens se mordit la lèvre.

— Par ailleurs, répéta-t-il, nous cherchons quel lien il pourrait y avoir entre la disparition et la mort de Shane et les enlèvements de janvier à Crystal Lake et Ridgefield.

Il expulsa lentement l'air contenu dans sa poitrine.

— Aviez-vous gardé un espoir de retrouver Shane vivante? enchaîna Stevens après avoir accepté un café aussi noir qu'un puits sans fond.

Ellen regarda son mari sans répondre. On aurait dit qu'elle cherchait dans ses yeux l'autorisation de parler.

— À force, on s'est fait une raison, dit Tony Balestra. C'est pas pour autant qu'on oublie, ça non… Mais voyez, la vie, elle continue, malgré nous, elle nous demande pas notre avis, alors le train, soit on le prend, soit on descend en route. Et il faut pas oublier nos gosses qui restent et qu'ont rien demandé.

— Chaque soir, intervint Ellen d'une voix vibrante, je disais une prière pour Shane. Ça n'a rien fait… Et maintenant, tout ce qu'on espère, c'est qu'elle n'a pas trop souffert.

Stevens la regarda intensément, à la fois perplexe

et admiratif. Il pensa à ses enfants. Il ne les voyait pas souvent mais il ne savait pas s'il aurait eu la force de survivre à une telle tragédie. Devant lui, cette femme au physique commun, aux cheveux presque blancs et aux iris couleur châtaigne, tentait de rester digne en affrontant le pire à coups de vaines prières.

— Le plus dur, ça a été pour la grand-mère, reprit Tony.

On aurait cru son ventre gonflé sous cœlioscopie. Un ventre de buveur de bière, des yeux humides d'alcoolique et de légers tremblements qui l'empêchaient de rouler ses cigarettes avec précision, nota le flic. Avant ou depuis la disparition de sa fille ? se demanda-t-il.

— Ma mère, oui, elle en est morte, confia soudain sa femme en toisant froidement son mari.

Les mots claquèrent dans la pesanteur ambiante. Stevens crut déceler dans ce regard une animosité contenue. S'étaient-ils reproché mutuellement leur négligence, rejeté la faute l'un sur l'autre ?

Tony Balestra voulait-il éviter le sujet lorsqu'il se leva en prétextant que le devoir l'appelait ? Après un dernier regard à sa femme qui semblait l'avertir de ce qui l'attendait si elle parlait trop, il planta là Stevens et Ellen et sortit de la maison après avoir enfilé ses bottes fourrées et sa parka.

— Je ne vous ai rien dit, mais... il... il la battait, souffla Ellen Balestra à voix basse après un silence, en jetant un coup d'œil par-dessus son épaule.

L'officier de police faillit en renverser sa tasse sur son uniforme.

— Qui ça ? Votre mère ? feignit-il de ne pas comprendre.

— Non! Shane… Je ne sais pas, mais il en avait tout le temps après elle. Il aime pas les filles, je crois. Quand on a eu les garçons, il a sauté de joie et il disait que c'était vrai, «une de perdue, deux de gagnés». Je l'ai trouvé si monstrueux! Mais vous ne lui direz rien, hein?

— Vous n'en avez jamais parlé à personne?

— Si, une fois, quand il l'a frappée à la tête… j'ai dû raconter aux urgences que la gamine était tombée en faisant du vélo. C'était trop, ça devenait grave, alors je suis allée voir une assistante sociale qui m'a donné le nom d'une association pour l'enfance maltraitée, mais on m'a répondu là-bas qu'on risquait de nous enlever Shane si je ne divorçais pas et qu'elle restait avec un père violent, alors j'ai pas donné suite.

— Vous n'avez pas déposé plainte?

— Il m'aurait tuée.

— Personne de cette association n'est venu aux nouvelles depuis? s'étonna Stevens.

— Si, si… Une femme, dont j'ai oublié le nom. Tellement gentille… Elle m'a demandé si elle pouvait venir voir Shane quand son père serait pas là. J'y ai pas vu d'inconvénient. Mais quand elle est arrivée, j'ai envoyé la petite chez une copine et j'ai dit à cette dame que tout était rentré dans l'ordre et que son père ne la frappait plus. Je lui ai juste montré une photo de Shane et elle m'a demandé si je pouvais lui en donner une. Il leur fallait le signalement précis à l'association au cas où.

— Tout ça s'est passé quand?

— Trois semaines avant… avant sa disparition.

Une bûche craqua dans la grande cheminée en

pierre où s'agitaient des flammes plutôt hautes. Stevens se sentait cuire sous l'épaisseur de ses vêtements.

Tony Balestra. Un homme porté sur l'alcool, violent, dominateur, sombre, qui, selon sa propre femme, n'aimait pas sa fille, parce qu'elle lui avait fait l'affront d'être une fille. Selon le rapport de police, il avait été interrogé, en dehors de toute garde à vue. Qu'un tel homme n'ait pas été davantage inquiété après la disparition de sa fille dépassait Stevens.

— Vous n'avez pas envisagé de quitter votre mari, même quand il a envoyé votre fille à l'hôpital? demanda-t-il en reposant sa tasse encore à moitié pleine.

Le café, servi sans sucre, était imbuvable.

Certaines réactions laissaient l'officier de police perplexe. Il n'avait pas encore percé les mystères de la nature humaine, ni vraiment trouvé de réponse dans ses lectures philosophiques. Sans doute parce qu'il n'en existait pas toujours.

— Vous n'avez pas visité la ferme, mais ma vie c'est tout ça. C'était la ferme de mes parents, de mon père, et Tony a tout repris après sa mort. C'est grâce à lui si l'affaire familiale marche encore, c'est très dur, les exploitations industrielles de plus de mille têtes de bétail nous font de l'ombre. On était au bord de la faillite et c'est Tony qui a tout redressé. Mon père, lui, n'a pas tenu le coup. On l'a retrouvé pendu dans l'étable, près de ses bêtes.

Stevens hocha la tête.

— Je comprends…, dit-il tout en sachant que non, il ne pourrait jamais comprendre ce lien viscéral à la terre, cette abnégation, ces sacrifices de part et d'autre, surtout d'une femme dont le mari avait failli tuer leur fille de neuf ans.

Il ne pourrait jamais entendre qu'une exploitation agricole était plus importante qu'une vie humaine. Alors il se tut et laissa passer un ange avant de reprendre l'interrogatoire.

— Quel est le nom de cette association ?

— « Enfance en danger », je crois.

— Classique, commenta Stevens en écrivant sur son carnet. Avez-vous l'adresse ?

— Ils ont un local à Crystal Lake, je crois, à une adresse différente du siège social, mais je m'en souviens plus, ça fait quelques années…

— Ce n'est pas grave, je chercherai sur Internet. Bien, je ne vais pas vous retenir plus longtemps… Pourrais-je jeter un œil à la chambre de Shane ?

Le visage craintif d'Ellen Balestra se brouilla. Stevens n'aurait pas été étonné qu'en plus de sa fille, Tony battît aussi sa femme.

— C'est-à-dire que… vous savez… la maison est… elle est grande, d'accord, bredouilla-t-elle, soudain confuse, mais avec l'arrivée des garçons, Tony a voulu leur donner la chambre de Shane. C'est vrai, au fond, à quoi ça aurait servi de la garder comme ça, sans l'occuper ?

— En effet…, éluda Stevens en songeant à Joe Lasko, qui avait conservé la chambre de sa fille intacte depuis sa disparition, tel un mémorial, avec son lit dont les draps n'avaient même pas été changés, les jouets laissés là où la petite les avait posés, peluches, poupées…

— Avez-vous reçu par la poste, dans les semaines

qui ont suivi la disparition de Shane, un colis anonyme?

— Non. Non, pourquoi? Quel genre de colis?

— Peu importe, c'était juste pour savoir, éluda Stevens.

— Avez-vous la moindre idée de qui a pu lui faire ça? esquissa Ellen dans un filet de voix.

On aurait dit que chaque mot lui brûlait la langue.

— Le jour où nous aurons une idée, elle n'en sera déjà plus une. Nous allons trouver, madame Balestra. Vous avez ma parole.

Stevens pensa à Baxter. Sa botte secrète. Ils trouveraient, oui, c'était certain.

29

Hanah Baxter et Stevens n'avaient pas perdu de temps en présentations et explications superflues. Joe s'en était chargé au préalable, aplanissant le terrain de cette rencontre inattendue. Mais le courant passait plutôt bien entre la profileuse et le flic, dénué de ces a priori qui compliquaient si souvent la collaboration d'Hanah avec la police.

Au premier abord, Stevens fut surpris d'avoir devant lui une femme plutôt petite et râblée, la mâchoire taillée au carré, alors qu'il l'avait imaginée, sans savoir pourquoi, grande et élancée. Mais ce qui le laissait perplexe était la coupe garçonne de Baxter, ses cheveux hérissés au gel sur le dessus du crâne. Dans ses goûts féminins, Stevens restait classique. Les coupes courtes, rasées, revenaient aux hommes. Privée d'une chevelure longue, à ses yeux la femme était comme amputée, asexuée. Il ne trouvait pas de charme particulier à cette profileuse, mais après tout, l'essentiel était dans leur bonne collaboration.

Ils avaient très vite abordé le nœud des trois enquêtes. Stevens en relata les détails tandis que Baxter révélait l'existence des clefs découvertes dans le refuge du garde forestier, en livrant partiellement le résultat de ses recherches du côté de l'Institut des maladies mentales de Seattle. Eva ne l'ayant pas encore appelée pour lui donner les détails de son périple, elle n'en savait pas plus.

Puis Stevens avait demandé à Lasko de les laisser. Joe n'avait pas à entendre la sinistre histoire de Shane.

— La question est tristement simple, conclut Stevens. L'enlèvement et la mort de Shane sont-ils à relier aux quatre disparitions? Pour moi, il n'y a guère de place pour le doute. Bon sang, Baxter, que se passe-t-il, dans cette ville et sa région réputées pour leur sérénité?

— Si on pouvait répondre à cela, l'enquête serait bouclée, Stevens.

Hanah se sentait en confiance avec un homme de ce tempérament, même si quelques traits de son caractère lui échappaient encore. Il avait le verbe clair et précis, il devait être aussi maniaque et rigoureux dans son métier que chez lui. Elle avait juste perçu une légère crispation, pourtant maîtrisée, lorsqu'elle lui avait serré la main. Il ne devait pas aimer le contact physique.

— Je suis de votre avis, ces affaires doivent être considérées ensemble, poursuivit Baxter en relisant ses notes. Si, comme tout semble l'indiquer, Gary Bates était soit complice, soit lui-même l'assassin de Shane Balestra, son meurtre est lié d'une façon ou d'une autre à l'affaire des disparitions.

— À votre avis, pourquoi les enfants enlevées sont-elles toutes des filles?

— Le ravisseur — pour l'instant et par facilité

j'emploierai le masculin — fait une fixation sur les filles prépubères. Ce sont des proies plus faciles. Sans qu'elles soient pour autant des objets sexuels. Son obsession porte sur ce qu'elles représentent à ses yeux. Sur ce qu'elles lui renvoient d'heureux ou, au contraire, de sombre. Si l'expéditeur des poupées et le ravisseur sont une même personne, les chances de retrouver les filles en vie sont réelles. Car il y a dans ces figurines une forme de bienveillance, je persiste à le penser.

— Shane n'a pas bénéficié de cette bienveillance, elle, objecta Stevens en se reculant sur son siège.

— En effet, parce qu'elle est tombée entre les griffes de Bates. Comment ? Là est la question. On pourrait presque parier qu'il connaissait le ravisseur, qui lui a abandonné Shane. Peut-être lui rendait-il des services.

— Une sorte d'homme de main, commenta Stevens.

— Jusqu'au jour où il a fait un écart et signé son arrêt de mort.

— Et Ange Valdero, selon vous ?

— Elle avait la charge de Lieserl Lasko le jour de sa disparition. Mais l'assassin de Bates a matériellement relié les deux meurtres, celui du garde forestier et d'Ange. Il faut trouver quel lien existe entre Gary Bates et cette jeune fille. Il doit y en avoir un. Le meurtrier a utilisé le même mode opératoire pour l'un et l'autre. C'est quelqu'un qui a accès à ces médicaments et qui n'est sans doute physiquement pas assez fort pour employer d'autres moyens, ou bien qui ne possède pas d'arme à feu. Pour lui, le moyen le plus sûr est de neutraliser sa victime avant de provoquer le décès par hypothermie suite à une exposition prolongée au froid sans vêtements. Par ces températures, la mort est assurée. C'est pourquoi je pense que le meurtrier est soit un homme dont les capacités physiques sont diminuées, soit une femme.

À ce dernier mot, Stevens se raidit.

— Une femme, vous dites? C'est drôle, Joe Lasko m'a parlé d'une de ses patientes handicapées, Mary Cooper, qui se trouve être la présidente de Handy Wha-Roll.

L'officier de police résuma l'histoire — l'événement de Woodstock et la troublante coïncidence des dates de la manifestation et de l'envoi des poupées. Hanah le laissa terminer avant de se prononcer.

— Si elle s'implique autant dans des causes qui la touchent, elle a pu envoyer ces poupées en toute innocence, simplement pour accompagner les parents dans leur douleur. Une façon comme une autre de compatir. Il faudrait savoir si elle connaissait Bates et Ange Valdero et ce qui les lie.

— En tout cas, si c'est ce que vous suggérez, elle a provoqué tout le contraire. Les familles ont toutes pris les poupées pour un avertissement ou un message à caractère macabre.

— Souvent, la qualité des relations humaines est une question d'interprétation des intentions de l'autre. Savoir reconnaître les bonnes des mauvaises. Mais j'avoue qu'ici la frontière entre les deux est trouble.

Hanah fit une pause, plongée dans ses réflexions, mordillant son stylo. Elle avait potassé le dossier des disparitions et, avec ce que venait de lui apprendre Stevens, elle en connaissait désormais tous les éléments sur le bout des doigts.

— Vous dites que la mère de Shane avait sollicité

une association de protection de l'enfance maltraitée ? finit-elle par demander.

Le chef de la police hocha la tête.

— C'est exact. Enfance en danger, c'est le nom de l'organisme. Ellen Balestra m'a parlé d'une personne qui avait commencé à suivre le dossier, mais elle ne se rappelait plus son nom et elle s'est débarrassée de tous les papiers pour que son mari ne tombe pas dessus. Elle m'a juste dit de cette assistante sociale qu'elle lui avait demandé la photo de Shane pour le dossier.

Le front d'Hanah se stria de fines ridules, expression d'une réflexion intense.

— Il faut essayer de savoir si l'autre fillette disparue dont vous avez repris le dossier, Suzy West, a été signalée, pour une raison ou une autre, à Enfance en danger, lâcha-t-elle tout à coup. De même que les quatre autres. J'ai l'intuition que ça peut nous ouvrir des pistes.

— Vous voulez dire qu'elles auraient pu être repérées par leur ravisseur au sein de l'association ?

— Il y aurait une logique, une cohérence avec la fixation dont elles feraient l'objet. Ayant eu une enfance difficile, le ravisseur se projetterait sur des enfants maltraités et serait même susceptible de travailler dans ce domaine. Des filles, cela signifierait que le coupable est une femme. Elle ferait ça pour les soustraire à un milieu familial violent.

Un nuage assombrit soudain le regard de Baxter. Une enfance malmenée, détruite. Elle connaissait. Sauf qu'elle avait fait un autre choix. Elle n'enlevait pas les enfants maltraités à leurs bourreaux de parents, elle traquait ce genre de criminels.

— Ça voudrait dire que les parents de toutes ces gamines auraient quelque chose à se reprocher? Honnêtement, je vois mal Joe Lasko maltraiter sa fille qu'il adore! s'indigna Stevens.

— Non, mais il a demandé le divorce après avoir découvert l'alcoolisme de sa femme. Peut-être ne vous a-t-il pas tout dit... La mère de la petite a pu avoir une attitude dangereuse ou violente vis-à-vis de sa fille.

— Et la petite Shane? Pourquoi cette supposée ravisseuse justicière aurait-elle permis que sa protégée atterrisse dans les pattes de Gary Bates pour être torturée et tuée? objecta Stevens.

Les rides du front de Baxter se creusèrent un peu plus. Son regard balaya la pièce. Celle-ci était sans aspérités, son mobilier se réduisait au strict minimum, bureau et casiers chargés de dossiers, aux murs des cartes géographiques, le portrait des disparues et des nouvelles victimes, Ange Valdero et Gary Bates, au milieu de post-it recouverts d'annotations. L'atmosphère était à la rigueur et au travail.

— Si son comportement est pathologique, reprit Hanah, elle a très bien pu juger Shane indigne de son aide, surtout si la petite s'est rebellée. Elle l'aura alors livrée à Bates, son complice. Autre hypothèse : celle qui a envoyé les poupées et la ravisseuse sont proches. Peut-être un couple, des amies, des sœurs, ou encore mère et fille, avec un rapport malsain et conflictuel bien que fusionnel.

— Il devient urgent d'interroger Mary Cooper, je crois, fit Stevens, le regard braqué sur la manche de son uniforme.

Il venait d'y surprendre avec effroi l'ombre grise et profilée d'une mite.

— Mais nous allons voir tout de suite si les West puis Enfance en danger peuvent éclairer notre lanterne. Veuillez m'excuser un instant.

Essayant de chasser de son esprit la désagréable vision de l'insecte immobile sur sa manche, il prit le combiné dans sa main qu'il sentait devenir moite. Tout ce qu'il détestait d'une main, même la sienne. La moiteur.

Il composa d'abord le numéro de l'association et enclencha le haut-parleur du téléphone pour Baxter. Une voix féminine, à la fois douce et avenante, se manifesta.

— Alec Stevens, chef de la police de Lake. Bonjour, madame, pouvez-vous me passer une assistante sociale ou un membre du bureau, s'il vous plaît, ce qui serait encore mieux?

— J'ai les deux casquettes. C'est à quel sujet?

— Suzy West. Ça vous dit quelque chose?

— Suzy West... West... un instant, je vous prie. Je fais une petite recherche via notre logiciel. Oui, en effet. Nous avons un dossier à ce nom. De quoi s'agit-il?

— Je vous serais très reconnaissant si vous vouliez bien me faire une copie du contenu.

— Désolée, mais c'est impossible, sans commiss...

— Je sais, je sais, mais de toute façon je l'obtiendrai. Suzy West a disparu en 2010. Tout nous laisse supposer qu'elle a pu être torturée et assassinée. Est-ce vous qui aviez traité le dossier?

— Non, je ne travaillais pas encore ici. Elle... elle a disparu comment?

— C'est simple, disparu. Comme les quatre fillettes en janvier dernier à Crystal Lake et Lakewood Village. Vous devez être au courant, la presse ne cesse d'en parler.

Un silence se fit au bout de la ligne. Stevens crut que la femme avait raccroché.

— Allô?

— Oui, oui, je suis en ligne, mais... je... c'est drôle, enfin pas l'histoire des disparitions, mais le fait que... rappelez-moi leur nom...

— Lieserl Lasko, Amanda Knight, Vicky Crow, Babe Wenders.

Stevens entendit le petit martèlement des touches du clavier d'ordinateur.

— Nom de nom! s'écria l'assistante sociale. Leur milieu familial a été signalé à l'association comme maltraitant, négligent ou potentiellement violent. L'ouverture des dossiers remonte à deux et trois ans. Bon, peu importe la procédure, je vous envoie la copie de tous les dossiers dans la demi-heure. Par mail, c'est bon?

— Parfait. Merci beaucoup. Avez-vous d'autres dossiers récents concernant des filles?

— Hmm... Oui, une dizaine.

— Quels sont leurs noms, s'il vous plaît? demanda Stevens.

— Attendez... Betsy Lonsdale, Hilary Diaz, Bertha Montgomery, Jane Willows, Leslie Bates, Lilian Moon...

Le lieutenant sursauta sur son siège en même temps que son cœur dans sa poitrine.

— Bates? B A T E S? épela-t-il. De quelle année date son dossier?

— 1988. Leslie Bates avait quatre ans.

— Avez-vous le nom de ses parents ?

— Je regarde, un instant… Oui, Joyce et Gary Bates. Ils sont fichés tous les deux pour maltraitance, mais ils ont divorcé en 1989 et Gary Bates est décédé en novembre 1991.

Stevens jeta à Hanah un œil stupéfait. Elle semblait tout aussi surprise que lui.

— Quelle était la profession de Gary Bates ? demanda le chef de la police.

— Je vois, là… Il travaillait à la voirie, à Crystal Lake. Il a été écrasé par un camion.

Stevens écarquilla encore davantage les yeux. C'était presque drôle de le voir ainsi.

— Auriez-vous les coordonnées de Joyce ?

— Si elle n'a pas changé de numéro depuis, c'est le 816-470-1278.

— Et leur fille Leslie ? Qu'est-elle devenue ?

— Elle a été retirée à ses parents après un jugement du tribunal et placée dans une famille d'accueil à Aurora en 1989, à l'âge de cinq ans. Elle en a donc trente aujourd'hui.

— Elle doit toujours être en contact avec cette famille, auriez-vous le numéro de téléphone ?

— Le 819-536-1422. C'est Jude et Meredith Crowford.

— Merci pour votre collaboration. Ah oui… Sauriez-vous qui a traité les six dossiers les plus récents ? Est-ce la même personne ?

— Attendez voir… Tiens, on dirait que son nom a été supprimé. C'est bizarre. Il se peut que ce soit une bénévole. Je tâcherai de me renseigner.

— Sinon, envoyez-moi la liste des personnes qui travaillent pour l'association.

— Comptez sur moi.

Stevens raccrocha et se renversa sur son siège d'un air satisfait. Il s'essuya discrètement les mains sur son pantalon et jeta un œil à sa manche. La mite avait disparu.

— Voilà qui est fait, dit-il, soulagé.

— Je ne suis pas vraiment étonnée, commenta Hanah qui, bien entendu, ne capta pas le double sens de cette phrase. Une nouvelle qui viendrait corroborer une de mes hypothèses, pour ce qui est du lien entre l'association et les disparitions.

— Et maintenant les West…

Al Stevens reprit le téléphone et appela les parents de Suzy. Cette fois, ce fut un homme qui répondit d'une voix éteinte. On aurait dit qu'il était sur le point de mettre fin à ses jours.

— Jack West, jeta-t-il.

— Je vous appelle au sujet de votre fille, dit Stevens après s'être présenté.

— Elle est morte, c'est ça ? De toute façon, si vous m'annonciez le contraire, je ne vous croirais pas…

La voix de Jack West alla se perdre en sanglots.

— Non, monsieur West, je n'ai aucune nouvelle à vous donner. Mais je reprends quelques points de l'enquête et…

— Sa mère en est morte, l'interrompit le père. Un cancer du sein, qui l'a emportée en six mois. Elle disait qu'elle voulait rejoindre Suzy. Elle était persuadée que… que nous ne la reverrions jamais. Qu'elle n'était… qu'elle n'était plus de ce monde.

— Vous avez d'autres enfants, monsieur West ?

317

— Un fils de dix ans. Il vient de les avoir. Suzy en aurait eu treize.

— Vous l'aimiez, votre fille ?

— Bien sûr ! Pourquoi cette question ?

— Suzy était suivie par une assistante sociale d'Enfance en danger, une association dont le siège se trouve à Crystal Lake. Pour maltraitance parentale.

— Je n'ai rien à vous dire.

S'ensuivit un silence soudain.

— Allô ? Allô ? répéta Stevens.

Mais West avait déjà raccroché.

— Si lui n'a pas quelque chose à se reprocher…, dit le policier en reposant le combiné sur son socle. Encore un qu'il va falloir aller cuisiner rapidement. Je vais finir par manquer d'effectifs si ça continue… Voulez-vous venir avec moi chez Mary Cooper ?

Hanah s'apprêtait à répondre quand son portable sonna, invitant dans le bureau de Stevens un extrait fougueux de l'*Été* des *Quatre Saisons* de Vivaldi.

Au bout du fil grésilla la voix fébrile d'Eva.

— Je rentre de Seattle. Les clefs sont celles d'un pavillon de haute sécurité et d'une des cellules. Une patiente schizophrène, aidée par un employé de l'hôpital, s'est évadée en décembre 1991. J'ai leur identité. Todd Chandler, ancien taulard, et Alice Patterson. Mais j'ai aussi autre chose. Un objet qui appartenait à Alice et qu'il faut que je te montre le plus vite possible.

— C'est quoi ?

— Une poupée, Hanah, une poupée aussi effrayante que bwelle.

30

Elle semblait les regarder de ses yeux de verre aux iris bleutés et leur sourire malicieusement. Son teint pâle avait la pureté de la neige. Seule une fêlure aussi fine qu'un cheveu, partant du haut du front et descendant entre les yeux, traversait son visage comme une cicatrice. Des cheveux soyeux d'un acajou profond se déployaient sur ses petites épaules. Elle portait une robe satinée bleu nuit où étaient brodées, en lettres d'or sur la manche droite, les initiales LP.

Du haut de ses quarante centimètres, c'était une poupée parfaite dont aurait rêvé n'importe quel collectionneur. En revanche, elle n'aurait pas été à mettre entre des mains d'enfant. Les siennes, de porcelaine comme le visage, étaient douces et délicates.

Eva et Hanah, qui venait d'accourir chez la détective, avaient sous les yeux un petit chef-d'œuvre, une admirable miniature, d'un réalisme incomparable. Pourtant, une étrangeté saisissante, presque effrayante en émanait. Couchée sur la table basse du salon, elle était comme habitée.

— Tu crois aux poupées hantées? demanda Eva, une bouteille de vin blanc à la main.

Elle en versa deux verres.

— Pas plus que ça, mais je ne serais pas étonnée si celle-ci l'était. Brrrr… elle me file des frissons, avec son regard fixe. De toute façon, j'ai jamais aimé les poupées. Ce n'était pas mon truc.

— Ah oui, et c'était quoi alors ?

— Les voitures, les petits soldats, les billes, le ballon…

— Tu avais tout d'une fille ! s'exclama Eva en riant.

— Pourquoi ce serait réservé aux garçons ?

— Parce que ça demande des doses plus fortes de testostérone.

— À ce propos, comment as-tu eu toutes ces informations sur Todd Chandler et Alice Patterson ? demanda Hanah.

— Frank Meyer, le directeur adjoint de l'hôpital psychiatrique. À voix haute, il a fait celui qui respectait le secret médical, la procédure administrative, etc., mais au moment de le quitter, il m'a balancé les infos presque à l'oreille. Ça avait fait des remous, à l'époque.

— Tu penses, une schizophrène qui se fait la malle en compagnie du jardinier… Ça ne doit pas arriver tous les jours, mais quand ça se produit, c'est un sale coup pour l'établissement et sa réputation, commenta Hanah, qui à son tour exposa à sa comparse les éléments recueillis dans le bureau de Stevens, y compris les plus récents sur l'autre Gary Bates.

— Je n'en crois pas mes oreilles pour Bates, siffla Sportis après un court silence. Tu penses qu'il peut s'agir d'un homonyme ?

— Ça me semble peu probable. Tout est désormais

trop imbriqué avec cette nouvelle donne sur l'association Enfance en danger. D'ailleurs, tu ne trouves pas étrange que Gary Bates, je dirais même le vrai Gary Bates, soit mort un mois avant la fuite de Todd Chandler avec sa protégée? Tu me diras : quel rapport entre deux personnes de Seattle et un type qui travaillait à la voirie à Crystal Lake? Mais il y a trop de coïncidences. Todd Chandler a fait de la prison, il a certainement quelques bonnes relations dans la petite pègre. Il était en réinsertion. En aidant une schizophrène potentiellement dangereuse à s'enfuir d'un pavillon de haute sécurité, il a signé sa condamnation. En cavale, ils ne pouvaient pas continuer sous leur vraie identité. Tu sais ce que je commence à entrevoir?

Eva secoua la tête en aspirant une longue gorgée de vin.

— La même chose que moi, sans doute.

— Alors je t'écoute, dit Hanah, un sourire au coin des lèvres.

Elle savait que la jeune détective s'était forgé une expérience dans les histoires d'adultère, les divorces et les conflits entre patron et employés, mais elle pressentait chez elle une aptitude et un vif intérêt pour la criminologie. Ce pourquoi elle avait choisi de se former afin de compléter son CV.

— Todd Chandler a commandité le meurtre de Gary Bates, commença Sportis. Ils devaient avoir une relation commune qui a exécuté ou fait exécuter le contrat. Et Chandler a ainsi pu usurper son identité. Comme Gary Bates avait divorcé et qu'il ne voyait sans doute plus sa femme, Chandler ne risquait pas d'être repéré, mais il a quand même préféré aller trouver du travail à l'Office national des forêts, qui l'aura envoyé s'enterrer à Oakwood Hills. Todd Chandler et le Gary Bates qui vient de se faire assassiner ne sont qu'une seule et même personne.

Baxter tapa doucement dans ses mains.

— Bel exposé. Nous sommes d'accord. Reste Alice Patterson, à qui appartenait cette poupée. Chandler a dû lui fournir de faux papiers à elle aussi. Visiblement, il vivait seul dans sa cabane de garde forestier. Mais s'il a fait ça pour elle, en prenant autant de risques, c'est soit qu'elle l'a grassement payé, soit qu'il en était raide dingue.

— Elle a pu le payer en nature, suggéra Eva en pouffant.

— En tout cas, c'est forcément l'un ou l'autre. Je penche plutôt pour une relation amoureuse. Mais il est vrai aussi qu'Alice Patterson pouvait être issue d'une famille riche, vu la valeur de cette poupée. D'ailleurs, je connais de nom un collectionneur établi en Illinois, sur les bords du Michigan, dans une maison un peu isolée. Un certain Keath Bennett. Un type fou de poupées et fou tout court. Il a autrefois fait la une des tabloïds pour avoir épousé une poupée à taille humaine, comme la plupart des poupées de sa collection, qu'il venait d'acquérir dans une brocante.

— Quoi ? Il s'est… vraiment marié avec une poupée ?

— Oui, devant le maire et tout. Carol Bennett, c'est le nom de son épouse. Il parade en ville en décapotable avec Carol Bennett installée sur le siège du passager.

— Non, j'y crois pas ! Quelle mascarade ! Il est complètement fêlé, ce type ! s'exclama Eva.

322

— Ça vaudrait le coup d'aller lui poser deux, trois questions. Tu veux bien t'en charger, pendant qu'on va chez Mary Cooper avec Stevens ?

La détective ravala sa salive en même temps qu'une gorgée de vin. Se rendre seule chez un taré ne la rassurait pas vraiment. Mais devant son mentor, elle voulut donner le change.

— D'accord. Si tu ne me vois pas revenir, c'est que j'ai été transformée en poupée.

— Ne t'inquiète pas. Je ne t'enverrais pas chez un psychopathe. Bennett est totalement inoffensif. Son kif, ce sont les poupées. Y compris gonflables.

— Il doit être bien seul, dit Eva tristement.

— Pas à ses yeux. La compagnie de ses quelque deux mille trois cents poupées de toutes tailles lui suffit, je crois.

— Mais un… un homme dans son genre travaille ? Je veux dire, est-il capable de s'adapter à un milieu professionnel où les collègues parlent de leur conjoint et se fréquentent ?

— Bennett doit avoir la cinquantaine aujourd'hui. Il vit de ses rentes. Et de conférences. On le sollicite souvent lors de ventes ou de rassemblements de collectionneurs, mais il décline la plupart du temps ou se fait payer très cher.

— Le meilleur moyen de ne plus se faire inviter.

— Sauf que Bennett est un phénomène de foire. Alors pour le voir en compagnie de Carol et l'entendre, on est prêt à payer.

— Ils sont… mariés depuis combien de temps ?

— Une dizaine d'années je crois, répondit Hanah.

— Au moins, c'est un couple stable et elle ne risque ni de le tromper ni de le quitter ! ricana Eva.

— Et lui non plus, je peux te l'assurer. Du moins, pas avec une femme en chair et en os.

Le regard d'Hanah passa de son verre qu'elle venait de vider à la poupée, allongée dans sa boîte.

— Dire qu'il va falloir remettre cette petite merveille à Stevens et qu'elle va finir sous scellés, en pièce à conviction. Quelle triste fin, après des années en hôpital psychiatrique…, soupira-t-elle.

— J'ai rappelé Meyer pour lui demander de m'en dire un peu plus sur la poupée qu'il m'a fait passer par le gardien. Alice Patterson disait qu'elle lui parlait.

— Ça ne m'étonne pas. Le propre de la schizophrénie, ce sont les hallucinations auditives et visuelles. Et puis, la poupée qui parle, la poupée maléfique ou magique, fait partie des fantasmes universels sur lesquels on a fait des films, écrit des livres. Elle devait servir de prétexte à ses actes. La poupée lui dictait ce qu'elle devait faire. Ou lui donnait des conseils. C'est comme entendre des voix. Certaines peuvent dire de tuer ou inviter à rejoindre le paradis en sautant du toit d'un immeuble.

Alors qu'elle s'apprêtait à porter son verre à ses lèvres, Eva arrêta son geste.

— Tu as vu les initiales, sur la manche de la robe? s'écria-t-elle. LP. Le P, ça pourrait être Patterson, non? Sauf que le L ne correspond pas à Alice.

— En effet, mais ça peut être une personne de sa famille, celle qui a confectionné la robe, suggéra Baxter, penchée sur la poupée.

— Elle n'est pas gentille.

Hanah sursauta en jetant un regard effaré à Eva.

— Pardon?

— Quoi, pardon ? demanda la détective.

— C'est toi qui viens de parler ?

— Non. Tu entends des voix, toi aussi ? plaisanta Eva.

Baxter se troubla.

— C'est… c'est sans doute mon imagination… J'étais en train d'imaginer ce que la poupée pouvait bien dire à Alice Patterson.

— Eh bien moi, je préfère ne pas imaginer.

— Tu as raison…, souffla Hanah encore sous le coup de ce qu'elle croyait avoir entendu assez nettement. Seulement il faudrait savoir ce que cette femme a pu faire pour être internée en pavillon de haute sécurité et quel est son degré de dangerosité. Quant à la poupée et aux initiales, Bennett pourra nous éclairer, j'en suis certaine. Ses connaissances dans son domaine de prédilection sont inépuisables. C'est une véritable encyclopédie pour les plangonophiles.

— Plangonophiles ? répéta Eva en détachant les syllabes.

— Oui, c'est le terme officieux pour les collectionneurs de poupées.

— Et cette Leslie Bates, la fille du vrai Gary Bates, si celui-ci connaissait Todd Chandler, peut-être qu'elle aussi, fit Eva.

— Peut-être, oui. À quoi penses-tu ? demanda Hanah qui le pressentait déjà.

Elle aspira une longue bouffée de cannelle, les lèvres fermées sur l'embout de sa cigarette électronique.

— Elle a trente ans aujourd'hui, poursuivit Eva. Elle est en pleine force de l'âge. Aurait-elle pu apprendre que Chandler est responsable de la mort de son père et avoir voulu se venger en le tuant?

— Pourquoi aurait-elle tué aussi Ange dans ce cas?

— À cause de ce qui liait la jeune Valdero à Chandler, et que nous ignorons encore.

— C'est une possibilité, acquiesça Hanah. Mais son père et sa mère la maltraitaient, c'est pourquoi elle a été placée dans une famille d'accueil. Qu'elle ait voulu, des années plus tard, venger la mort d'un père violent serait surprenant. Stevens a obtenu le numéro de téléphone de sa mère biologique et celui de la famille d'accueil, avec un peu de chance, il pourra retrouver la trace de Leslie et savoir ce qu'elle est devenue.

Changeant de position, Eva, d'un bras, prit appui sur un coussin du canapé. Un silence se fit, chacune suivant le fil de ses pensées. Elle fut la première à le rompre.

— Je t'ai dit quel est le surnom d'Alice Patterson?

— Elle a un surnom?

— Pupa.

— C'est drôle.

— Ça ressemble à poupée.

— Le mot poupée vient de là, mais en latin, *pupa* signifie «petite fille».

31

Dorwell était arrivé au bureau passablement défait. Pourtant l'hématome sur son nez avait viré au violet et jaune, et les chairs étaient moins tuméfiées.

— On dirait que votre week-end a été mouvementé, Dorwell, vous avez une mine de déterré, lui lança Stevens qui venait de recevoir par mail les six dossiers d'Enfance en danger.

— Merci, chef, pour la mine de déterré. Disons que j'ai un peu fait la fête.

— Vous avez raison, vous avez encore l'âge pour ça. Profitez-en.

Et Dorwell en avait réellement bien profité. Il était encore sous le coup de sa rencontre avec une femme comme il n'en avait jamais connu.

Décompresser fait aussi partie du métier de flic. Et lorsqu'un flic décide de décompresser, ce n'est pas à moitié. Dorwell était sorti seul au Kiss and Die, la discothèque branchée de Crystal Lake où il avait ses entrées et ses indics. Et occasionnellement des filles. Le patron était devenu presque un ami. Un ami comme peut l'être avec un policier un type qui trempe dans des affaires louches. Une amitié qui pouvait à tout moment basculer dans un bain de sang. Bref, une histoire passionnelle.

Seul au comptoir, Dorwell en était à son deuxième scotch lorsqu'elle s'était dessinée sur son côté. Côté droit, précisément. Sentant une présence proche, un peu trop à son goût de flic, il s'était tourné vivement vers elle, puis s'était arrêté de respirer. Son cœur aussi s'était arrêté. Quelques secondes, avant de repartir à cent cinquante pulsations minute.

Des yeux indéfinissables, qui devaient changer de couleur en fonction du ciel, de longs cils noirs, les deux arcs des sourcils parfaitement dessinés, un nez fin et droit, une bouche ravissante appelant à y poser ses lèvres, surmontée d'un grain de beauté qui ajoutait du piquant à l'ensemble, une peau de neige éclatante et des cheveux d'un noir bleuté. Elle devait avoir entre vingt-cinq et trente ans.

Il avait tout de suite perçu la différence avec les filles du Kiss. Celles qui, pour la plupart, avaient fini dans son lit. Car bien qu'il ne fût pas d'un charme à se pâmer, avec ses yeux turquoise et ses muscles façonnés par des heures de fonte, ses pectoraux que l'on devinait sous son tee-shirt tendu à craquer, Dorwell pouvait prétendre plaire aux femmes. Ne serait-ce que pour une nuit. En revanche, celles d'une vie l'ignoraient désespérément.

— La mélancolie d'un flic est aussi belle et poignante que *La Mort du cygne*, lui avait-elle dit. Vous connaissez, ce ballet de Saint-Saëns ?

Dorwell l'avait regardée d'un air ahuri. Elle avait souri.

— Non, bien sûr, vous ne connaissez pas. Vous

n'avez pas le temps, avec toutes ces morts à élucider. Alors, la mort d'un cygne, à côté…

Mais ce n'était pas pour le ballet de Saint-Saëns que Dorwell lui avait lancé ce regard. Il se demandait comment elle avait deviné le flic, sous sa tenue civile.

— Ça se voit tant que ça, ce que je fais dans la vie ? lui avait-il demandé, un peu désemparé. C'est la première fois que je vous vois ici, en tout cas.

— C'est la première fois que je viens.

— Et pourquoi vers moi ? Je ne suis pas le seul mec, ici, demanda Dorwell, soudain sur la défensive.

— Je ne cherche rien, je vous rassure. Simplement un peu de compagnie. Et je vous ai vu, seul, avec je ne sais quoi de vulnérable. Mais peut-être un flic seul est-il plus vulnérable ?

Un sourire mystérieux souleva ses lèvres.

— Vulnérable ? Pas tant que ça…, dit Dorwell qui écarta légèrement son cuir de sa poitrine, laissant apparaître la crosse de son Glock enfoncé dans le holster.

Le sourire disparut instantanément.

— Oh, je vois. Je vous dérange peut-être en plein travail ?

Le ton était plus sec.

— Non, vous inquiétez pas. Ce soir, je décompresse. Je vous offre un verre ?

— Pourquoi pas ? Une caipi.

Dorwell fronça les sourcils.

— Caipi ?

— Caipiroska, vodka, citron vert et sucre. Vous ne connaissez pas ?

Le sourire était revenu, comme le soleil sortant derrière un nuage.

— La vodka, c'est pas trop mon truc. Comme ceux qui la fabriquent, d'ailleurs.

— Et, c'est quoi… votre «truc»? La bagarre?

— Ah, mon nez? Un souvenir encore récent, mais ça, ça passe. Non, c'est le scotch on the rocks et les belles femmes, dit-il en la toisant. Et vous, vous êtes la plus belle que j'aie jamais vue.

— Merci, c'est gentil.

Il entreprit de la détailler. Rien de surprenant à la voir perchée sur des talons aiguilles. Ce genre de fille a besoin de hauteur, de sentir qu'elle domine. Une jupe en cuir rouge s'arrêtait net au bas des fesses, dévoilant des jambes coulées dans du bronze. Au-dessus, un corsage noir, assez décolleté pour laisser apparaître la naissance des seins entre lesquels se lovait un médaillon ovale, épousait la cambrure de ses reins. L'ensemble donnait le vertige.

— Vous n'êtes pas d'ici, vous, dit-il enfin.

— Non, pas à l'origine. Mais j'y suis venue petite et j'y ai grandi.

— Comment se fait-il qu'on se soit jamais croisé?

— On ne fréquente pas les mêmes endroits.

— La preuve que si, rétorqua Dorwell dans un geste de la main.

— Peut-être maintenant. Vous êtes sur une enquête difficile, pour avoir besoin de vous détendre?

Dorwell hésita quelques secondes. À cette femme, il aurait voulu tout balancer sur sa vie. Lui confier qu'autrefois il avait été fou d'une fille qui ne l'aimait pas, qu'il était sur une putain d'affaire de disparitions de fillettes et qu'ils venaient de trouver, le matin même, le cadavre d'une fille atrocement mutilée sur le lac gelé. Mais il se contint, parce que les

330

femmes n'aiment pas les hommes qui se plaignent, les hommes qui geignent. C'était, du moins, ce que Dorwell se figurait des femmes.

— Une grosse affaire, disparitions et double meurtre. Ça n'arrive pas souvent, dans la région. Mais ça va. On va coincer celui ou ceux qui ont fait ça et, croyez-moi, on va bien s'en occuper.

La femme lui lança un regard admiratif.

— Ce doit être assez jouissif de pouvoir faire justice sous couvert de la loi. Vous, les policiers, vous devez vous prendre pour Zorro, en quelque sorte.

Dorwell éclata de rire. Elle avait parfois des airs de petite fille. Surtout à sa façon d'aspirer son cocktail à la paille.

— Ah non, Zorro, il était pas vraiment dans la légalité. C'est vrai que c'est gratifiant, de coffrer les ordures et de rendre justice aux familles des victimes. Mais après, le soir, on se retrouve seul comme un con devant un verre de scotch. C'est quoi votre prénom?

— Lilly.

— Moi, c'est Max. Enchanté, Lilly, dit-il en lui tendant la main.

Jamais il n'oublierait ce qui s'était passé ensuite. Non, jamais. L'odeur poivrée de ses cheveux, le goût de sa bouche, la chaleur de sa langue sur sa verge, celle de son corps lorsqu'il l'avait pénétrée. C'était un rêve. Non, mieux encore, c'était réel et ça avait duré toute la nuit. Ils étaient allés chez lui pour un dernier verre, elle n'était repartie qu'au petit matin, alors qu'il dormait encore. Elle n'avait rien laissé. Pas de message, pas de téléphone. Il ne savait même pas où elle travaillait, où elle habitait.

— Comment s'appelle-t-elle?

La voix de Stevens l'arracha à ses pensées.

— Qui ça, chef?

— Celle qui occupe votre esprit ce matin au point de vous empêcher de vous concentrer sur votre travail.

Dorwell se mit à rougir.

— Vous m'épatez, chef.

— J'ai juste un peu vécu avant vous. Rien d'épatant à ça. Alors?

— Ben… Lilly.

— Joli prénom. Vous allez la revoir?

— Je… non, je crois pas. Peut-être.

— Ça va aller?

— Oui, chef.

— Tant mieux, parce qu'il y aura bientôt une perquise à faire, j'attends incessamment le mandat du procureur. Chez Mary Cooper, une patiente du docteur Lasko. En attendant, on a six dossiers à éplucher. Trois pour vous, trois pour moi. Après on échange. Sinon, vous avez du nouveau sur Gary Bates?

— Il est pas fiché. Il a commencé à travailler à l'Office national des forêts en 1993, à Oakwood Hills. Un type sans histoire, d'après ses collègues, discret, célibataire et plutôt solitaire.

Après que Stevens lui eut raconté en quelques mots ce qu'il venait d'apprendre sur un certain Gary Bates mort en 1991, Dorwell n'en crut pas ses oreilles lui non plus.

— Putain, ça se corse, chef!

— En effet, alors au boulot, Dorwell, et oubliez Lilly quelques heures. Ah oui, j'ai fait appel à Hanah Baxter, une profileuse de New York qui touche sa bille. J'espère que vous ne verrez pas d'inconvénient à travailler avec elle et à lui fournir tous les éléments dont elle aura besoin si, d'aventure, j'en oubliais.

Dorwell regarda son supérieur avec des yeux ronds qui lui donnaient un air touchant de jeune veau.

— Une profileuse ? Elle vient quand ?

— Elle est déjà là. Vous la verrez bientôt.

Une heure plus tard, les deux policiers levaient la tête de leurs dossiers et leurs regards s'accrochèrent. Chacun avait maintenant pris connaissance de la totalité des documents.

Suzy West et Shane Balestra avaient été frappées par leur père. Amanda Knight avait été un bébé secoué par sa mère, victime d'une dépression *post-partum*. Babe Wenders avait été admise aux urgences à l'âge de sept ans pour une fracture du poignet et de la clavicule ainsi qu'un traumatisme crânien — le beau-père avait été fortement soupçonné. La mère de Lieserl était partie de la maison en laissant sa fille d'un an et demi sans eau ni nourriture tout un week-end en l'absence de Joe. Et, enfin, Vicky Crow avait été victime par procuration d'un syndrome de Münchhausen dont sa mère était atteinte.

— Voilà donc le point commun entre les familles des gamines. Des vies déjà bien lourdes pour de si jeunes enfants, conclut Stevens, la gorge contractée. Un mobile pour le ravisseur.

— C'est quoi, le syndrome de Münchhausen ? demanda Dorwell, sonné.

— Il me semble que ça touche les mères, une sorte de désordre mental qui provoque des comportements dangereux pour leurs enfants, mais je vais rappeler cette personne de l'association pour le lui demander précisément.

Stevens décrocha le combiné, composa le numéro et attendit, les yeux rivés au dossier de Vicky. Comment tout cela pouvait-il arriver ? Quelle était cette nature humaine, de quoi était-elle constituée pour en arriver à de telles extrémités ?

— Enfance en danger, bonjour.

Il reconnut aussitôt la voix avenante de l'assistante sociale.

— Chef Stevens. Merci pour les copies. J'ai le dossier de Vicky Crow sous les yeux, où il est question de syndrome de Münchhausen par procuration. Pouvez-vous m'expliquer exactement de quoi il s'agit ?

— Je vous passe notre psychologue, elle vous éclairera mieux que moi.

Le transfert prit deux minutes.

— On me dit que vous souhaitez un éclairage sur le Münchhausen ? demanda la psychologue.

— C'est pour une affaire en cours, oui.

— Alors il faut distinguer deux versions de ce syndrome. Le Münchhausen simple et le Münchhausen par procuration. Dans le premier type de MS, la personne atteinte attire l'attention sur elle par des blessures qu'elle s'inflige délibérément en se rendant malade jusqu'à l'hospitalisation, ou par des automutilations, toujours déguisées en accidents indépendants de sa volonté. Dans le deuxième type, donc par procuration, comme son terme l'indique, la mère — car ce sont le plus souvent des femmes qui souffrent de cette pathomimie…

— Pathomimie?

— Un trouble mental qui consiste à simuler une maladie. Donc la mère fait subir à son ou ses enfants exactement ce qu'elle s'infligerait dans le syndrome de Münchhausen simple. C'est-à-dire des blessures plus ou moins graves, des empoisonnements, des hémorragies provoquées par ingestion d'anticoagulants, des coliques, avec fièvre et vomissements, bref tout un panel de symptômes qui paraissent tout à fait accidentels ou bien provoqués par une maladie d'origine naturelle. Sans oublier les morts subites du nourrisson, dont les causes ne sont pas toujours naturelles. Mais là, même les médecins se font avoir. Parce qu'en plus de ça, ces mères, dans leur folie, finissent presque dans chaque cas par conduire leur enfant chez le médecin ou aux urgences. Ce qui en fait des mères protectrices et attentives, en apparence seulement. Mais qui, du personnel soignant, pourrait diagnostiquer un tel syndrome chez une mère qui semble sincèrement inquiète pour son rejeton? Ce n'est même pas évident pour un psy.

— Terrible.

— De ce fait, les enfants sont entièrement à la merci de cette mère en réalité maltraitante, qu'ils considèrent comme un ange qui les sauve. Le lien pervers n'en ressort que renforcé, dans une interdépendance morbide. Cette explication vous suffit-elle?

— Amplement, je vous remercie.

Stevens raccrocha dans un soupir.

— La petite Crow est née en 2008, relut-il. À quatre mois, elle est prétendument tombée de la table à langer, trois côtes cassées et une commotion cérébrale. À un an, elle revenait aux urgences pour une brûlure au quatrième degré, sept mois plus tard, elle subissait un lavage d'estomac pour avoir ingurgité prétendument accidentellement une demi-boîte de Valium, sauvée *in extremis* cette fois, à deux ans et demi, rebelote, fièvre et vomissements inexpliqués, et comme ça, d'urgences en hospitalisations jusqu'à cinq ans. Là, elle s'est retrouvée en réa, suite à un arrêt respiratoire. Sauf que le médecin réanimateur n'a pas voulu croire cette fois à la version de la mère, qui affirmait que Vicky s'était étouffée avec le drap en dormant d'un sommeil agité comme souvent. D'après lui, on avait tenté de l'étouffer sous un oreiller. Il a même fait appel à un confrère légiste qui a confirmé. La mère a aussitôt été signalée à la police, puis à Enfance en danger. Elle a été internée quatre mois et est suivie depuis par un psychiatre. Et dire que quand on la voit, comme ça, on ne soupçonne rien.

À cette seconde, après trois petits coups frappés à la hâte, la porte s'ouvrit sur Tomas Walker, le chef de la scientifique. Il tenait des photos qu'il déposa devant Stevens.

— J'ai quelque chose qui pourrait vous intéresser, Stevens, dit-il en étalant les clichés sur le bureau.

Le flic reconnut la glace striée du lac gelé. Là où Ange Valdero avait été retrouvée. Il regarda l'endroit que désignait Walker du doigt.

— Ce sont des agrandissements de deux de nos photos prises hier. Regardez, là.

— On dirait des traces de roues parallèles.

— Oui, c'était à proximité du corps. Et sur la

deuxième, ici, elles partent du bord du lac. Et vont se perdre dans la neige, pas très loin : des empreintes de pneus plus larges indiquent qu'une voiture a stationné ici. On a déchargé d'une voiture, puis chargé un fauteuil roulant.

— Peut-être pour transporter plus facilement le corps d'Ange Valdero sur la glace, dit Stevens. Vous n'avez pas trouvé d'autres empreintes ? Des pas ?

— Non. C'est plus difficile, sur la glace. Et sur le pourtour du lac, la neige est pas mal piétinée. C'est tout ce que nous avons pu isoler.

— C'est du bon travail, merci Walker.

Puis, se tournant vers Dorwell songeur une fois le chef de la scientifique parti :

— C'est bien Mary Cooper, la patiente de Joe Lasko, qui se déplace en fauteuil roulant depuis son accident. Je pense qu'elle nous doit quelques explications sur son emploi du temps de ces dernières vingt-quatre heures.

32

La maison où vivait Mary Cooper se trouvait à la sortie de Crystal Lake, à environ huit kilomètres du centre, dans un quartier résidentiel et calme.

Conçue avec un étage, surmontée d'un toit haut qui laissait imaginer de vastes combles, extérieurement, elle n'avait rien de différent des autres, hormis sa sinistre réputation depuis que le jeune Woodland y avait abattu ses parents et ses sœurs.

Bien qu'il ne crût pas aux maisons hantées, Dorwell n'était pas vraiment enchanté d'avoir été chargé d'effectuer la perquisition avec ses gars, pendant que Stevens interrogeait Mary Cooper en compagnie de Baxter.

L'équipe était arrivée tôt, aux alentours de 7 heures, ce mardi matin, répartie dans trois voitures de type 4 × 4 équipées de pneus neige. Quatre policiers s'étaient déployés dans le parc autour de la maison, jusqu'au bord de l'étang gelé, tandis que Dorwell s'occupait de visiter l'intérieur avec trois autres gars, dont Harry tout juste remis de son coup de froid.

Le jour se levait sur un ciel en acier brossé. Sous

les rangers, la neige craquait comme de la meringue dans un son feutré.

L'intrusion des forces de l'ordre dans la propriété n'était pas passée inaperçue. Derrière les fenêtres des maisons voisines, les rideaux bougeaient, des silhouettes apparaissaient.

Mary Cooper avait ouvert la porte, installée dans son fauteuil roulant, en peignoir, les cheveux défaits et les yeux encore gonflés. Stevens l'avait saluée en lui montrant le mandat délivré par le procureur.

— Que me vaut cette visite de courtoisie? demanda-t-elle, d'un ton aigre.

— Entrons, si vous le voulez bien, répondit Stevens qui, sans attendre la permission, fit un pas à l'intérieur, suivie d'Hanah et des policiers.

Mary fit demi-tour dans un bourdonnement électrique et les précéda au salon. C'était une pièce spacieuse, à la décoration récente.

Depuis son accident, Cooper n'occupait plus que le rez-de-chaussée, où tout avait été aménagé pour son handicap. Dans la cuisine, les équipements étaient plus faciles d'accès et la salle de bains était dotée d'une douche plus grande avec un siège sur lequel Mary pouvait se glisser depuis son fauteuil.

— Est-ce vous qui avez déposé les flyers de l'association pour handicapés Handy Wha-Roll dans la salle d'attente du cabinet du docteur Lasko? demanda Stevens sans préambule.

— Oui, en effet. J'en ai déposé ailleurs aussi, quand j'en avais l'occasion. C'est pour ça que vous vous êtes déplacés en force?

— Vous êtes impliquée dans cette association? poursuivit Stevens qui ignora la question.

— J'en suis la présidente. Il se passe quelque chose ?

— Veuillez vous contenter de répondre, pour le moment, madame Cooper. Les flyers, c'était à l'occasion d'un événement à Woodstock, les 9 et 10 février derniers, n'est-ce pas ?

— Oui.

— Vous êtes-vous rendue là-bas ?

— Oui.

— Quel jour ?

— Je ne m'en souviens plus. Est-ce important ?

— Ça pourrait l'être. Est-ce vous qui avez envoyé des poupées aux parents des petites disparues, Lieserl Lasko, Amanda Knight, Vicky Crow et Babe Wenders ?

Les noms claquèrent dans un silence pesant. Mary Cooper demeurait impassible.

— Des poupées ? Non, pas du tout. Pourquoi pensez-vous que j'aurais pu faire ça ?

— Les quatre colis ont été postés de Woodstock le 8 février.

— Mais vous venez de dire que le week-end du handicap était le 9 et le 10.

— Vous auriez très bien pu y être un peu avant pour l'organisation. Comment vous y êtes-vous rendue ?

— En voiture. Je conduis toujours. Et pourquoi aurais-je envoyé des poupées ?

— Ça, ce serait à vous de me le dire, madame Cooper. Donc, vous certifiez ne pas avoir envoyé ces poupées aux familles touchées par les disparitions ?

Stevens sortit d'une chemise les photos des poupées et les étala sur la table basse, devant Cooper. Elle y jeta à peine un regard.

— Ce n'est pas moi.

— Êtes-vous mariée? Avez-vous des enfants?

— Ni l'un ni l'autre.

— Maintenant, regardez bien.

Il sortit cette fois les agrandissements des marques des roues du fauteuil roulant sur le lac gelé. Elles étaient assez nettes.

— Le corps d'une jeune fille a été découvert dimanche matin au milieu du lac, totalement nu. Les techniciens de la scientifique ont pu isoler des traces qu'ils attribuent formellement à celles d'un fauteuil roulant. Êtes-vous allée au lac ce matin-là?

— Non. Que voulez-vous que j'y fasse? Du patin? grinça Mary Cooper, dont le ton devenait plus mordant. Et quel rapport avec cette jeune fille?

— Vous connaissez Demy Valdero?

Stevens, qui connaissait la réponse, voulait évaluer sa réaction.

— Oui.

— Quels sont vos liens?

— Cordiaux. Elle vient m'aider quand…

Cooper s'interrompit.

— Quand?

— Quand elle peut. Pourquoi me parlez-vous d'elle?

— La fille du lac, c'est Ange Valdero. Sa fille.

Cette fois, Mary Cooper sembla sous le choc. Elle se mit à trembler.

— Vous la connaissiez?

— Je… Je l'ai vue à quelques reprises. Que… que lui est-il arrivé?

— On l'a assassinée. Et d'après les relevés, le meurtrier s'est servi d'un fauteuil roulant pour transporter le corps.

341

— Et vous pensez que ce fauteuil était le mien…

— Où étiez-vous samedi soir? coupa Stevens.

— Chez moi. Je ne sors qu'en cas d'extrême nécessité. Le docteur Lasko pourra d'ailleurs vous confirmer que je suis allée le consulter la semaine dernière pour un début de bronchite.

— Bien. Mais nous allons devoir emporter votre fauteuil pour comparer ses pneus avec les empreintes.

— Et comment vais-je faire?

— Ne vous inquiétez pas, nous y avons pensé. Nous vous avons apporté un fauteuil de remplacement.

— Mais a-t-il des commandes électriques?

— C'est sa réplique exacte.

Le tremblement de Cooper s'accentua. On aurait dit un accès de Parkinson.

— Vous ne vous sentez pas bien, madame Cooper?

— Je… j'ai des médicaments à prendre, veuillez m'excuser.

— Bill, accompagne cette dame à la cuisine, ordonna le lieutenant à l'un des policiers qui était resté avec eux.

Sans un mot, Hanah se leva et leur emboîta le pas, lançant au passage un regard entendu à Stevens.

Pendant ce temps, Dorwell et ses hommes passaient la maison au peigne fin. Des combles à la cave. Le plancher de l'étage grinçait comme le pont d'un navire sous leurs lourdes semelles. Ils visitèrent les trois chambres, dont celle des parents et des deux filles tuées par leur fils et frère. Les murs avaient été blanchis à la chaux, le parquet vitrifié, les volets en bois remplacés par des stores électriques. Personne n'aurait pu deviner ce qui s'y était passé.

— Ça fait drôle quand même d'être ici, tu trouves pas, Dorwell? demanda Greg Wilson, un flic obèse aux yeux de sanglier.

— Le plus drôle, c'est qu'on se douterait de rien, si on n'était pas au courant.

— Pourquoi cette perquise en fait? Le chef, il pense vraiment qu'une nana handicapée aurait pu se trimbaler au lac et y déposer le cadavre de cette meuf?

— Il doit avoir son idée, nous on exécute. Allez, on continue.

Une des chambres attira l'attention de Dorwell. Dans la salle de bains attenante se trouvaient une brosse à dents dans un verre et quelques affaires de toilette, brosse, peigne, maquillage, serviettes. Elle paraissait habitée.

Il ouvrit l'armoire en bois massif, probablement du noyer, et y découvrit des robes, des jeans, des chemisiers, des vestes de femme et des pulls. Une garde-robe plutôt élégante. Dans le fond, des escarpins et des bottines ainsi qu'une paire de baskets. Une forte odeur d'antimites s'en dégagea, le prenant au nez.

Il fit un pas en arrière et referma l'armoire. Mary Cooper ne vivait pas seule, à moins qu'elle n'ait pas rapatrié toutes ses affaires en bas. Mais la salle de bains, avec les cosmétiques, la brosse, un tube de rouge à lèvres, semblait un espace vivant. Il sortit de sa poche un sachet en plastique dans lequel il glissa quelques cheveux récupérés sur la brosse à l'aide d'une pince métallique.

Il fouina encore quelque temps, défaisant la couette, les taies d'oreiller, retournant les coussins, soulevant le matelas, inspectant chaque latte du

sommier. Dans les perquisitions, Dorwell se révélait. Il faisait preuve d'une minutie et d'une sagacité
remarquables qui contrastaient avec le personnage
de tous les jours.

Entre-temps, dans la cuisine, Mary Cooper
remuait tous ses fonds de tiroir à la recherche du
médicament qu'elle devait avaler d'urgence.

— Avez-vous besoin d'aide? se risqua Hanah,
demeurée en retrait jusque-là.

Elle observait les moindres gestes et changements
d'expression de Cooper.

— Non… non merci.

— Quel médicament devez-vous prendre?

— Un antalgique. La douleur se réveille dans
mon dos, parfois, depuis l'accident. Ça me donne
ces tremblements. Mais je crois bien que je n'en ai
plus… Elle m'a pourtant dit qu'elle irait en acheter
pour que je n'aie pas à me déplacer.

À cet instant, on aurait dit Mary Cooper soudain
absente, parlant pour elle-même.

— Qui devait vous acheter des antalgiques?

— Demy. Demy Valdero.

— Elle vient souvent vous aider?

— Trois fois par semaine. Elle s'occupe d'enfants,
alors elle fait comme elle peut.

— Elle gardait Lieserl Lasko aussi. Sauf le jour
de sa disparition. Elle l'avait confiée à Ange. Vous
connaissiez la petite Lasko? demanda Hanah qui ne
quittait pas Cooper des yeux.

Les mouvements incontrôlés de sa main gauche
ne lui échappèrent pas.

— Non. Je ne l'ai jamais vue. Pourquoi l'aurais-je
vue, d'ailleurs?

— Puisque vous connaissez Demy, ça aurait été possible.

— Demy vient ici et non l'inverse.

— Comment avez-vous vécu et accepté votre handicap ? demanda Baxter.

— Je survis, mais on n'accepte jamais ce genre de choses. Je me contente de vivre avec.

— Chef ! Chef ! cria soudain un des policiers en faisant irruption dans le salon, quelque chose de long et soyeux entre ses doigts gantés de latex, ainsi qu'un objet rond. Regardez ce que je viens de dégotter ! C'était dans l'appentis, dans un des tiroirs. Y a une machine à coudre… Et aussi ça…

Les têtes se retournèrent vers Harry qui arrivait avec sa trouvaille et les regards convergèrent sur ce qu'il tenait. Des mèches de cheveux de couleurs différentes. Du blond foncé au roux, en passant par du brun et du noir. Et dans l'autre main, une tête chauve. Une petite tête de poupée.

Hanah et Bill, précédés de Mary Cooper, déboulèrent de la cuisine, alertés par les exclamations de Harry. Au passage, Baxter remarqua la présence discrète d'un piano droit juste sous l'escalier. Une partition fermée reposait dessus.

Stevens se tourna aussitôt vers Cooper.

— Que font ces cheveux chez vous ? Et ce crâne de poupée ? Vous pouvez nous expliquer ? Y a-t-il un rapport avec les poupées envoyées aux familles ?

Son ton s'était durci.

C'est à cet instant que Mary Cooper éclata en sanglots.

— Oui… c'est vrai… c'est… c'est moi ! hoquetat-elle en portant une main à son front. Il était moite.

— C'est vous quoi?

Chacun retenait son souffle.

— Les poupées… c'est moi qui les ai envoyées.

— Et ces cheveux? À qui appartiennent-ils?

— Je… c'est chez mon coiffeur. Je lui ai demandé des mèches de différentes couleurs. Pour les fixer sur des poupées que j'ai achetées sur eBay. Je les voulais les plus ressemblantes possible avec… avec les petites.

— Nous vérifierons chez votre coiffeur. Harry, tu prendras l'adresse. Et les habits? Vous les avez cousus? souffla Stevens, tendu. Les poupées étaient habillées de la même façon que les fillettes le jour de leur disparition. Comment avez-vous su?

— Je… je me suis fait passer pour quelqu'un de la police auprès des parents dont j'ai vu le nom dans la presse. Je n'ai eu qu'à les questionner et… ils m'ont renseignée.

Hanah et Stevens se regardèrent. Si c'était vrai, il fallait y penser. Cette femme était d'une grande intelligence.

— Nous vérifierons aussi. S'il s'avère que vous nous mentez, vous savez ce qui vous attend, madame Cooper.

Mary hocha la tête en reniflant.

— Donnez un mouchoir à Mme Cooper, dit Stevens.

Tous ces miasmes qui s'échappaient de son nez le dégoûtaient.

— Avez-vous enlevé ou fait enlever les petites Lasko, Knight, Crow et Wenders? reprit-il, en mode rouleau compresseur.

Mary Cooper lui lança un regard éploré.

— Non ! beugla-t-elle. — Le changement qui s'était opéré en elle était stupéfiant. — Arrêtez de me torturer !

Alors qu'en arrivant ils étaient face à une femme d'âge mûr, sèche et un soupçon arrogante, ils avaient maintenant devant eux une petite fille en larmes.

— Avez-vous envoyé des poupées aux familles de deux autres gamines disparues en 2010 et 2011, Suzy West et Vicky Crow ?

— Non, je n'ai pas eu l'idée à l'époque.

— Les avez-vous enlevées ou fait enlever ?

— Non ! Non plus ! Mais vous voyez dans quel état je suis ? Comment aurais-je pu les enlever ? Et pourquoi aurais-je organisé ces rapts ?

— Par vengeance, peut-être ? suggéra Stevens.

— Vengeance ? Mais pourquoi donc ? Me venger de qui, de quoi ?

— De votre situation. Vous avez dû ressentir cet accident comme une injustice, en plus du fait de ne pas avoir eu d'enfants.

— Ne pas avoir d'enfants peut être un choix et pas une chose subie, rétorqua Cooper après s'être mouchée.

Le geste souleva chez Stevens une vague irrépressible de dégoût. Cette femme est aussi repoussante qu'une mite, se dit-il.

— Alors pourquoi avoir envoyé ces poupées, si vous n'êtes pas impliquée dans les disparitions ? enchérit le lieutenant.

— Vous n'avez rien compris ! C'est... c'est par compassion. Pour leur faire un cadeau lié à leurs filles.

— Et à aucun moment vous ne vous êtes dit qu'un

envoi anonyme de sosies miniatures serait de nature à les effrayer? Qu'ils l'interpréteraient comme un avertissement ou, pire encore, comme l'annonce de la mort de leur enfant? Pourquoi avoir choisi l'anonymat?

— Qui je suis pour parader avec des cadeaux? Je ne voulais pas que, se sentant redevables, ils cherchent à me remercier d'une façon qui m'aurait gênée.

— Ils se sont sentis tellement redevables qu'ils sont venus directement me remettre ces poupées en main propre, dit Stevens.

— Je comprends votre geste, intervint soudain Hanah avec un clin d'œil discret au lieutenant. Est-ce vous aussi qui avez fait don d'une somme de dix mille dollars à l'association du docteur Lasko?

— Oui, reconnut Cooper, dont le peignoir défait bâillait sur la chemise de nuit. Il s'est montré très gentil avec moi durant mon séjour en réanimation, il m'a pour ainsi dire sauvé la vie.

— Vous auriez pu lui en vouloir, justement, commenta Baxter.

— Oh non! J'ai fait une expérience unique, juste avant d'être réanimée. Ça m'a davantage ouvert l'esprit sur les autres, ça m'a montré combien l'amour est essentiel à la vie. L'amour sous toutes ses formes. Alors, je ne le remercierai jamais assez de m'avoir permis de connaître ça.

— Vous êtes née où? s'enquit Hanah d'une voix plus douce.

— En Irlande. Je suis arrivée aux États-Unis à ma majorité.

— En Irlande, répéta Hanah. D'où le léger accent

que je devine. Et qu'avez-vous fait, une fois sur le Nouveau Continent? Commencé une nouvelle vie?

— Comme Grace Kelly, je voulais être actrice à Hollywood. Ça ne se voit pas mais j'étais jolie, à l'époque. Pas assez grande, peut-être. Je veux parler de ma taille. Je n'ai eu que de petits rôles de figurante. Là-bas, j'ai rencontré un garçon qui était de Chicago. Il m'a emmenée, on a loué un petit studio en travaillant à droite et à gauche. J'étais serveuse dans des restaurants, des bars. Puis j'ai décroché un poste dans l'administration. Le garçon m'a quittée pour une autre, les années ont passé, j'ai fait des économies et je suis arrivée à Crystal Lake.

— Jolie histoire, dit Hanah.

— Chacun la sienne.

— Connaissez-vous un dénommé Gary Bates? demanda Baxter tout de go.

— Non, ce nom ne me dit rien.

Au même moment, Dorwell et ses hommes, qui en avaient fini avec le premier étage, retrouvèrent les autres au salon.

— Il y a une chambre qui semble habitée, là-haut, dit-il en regardant tour à tour son chef et Mary. Vous ne vivez pas seule, madame Cooper?

Mary Cooper serra les lèvres.

— Comme je n'occupe plus l'étage, il m'arrive de louer une chambre à une étudiante.

— Pour une étudiante, comme vous dites, il y a pas beaucoup de livres, dans celle-ci.

— En effet, en ce moment c'est une jeune femme qui travaille.

— Et où est-elle?

— Justement, à son travail.

— Où ça ? questionna l'adjoint de Stevens en retirant ses gants en latex.

— Elle est responsable de la sécurité dans une grande surface.

Le portable de Stevens sonna dans sa poche. Une sonnerie aussi impersonnelle que son propriétaire, se dit Hanah qui avait pour habitude de profiler également ses collaborateurs.

— Lasko, s'annonça Joe au bout du fil. Le père de la petite Vicky vient de m'appeler. Il a retrouvé sa fille ! Dans sa chambre, allongée sur le lit !

— Comment est-elle ? demanda Stevens comme s'il venait de recevoir une météorite en pleine tête.

— Elle est dans le coma. On vient de la transporter en réa. Son pronostic vital est engagé.

33

Pendant que Dorwell, Harry et Bill se rendaient chez les Crow, à la périphérie de la ville, Stevens filait à l'hôpital à bride abattue en compagnie de Baxter. La lumière bleue du deux-tons fixé au toit du 4 × 4 de la police tournait sur elle-même comme une toupie.

Il était près de onze heures lorsqu'ils arrivèrent dans le service de réanimation. Lasko les attendait, mais il n'était pas seul. Maggy Korsakov, une journaliste du *Northwest Herald*, faisait le pied de grue devant la salle où se trouvait Vicky Crow. Elle était aussi redoutable que redoutée. Tous ceux qui avaient eu affaire à elle, jusqu'à son rédacteur en chef, se demandaient pourquoi elle avait préféré ce joli trou à une mégapole comme New York ou Chicago, où elle aurait pu faire ses preuves et devenir à son tour rédactrice en chef d'un grand journal d'information.

Dès qu'il aperçut ses jambes fuselées et ses mollets musclés — elle portait une jupe au-dessus du genou quel que soit le temps, quitte à mettre des collants en laine et soie —, Stevens se sentit bouillir. Comment avait-elle su ? Qui l'avait prévenue ?

Abandonnant Hanah et Joe, il fondit sur elle.

— Qu'est-ce que vous fichez ici, Korsakov ? gronda-t-il.

— La même chose que vous. Mon travail.

Il la toisa avec agacement. Elle n'était ni belle ni laide. Un physique plutôt commun, mais qui prenait toute sa dimension dès qu'elle se mettait à parler. Une énergie particulière émanait d'elle, et l'intelligence de son regard sombre éclairait celui-ci d'un charisme étonnant. Et comme si cela ne suffisait pas, elle relevait l'ensemble par des couleurs vestimentaires plutôt vives en privilégiant les couleurs élémentaires.

— Comment avez-vous su pour Vicky Crow ?

— Un coup de fil anonyme. Vous voyez, il n'y a pas de quoi s'affoler.

— Si, bien sûr qu'il y a de quoi. Vous n'allez pas sortir votre papier maintenant.

— Je vais me gêner.

Stevens tapa du pied.

— Bon sang, mais avez-vous conscience que ça peut nuire à l'enquête ?

— Le ou les auteurs des enlèvements veulent que ça se sache. C'est clair. Peut-être est-ce même l'un d'eux qui nous a prévenus.

— C'était un homme ?

— D'après la voix, oui.

— Mais tant qu'on n'est sûr de rien, ne publiez pas, Korsakov.

— Stevens, vous croyez sincèrement que je vais priver les lecteurs qui suivent l'affaire depuis le début d'une telle info ?

— Oh et puis zut ! s'exclama le lieutenant en

balayant l'air de la main. On ne peut pas demander à un journaliste d'avoir une conscience !

— Ma conscience professionnelle me suffit amplement dans mon métier.

Haussant les épaules, Stevens tourna les talons et alla rejoindre Hanah et Joe qui discutaient un peu plus loin de la perquisition chez Mary Cooper.

Tous trois partirent en quête du médecin réanimateur qui s'occupait de Vicky. Les parents se trouvaient déjà auprès de leur fille.

Avisant un homme en blouse verte, cheveux poivre et sel serrés dans un catogan, Stevens l'interpella. Il n'eut pas besoin de sortir sa carte de police, ses insignes et son uniforme le signalaient.

— Bonjour, docteur, est-ce vous qui suivez Vicky Crow ?

Le médecin leva sur Stevens des yeux vert d'eau protégés par d'épais sourcils blancs. Sur son badge était inscrit : Dr R. Thompson.

— Moi-même, répondit-il d'une voix de baryton. Elle était posée et avait quelque chose d'apaisant.

— Je peux m'entretenir avec vous cinq minutes ?

— Je vous écoute, dit Thompson en croisant les bras.

— Je vous prie de nous excuser, lança Stevens à Lasko qui s'éloigna aussitôt. Seule Hanah resta.

— Qu'est-il arrivé exactement à Vicky Crow ? questionna le lieutenant.

— Elle est dans un coma profond. Un coma certainement induit par autre chose qu'un traumatisme à la tête. Nous sommes en train de chercher.

— Vous semble-t-elle souffrir de malnutrition ?

— Oui et ses muscles sont atrophiés, elle doit avoir sombré dans le coma depuis un certain temps déjà.

— Connaissez-vous son dossier médical?

Le médecin regarda le policier d'un air surpris.

— Apparemment, elle a déjà été admise aux urgences à quelques reprises.

— Vicky Crow est suivie par une association de protection de l'enfance. Sa mère souffre du syndrome de Münchhausen par procuration pour lequel elle a déjà été internée en psychiatrie.

— Sa mère est près d'elle, avec son père, répliqua le docteur Thompson.

— Elle a déjà failli la tuer, vous comprenez? dit Stevens à voix basse.

— Je vois, oui, mais quel est le rapport avec la situation actuelle?

— Ce que je veux dire, docteur, c'est qu'on ne peut pas ignorer ce paramètre.

— D'accord, c'est bien noté. Je vais me replonger dans son dossier. J'y trouverai peut-être quelques éléments qui me permettront d'apporter la lumière sur ce qui lui arrive. Merci pour cette info.

— Je dois parler aux parents, dit Stevens.

— Vous devrez attendre qu'ils sortent de la salle. On ne peut pas accepter plus de deux personnes. Les plus proches. De toute façon, la petite est dans l'incapacité de parler.

— Va-t-elle s'en sortir?

— Je ne peux pas encore me prononcer.

— Merci pour ces précisions, docteur. On se voit plus tard.

Stevens se tourna vers Hanah en soupirant.

— Quelle tristesse…, souffla-t-il.

— Vous ne croyez plus à l'hypothèse de l'enlèvement en ce qui la concerne, n'est-ce pas?

— Il nous faut éclaircir tout ça, en effet. Que ce soit précisément elle qui réapparaisse, comme ça, dans sa chambre est pour le moins étrange. Mais je commence à entrevoir une autre possibilité. La mère de Vicky a très bien pu, d'une façon ou d'une autre, connaître les noms des fillettes suivies par Enfance en danger et assouvir ses pulsions avec elles aussi. John Crow est au courant et il la couvre.

— L'amour a des limites, quand même, dit Hanah.

— Vous savez bien que, dans notre métier, on voit des choses qu'on n'imaginerait même pas. Ah, justement, voilà John Crow.

Le père de Vicky venait de sortir de la salle de réa, le visage ravagé, des poches sous les yeux. Il tenait un paquet de cigarettes. Mais, pour fumer, il devait aller dehors. Stevens se précipita vers lui, alors que Joe venait de l'aborder.

— Comment ça va, John? s'enquit Lasko, une main sur l'épaule de Crow.

— Comme ça peut aller. Le fumier nous a rendu notre fille à moitié morte.

— Bonjour, monsieur Crow, intervint Stevens en se gardant bien de lui tendre la main. Je suis désolé, vraiment.

John posa sur le flic des yeux vitreux. Ses lèvres tremblaient.

— Désolé? Si vous aviez fait votre boulot correctement, on n'en serait pas là…

Stevens, qui malgré tout ne s'attendait pas à cet accueil, marqua le coup et, durant quelques secondes, sembla chercher ses mots. Il devait à tout prix désamorcer la colère de ce père. Et la meilleure des défenses était l'attaque. C'était l'unique leçon de son paternel qu'il avait bien voulu retenir.

— Vous avez trouvé votre fille allongée dans son lit, c'est ça ? commença-t-il.

Crow hocha la tête à contrecœur. Il était loin d'avoir vidé son sac et brûlait d'envie d'aller s'en griller une.

— Et elle était dans le coma.

— Oui. C'est dégueulasse, ce qu'ils lui ont fait à ma petite…

— Vous n'avez rien remarqué ? Des traces de pas ? D'effraction ? Un mot ?

— Non. Après, j'ai pas vraiment regardé. Quand vous retrouvez votre fille, disparue depuis presque un mois, inconsciente au fond de son lit, vous n'avez pas trop de temps à perdre.

— En effet. C'est aussi notre travail de trouver des indices. Mon adjoint est justement en train de s'en charger.

— Quoi ? Chez moi ? bondit Crow. Vous… vous avez pas le droit !

— Écoutez, monsieur Crow, la disparition de votre fille, comme les trois autres, fait l'objet d'une enquête ouverte depuis le 10 janvier. Elle réapparaît soudain, mais dans son lit et dans le coma. Donc, nous non plus n'avons pas de temps à perdre, voyez-vous. De toute façon, le procureur me délivrera le mandat.

Crow ne répondit rien, mais sembla tout à coup très nerveux. Il coinça rageusement entre ses lèvres la cigarette qu'il avait extraite du paquet et commença à se diriger vers la sortie.

— Attendez une minute, monsieur Crow! le rattrapa Stevens.

— Quoi encore?

Parvenu à sa hauteur, le lieutenant baissa la voix.

— Je connais le dossier concernant Vicky, monsieur Crow, je sais de quoi votre femme souffre. Je comprends que ce soit une situation terriblement difficile pour vous, c'est pourquoi, si vous avez quelque chose à me dire, c'est le moment.

— Non. Ça m'étonnerait que vous puissiez comprendre. Et j'ai rien d'autre à vous dire.

Stevens regarda l'homme s'éloigner à grands pas dans le couloir. Chaque individu, chaque famille a ses secrets, sa part de mystère et ses zones d'ombre. Même les gens les plus respectables.

Que Vicky ait été victime d'un psychopathe ou de sa propre mère, au fond, quelle importance? Le résultat était le même, elle allait peut-être mourir.

34

«Je ne t'enverrais pas chez un psychopathe», lui avait dit Hanah. Un refrain qu'Eva se répétait pour se donner du courage, tandis que la Ford Mustang bleu ciel filait sur l'asphalte mouillé en direction de Kenosha, au bord du lac Michigan.

Après avoir emprunté la 176, en passant par Ivanhoe et Libertyville, elle avait rejoint la 137 et, pour finir, la 32, le long du lac. Les paysages se succédaient de chaque côté de la route, vallonnés, lacustres, plats, mais tous désespérément blancs. À croire que toute verdure avait disparu pour toujours.

Grande ville du Wisconsin, Kenosha se trouvait en banlieue extrême-nord de Chicago, à une soixantaine de kilomètres de Milwaukee, qu'un tueur en série cannibale, Jeffrey Dahmer, avait rendue tristement célèbre.

Keath Bennett habitait une maison en périphérie de Kenosha, sur les bords du Michigan. Il avait fallu prendre rendez-vous, car il ne recevait personne chez lui, hormis les équipes TV et les journalistes. Eva s'était présentée comme une passionnée de poupées qui venait de faire l'acquisition aux enchères sur eBay d'une poupée exceptionnelle sur laquelle elle aurait souhaité en savoir plus. Beaucoup de poupées circulaient sur le site de vente, même des poupées hantées, seulement la véracité de leur historique laissait souvent à désirer.

Après avoir dû traverser toute la ville, Eva se garait enfin devant la maison de Bennett, au bout d'un sentier de gravillons mêlés à de la neige molle. Les températures remontaient en journée, laissant entrevoir les prémices du printemps. De prime abord, la demeure était tout ce qu'il y avait de plus classique. Une maison en brique ocre du Wisconsin, avec un étage, deux entrées, une devant, une à l'arrière, entourée d'un petit terrain avec un garage où le collectionneur mettait sa décapotable. Bennett vivait surtout à l'intérieur, entouré de ses protégées.

Saisissant la poupée à l'arrière de la voiture, Eva grimpa les trois marches du perron et sonna. Quand, au bout de quelques minutes, Bennett vint lui ouvrir, elle s'apprêtait déjà à faire le tour de la maison à sa recherche avant de repartir.

Elle ne s'attendait pas à ce qu'il soit si grand. Il devait flirter avec les deux mètres. Son appréhension s'accrut légèrement. Elle se trouvait seule, dans cet endroit sans voisinage direct, avec un type bizarre.

La cinquantaine, le cheveu brun huileux, la peau laiteuse parsemée de grains de beauté et des yeux bleus aussi expressifs que ceux d'une sole, Bennett était doté d'un physique inquiétant, accentué par son gigantisme. Lorsqu'il serra la main d'Eva, elle crut que ses doigts allaient en faire deux fois le tour. Se demandant si tout le reste était proportionnel à sa taille, elle se mordit la lèvre pour ne pas rire.

— Ravie de vous rencontrer, mademoiselle Sportis. Entrez, je vous prie, dit-il d'un ton obséquieux.

Quand il parlait, on aurait dit qu'il avait la bouche pleine de guimauve.

Un pied à l'intérieur, la détective dut réprimer un cri de surprise. Les poupées étaient partout. Elles avaient envahi l'espace. Assises ou debout, de toutes tailles, de tous types.

Comment parvenait-il à les identifier ? Il lui avait dit qu'il connaissait le prénom de chacune des deux mille trois cents poupées de sa collection.

— J'espère que je ne vous dérange pas, esquissa Eva en lui emboîtant le pas vers le salon.

— Pas le moins du monde. Je suis toujours partant pour parler de ce qui me passionne. Asseyez-vous. Café ? Thé ?

— Café, je vous prie.

Bennett avait déjà disparu dans la cuisine. Un instant, Eva pensa qu'il allait revenir armé d'un couteau, puis se moqua d'elle-même. Il semblait perché mais totalement inoffensif.

Deux minutes après, le temps d'un espresso, il revenait, une tasse dans chaque main qu'il posa sur la table, au milieu des poupées. Il sembla à Eva qu'elles l'observaient avec insistance, souriant avec malice. Une heure sous ces regards et elle allait devenir folle, se dit-elle en aspirant prudemment la mousse brune.

— Alors comme ça, vous avez trouvé une merveille ? sourit Bennett.

Un sourire mou et impassible. On se demandait même si c'en était vraiment un.

— Ce sera à vous de me le dire, mais elle est très

belle, en effet, dit Eva en jetant un coup d'œil à son sac qui contenait la poupée d'Alice Patterson.

— Je suis impatient de voir ça.

Cultivant le suspense, Eva prit tout son temps pour sortir la poupée du sac et défaire soigneusement le papier de soie dans lequel elle était enveloppée.

Mais en la voyant enfin, Bennett demeura interdit. Son visage pourtant inexpressif sembla s'animer soudain et dans ses yeux de petites étoiles s'allumèrent. Il mit quelques instants avant de pouvoir s'exprimer.

— Je peux la prendre ? demanda-t-il comme devant un nourrisson ou une rivière de diamants.

— Bien sûr. Tenez.

La retirant des mains d'Eva avec d'infinies précautions, Keath Bennett sortit de sa poche une petite loupe de joaillier avec laquelle il examina la poupée sous toutes les coutures.

— La porcelaine la plus pure que j'aie jamais vue, dit-il en relevant la tête. Il n'y a qu'un seul fabricant de poupées de porcelaine au monde qui l'utilisait, Ethan Patterson.

— Patterson, vous dites ?

Eva fit aussitôt le rapprochement avec Alice, la patiente du P10 à Seattle.

— Oui, la Couronne d'Angleterre lui passait commande pour des poupées, au temps de sa gloire entre 1960 et 1975, déclara Bennett d'un ton solennel, le buste droit comme un I. On aurait dit qu'il se tenait devant la reine.

— Il vivait en Angleterre ?

— Où lui et sa famille étaient nés, oui. Il a monté une fabrique de poupées, une entreprise de petite taille au début, pour une fabrication artisanale et confidentielle, puis avec le succès il a agrandi la fabrique Patterson. La Cour lui achetait des pièces magnifiques, c'est d'ailleurs ce qui a contribué à asseoir sa renommée. Mais sa plus belle réussite est la poupée que lui a inspirée le décès de sa jeune sœur, Lara Patterson.

Lara Patterson. LP. Les initiales brodées sur la manche de la robe de la poupée.

— Les initiales LP sont cousues sur la robe, précisa Eva.

— Oui, avec du fil d'or! C'est la marque de fabrique de la poupée Lara. Et l'originalité des vêtements tient dans l'impossibilité de les lui enlever. À moins de les découper ou de les déchirer. On ne déshabille pas une Lara Patterson pour la rhabiller. Parce que ce n'est pas un jouet.

Au fur et à mesure qu'il parlait, ses longs cils se mouillaient de larmes. Keath Bennett était au comble de l'émotion.

— Mais celle-ci... celle-ci a quelque chose de particulier, haleta-t-il en lui caressant la tête.

— C'est-à-dire? demanda Eva, impatiente de découvrir le mystère de Lara.

— Ses cheveux. Ce sont ceux de Lara Patterson, la sœur d'Ethan. Il ne s'est jamais remis de sa mort. Il a prélevé des cheveux sur sa dépouille, parce qu'il savait qu'il les utiliserait. Il savait qu'il immortaliserait Lara au travers d'une poupée. La plus rare, la plus fine au monde. Où l'avez-vous achetée? C'est un coup de chance exceptionnel, d'être tombée sur cette poupée. Car c'est l'original, le numéro 0 de la série limitée des Lara Patterson. Tout collectionneur rêverait de posséder une telle pièce.

— Je l'ai achetée sur eBay, en achat immédiat.

— Vous avez dû la payer une fortune.

— Mille dollars, dit Eva sans réfléchir.

— Mille dollars! s'esclaffa Bennett. Une broutille! C'est… c'est incroyable! Le destin vous a choisie. C'est un signe qu'il ne faut pas ignorer. Mais le destin vous a aussi mise sur ma route. Je peux vous racheter Lara dix fois le prix que vous l'avez payée.

— Je… je ne venais pas pour ça. Je n'ai pas besoin d'argent.

Une ombre passa dans les yeux de Bennett. De quoi serait-il capable pour obtenir cette pièce rare? Malgré elle, Eva fut sur ses gardes.

— Qu'est devenue l'entreprise Patterson? enchaîna-t-elle aussitôt.

— Ethan a fait faillite. Je me suis penché sur l'histoire familiale. Il se dit qu'il a commencé à sombrer dans une forme de folie, de délire paranoïaque et qu'il entretenait, sans que la mère ne bronche, des rapports malsains et fusionnels, si vous voyez ce que je veux dire, avec sa fille unique, qu'il avait surnommée Pupa.

Eva sentit son cœur battre plus fort. Elle avait entendu ce surnom de la bouche de Frank Meyer. Hanah lui en avait donné l'étymologie.

— Savez-vous comment elle s'appelait? Son prénom d'état civil?

— Alice, je crois bien, oui, oui, c'est ça, Alice Patterson. Il se dit aussi qu'elle venait d'avoir seize ans lorsqu'un incendie a ravagé la maison familiale. À partir de là, on a perdu sa trace. Certains sont persuadés que c'est elle qui a mis le feu et s'est enfuie, mais d'autres pensent qu'Ethan a voulu se suicider et emporter sa fille avec lui. Dans le désastre on n'aurait pas retrouvé le cadavre calciné. On n'est pas loin de la légende.

Cette fois, il était certain que cette même Alice Patterson était la patiente internée au P10 et que sa dangerosité était la raison de son internement. Et ça, ce n'était pas une légende.

— Par «rapports malsains et fusionnels», vous entendez une relation incestueuse? demanda Eva.

— Oui… Je sais, c'est inconcevable.

Pas plus que se marier avec une poupée, se dit Eva qui s'étonnait presque que Bennett ne lui ait pas encore présenté sa femme.

— Toujours d'après les rumeurs du milieu, Patterson avait fait de sa fille une sorte de… de poupée humaine dont il abusait régulièrement. Je ne comprends pas ces pulsions, pour la plupart très masculines. Que ces types-là aillent se soulager avec une prostituée ou… ou alors une poupée. Mais sur une enfant! De surcroît la sienne…

— C'est terrible en effet.

En disant cela, la détective pensait à la schizophrénie d'Alice Patterson. Sa seule défense, son unique moyen de se protéger pendant qu'elle subissait les délires de son père. Dans sa tête, elle était devenue une poupée. Un objet, une chose immobile et impassible faite pour être manipulée et soumise. Il en allait de son salut.

Alice Patterson, la jeune Pupa, n'avait donc pas brûlé dans l'incendie de sa maison. Elle s'était enfuie après l'avoir sans doute allumé et était arrivée aux

États-Unis où elle avait fini par être internée à Seattle d'où elle s'était évadée avec l'aide de Todd Chandler. Où vivait-elle depuis ? Sous quelle identité ?

S'il s'avérait que Chandler avait réellement usurpé l'identité de Gary Bates, comme Hanah et elle le supposaient, et si lui et Alice Patterson étaient amants, ils s'étaient peut-être séparés. Chandler avait pris ce poste de garde forestier pour s'isoler. Avaient-ils eu des enfants ensemble ?

Le cerveau d'Eva bouillonnait de questions. Mais, grâce à Keath Bennett et sans que celui-ci s'en doutât une seconde, elle reviendrait avec de précieux éléments. Même si, en un premier temps, ces fragments de réponse ne faisaient qu'épaissir le mystère de Pupa.

35

— Comment avez-vous eu toutes ces informations, Baxter ? Et comment êtes-vous entrée en possession de cette poupée ? Nous étions ensemble, ces dernières heures, demanda Stevens, à l'évidence impressionné.

Eva, de retour de Kenosha, s'était empressée de remettre la poupée à Hanah et lui avait transmis les derniers éléments concernant Alice Patterson.

En retour, elle avait appris de Baxter que Vicky Crow avait refait surface, mais dans son lit, plongée dans un coma profond, et que ses jours étaient en danger.

— Je vais parler comme le ferait une journaliste, Stevens. On ne révèle pas ses sources. Vous devrez vous contenter des informations.

— Et c'est déjà très bien. C'est une belle avancée pour l'enquête. Je vais demander une commission rogatoire au procureur pour obtenir le dossier psychiatrique d'Alice Patterson. Par ailleurs, j'ai appelé le coiffeur de Mary Cooper. C'est bien lui qui lui a donné les mèches de cheveux. Qu'en pensez-vous, Baxter ? Cooper a-t-elle vraiment toute sa tête, pour avoir envoyé ces poupées ? Et pourquoi des poupées, d'ailleurs ?

— Parce qu'aux petites filles elle associe des poupées. Comme l'a fait Alice Patterson pour elle-même. Pour s'échapper par une fenêtre mentale et pour être en adéquation avec l'obsession de son père. Il y a un point commun entre ces deux femmes. Lorsque je l'ai interrogée sur ses origines, Mary Cooper m'a dit être irlandaise. Alice Patterson est arrivée d'Angleterre. Le seul vestige de son passé qu'elle ait gardé, c'est une poupée. Mais pas n'importe laquelle. La première poupée Lara de la série limitée créée par son père, en hommage à sa tante décédée. Une tante qu'elle n'a jamais connue. Une tante dont elle était le substitut dans la vénération que lui vouait Ethan Patterson. De là à penser qu'il était amoureux de sa jeune sœur il n'y a qu'un pas. C'est énorme, ce qu'il a fait porter à sa fille. Combler le vide que laisse un défunt. Pour un vivant, de surcroît un enfant, c'est insupportable. Très perturbant. Elle a pu construire sa personnalité là-dessus. Il a dû lui parler souvent de sa tante Lara. De sa beauté. La poupée en est sans doute le portrait. Mary Cooper a arrangé les poupées qu'elle a envoyées aux parents des disparues de façon à cultiver la ressemblance avec leurs filles. Étrange, non ?

Stevens changea de position sur son siège et croisa les jambes. La démonstration de Baxter était brillante.

— J'ai peur de vous suivre, dit-il. Ont-elles le même âge ?

— C'est à vérifier, en effet. Mais il y a de fortes

chances pour qu'Alice Patterson et Mary Cooper soient la même personne.

— Eh bien, merci, Lara ! lança Stevens en prenant la poupée qu'il secoua dans un élan de contentement.

À cet instant, il lui sembla entendre un petit bruit à l'intérieur.

— Tiens, on dirait qu'il y a quelque chose dedans ou bien j'ai rêvé !

Il secoua de nouveau la poupée. Cette fois, Hanah l'entendit distinctement elle aussi. Une sonnerie annonça en même temps un mail qui arrivait sur l'ordinateur de bureau. Reposant la poupée, Stevens ouvrit aussitôt le courriel. Tout ce qu'il recevait pouvait désormais avoir un lien avec les enquêtes en cours. Tandis qu'il déroulait le mail, il s'arrêta brusquement.

— Grands dieux, Baxter ! C'est la liste des personnes qui travaillent ou ont travaillé pour Enfance en danger. Elle est épatante, cette assistante sociale !

Il tourna l'écran vers Hanah et posa l'index sur un nom. La fièvre qui envahissait subitement les joues du lieutenant n'était pas seulement du fait du chauffage monté au maximum.

— Regardez qui a travaillé à l'association !

— Mary Cooper, lut Hanah tout haut. De 1994 à 2012.

— Elle avait donc accès aux dossiers. Elle connaît tout de l'histoire des fillettes Lasko, Knight, Crow et Wenders. Ça rejoint votre hypothèse d'une ravisseuse qui travaillerait dans un domaine lié à l'enfance. Pourquoi ne nous l'a-t-elle pas dit ?

— Elle a eu peur de s'attirer encore plus de soupçons, sans doute. Ça ne veut pas dire pour autant qu'elle est l'auteur des enlèvements, objecta Hanah.

— Là, en revanche, je ne vous rejoins pas, Baxter. Je pense qu'elle a enlevé Suzy West en 2010, Shane Balestra en 2011 et les quatre autres fillettes en janvier dernier à l'aide de son complice et indéfectible ami depuis leur fuite de Seattle, Todd Chandler, alias Gary Bates.

— Elle aurait fait ça depuis son accident?

— Son coma n'a peut-être pas arrangé sa maladie mentale. Il n'a fait qu'accentuer sa pathologie. Si c'est le cas, elle a forcément un complice.

— Je resterais prudente, à votre place, Stevens. N'oubliez pas que la petite Vicky Crow vient d'être retrouvée et que sa mère peut être impliquée tout autant que Mary Cooper.

— Elles se connaissent peut-être. Mary Cooper a travaillé pour l'association. Elles sont peut-être complices. Dans l'éventualité de deux ravisseurs, vous évoquiez l'idée que ce soient deux femmes, unies dans un lien soit de parenté, soit d'amitié.

— C'est possible aussi, convint Hanah.

— De toute façon, Dorwell doit me faire le rapport de sa petite visite chez les Crow. Et maintenant, voyons voir un peu ce que cette poupée a dans le ventre, dit Stevens en saisissant Lara.

— Vous n'allez pas la casser quand même! réagit Hanah.

— J'espère ne pas être obligé de le faire. Avec un peu de chance, la tête se dévisse…

— Vous pourriez peut-être voir avec la scientifique.

— Vous avez raison, ne commettons pas l'irréparable. Je vais demander à Walker.

Dans la salle d'autopsie carrelée de noir et équipée de deux tables à autopsier en acier inoxydable, Kathrin Folcke, assistée de Nose, s'occupait à préparer les dépouilles de Bates et d'Ange Valdero en vue des obsèques. Personne n'était venu réclamer le corps du garde forestier, en revanche, la jeune fille avait de la famille et devait lui être rendue dignement.

— Elle est quand même mieux comme ça, dit la légiste en se passant les mains au désinfectant.

Les paupières d'Ange avaient été refermées sur une prothèse oculaire. Son intimité avait également été nettoyée de l'appareil génital de Bates, une des interventions les plus pénibles que Folcke ait eue à réaliser dans toute sa carrière. Elle semblait maintenant paisible.

— Comment un être doué d'intelligence, ayant une conscience, peut-il arriver à un tel degré de monstruosité ? Hein, Nose…, lança-t-elle à son assistant. Qu'en pensez-vous ? Si toutefois vous pensez…

Nose ne s'offusqua pas de cette petite pique. Il était rodé aux vannes de Folcke qui, très vite, avait pris le pli de se défouler sur lui au terme d'une tâche lui ayant demandé une concentration et un détachement particuliers.

— Vous venez de le dire, j'en pense rien.

— Sérieusement ?

— Sérieusement. Y a rien à penser, rien à dire. Ça se passe de mots. C'est comme ça. Ni vous ni moi ni personne n'y changera rien.

— Ah, c'est ainsi que vous réagissez… Moi qui pensais être blindée. Je vois qu'il y a pire que moi.

— Ça changerait quoi que je réagisse, que je m'indigne ou que je pleure? Ça les ferait arrêter? Ça la ferait revenir à la vie?

— Vous savez, Nose? C'est vous qui avez raison. Il ne sert à rien de se mettre la rate au court-bouillon. Après tout, on n'est pas tranquilles, ici, pépères, avec nos morts? Ils ont l'air contents. Regardez, Ange, on dirait qu'elle nous sourit. Et Bates…

Folcke se figea soudain.

— Ça va, Folcke? Vous faites un AVC ou vous venez d'avaler un os?

— Ni l'un ni l'autre, Nose. Je regarde. C'est étrange.

— Quoi?

— Regardez vous-même, bon sang! Bates et Ange. Vous ne remarquez rien?

— Ils sont morts.

— Quelle perspicacité! C'est tout? Rien ne vous frappe?

Nose fit mine d'ajuster sa vision, son regard allant de l'un à l'autre.

— Une légère ressemblance, peut-être…

— Légère? C'est même étonnant que je ne l'aie pas remarquée avant. Le même bas du visage affligé d'un petit prognathisme, le même nez aquilin, la même forme de sourcils. Seule l'expression est différente. Et la moustache de Bates. Ce qui révèle la personnalité, son vécu. C'est sans doute pour cette raison que ça m'a échappé. Des analyses ADN complémentaires s'imposent, vous ne croyez pas, Nose?

— Je crois simplement que vous êtes la meilleure, Folcke, et que c'est un vrai plaisir de travailler avec vous.

— Oh, Nose, je n'en demandais pas tant… Mais j'en connais qui vont avoir à faire chauffer le séquenceur. Prélevez quelques échantillons d'ADN capillaire et dermique, si vous voulez bien, et envoyez-les en urgence au labo. Je dois rentrer tôt ce soir, sinon Andy va finir par s'en trouver une autre. Plus jeune et moins occupée.

— Entre nous, vous serez plus tranquille, non?

— Non, non, je ne supporterais pas trop de tranquillité. Je ne suis pas comme vous, Nose.

Au même moment, la porte battante s'ouvrit sur Stevens qui entra précipitamment. Il était visiblement ému.

— Ça ne vous dérange pas de faire des heures sup, ce soir, Folcke? On a un nouveau corps pour vous.

— Ça ne faisait pas partie de mes plans, mais ça semble urgent…

— C'est la petite Vicky Crow. Le docteur qui la suit m'a téléphoné. Elle est morte il y a deux heures.

36

Après sa visite fructueuse chez le collectionneur de poupées, Eva avait décidé de rentrer chez elle se reposer. À vrai dire, elle se sentait vidée, ayant oscillé entre curiosité, excitation et angoisse pendant toute l'entrevue. Relaxée par un bain parfumé, les cheveux lavés et séchés, elle s'était enfin posée dans le canapé avec un verre de vin blanc californien, devant le téléviseur.

La télécommande dans une main, elle avait mis sa chaîne favorite, une chaîne sportive où elle pouvait regarder les matches de foot sur lesquels elle pariait en ligne. Avec son métier, c'était sa seule addiction. Ce n'était pas du football américain, surtout pas, trop violent à son goût. Non, c'était le football de Maradona, Platini, Pelé, Zidane… désormais remplacés mais jamais égalés.

Elle éprouvait le désir de couper un peu, de déconnecter de cette affaire. Prendre du temps pour elle, apprécier le goût du vin, en palper l'arôme dans sa bouche, sur sa langue et le laisser couler dans sa gorge, sentir sa douce chaleur se répandre dans ses membres. Elle n'avait même pas eu le temps de parier sur le match Italie-Brésil de cette soirée.

Ce serait bon de faire le vide… Avoir tout le loisir de penser à l'homme qui la faisait de nouveau vibrer. Elle voulait y croire, cette fois. Sa relation avec son ex, le photographe, avait été terriblement destructrice. Ils étaient trop semblables et en même temps si différents. La photo shootée en Mongolie, encadrée et accrochée au-dessus du canapé, aurait pu le lui rappeler à chaque instant. Mais elle faisait désormais partie du décor. Eva pouvait enfin poser les yeux dessus sans avoir cette douleur dans la poitrine, le pincement du manque, la morsure de l'échec.

Blake était loin maintenant. Trop loin pour faire chair, pour avoir une consistance. Il était devenu comme ses œuvres, abstrait. Elle avait failli sombrer, avec lui. Après leur rupture, elle n'avait plus aucun repère. Ne savait plus rien de ce que pouvait être le couple, l'amour, l'attention portée à l'autre. Blake n'était pas l'homme de sa vie, mais l'homme de sa mort affective. Elle avait dû suivre des séances chez un psy pendant cinq ans pour s'extirper de l'ombre. Cinq années de sa vie à oublier. Les tueurs n'ont pas tous un couteau ou un flingue. Il y a mille façons de tuer, de détruire.

Elle avait survécu et pouvait désormais prononcer son nom sans pleurer. Et surtout, penser à un autre homme. Un homme en qui elle pressentait les qualités de cœur qui rassurent, apaisent, donnent envie de poursuivre la route ensemble. Qu'elle soit la plus longue possible. Joe Lasko. Elle devait bien reconnaître qu'il occupait anormalement ses pensées.

Plus que n'importe qui d'autre. Presque plus que les affaires qu'elle suivait.

Elle avait envie de se poser dans la vie comme dans son canapé, en compagnie de l'être aimé. Partager un verre, le meilleur et peut-être le pire, mais ne plus avoir à se réveiller en sentant à côté d'elle une place vide et froide, ne plus rentrer, le soir, et trouver l'appartement désespérément grand pour elle toute seule, ne plus se demander ce qu'elle allait faire le week-end, qui elle allait voir, ou si elle allait devoir encore plonger dans ses dossiers pour se donner une contenance à ses propres yeux.

Eva sentait chez Joe une blessure, une plaie qui s'était rouverte avec la réapparition de Gabe. C'était à elle de faire le premier pas et de le rassurer. Mordillant les petites peaux autour de ses doigts, elle hésitait à l'appeler. Comment prendrait-il un appel en dehors du champ professionnel ? Serait-il prêt à venir la retrouver ?

Alors qu'elle en était à ce stade de réflexion, l'écran de son portable s'alluma en même temps qu'en sortait un miaulement de chat. Elle n'avait pas su quelle autre sonnerie choisir dans les sonneries par défaut, pour la plupart assez niaises.

Le nom de Joe apparut. Elle sourit à cette surprenante télépathie.

— Allô, Joe ? dit-elle d'une voix presque chantante.

— Je ne te dérange pas ?

— Non, je suis chez moi, devant un match de foot. Je regarde du coin de l'œil. Ça va ?

— Tu as prévu autre chose que ton match ?

— Pas pour l'instant.

— Je peux passer te voir?

— Dans combien de temps?

— En fait, je suis en bas.

— Alors ne reste pas à geler dehors, monte! Sonne et je t'ouvre à l'interphone.

Cinq minutes plus tard, Lasko frappait à sa porte. À son visage défait et à ses yeux rougis, elle vit aussitôt que quelque chose n'allait pas.

— Entre, dit-elle en lui déposant un baiser sur une joue, juste au coin des lèvres. Il n'avait pas dû se raser depuis la veille. Que se passe-t-il?

— C'est… c'est Vicky Crow. Elle a succombé à son coma.

— Oh non! C'est pas vrai, mon Dieu… Qu'est-ce qu'on lui a fait?

Joe, qui n'était pas au courant de tous les éléments, secoua la tête d'un air impuissant. Il s'écroula sur le canapé, la tête entre les mains.

— Quand ce cauchemar va-t-il se terminer? Et comment? gémit-il.

— Je te sers un verre? Ça te remontera un peu.

— Le ravisseur s'est introduit chez eux! Cette fois, ce n'est pas une poupée, mais Vicky elle-même, inconsciente et… et elle est morte! Morte… Ça veut dire que le compte à rebours est enclenché. Il a commencé par elle et maintenant, on ne sait pas qui est la prochaine, mais c'est sûr, il va faire la même chose avec Babe, Amanda ou… ou Liese.

— On le retrouvera avant, garde confiance, Joe. On sait maintenant qu'il y a une vraie chance qu'elles soient encore en vie. C'est important que tu aies la foi, c'est important pour elles, pour Liese.

— Je n'y crois plus, Eva. C'est fini… on n'a rien de plus que…

— Arrête, stop. Je dois te dire une chose que Baxter m'a rapportée. Mais je ne suis pas censée te l'apprendre. Donc, pas un mot à Stevens. Il a découvert que Babe, Amanda, Vicky et Liese sont suivies par l'association Enfance en danger, pour maltraitance. La mère de Vicky souffre du syndrome de Münchhausen par procuration. Que s'est-il passé pour Liese, Joe? A-t-elle subi des violences?

Lasko demeurait hagard, la bouche ouverte.

— Il… Oui, grave négligence de sa mère, en mon absence. Une négligence qui aurait pu lui être fatale. J'ai porté plainte et l'association est intervenue en envoyant une assistante sociale à la maison. Elle est venue deux fois, puis une autre a été envoyée, que je n'avais jamais vue.

— Tu as leurs noms?

— Il faut que je regarde dans les doubles des papiers qu'elles m'ont remis.

— Avant que le malheur ne vous réunisse, tu ne connaissais pas les Knight, ni les Wenders ou les Crow?

— Non. Juste Wenders père. Et pour les maltraitances, je n'étais pas au courant. Les femmes atteintes du MS sont dangereuses pour leurs enfants.

— C'est pourquoi Stevens veut creuser de ce côté. D'après Hanah, il n'est pas loin de penser que la mère de Vicky peut être impliquée.

Joe se figea.

— Dans les enlèvements?

— Oui, après avoir eu accès aux dossiers.

— Stevens l'a interrogée?

— Pas encore, mais je pense qu'il va la placer en garde à vue, avec ses antécédents…

— J'aimerais que tout ça s'arrête, Eva. J'en viens même à me dire que si elles sont mortes, quelque part, au moins, elles ne souffrent pas.

En guise de réponse, Eva, touchée par son émotion, prit sa main entre les siennes et colla ses lèvres à l'intérieur de sa paume. Il ne la retira pas. Une vague de chaleur le souleva. Ils se regardèrent. Intensément. Follement.

Il semblait à Lasko que, depuis leur adolescence, Eva avait embelli. Il brûlait d'envie d'embrasser les lèvres pleines et entrouvertes qui esquissaient maintenant un sourire. Il posa sa main libre derrière la nuque de la jeune femme, sous ses cheveux, et approcha son visage du sien. C'était un rêve. Le rêve de sa vie. Il était là, palpable, vertigineux. Il glissa sa langue dans la bouche entrouverte d'Eva. Leurs souffles s'accélérèrent, leurs salives se mêlèrent. Celle d'Eva avait le goût sucré du vin de Californie. La valse de leurs langues s'intensifia, tandis que leurs mains cherchaient la peau sous les vêtements. Très vite, ceux-ci volèrent sur le tapis et la table basse, renversant un verre au passage.

Le corps d'Eva était chaud, souple, félin. Un duvet blond parcourait ses seins dressés. Tout n'était que courbes et douceur. Ainsi abandonnée, Eva était un paysage. Un de ces mondes qu'on ne se lasse pas d'explorer dans ses moindres reliefs. Les doigts de Joe s'attardaient sur chaque centimètre d'épiderme, sa langue goûtait à tout, affamée, si longtemps privée.

Ne pas penser. Ne surtout pas penser que ce

monde s'était offert à Gabe bien avant lui. Sentant son sexe durcir entre les cuisses d'Eva, Joe ferma les yeux et entra en elle. Le mouvement de ses reins devint plus rapide. Une décharge électrique lui parcourut tout le corps en même temps qu'un cri s'échappait de sa gorge. Long, profond, libéré.

Joe renversa la tête en arrière, laissant fuir quelques larmes. Eva enroula ses jambes autour des hanches de Joe et le serra contre elle.

— Respire, respire, lui dit-elle à l'oreille. C'est fini, maintenant, je suis là. Pour toi. Et uniquement pour toi.

L'aube les trouva enlacés sur le canapé, dormant, assommés d'amour, enivrés l'un de l'autre.

Vers 7 heures, Joe s'extirpa doucement des bras d'Eva sans la réveiller et partit à son cabinet l'estomac vide, de peur de troubler le sommeil de la jeune femme avec le bruit de la cafetière.

Il sortit dans le matin glacé et regagna sa voiture. Les étreintes passionnées d'Eva lui avaient fait du bien, l'éloignant quelques heures d'une autre réalité. L'autoradio allumé sur la station locale, il démarra. Il irait directement à son cabinet, prendrait un café là-bas, avant d'accueillir son premier patient. Son agenda était chargé, car Dean avait pris un peu de vacances pour partir skier dans le Montana avec sa femme et ses enfants.

Des lambeaux de nuages flottant dans un ciel d'un gris patiné se déchiraient sur une lumière sanguine. La journée allait être belle. Mais Vicky était morte et rien n'y changerait. Elle avait disparu le 21 janvier. Le meurtrier ne semblait pas tenir à la chronologie des disparitions. Liese avait-elle une chance de ne pas mourir elle aussi? se demandait Joe entre ses larmes.

«Rebondissement dans l'affaire des disparues de l'Illinois, dit la voix du journaliste à la radio. Vicky Crow, la troisième fillette à avoir été enlevée en janvier dernier, a été retrouvée avant-hier au domicile de ses parents, dans sa propre chambre, plongée dans un coma profond. Suite à son décès qui vient d'être confirmé, ses parents, John et Stella Crow, ont été placés en garde à vue. Ils sont suspectés d'être à l'origine de la disparition et du décès de leur fille.»

— Nom de Dieu! tonna Joe à voix haute dans sa voiture.

Un tel scénario était-il vraiment possible?

Pas John, non, pas ce père qui, aveuglé par la rage et la douleur, avait failli frapper le présumé ravisseur des filles, Bob Mingo. Il n'avait pas pu simuler de cette façon.

Pourtant, Joe savait que la vie est faite d'improbabilités qui se réalisent, de retournements inattendus et de coups de théâtre. Il ne restait plus qu'à patienter, retenir son souffle et attendre. Continuer à faire ce qu'il faisait depuis plus d'un mois. Survivre.

37

Dorwell était revenu de la perquisition chez les Crow avec un élément accablant contre John et Stella. Aucun indice à l'extérieur, aucune trace d'effraction permettant de conclure que Vicky avait été transportée depuis un autre lieu. Au contraire, tout portait à croire qu'on avait agi à l'intérieur de la maison. Le plus probant étant un matelas posé à même le sol découvert au sous-sol avec une gamelle contenant un peu de pain et de lait, et un récipient en fer-blanc avec un fond d'eau sale.

Dans une autre pièce du sous-sol, les policiers avaient découvert une étrange réserve. Des conserves jusqu'au plafond, des paquets de riz, de pâtes, de lentilles et de haricots secs, des stocks d'eau, des packs de lait, de Coca, du chocolat, des biscuits militaires, mais aussi des couvertures en laine et de survie, des bâches et surtout des armes. Des couteaux de plongée, de chasse, des pistolets et des fusils. Une véritable armurerie. L'antre de la paranoïa caractéristique des survivalistes.

L'équipe scientifique avait été appelée sur place pour faire des prélèvements partout dans la maison, en apportant un soin particulier à la chambre de Vicky et à la cave. Restait à retrouver d'éventuelles traces de poussière et de moisissures microscopiques dans les cheveux et sur les vêtements de Vicky correspondant aux prélèvements effectués au sous-sol.

Il n'y avait malgré tout plus guère de place pour le doute. Les soupçons s'étaient fortement resserrés autour des parents de la petite, notamment de Stella Crow. Une mère malade, pathologique et dangereuse pour ses propres enfants.

Tandis que Dorwell cuisinait le père en deuxième salle de garde à vue, Stevens avait entrepris de questionner la mère. Il avait tenu à s'en charger lui-même. La partie la plus délicate de l'interrogatoire, filmé par une petite caméra fixée en hauteur dans un coin de la salle.

De son côté, Hanah décryptait la scène sur écran dans une pièce voisine.

Séparé de Stella par la table scellée dans le béton, Stevens observait ce visage fermé, ces lèvres qui ne formaient qu'une ligne, ce carré austère de cheveux raides et bruns plaqués de chaque côté des joues, un visage terminé par un menton en galoche qui lui donnait un air disgracieux alors qu'elle aurait pu être jolie. Une femme de vingt-six ans à peine.

Tout en la regardant, Stevens se repassa mentalement les blessures graves qu'elle avait infligées à sa fille. Que pouvait-il se produire dans sa conscience de mère pour qu'elle en arrive là? Il ne devait pas perdre de vue que les femmes souffrant de MS sont particulièrement manipulatrices et que tromper leur monde fait partie de leur pathologie.

— Madame Crow, entama Stevens, j'ai ici le

dossier de Vicky, qui m'a été transmis par l'association Enfance en danger. Il est mentionné que vous souffrez du MS par procuration, qui vous a valu d'être internée suite aux blessures que vous avez vous-même infligées à votre fille. Est-ce exact ?

— On m'a soignée pour ça, dit-elle, les larmes aux yeux.

La douceur de sa voix surprit Stevens. Elle semblait si fragile et inoffensive… Une fraction de seconde, dérouté, Stevens ne sut plus trop quel ton adopter.

— Vous n'avez pas eu de rechute depuis ?

— Non.

— En êtes-vous certaine, madame Crow ?

— Bien sûr. J'ai pris conscience de ce que j'avais fait.

— Conscience de quoi ?

— D'avoir fait du mal à ma fille. Et que ça m'apportait quelque chose.

— Quoi ?

— Me persuader que je lui sauvais la vie. Que c'était grâce à moi si elle s'en sortait. À ma réactivité, à mon amour.

— Malheureusement, aujourd'hui, on ne peut plus en dire autant. Avez-vous une responsabilité quelconque dans le coma et le décès de Vicky ?

Stella secoua la tête, le regard fuyant.

— La perquisition à votre domicile, madame Crow, permet d'affirmer avec certitude que personne n'est venu de l'extérieur. Tout s'est donc passé dans la maison. Alors soit votre fille était dans sa chambre depuis un moment, soit c'est vous-même ou votre mari qui l'y avez transportée, après qu'elle avait séjourné dans une autre pièce.

Comme absente, la jeune femme fixait obstinément un point invisible sur la table, sans regarder Stevens. Celui-ci se leva, fit le tour de la table et vint se poster juste derrière elle.

— Un matelas et des gamelles avec de l'eau et des restes de nourriture ont été retrouvés au sous-sol, poursuivit-il. À qui ont-ils servi?

— C'est… c'est mon mari. Il s'entraîne pour des conditions extrêmes. Et nous aussi.

— Des conditions extrêmes?

— Oui, de survie. Ça peut paraître bizarre de penser comme ça, mais mon mari s'attend à une catastrophe mondiale. Une guerre biologique. Il dit que la question n'est pas de savoir si ça va se produire mais quand, et il éduque les enfants dans cet esprit. Alors, on descend dans la cave à tour de rôle pour y passer un certain temps.

— Même les enfants?

Stella hocha la tête. Stevens fit quelques pas sur le côté, se retourna.

— Votre fils de cinq ans aussi?

— Oui.

— Seul?

— Oui, mais je suis à la maison tout le temps, je ne travaille pas.

— Combien de temps reste-t-il comme ça, seul, dans l'obscurité?

— Il y a une lampe torche. Steave, il peut aller jusqu'à cinq jours. Vicky, elle tenait plus d'une semaine.

— Et ils prenaient ça comme un jeu?

— Au début, pas trop. Et puis après, ils demandaient eux-mêmes s'ils pouvaient descendre. Mon mari avait réussi à les persuader qu'il y aurait une apocalypse et qu'il fallait apprendre à survivre.

— Dingue…, lâcha Stevens malgré lui, tout en pensant que ce paramètre compliquait un peu les choses.

Il ne serait donc pas significatif de trouver des échantillons de l'ADN de Vicky sur le matelas du sous-sol et, à l'inverse, des particules venant du sous-sol dans ses cheveux ou ses vêtements. Mais, justement, les vêtements allaient servir à confondre Stella Crow. Car Vicky ne portait pas les mêmes que ceux du jour de sa disparition. La poupée envoyée par Mary Cooper en était la preuve, et c'était grâce à elle que Stevens avait pu faire la différence. Il décida de passer à l'assaut de la forteresse humaine.

— Vicky n'a pas été enlevée, n'est-ce pas, madame Crow ? Elle n'a en réalité pas quitté la maison depuis le 21 janvier. Savez-vous pourquoi j'en suis persuadé ? Tout simplement parce que vous avez commis une erreur.

Au mot « erreur », Stella Crow écarquilla les yeux. Ce qui conforta Stevens dans son hypothèse.

— Quand Vicky a été retrouvée dans le coma, elle ne portait pas les mêmes habits que le jour de sa disparition. Ce sont les siens, et ils n'ont pas été achetés par le ravisseur, parce qu'ils sont de la même marque que ceux qui étaient dans son armoire.

— Nous l'avons changée, quand… quand nous l'avons retrouvée dans son lit.

Cette fois, Stevens se pencha vers Stella par-dessus la table. Elle pouvait sentir son souffle sur son visage.

— Vous mentez, madame Crow. Pourquoi auriez-vous pris la peine de changer votre fille, de la déshabiller et de la rhabiller alors qu'il y avait urgence, si vous l'avez soi-disant retrouvée de façon inattendue ? Non, ça ne s'est pas passé comme ça. Vicky a toujours été chez vous. Vous vous êtes servis de la série de disparitions pour faire croire que la même chose était arrivée à Vicky. Mais en réalité, votre fille était bel et bien avec vous et a cessé d'aller à l'école le 21 janvier, date de son prétendu enlèvement.

— Vous n'avez aucune preuve de cela.

— Outre l'histoire des vêtements, j'ai la meilleure preuve qui soit, dit Stevens qui sortit trois feuilles d'une autre chemise. D'après son dossier médical, Vicky était diabétique. Elle devait prendre son insuline quotidiennement. L'autopsie pratiquée hier soir sur votre fille indique clairement qu'elle est décédée des suites d'une, je lis, « acidocétose diabétique ». Cela fait partie des complications du diabète lorsque le malade manque d'insuline. S'ensuivent un amaigrissement, une déshydratation sévère, des vomissements et de fortes douleurs abdominales. Quand cet état n'est pas traité d'urgence, le malade plonge dans la confusion avec une détresse respiratoire qui provoque un coma dont le patient meurt, s'il n'est pas pris en charge à temps. D'après la légiste, c'est exactement ce qui est arrivé à Vicky.

Le menton en galoche se mit à trembler.

— Là où elle était, elle n'a pas pu avoir son insuline. Je ne sais même pas si elle a osé le dire.

— Madame Crow, Vicky était chez vous et vous avez arrêté de lui donner de l'insuline pour provoquer le malaise, puis le coma. Pour pouvoir la conduire aux urgences et vous vanter ensuite de l'avoir sauvée. Sauf que, cette fois, elle est morte. Vous êtes allée trop loin, madame Crow, dans votre délire. Vous n'êtes pas guérie et vous êtes responsable de la mort de votre fille.

Stevens lui cria presque ces derniers mots à l'oreille.

— Je ne voulais pas qu'elle meure! s'écria Stella en pleurs.

À cet instant, la porte s'ouvrit et Dorwell fit irruption, le front moite, la chemise auréolée dans le dos et sous les aisselles.

— John Crow a avoué, lâcha-t-il, essoufflé et rouge. Il semblait en avoir gros sur le cœur. C'est lui. Il a causé la mort accidentelle de Vicky. Il pensait qu'elle tiendrait le coup sans insuline. Il la croyait forte. Elle est descendue au sous-sol pour une semaine d'entraînement à la survie. Il fallait reproduire des conditions de privation. À peine de quoi manger, un peu d'eau et l'arrêt de l'insuline. Parce qu'en cas de catastrophe, il se pourrait très bien qu'elle ne puisse plus recevoir ses injections. Il voulait que son corps apprenne à résister, à se défendre. Il a donc supprimé les piqûres d'insuline, pour coller au plus près des conditions réelles de survie.

— Eh bien, sa femme a avoué aussi. Elle s'accuse, dit Stevens.

Puis il se tourna vers Stella Crow.

— La version de votre mari correspond-elle à la réalité?

— Non, il veut sans doute me couvrir. Il se dit que si je vais en prison, Steave n'aura plus sa mère... Il est encore si petit... Mais c'est moi qui ai arrêté les doses d'insuline de Vicky.

— Un détail cloche, madame Crow. Elle n'est pas dans le coma depuis le 21 janvier, elle n'aurait pas pu survivre tout ce temps.

— Elle a pourtant survécu, dans le coma, depuis le 20 janvier. Nous avons déclaré sa disparition le 21. John aurait fait n'importe quoi pour me protéger. Alors il a eu cette idée de simuler la disparition de Vicky. Il a tout préparé, tout prévu. Il a emmené Vicky en lieu sûr, le temps que vous nous interrogiez et que la première perquisition ait lieu.

— C'était vous, Dorwell, qui l'aviez faite ? demanda Stevens.

— Non, je crois que c'était Bradley.

— Il faut retrouver le compte rendu.

— Bien, chef. J'y retourne.

Dorwell sortit de la pièce, laissant Stevens seul avec Stella Crow.

— Pourquoi, lorsque Vicky est tombée dans le coma, ne l'avez-vous pas emmenée tout de suite aux urgences ? lui demanda-t-il. Elle aurait pu être sauvée. Ce n'était pas ce que vous vouliez ?

— Je… j'ai eu peur, à cause de mes antécédents. Je savais qu'on aurait mené une enquête et que je risquais de nouveau d'être internée et même d'aller en prison. Je ne l'aurais pas supporté. Nous… nous avons paniqué, perdu pied et c'est John qui a tout rattrapé. Nous avons tenté de redonner de l'insuline à Vicky, pensant qu'elle sortirait de son coma, mais ça n'a pas marché. Alors mon mari, qui a tout prévu dans sa trousse de survie, l'a mise sous perfusion pour l'hydrater et lui apporter un peu de glucose. Je pense que ça l'a maintenue, mais pas sauvée. Et puis, il y a eu une autre disparition, celle de Babe

Wenders. Alors on a attendu quelque temps, Vicky était toujours dans le coma mais vivante. Et John s'est arrangé pour que ça ait l'air d'une disparition inquiétante pour Vicky aussi, comme les autres et que toute l'attention se tourne vers quelqu'un d'extérieur.

— À ce propos, connaissez-vous Mary Cooper?

— Oui, c'est la personne de l'association qui suivait Vicky quand mon problème a été diagnostiqué.

— En quelle année?

— 2009, je crois.

— Savez-vous ce qui lui est arrivé depuis?

— Non.

— Elle a eu un accident et est restée paralysée, dit Stevens.

— La pauvre. La vie est dure avec tout le monde.

— C'est elle qui a envoyé les poupées que chaque famille a reçues. Y compris à vous, puisque Vicky a été portée disparue et que son nom est apparu dans la presse avec les trois autres fillettes.

— Pourquoi a-t-elle fait ça?

— Par compassion, dit-elle. Pour accompagner et apaiser les familles dans leur douleur. Mais vous, vous saviez, madame Crow. Aviez-vous eu connaissance des autres dossiers récents suivis par Enfance en danger?

— Comment en aurais-je eu connaissance?

— Par Mary Cooper. Avez-vous enlevé Babe, Amanda et Lieserl avec sa complicité? Ou sans?

— Pourquoi aurais-je fait ça?

— Pour assouvir vos pulsions. Vu ce que vous avez fait à votre fille, il y a lieu de craindre que vous vous en soyez prise à d'autres enfants.

— J'ai déjà fait tant de mal à ma pauvre Vicky, vous croyez vraiment que je m'en serais prise à d'autres enfants? Je suis malade, mais je suis une mère avant tout et je n'aurais jamais pu priver d'autres mères de leurs enfants.

Stevens avait relu le rapport d'interrogatoire au moment des disparitions : l'alibi des Crow avait été vérifié pour chaque date. La disparition des autres fillettes n'avait rien à voir avec celle de Vicky.

Il lui fallait d'urgence regagner la piste Cooper qui, il en était de plus en plus convaincu, le mènerait au ravisseur.

38

Sur les indications d'Hanah, Stevens avait donné des consignes précises à Tomas Walker, de la scientifique, pour pratiquer de nouvelles fouilles dans la cabane de Bates. Les équipes policières et scientifiques, supervisées par Al Stevens et Walker, se trouvaient de nouveau réunies sur le terrain.

En cette fin février, la forêt d'Oakwood Hills avait perdu de sa blancheur hivernale. Des plaques sombres de terre et de végétation réapparaissaient par endroits. Quelques arbres plus vigoureux arboraient déjà leurs premiers bourgeons. Une partie de la faune sortait peu à peu de son hibernation. On sentait l'humus et le bois mouillé, mais les températures étaient toujours très basses.

Les fouilles se poursuivaient autour de la cabane, plus près cette fois, et à l'intérieur. Mais avant qu'elles ne commencent, sous les regards sceptiques des techniciens de la scientifique, Hanah avait revisité avec son pendule les endroits où il avait réagi lors de sa première visite avec Eva.

Ici, elle n'avait surpris aucune réflexion désobligeante sur ses méthodes, contrairement à Nairobi où elle avait dû faire face aux remarques du bras droit du chef du département d'investigation criminelle. Folcke, qui rencontrait Baxter pour la première fois, suivait même ses mouvements avec intérêt et curiosité. Mais les équipes présentes n'en pensaient peut-être pas moins. Elle pouvait cependant évoluer en toute quiétude et faire son travail.

La cabane résonnait du grincement des lames du plancher que deux techniciens retiraient à l'aide d'une scie électrique. Hanah leur avait conseillé d'y aller avec un soin extrême, il n'avait donc pas été question de tout casser.

Stevens retenait sa respiration, tout comme Kathrin Folcke et Nose.

— Ici, dit un des techniciens en relevant la tête, le plancher a été refait. Regardez, les lames sont plus neuves, bien que patinées elles aussi.

— Allez-y mollo, James, dit Tomas Walker.

Il était chef de la scientifique depuis vingt ans, après avoir été laborantin. Ce petit bonhomme de soixante ans aux cheveux courts grisonnants et au regard pétillant de jeunesse malgré son âge n'était pas loin de la retraite, et il en avait vu au long de sa carrière. Passé des scènes de crime au scanner, prélevé des échantillons de toutes sortes, organiques — sang, cheveux, ongles, peau, salive — et matériels. Il en avait fait parler, des indices, analysé des prélèvements qui avaient permis l'identification de criminels, jusqu'à leur arrestation.

Mais ici, l'assassin présumé de la petite Shane était mort. Il n'y aurait pas d'arrestation.

Là où le plancher avait été retiré apparut le trésor de Bates. Des ossements, noircis par la moisissure et l'humidité, jonchaient la terre. Certains étaient spongieux, d'autres semblaient mieux préservés. Le galbe poli d'un crâne émergeait de terre. Celui qui les avait enterrés n'avait même pas pris la peine de creuser profondément.

Plus loin, les techniciens, en combinaison et gants stériles, le visage recouvert d'un masque, mirent au jour deux minuscules squelettes humanoïdes.

— Des squelettes de nourrissons, estima Folcke en un coup d'œil. Mais le crâne et les os sont de la même taille que celui de Shane Balestra. Ils appartiennent à un enfant.

— Et je ne serais pas surpris qu'il s'agisse de Suzy West, dit Stevens, sous le choc, d'une voix incertaine. On pourrait se demander si Bates savait ce qu'il y a sous le plancher de sa cabane. Mais il travaillait ici depuis plus de dix ans. Ce crâne et ces ossements ont été enfouis sous le plancher plus récemment. Folcke, vous confirmez ?

— A priori, oui. Après, je dois faire des analyses afin de dater la mort.

— Il a probablement engrossé une femme qui n'a pas voulu des bébés pour une raison ou une autre et il a dû s'en charger, déclara Stevens.

— Elle devait être mineure, entre quatorze et dix-sept ans, intervint Hanah. En tout cas très jeune. Une femme plus âgée aurait pu se faire avorter en milieu médicalisé. Pour une adolescente, c'est plus dur. Il y a la honte d'être tombée enceinte, elles le cachent à leur famille la plupart du temps, et l'avortement est un traumatisme supplémentaire.

— Si ce type était un pédophile, ça se présente mal pour les trois fillettes, dit Dorwell.

— À moins qu'il ait aidé sa propre fille, lâcha Hanah.

Des regards médusés se posèrent sur elle.

— Sa fille ? Aucun de ses collègues n'a évoqué la possibilité que Gary Bates eût des enfants, objecta Stevens. Pourquoi penser que la mère de… de ces nouveau-nés pourrait être sa fille ?

— Alors qu'il aurait pu les jeter, les brûler ou les enterrer ailleurs, il ne s'est pas débarrassé de leurs dépouilles, mais les a enfouies sous le plancher, là où il vivait tous les jours. Il y a comme un lien affectif malgré tout. Même s'il a été obligé de les supprimer.

— Et les ossements d'enfant ? Si c'est Suzy West, il n'avait aucun lien avec elle et pourtant son cadavre a subi le même sort.

— Si je peux me permettre, dit Folcke, les ossements de plus grande taille sont éparpillés. Le corps n'a pas été enterré dans son intégralité. Il a été découpé en morceaux.

Stevens devint aussi blanc que la combinaison des techniciens. Il chancela.

— Chef Stevens ? s'inquiéta Folcke. Ça ne va pas ?

— Si, si, tout va bien, Folcke, merci. Une petite hypoglycémie sans doute.

Il se garda bien de dire qu'il n'avait rien dans le ventre depuis la veille, une nuée de mites revenantes l'ayant encore assailli le soir.

— Tenez, un sucre. J'en ai toujours sur moi en cas de coup dur, souffla la légiste en lui tendant un cube de sucre roux.

Par coup dur, elle voulait dire ce genre de situations insoutenables, lorsqu'on exhume des cadavres, des os, et surtout des dépouilles d'enfants.

Stevens glissa le sucre dans sa bouche et se tourna vers Hanah, qui n'en menait pas plus large.

— Et maintenant, dites-moi, Baxter, ce n'est pas de la magie, votre pendule, alors, qu'est-ce que c'est ? Comment ça marche ?

— Si vous avez lu les aventures de Tintin, souvenez-vous du pendule du professeur Tournesol, qui indiquait : « Un peu plus à l'ouest. » Il lui permettait de trouver des trésors enfouis. Plus sérieusement, tous les corps émettent des radiations auxquelles le pendule ou la baguette à deux tiges ou même un simple fil de fer vont répondre en vibrant, en se mettant à bouger, tournoyer plus fort. On peut ainsi détecter des points d'eau cachés, des pièces, des personnes au fond d'un ravin, déterminer si une maison émet des ondes néfastes. Il n'y a rien de magique. Le pendule va réagir aux variations de champs magnétiques et telluriques. Ils ne seront pas les mêmes selon l'origine de la matière. Organique, métallique, minérale.

— En tout cas, merci. Grâce à vos indications, nous avançons… dans l'horreur, mais aussi dans l'enquête.

— C'est surtout grâce à lui, Invictus, sourit Hanah en soulevant son pendule.

— On dirait que vous appréciez la poésie de William Ernest Henley ?

Hanah demeura interdite. Elle ne s'était pas attendue à ce qu'un flic, même le chef de la police locale, fasse le lien entre le nom du pendule, qui était en effet le titre d'un poème, et son auteur…

— J'ai l'impression que vous y êtes également sensible. Le poème qui a donné à Mandela la force de tenir durant sa captivité.

Stevens lui rendit son sourire en avalant lentement le sucre qu'il avait laissé fondre sur sa langue. Parler de poésie lui faisait du bien, lui redonnait foi en l'humanité. Ce n'était pas avec Dorwell qu'il aurait pu avoir ces échanges.

Pendant ce temps, les techniciens s'affairaient, effectuant les prélèvements nécessaires avant que les restes ne soient acheminés vers le centre médico-légal, où Folcke et Nose tenteraient de reconstituer le supposé squelette d'enfant et de lui donner un nom. Seulement, on n'avait pas encore retrouvé la mâchoire avec la denture complète, ce qui rendrait le travail d'identification plus difficile.

Cette fois, tout le cabanon fut passé au crible, mais on ne découvrit rien de plus. S'il en avait d'autres, Bates avait emporté ses terribles secrets dans sa tombe.

Alors que tous regagnaient les voitures, le portable de Folcke sonna dans le silence de la forêt que seul troublait le bruit mouillé des bottes et des rangers sur la neige ramollie. Ralentissant le pas, la légiste décrocha. Elle s'arrêta net, sans prononcer un mot. Écouta, jusqu'à la fin, puis rangea son portable et rattrapa Stevens et Hanah à grandes enjambées.

— J'ai reçu un appel du labo. Deux résultats viennent de tomber. L'ADN de Todd Chandler, déjà fiché, a pu être comparé avec celui du garde forestier. Ça matche à cent pour cent et ça confirme votre hypothèse : Bates est en réalité Chandler. Mais il y a mieux, Ange et Gary Bates. J'ai fait comparer leurs ADN nucléaires. Ils ont un lien de parenté. Ange Valdero est la fille biologique de Bates.

— Nom de Dieu…, dit Stevens qui s'immobilisa

à son tour. Demy Valdero le connaissait? Et elle aurait eu Ange avec cet homme? Non, ce n'est pas possible, alors ce serait elle, Alice Patterson!

— Et les deux bébés seraient soit ceux de Demy soit ceux d'Ange, enchérit Folcke. Mais comme a dit Baxter tout à l'heure, une femme majeure se serait fait avorter. On dirait plutôt que ces nourrissons sont une affaire entre Bates et sa fille. Alors que c'est en général le rôle d'une mère.

— Si Bates a tué les bébés de sa fille et caché les corps sans les faire disparaître complètement, dit Hanah, c'est peut-être lui le père.

Stevens et Folcke la regardèrent avec effroi.

— Demy Valdero aura découvert ou appris la vérité, et tué son amant ainsi qu'Ange, leur fille, suggéra Stevens. Elle n'est peut-être pas impliquée pour autant dans les disparitions des fillettes. Seulement, si c'est Bates, il est mort, et s'il les tenait séquestrées quelque part, on n'est pas près de les trouver. J'ai bien peur qu'à présent nous jouions contre la montre.

39

Demy Valdero, livide, attendait dans la salle d'interrogatoire le retour de Stevens. Sans sommation, les policiers étaient venus l'arrêter chez elle, devant les enfants qu'elle gardait. Les parents avaient été priés de les récupérer immédiatement. Quant à sa mère malade, c'était son autre fille Julian qui s'en occuperait. Revenue de Chicago en catastrophe à l'annonce du décès de sa sœur, elle était inconsolable.

La mère d'Ange était sortie de sa maison, menottes aux poignets, marchant jusqu'au 4 × 4 entre deux flics, précédés de Dorwell. Elle n'avait eu droit à aucune explication avant l'arrivée au poste, où elle avait été immédiatement placée en salle d'interrogatoire.

— Ça ne colle pas, Stevens, dit Hanah, devant l'écran du moniteur qui leur retransmettait les images de la salle où Demy Valdero était assise.

— Quoi, Baxter ? Qu'est-ce qui ne colle pas ?

— Son profil, la personnalité de cette femme, avec celle d'Alice Patterson.

— Elles ont le même âge, je viens de vérifier.

— Et alors ? Ce n'est pas une preuve. Mary Cooper

398

a avoué avoir envoyé les poupées aux familles. Sa personnalité, son mode de fonctionnement sont bien plus proches de ceux d'Alice Patterson et de son passé.

— Elles sont peut-être complices ?

— C'est une éventualité, reconnut Hanah. Mais Demy Valdero n'est pas Alice Patterson.

— J'ai demandé à Dorwell de recueillir tout ce qu'il pourra sur cette femme. Son passé, sa famille, tout. Cooper est peut-être Alice Patterson, et Demy Valdero a peut-être enlevé les filles. Ce ne serait pas la première fois qu'une personne qui travaille avec les enfants s'en prendrait à eux.

— Toutefois, c'est Mary Cooper qui a travaillé pour Enfance en danger. C'est elle qui a connaissance des dossiers. Et vu l'enfance d'Alice Patterson, ce qu'elle a subi de son père, fabricant de poupées, l'association qu'elle a pu faire dans son esprit entre une poupée et la petite fille qu'elle était, si elle est devenue Mary Cooper, il y a de fortes chances qu'elle soit à l'origine des disparitions. Mais étant diminuée, elle a sans doute bénéficié d'une complicité.

— Qui peut tout à fait être celle de Demy Valdero. La boucle est bouclée.

— Ce serait bien de la confronter à Mary Cooper, suggéra Hanah.

— J'y pensais, approuva Stevens. Bien, j'y retourne.

La main sur la poignée de porte de la salle d'interrogatoire, Stevens sentit son portable vibrer dans sa poche. Agacé d'être dérangé, il regarda l'écran où s'affichait le nom du chef de la scientifique. Un appel qu'il ne pouvait ignorer.

— Oui, Walker ? grogna Stevens.

— Stevens, j'ai deux résultats à te communiquer. À l'intérieur de la poupée en porcelaine, dans sa tête, plus exactement, se trouvaient des cachets. Des médicaments. Après recherche, il s'agit de Zyprexa, un psychotrope administré dans certaines formes de schizophrénie. D'autre part, les traces de roues retrouvées sur le lac matchent avec le fauteuil de Cooper.

Stevens se souvint que la boîte que Baxter avait découverte chez Bates avait contenu elle aussi du Zyprexa. Les pièces s'emboîtaient peu à peu.

— Les analyses sont-elles fiables ? demanda-t-il. Il y a sans doute des fauteuils du même modèle, avec des pneus identiques.

— Fiables à cent pour cent, Stevens. Nous avons analysé les points d'usure, ça correspond.

— Eh bien, je te remercie pour tout ça, Walker.

Stevens raccrocha, un sourire de satisfaction aux lèvres. Avant d'ouvrir la porte de la salle d'interrogatoire, il vérifia qu'il n'y avait pas de mites sur son uniforme.

— Madame Valdero, lança-t-il à peine entré, j'aurais besoin d'une précision. Lorsque nous l'avons interrogée, Mary Cooper nous a dit que vous lui achetiez ses médicaments. Ce jour-là, elle semblait en avoir particulièrement besoin. Pouvez-vous me dire de quels médicaments il s'agit ?

Demy Valdero sembla prise de court.

— Je... Oui, il y a des antalgiques codéinés et... un autre, sur ordonnance.

— Vous vous souvenez du nom ?

— Il me semble que c'est du Zypressa.

— Zyprexa, plutôt ?

— Oui, c'est ça ! Zyprexa.

Stevens jeta un œil à la petite caméra suspendue.

— Un psychotrope, n'est-ce pas ?

— Ah… Je… je ne sais pas.

— Vous achetez des médicaments pour une amie et vous ne savez pas ce que c'est ?

— Non. Ça ne me regarde pas. Je les lui rapporte, c'est tout, et Mme Cooper n'est pas une amie. Elle rémunère mes services.

— Mais il me semblait avoir compris que vous vous êtes liées d'amitié.

— Nous éprouvons de la sympathie l'une pour l'autre, mais amitié est un bien grand mot, répondit Demy qui tortillait son mouchoir humide entre ses doigts. Mais je… je viens de perdre ma fille, je ne comprends pas ce que je fais ici, avec… avec des menottes comme si j'étais une criminelle !

— On y vient. Ange Valdero était votre fille, oui, mais elle n'était pas la fille biologique de votre défunt mari. Des analyses ont montré que le garde forestier retrouvé mort à Oakwood Hills, Gary Bates, était son père. Que répondez-vous à cela, madame Valdero ? Gary Bates était-il votre amant ? Le connaissiez-vous avant votre mariage ?

Demy baissa la tête. Elle avait l'air d'une bête acculée face au chasseur.

— Non… enfin, je le connaissais mais il n'y avait rien entre nous, il venait voir sa fille pour ses anniversaires, il lui apportait des cadeaux. C'est vrai, je ne suis pas la mère biologique d'Ange. Je l'ai adoptée à sa naissance. C'était une adoption sous X et l'identité de la mère était censée demeurer inconnue.

Mais, un mois après l'adoption, elle s'est présentée à la maison.

— Qui ça ? demanda Stevens. La mère biologique ?

Demy hocha la tête.

— Oui.

— A-t-elle voulu reprendre sa fille ?

— Elle avait des regrets, mais elle a très vite vu que c'était mieux pour Ange qu'elle reste avec nous. Elle était encore très jeune et sans travail, elle n'aurait pas pu s'en occuper. Je lui ai demandé si elle était encore avec le père, elle m'a dit que non, mais qu'ils étaient restés en relation.

— Et vous, vous avez adopté à l'âge de vingt-deux ans ?

— J'étais aide-soignante à la maternité, une collègue m'a dit qu'une femme venait d'accoucher et qu'elle avait l'intention de renoncer à son enfant. Touchée par le sort de ce bébé, j'en ai parlé à Tonio, avec qui j'étais mariée depuis deux ans, et nous avons pu adopter cette petite fille. Nous avions déjà une fille d'un an et demi, Julian. Elles ont grandi ensemble et s'entendaient très bien. Ange était vraiment ma fille.

— Était-elle au courant ?

— Pas au début. Mais un jour, son père nous a contactés, après avoir eu nos coordonnées sans doute par sa mère, et nous a demandé s'il pouvait revoir sa fille. Elle allait avoir douze ans.

— Vous avez accepté ?

— Nous étions réticents, mais nous avons fini par accepter à une condition. Il ne la verrait que pour ses anniversaires.

— Et sa mère biologique ?

— Elle me demandait des nouvelles. Je lui parlais d'Ange.

— Vous a-t-elle donné son nom?

— C'est… c'est la femme que j'aide depuis son accident. Mary Cooper.

Stevens marqua le coup. Devant son écran, Hanah était en apnée. Mary Cooper, la mère d'Ange Valdero. Si tel était le cas, Cooper et Bates étaient le couple en cavale qui avait fui de l'Institut psychiatrique de Seattle. Mary Cooper aurait-elle pu tuer son amant et sa fille? Et comment, souffrant d'un tel handicap?

— Avez-vous aidé Mary Cooper à tuer Ange et Gary Bates? demanda Stevens.

— Non! Comment pouvez-vous un instant le supposer? Ma fille!

— Elle a très bien pu, à l'adolescence, ayant appris que vous n'étiez pas ses vrais parents, vous en vouloir et se retourner contre vous. Vos relations se seraient alors dégradées.

— Pas du tout! Ange était une jeune fille intelligente. Même lorsqu'elle l'a appris, rien n'a changé, elle me considérait toujours comme sa mère. Mais l'inverse n'aurait pas été une raison de la tuer!

— Avez-vous aidé Cooper à enlever les filles Lasko, Knight et West?

— Bien sûr que non! protesta Demy.

— Saviez-vous que le couple Bates-Cooper était en cavale?

Demy ouvrit de grands yeux.

— Des fugitifs? Ont-ils fait quelque chose de mal?

— Gary Bates, Todd Chandler de son vrai nom, a aidé une patiente schizophrène, Alice Patterson, à s'évader de l'hôpital psychiatrique où elle était internée dans un pavillon de haute sécurité. Mary Cooper est la fausse identité d'Alice. On ne connaît pas encore les raisons de son internement — j'ai fait la demande de son dossier —, mais elle est considérée comme dangereuse.

— Alors ce n'est pas Mary Cooper. Elle est si gentille et paraît tout à fait normale… Elle a beaucoup souffert d'avoir été contrainte de laisser sa fille.

— Mais elle ne l'a pas reprise pour autant. Vous avez déclaré tout à l'heure lui rapporter du Zyprexa. Mary Cooper est une psychotique, stabilisée par son traitement. Vous dites que son père voyait Ange pour ses anniversaires. Que faisaient-ils?

— Il l'emmenait toute la journée et la déposait le soir.

— Et vous, vous aviez toute confiance en cet homme?

— Oui, il semblait vraiment attaché à sa fille. Et Ange n'a jamais refusé d'y aller.

La porte s'ouvrit au même moment, laissant passer Dorwell.

— Chef, j'ai regardé pour Demy Valdero, rien qui cloche. Tout est en règle. Naissance le 5 mars 1970 à Crystal Lake, mariage avec Tonio Valdero, une première fille, une deuxième, adoptée sous X…

— Oui, Dorwell, merci, je sais.

— Vous s…

— Mme Valdero vient de me confier qu'Ange a été adoptée et que sa vraie mère est une certaine Mary Cooper. Ça vous dit quelque chose, n'est-ce pas?

— Nom de Dieu! Cooper?

— Ou Alice Patterson, si vous préférez.

Bouche bée, Dorwell ressemblait à un mérou hors de l'eau.

— Vous savez ce qu'il vous reste à faire, Dorwell ?

— Je suis parti, chef !

— Vous y allez seul, inutile d'attirer l'attention ! Prenez la voiture banalisée ! cria Stevens dans son dos.

Quelques minutes plus tard, serrant l'épais volant du 4 × 4, Dorwell filait chez Mary Cooper.

40

Lasko, qui venait d'apprendre l'arrestation de Demy Valdero, était encore sous le coup de la nouvelle. Dans l'incapacité de travailler, il avait annulé ses rendez-vous et était rentré chez lui où Gabe l'attendait.

Les deux frères étaient assis dans la cuisine, face à face, devant leur canette de root beer. De l'autre côté de la baie vitrée, la neige, en fondant, laissait de petits cratères plus sombres, où se mêlaient terre et feuilles rongées par l'humidité. De l'eau s'égouttait des branches, criblant de trous ce qui restait de la couche gelée. On sortait peu à peu de l'hiver. Bientôt mars et toujours aucune trace de Liese.

Laïka, sortie faire son tour, réapprenait à marcher sans son attelle, heureuse de renifler les nouvelles odeurs que dégageait le sol à l'approche du printemps.

— Ce n'est pas possible… Demy Valdero…, répétait Joe entre deux gorgées de mousse.

Une barbe de trois jours lui recouvrait les joues comme une ombre brune.

— Tu penses vraiment que ça peut être elle ?

— Stevens n'agit pas à la légère. Il doit disposer d'éléments à charge suffisants pour l'arrêter.

— Ouais, mais il peut se tromper aussi, j'en ai fait les frais, dit Gabe.

Suite à une annonce publiée dans le journal, il avait enfin trouvé un job qui lui permettait de verser à Joe une participation au loyer. Un particulier l'avait embauché sur un petit chantier dans sa maison. Murs, carrelage, électricité, plomberie.

Il le payerait au noir une fois le travail terminé, mais Gabe avait réussi à négocier la somme plutôt confortable de deux mille dollars. Il envisageait d'en placer une partie au nom de son fils sur un compte bloqué. Nathan toucherait l'argent à sa majorité.

— J'espère, j'espère vraiment qu'il se trompe, lâcha Joe.

— Ça va, avec Eva ?

La question de Gabe, aussi directe et cash, prit Joe au dépourvu.

— Pourquoi me demandes-tu ça ? fit-il, sur la défensive.

— T'énerve pas, frérot ! Je voulais pas être indiscret. Mais tu sais, quand on tombe amoureux, le regard, ça trompe pas.

— Sauf que ce n'est pas toi que je regarde amoureusement !

— Tu me rassures... Mais je vois bien que ton regard a changé, ces derniers temps. Il est plus lumineux, il brille de quelque chose de neuf, malgré cette épreuve.

Était-ce le moment de parler d'Eva à Gabe ? Ils avaient couché ensemble une fois. Pouvait-on parler d'amour ? De relation sérieuse ? Des prémices, peut-être.

Joe était tenté de prendre une revanche, de voir l'expression de son frère changer lorsqu'il lui dirait qu'Eva et lui s'étaient rapprochés, en effet. Mais il se retint. Il voulait garder Eva pour lui, encore. Gabe n'avait pas à savoir.

Avant de trouver ce job, celui-ci avait arpenté les rues, les alentours de Crystal Lake, seul sur le vélo de Joe ou à pied, à la recherche de sa nièce. En vain. Que de «témoins» avaient cru entrevoir au détour d'une rue, ou dans une ville voisine, une petite fille répondant au signalement de Lieserl ! Parfois les yeux voient ce que le cœur veut voir.

— Il faut garder espoir, frérot, souffla Gabe. Je suis sûr que Liese se raccroche à ça elle aussi, que son papa vienne la chercher comme un super-héros et la ramène à la maison.

— Sauf que je ne suis pas un super-héros et que… qu'une des quatre enfants est déjà morte.

— Vicky Crow a été victime d'une mère cintrée, c'est pas la même affaire, Joe.

— Non, pour les autres, c'est pire. Si des parents sont capables de faire mourir leur fille, alors imagine un étranger, un criminel. Qui sait ce qu'il a dans la tête…

Un léger grattement leur fit tourner la tête vers la porte de derrière. Joe se leva et alla ouvrir. Laïka entra en remuant la queue après s'être débarrassée de quelques particules blanches collées à ses poils hérissés. Elle venait de se rouler dans la neige molle et avait trouvé ça tout à fait à son goût. Les minutes, les heures s'égrenaient ainsi, pour Joe et les familles des disparues, dans les suppositions et l'attente, faisant alterner espoir et désespoir.

Dorwell était arrivé à la propriété des Woodland. Elle avait beau appartenir à Mary Cooper, ce nom lui était resté. L'adjoint de Stevens repéra tout de suite sur le bas-côté une voiture qui n'était pas celle de la propriétaire, dont la Pontiac, couverte d'une neige sale, semblait ne pas avoir bougé depuis un moment.

Il se gara un peu plus loin, le long de la clôture blanche qui délimitait le terrain et marcha prudemment jusqu'à l'entrée de la maison, la main sur la crosse de son arme, calée dans un holster à sa ceinture. La semelle de ses rangers imprimait ses chevrons dans la neige.

Au lieu de sonner, il préféra frapper à la porte. Personne ne répondit. Il insista en frappant plus fort. Comme personne ne se présentait, il était sur le point de défoncer la porte dans un élan du pied lorsque celle-ci s'ouvrit enfin. Une femme, plutôt jeune, apparut, debout sur ses deux jambes. Ce n'était pas Mary Cooper, mais à sa vue Dorwell resta pétrifié, incapable d'articuler un mot.

— Lilly?! C'est incroyable! Qu'est-ce que tu fais ici? parvint-il enfin à articuler au bout de quelques secondes.

Il était retourné au bar, le soir, pour tenter de revoir la jeune femme qui l'avait abordé et avec laquelle il avait terminé au lit, mais elle n'était pas revenue. Il s'était dit que leur nuit avait finalement moins compté pour elle que pour lui et s'était fait une raison. Mais elle n'avait pas quitté ses pensées. Et voilà qu'elle venait de lui ouvrir la porte de la maison de Mary Cooper.

Sans afficher la moindre surprise, Lilly sourit comme si elle l'attendait.

— Salut. Oui, c'est moi. Tu as enfin trouvé où j'habite, on dirait. Tu as mis le temps… pour un flic.

— Tu habites ici ? Chez Mary Cooper ?

— Il faut croire…, dit-elle sur un ton mystérieux.

— C'est à toi qu'elle loue la chambre du dessus ?

— Tu es déjà venu ici, semble-t-il.

Dorwell la regarda. Elle était si séduisante, bon sang ! Mais il était en service.

— Mary Cooper, tu la connais bien ? demanda-t-il un peu durement.

— Pas vraiment. Si tu la cherches, il faudra revenir, elle s'est absentée.

Une affirmation qui alerta le flic.

— Elle n'est pas partie en voiture, alors, se contenta-t-il de dire, sur ses gardes.

— On est venu la chercher. Tu es pressé ?

— De la voir, oui.

— Je ne sais pas quand elle rentre.

— Je vais l'attendre ici.

— À l'intérieur, ce sera mieux, dit Lilly en s'écartant pour laisser Dorwell entrer.

Elle le précéda dans le salon d'une démarche chaloupée. Elle était vêtue d'un pull noir près du corps et d'un jean skinny, presque une seconde peau, qui épousait ses mollets et ses cuisses fermes et musclées, tout en soulignant la courbe de ses hanches.

Dorwell, qui la dévorait des yeux, remarqua

qu'elle portait des bottes aux semelles épaisses, avec des brides aux boucles dorées.

— Tu allais sortir, peut-être? lui demanda-t-il en s'asseyant sur le canapé.

— Pas tout de suite. Il y a parfois des imprévus, sourit-elle. Je te sers un café? Une bière?

— Tu me tentes, mais pas d'alcool pendant le service, ce sera donc un café, je te remercie.

Tandis qu'elle disparaissait dans la cuisine, il put suivre de nouveau le doux balancement de ses reins sous le pull, jusqu'à la naissance des fesses qu'elle avait rebondies. Cette femme était taillée comme un mannequin, et Dorwell s'étonnait encore qu'elle se fût donnée à lui.

Elle revint, affichant toujours le même petit sourire énigmatique, et posa deux tasses fumantes sur la table basse, puis prit place à côté de Dorwell.

Les cheveux lâchés autour de son visage, elle lui sembla encore plus belle que le premier soir. Elle porta la tasse à ses lèvres dans un geste ravissant.

— Il paraît que tu es responsable de la sécurité d'une grande surface?

— Tu es venu pour Mary Cooper ou pour moi, Dorwell?

À cet instant, un bruit dans la maison alerta le flic. Se dressant aussitôt, il porta la main à son arme.

— Tu es bien nerveux! Il y a un chat qui vient de temps en temps nous rendre visite, ça doit être lui...

Dorwell inspira à fond et se lança.

— Écoute, Lilly, tu dois prendre tes affaires et partir d'ici.

— Quoi? Qu'est-ce que tu racontes?

— Je suis venu pour arrêter Mary Cooper. C'est

une personne dangereuse. Elle vit ici sous une fausse identité. Elle s'est sauvée d'un asile psychiatrique de Seattle en 1991 avec la complicité d'un employé. Elle a été diagnostiquée schizophrène et était enfermée dans un pavillon de haute sécurité. On ne sait pas encore pourquoi. Tu n'es pas en sûreté ici, Lilly.

La jeune femme avait blêmi. La tasse tremblait légèrement entre ses mains. Elle la reposa et avala sa gorgée avec effort.

— Mais tu es là et tu es armé, alors je ne crains rien, n'est-ce pas? dit-elle en se reprenant. Un autre café, en attendant?

— Merci.

La boisson chaude le rassérénait. Et faisait passer le temps. Dorwell lui-même sentait l'adrénaline lui monter au cerveau.

Lilly disparut de nouveau dans la cuisine.

— C'était le chat. Il était en train de voler du fromage! dit-elle, revenant aussitôt avec la tasse de Dorwell bien remplie.

— Tu la connais bien, cette Cooper?

— Pas plus que ça. Nous avons des rapports cordiaux, comme une locataire avec sa propriétaire. Je pars le matin, je rentre le soir, on se croise parfois. Tu dis qu'elle est dangereuse, mais que peut-elle faire, dans son état? Elle est dans un fauteuil roulant, quand même…

— Qu'est-ce qui te prouve qu'elle ne marche plus du tout?

— C'est dans les films qu'on voit ça, s'esclaffa Lilly.

Dorwell sentit une légère torpeur le gagner. Le café et la voix douce de Lilly engourdissaient ses sens et son corps. Une irrépressible envie de dormir l'envahissait.

— Ça va, Dorwell? s'inquiéta la jeune femme. Tu as les yeux qui se ferment…

— Je crois que j'ai un gros coup de barre, là.

— Le café n'a pas pour vocation d'endormir… Mais tu dois être si fatigué et ton travail si prenant… Viens, viens dans mes bras.

Docile comme un chien en quête de caresses, Dorwell s'exécuta et posa sa tête sur la poitrine de Lilly. Elle lui transmit aussitôt sa chaleur. Il ne sentait plus ses membres qui devenaient lourds comme la pierre.

— Bon sang… que… qu'est… ce… qui… m'arrive…, dit-il d'une voix pâteuse avant de sombrer.

— Rien, mon ange, tu es très fatigué, c'est tout. Dors, dors, tout ira bien.

La voix de Lilly le berçait comme un nourrisson. Max Dorwell s'endormit sans se douter que c'était pour l'éternité.

41

Dorwell était parti depuis plus de deux heures et n'avait plus donné signe de vie. Après s'être impatienté, Stevens commençait à s'inquiéter. Le portable de son adjoint semblait coupé, les appels basculaient directement sur sa messagerie.

— Bradley, cria-t-il, tu prends du renfort avec toi et tu vas chez Cooper.

À peine cinq minutes plus tard, ce fut au tour de Bradley et des quatre policiers, armés jusqu'aux dents, de prendre la route de la propriété des Woodland.

— Quelque chose n'est pas normal, dit Stevens à Hanah, le front soucieux.

— Espérons qu'il n'ait pas eu d'accident. Il fait moins froid, mais il y a encore des plaques glissantes.

— Nos voitures sont très bien équipées, nous avons l'habitude des hivers rudes. Et il m'aurait prévenu.

— Sauf si son portable est déchargé.

En réalité, Hanah n'était pas plus rassurée.

— Je pense cette femme capable de tout, malgré son handicap, souffla le policier.

La sueur gouttait le long de ses tempes. Une sensation fort désagréable. Dire qu'elle travaillait dans une association de protection des enfants maltraités…

— À ce propos, reprit-il, je n'ai pas encore eu le temps de contacter la famille d'accueil de Leslie Bates. Je vais en profiter pour les appeler.

Il composa sur le fixe du bureau le numéro de téléphone que lui avait communiqué l'assistante sociale et mit le haut-parleur.

— Allô ? dit une voix d'homme qui paraissait d'âge mûr.

— Jude Crowford ?

— Lui-même.

— Chef Stevens de la police de Crystal Lake. Je vous appelle au sujet de Leslie Bates, que vous avez accueillie en 1989, à l'âge de cinq ans, semblerait-il, par le biais d'une association dont le siège se trouve à Aurora, avec une antenne à Crystal Lake et une autre à Naperville. Avez-vous gardé contact avec elle ?

La ligne grésilla dans le silence.

— Monsieur Crowford ?

— Oui, oui, marmonna enfin Jude.

— «Oui», est-ce votre réponse à ma question ?

— Non. On n'a pas gardé contact. Leslie est restée chez nous jusqu'à ses onze ans, ensuite elle a été adoptée.

Stevens resserra la main sur le combiné.

— Par qui ?

— Par l'assistante sociale qui s'occupait de son dossier et qui venait lui rendre visite. Elles sont devenues très proches. La petite attendait que ça, la visite de la gentille dame.

— C'est elle qui l'appelait ainsi?

— Oui.

— Et avez-vous le nom de cette « gentille dame »?

— Ah… pour ça, je dois demander à ma femme. C'est surtout elle qui s'occupait de tout ce qui concernait Leslie.

— Et pas vous?

— Vous savez, si on avait dû s'attacher à tous les gosses qu'on a accueillis et qui, un jour, sont partis ailleurs, dans une autre famille, ou bien sont morts, oui, c'est arrivé, on n'en aurait pas fini.

— Je peux parler à votre épouse?

— Elle est sortie faire des courses. Je lui dis de vous rappeler dès qu'elle rentre.

— Merci, monsieur Crowford.

Stevens raccrocha d'un air contrarié. Chaque minute comptait désormais. Il regarda Hanah, cherchant dans ses yeux la confirmation de ce qu'il pressentait. Demy Valdero n'avait pas encore été libérée. Stevens voulait organiser le face-à-face entre Cooper et elle. Il s'agissait maintenant de retrouver celle-ci.

Alors qu'il ouvrait la bouche pour parler, son portable s'éclaira en vibrant.

— Chef, c'est… c'est Bradley.

Il semblait bouleversé.

— On… on a retrouvé Dorwell chez Cooper. Allongé dans le canapé. Mort. Il n'a pas de trace de coups, ni d'arme blanche ou de balles. Arrêt cardiaque.

— Dorwell? Mort? balbutia Stevens. Oh non, ce n'est pas possible… Et Cooper?

— Volatilisée. Mais sa voiture est toujours devant la maison.

416

— C'est quoi, ce bordel ? tonna Stevens, hors de lui. Vous avez tout fouillé ? Cherché aussi dans le parc ?

— Partout dans la maison. Les gars sont dehors, ils continuent.

— Et son fauteuil ?

— Pas là.

— C'est une histoire de fous…

— Il y a des traces de pneus fins qui partent de la maison vers l'extérieur. Elles ressemblent à celles d'un fauteuil roulant. Il y a aussi des empreintes de pas, mais je pense que ce sont celles de Dorwell, on dirait des semelles de rangers.

— J'envoie tout de suite Folcke et la scientifique, surtout ne touchez à rien et restez sur place. Pauvre Dorwell…, soupira Stevens après avoir raccroché, au bord des larmes. Dire que je l'ai envoyé à la mort, seul.

Hanah tirait nerveusement sur la manche de son pull. Elle était en manque de nicotine. Mais le sigle représentant une cigarette barrée sur la porte donnait le ton.

— Ne culpabilisez pas trop, Stevens. Mourir fait aussi partie de notre métier. On a juste tendance à l'oublier, car les victimes comptent avant tout, ainsi que la traque. Mais dans cette traque, on peut perdre la vie.

Au-dessus d'eux, le néon grésilla.

— Il était trop jeune pour mourir, rétorqua le chef de la police, amer.

— Bien sûr, mais il connaissait les risques.

— Dans la police locale de Crystal Lake, ils sont modérés. Enfin, ils l'étaient. Dieu sait où il a mis les pieds.

— Chez Alice Patterson, une schizophrène considérée comme très dangereuse. Au moins, ça disculpe Demy Valdero. Elle n'est pas la complice de Cooper.

— J'y pensais, approuva Stevens. Mais je ne la ferai pas relâcher tant qu'on n'aura pas retrouvé Cooper.

— Son avocat s'en chargera. Il faut vous y attendre.

— Pour l'instant, elle n'en a pas fait la demande et...

La sonnerie du fixe l'interrompit net.

— Chef Stevens, je vous passe une personne du nom de Meredith Crowford, dit l'agent à l'accueil.

— Chef Stevens, bonjour, je suis Meredith Crowford, s'annonça une femme à la voix légèrement nasillarde, avec un fort accent. Mon mari m'a parlé de ce que vous vouliez savoir. L'assistante sociale qui suivait Leslie et l'a adoptée en 1995 s'appelait Mary Cooper.

Stevens reçut le coup en pleine poitrine. Même si elle confirmait son intuition, la nouvelle le glaça.

— Cooper a-t-elle essayé de vous contacter récemment ?

— Non, pas du tout.

— Si elle cherche à entrer en contact avec vous, surtout informez-m'en aussitôt et ne la laissez pas vous approcher.

— C'est très inquiétant, ce que vous dites, lieutenant... Que se passe-t-il avec Mme Cooper ? Et qu'est devenue Leslie ?

— Justement, c'est ce qu'on cherche à savoir. Mary Cooper est probablement impliquée dans une série de disparitions et de meurtres.

— Oh, mon Dieu ! J'espère qu'elle n'a rien fait à Leslie… Elle semblait tellement…

— Gentille, oui, coupa Stevens. Si elle a fait quelque chose à Leslie, alors nous arrivons avec des années de retard.

Achevant la conversation sur ces mots, il leva la tête vers Hanah.

— Selon votre expérience, Baxter, que devient une gamine élevée par une femme comme Mary Cooper ?

— Il y a deux chemins possibles. Elle devient soit une résiliente, soit pire que sa mère. Dans ce cas précis, j'opterai pour la seconde proposition. Souvenez-vous, Stevens, lors de la perquisition chez Cooper, Dorwell avait découvert qu'une des chambres à l'étage était habitée. Mary nous avait dit qu'elle la louait à des étudiants ou des actifs. C'était en réalité autre chose. Je pense que c'est la chambre de Leslie.

— À trente ans, vous ne croyez pas qu'elle vole de ses propres ailes ?

— Sans doute, mais Cooper est diminuée depuis quelques années. Leslie a très bien pu revenir habiter chez elle pour la seconder.

— Elle dit que Demy Valdero s'en chargeait.

— Dans la journée, oui. Apparemment, Leslie travaille. Si Cooper a dit vrai, elle est responsable de la sécurité dans une grande surface. Et je pense que c'est la vérité, Stevens. Et que Mary Cooper nous a aidés, en réalité. En distillant des indices, en attirant l'attention sur elle et, donc, sur Leslie. Elle a envoyé les poupées pour ça. Tout a vraiment commencé avec les poupées. Leslie a enlevé les trois petites, et Cooper le sait.

— Pourquoi ne pas l'avoir dénoncée, plutôt ?

— Leslie a dû la menacer de révéler son histoire, son évasion de Seattle. Elle est sans doute au courant. Et Cooper, avec son handicap, est à sa merci. Ensuite, Joe Lasko est allé dîner chez les Valdero pour interroger Ange. Demy en a sans doute parlé à Mary Cooper, sans penser à mal. Leslie a peut-être surpris la conversation qui portait sur Ange. Si elle a pu comprendre qu'Ange était en réalité la fille naturelle de Cooper et de Bates, elle a poussé son investigation. Découvert que Bates avait trahi et tué son propre père pour usurper son identité. Elle l'a alors éliminé, avant de s'en prendre à Ange, qu'elle pouvait approcher facilement. Leurs mères adoptives se connaissaient et se voyaient, après tout. N'ayant malgré tout pas assez de forces pour porter un corps inerte, elle a utilisé, à son insu ou pendant qu'elle dormait, le fauteuil roulant de Cooper pour transporter le cadavre d'Ange jusqu'au milieu du lac où elle l'a mis en scène.

— Au milieu du lac, mais oui ! bondit Stevens. On a retrouvé Bates nu dans la neige, Ange nue sur la surface gelée, tous deux morts de froids avec, dans le sang, de fortes doses de benzodiazépines et somnifères… La petite Lieserl a été enlevée au lac. Et maintenant Dorwell qui est mort en allant chez Cooper, et celle-ci qui a disparu… Si Leslie est au cœur de l'affaire, alors Cooper aussi est en danger. Peut-être qu'elle l'a emmenée sur la glace. Il y a un étang au bout du parc !

— C'est l'hypothèse la plus plausible. Eh bien, il ne nous reste plus qu'à y aller et vite, dit Hanah qui se leva à son tour.

— Vous lisez dans mes pensées, Baxter !

En moins d'une minute, Hanah et Stevens furent dans le 4 × 4 du lieutenant. Ils roulaient à tombeau ouvert en direction de la propriété des Woodland. Ils longèrent le mur d'enceinte, de plus en plus délabré à mesure qu'on s'éloignait de la maison, jusqu'à disparaître complètement et laisser les bois reprendre leurs droits. Ils se garèrent non loin de l'étang et s'engagèrent entre les conifères.

Il était déjà presque 17 heures et le soleil déclinant se teintait peu à peu de sang. Mais les jours rallongeaient, la nuit tomberait sur Crystal Lake dans une heure.

À peine arrivés aux abords de l'étang gelé, ils la virent.

La couche de glace était encore assez épaisse et solide pour qu'on y marche sans danger. Des reflets mauves et rosés en caressaient la surface. Le spectacle vespéral d'une nature sauvage et hivernale disputait la vedette à l'horreur de la scène.

Celle-ci se précisa encore à l'approche de Baxter et Stevens.

Nue et déjà bleue de froid, attachée sur son fauteuil à l'aide de sangles en cuir, une écume blanchâtre coulant de chaque côté de sa bouche entrouverte, Mary Cooper tournoyait sur elle-même, les yeux révulsés. Le fauteuil électrique était devenu un manège, emportant sa passagère dans une valse folle à travers un bourdonnement incessant.

Aidé d'Hanah, Stevens eut le plus grand mal à stabiliser la machine et à l'arrêter complètement, appuyant au hasard sur les boutons des accoudoirs.

La profileuse posa deux doigts sur la jugulaire de Cooper.

— Il y a un pouls, très faible. Elle vit encore, Stevens. Mais elle est en hypothermie, après avoir été droguée elle aussi. Sauf que, là, on arrive peut-être à temps.

— Il y a une couverture de survie dans le coffre, je vais la chercher et j'appelle les secours.

Stevens partit sur la glace aussi vite qu'il put. Pendant ce temps, Hanah s'évertuait à réchauffer le corps de Mary Cooper. Enfin, d'Alice Patterson, pensa Hanah tout en la frictionnant tellement vigoureusement qu'elle réveilla sa douleur sous l'omoplate. Mais il fallait tout tenter pour la sauver.

Après avoir été victime de son père, puis d'elle-même, contrainte d'abandonner son bébé à la naissance, cette femme était maintenant victime de la petite fille qu'elle avait adoptée quelques années plus tard, en mal d'enfant, sans doute.

Pourquoi n'avait-elle pas tenté de reprendre sa fille biologique ? Elle seule avait la réponse. Qu'elle emporterait comme tant d'autres si elle ne se réveillait pas.

42

Propriété des Woodland,
entre le 29 janvier et le 6 février 2014

La neige, encore la neige… Il semble à Mary Cooper que ces flocons l'accompagnent depuis sa cellule à l'hôpital psychiatrique de Seattle. Un vide blanc qui l'apaise autant qu'il aspire son âme.

De l'autre côté de la fenêtre, les cristaux dansent, papillons ivres, en tombant au sol où ils s'ajoutent à l'épaisseur du manteau immaculé. Entre les sapins dont les branches les plus basses, alourdies par des amas de neige, s'affaissent presque jusqu'au sol, apparaît la surface gelée de l'étang. Dessous, les poissons hibernent, enfouis dans la vase. Mais peut-être sont-ils morts, par ces températures particulièrement basses.

L'hiver. L'hiver en elle, depuis toujours. Un froid qui lui glace les doigts tandis qu'elle maintient le tissu sous l'aiguille de la machine à coudre. Leurs vêtements dont elle avait prélevé quelques morceaux après qu'on les eut changées et qu'on leur eut mis leurs robes de poupée. Ceux qu'elles portaient le jour où cela s'est passé. Elle les a récupérés à la poubelle. Pauvres petites… Qui sait ce que Leslie leur a fait? Leslie… Depuis son accident, Mary est à sa merci.

En signant les papiers d'adoption, jamais elle n'aurait imaginé qu'un monstre naîtrait de la petite Leslie Bates. La fillette qu'elle a élevée et aimée comme sa propre fille, qu'elle a toujours traitée en princesse, en lui apprenant les bonnes manières, a révélé une personnalité diabolique, assoiffée de vengeance.

Elles ont été si heureuses, ensemble… Leur lien a été immédiat. Aux premières visites rendues par Mary, qui travaillait alors pour Enfance en danger, à la famille d'accueil de Leslie s'est tissée une merveilleuse complicité. Adopter Leslie a été une évidence pour l'une et pour l'autre. Mary n'oubliera jamais ces images d'un bonheur éteint. L'expression de la petite Leslie en arrivant au domaine des Woodland. L'étang l'a tout de suite attirée. Elle adorait y faire des ricochets. Puis ce rire éclatant et enfantin qui remplissait la maison.

Peu à peu, Leslie est devenue une vraie poupée. Elle se laissait laver, coiffer, habiller, encore à l'âge de seize ans. S'il lui arrivait de désobéir, Mary l'enfermait quelques heures dans la cave, sans lumière, juste pour lui éclaircir les idées. Il n'y a que dans l'obscurité qu'on voit plus clair au fond de soi, disait-elle. Quand Mary la libérait, elle pouvait lire dans ses yeux une reconnaissance infinie. C'est comme ça qu'elle l'a dressée. Avec amour et justesse. Alors pourquoi Leslie est-elle devenue cette montagne de cruauté? Qu'a raté Mary dans son éducation de poupée?

Jamais elle n'aurait imaginé que les deux petites, Shane Balestra et Suzy West, connaîtraient ce sort terrible. Elle a fait confiance à Leslie, qui devait les conduire en lieu sûr aidée de Gary Bates. Et à la place de cela… Quelle horreur, mon Dieu ! Mary, le dos voûté sur sa machine, en frémit encore. Quelle fin atroce les attendait dans cette forêt… Elle qui les croyait en sécurité, enfin comblées.

Leslie lui a tout craché au cours d'une dispute mémorable, en lui jurant qu'elle ne s'arrêterait pas là. Elle lui a appris comment elles étaient mortes, en se délectant de chaque mot. C'était en décembre 2011. La jeune femme venait de surprendre une conversation téléphonique entre elle et Demy Valdero. Les deux femmes évoquaient Ange, et Leslie a soudain compris que sa mère adoptive avait eu une fille, qu'elle avait fait adopter sous X.

Se sentant trahie, Leslie est entrée dans une fureur folle, mais Mary a catégoriquement refusé de dire qui était sa « vraie » fille et qui l'avait adoptée. Alors Leslie l'a prévenue qu'elle se vengerait. Elle a décidé d'en finir avec Shane et Suzy, et Mary a eu cet accident terrible dont elle s'est toujours demandé si c'était Leslie qui l'avait provoqué.

Ensuite la situation n'a cessé de s'aggraver. Leslie s'est installée chez elle, elle a obtenu de Bates la véritable identité d'Ange. Et voilà que, au nez de Mary impuissante, elle a enlevé d'autres petites filles. Mary ne les a pas vues, elle n'a entendu que leurs pleurs, mais elle sait qu'elles sont là, quelque part dans la maison.

— Encore des âmes à sauver, ça tu connais ! a ricané Leslie, d'un air de défi, quand elle l'avait interrogée. Comme les autres, celles-ci ont des dossiers bien lourds !

— Que vas-tu leur faire cette fois ? La même chose qu'à Shane et à Suzy ? a demandé Mary, au bord des larmes.

— Quand la neige danse, cherchez, cherchez, sous la neige vous trouverez… ça aussi, tu connais, a entonné Leslie d'une voix sardonique, le regard fou.

— Je t'en prie, Leslie, ne leur fais pas de mal…, a supplié Mary, clouée à son fauteuil.

— Si tu bronches, maman, tu iras les rejoindre.

Leslie. Sa bouche tordue de haine et de mépris en prononçant ce mot, « maman ». Mary la revoit encore. Elle doit terminer son ouvrage avant que sa fille ne revienne. Si elle la surprend, cela pourrait lui être fatal. Car Mary Cooper a élaboré un plan.

Elle protège Leslie depuis trop longtemps déjà. Elle a renoncé à la livrer à la police pour leur éviter la prison à toutes les deux. Elle ne supporterait pas d'être de nouveau enfermée. Apprenant qu'elles s'en sont prises à des enfants, les autres prisonnières ne les épargneraient pas.

Tactactactactac… L'aiguille perce le tissu dans un rapide mouvement de va-et-vient en même temps que passe le fil. Mary en est au troisième ensemble. L'avant-dernier. Les modèles répliqués de leurs vêtements, mais à la taille des poupées. À la fin, chacune sera le portrait exact d'une fillette. Ainsi, Mary les enverra, enveloppées de papier de soie et placées dans une boîte cartonnée, aux parents des petites, dont elle a vu les noms dans la presse. Un envoi anonyme qui ne manquera pas de les intriguer. Une bouteille à la mer. Ce geste pourra être interprété de différentes façons, même la pire, Mary le sait, mais elle prend le risque. Elle doit agir pendant qu'il est encore temps.

Une fois les poupées reçues, les familles établiront le lien avec leurs filles et alerteront la police. C'est tout ce qu'elle peut faire pour le moment. Et au cas où ça ne suffirait pas, elle ira consulter le docteur Lasko et déposer discrètement dans la salle d'attente une liasse de prospectus sur ce week-end à Woodstock, d'où elle compte expédier les poupées. Depuis Crystal Lake, ce serait trop risqué, elle pourrait croiser Leslie.

Les prospectus attireront peut-être l'attention du docteur. Qu'on remonte la piste jusqu'à elle, jusqu'à la maison des Woodland où Leslie est venue s'installer depuis l'accident.

Dire que le jeune médecin fait partie des parents touchés... Que sa fille lui a été enlevée... Comment le regarder en face, comme si elle ne savait rien ? Il lui a presque sauvé la vie, en réanimation, après son accident. Encore faudra-t-il qu'elle tombe malade pour obtenir rendez-vous. Ça aussi, fait partie de son plan. Dormir avec une poche de glaçons sur la poitrine, rester assise devant la fenêtre ouverte de sa chambre. L'air froid lui saisira les poumons. Avec un peu de chance, elle attrapera une bonne bronchite.

Tactactactactac... C'est bientôt fini... Encore cet ourlet de pantalon... Quelle idée de mettre un pantalon à une poupée, mais c'est ainsi qu'Amanda Knight était habillée.

Un peu plus tard, Mary contemple le travail achevé. Un sourire lui éclaire le visage. Elles sont là, devant elle, toutes les quatre. Comme elles sont belles! L'émotion l'étreint. Elle les regarde, fascinée par leur réalisme. Jusqu'aux cheveux de la bonne couleur… récupérés chez le coiffeur. Elle les aurait volontiers accompagnées d'un message. Quelques mots pour dire où chercher exactement. Mais cela reviendrait à dénoncer sa fille. La bouteille va devoir se frayer un chemin en plein océan jusqu'au bon endroit, là où son message sera déchiffré.

Timidement, ses doigts effleurent leurs cheveux. «Tu es ma poupée, ma si belle poupée, je t'aime tellement», lui disait son père avec ce même geste. Puis ses mains s'égaraient sur ses épaules, dans son dos, pour descendre plus bas, toujours plus bas. Se glissaient sous sa robe, tels des reptiles. Ce n'est pas vrai, on ne fait pas subir ça à une poupée. Encore moins à son enfant. Ses yeux se brouillent de larmes. C'est loin, si loin et pourtant ça brûle toujours autant.

Mary Cooper pose le regard sur la fenêtre où viennent s'écraser les flocons. Elle est l'un d'eux. Elle virevolte, tourbillonne, s'ajoute à la masse. Ou alors vient à son tour s'écraser contre la vitre. Pauvre oiseau blessé. Plus de vingt ans en arrière, Pupa regardait la neige tomber, elle aussi, derrière les barreaux de sa cellule capitonnée. Que de temps écoulé… Que d'hivers… Elle prend ses médicaments et pense à Lara, sa poupée, sa compagne de solitude, abandonnée sur le lit de sa cellule. Le dernier vestige de sa vie de famille, disparu, lui aussi.

Son cœur se serre à mourir. En même temps retentit un claquement de portière, puis des pas se rapprochent dans l'allée. Elle connaît ces bruits. Ils sont désormais aussi redoutés que familiers. C'est elle. Leslie. Vite! Tout ranger, cacher les restes des vêtements découpés et les poupées. En fauteuil, ses mouvements sont limités. Mais elle a une cachette, dans l'armoire achetée à un brocanteur, un double fond, connu d'elle seule.

La porte de la chambre s'ouvre brusquement. Le visage de Leslie apparaît. Son sourire qui s'apprête à être féroce, ironique, se fige.

— Qu'est-ce que tu fiches? lance-t-elle d'une voix blanche.

Mary est calée dans son fauteuil, la gorge découverte, face à la fenêtre grande ouverte. L'air glacé s'engouffre avec quelques flocons.

— Ça ne se voit pas? répond-elle sur un ton absent. Je respire. On étouffe, ici.

43

Alice Patterson avait été transportée à l'hôpital dans un état critique. Stevens et Hanah avaient suivi l'ambulance et se retrouvaient à nouveau dans le service de réanimation, où ils croisèrent le docteur Thompson, qui s'était occupé de Vicky Crow.

— Vous avez pris un abonnement, on dirait, chef Stevens, lui lança le médecin au passage.

— Je m'en passerais bien, bougonna le chef de la police.

Il n'avait même pas eu le temps de se recueillir sur la dépouille de son adjoint. Mais celui-ci était déjà entre les mains de Folcke et de Nose.

Intubée, branchée sur un monitoring de respiration artificielle, Mary Cooper était au plus mal. Il n'était pas du tout sûr qu'elle s'en sorte, d'après les médecins. Mais tous les moyens avaient été mis en œuvre pour la sauver. Déjà affaiblie par son accident et les médicaments qu'elle absorbait, elle avait été placée sous assistance en oxygène par membrane extracorporelle. Deux canules avaient été introduites dans ses artères. La première recueillait le sang et la seconde le réinjectait. Une machine pompait le sang en permanence, permettant de l'oxygéner avant qu'il réintègre l'organisme.

C'était l'unique espoir de la sortir de l'hypothermie et de l'intoxication aux benzodiazépines et aux somnifères. Sa température corporelle était descendue sous la barre des trente degrés Celsius. Elle avait frôlé l'arrêt cardiaque.

— Vous pouvez partir, Mme Cooper ne se réveillera pas maintenant, dit le réanimateur à Stevens. Demain, peut-être, avec beaucoup de chance et un petit coup de pouce divin.

— Prévenez-moi dès qu'il y a du nouveau, dans un sens ou dans l'autre. Il s'agit d'une affaire criminelle.

— Je m'en serais douté, c'est noté, répondit le médecin sur un ton abrupt.

Les blouses blanches n'aimaient pas trop voir leur lieu de travail investi par les uniformes bleus.

Entre-temps, Hanah avait appelé Eva pour lui raconter ce qui était arrivé à Dorwell, puis à Cooper, enfin retrouvée.

— Et Leslie Bates? demanda Eva.

— Tu parles, évaporée. Elle n'allait pas attendre sagement notre arrivée, après deux nouveaux meurtres.

— Elle est bien plus dangereuse que sa mère adoptive, constata Sportis. Si elle a les petites, c'est plutôt inquiétant.

— En plus, pour le moment, Stevens n'a rien sur elle. Pas de photo, pas de papiers d'identité, donc aucun signalement possible à donner aux patrouilles de la région. Ils sont en train de fouiller la maison de fond en comble pour trouver des documents. Je pense qu'elle a pris la précaution de tout faire disparaître.

— Tu ne crois pas qu'elle peut retourner dans sa famille d'accueil?

— C'est possible, mais je la sens plus méfiante que ça. Elle sait que la police ira la chercher de ce côté.

— Mon Dieu… les gamines?

— Si elles sont encore vivantes, elles sont en danger, c'est clair, reconnut Hanah en se mordant la lèvre.

Les petits albinos qu'elle avait sauvés dans le désert de Magadi au Kenya l'avaient été aussi. Et ils étaient tous revenus sains et saufs du bunker de Darko Unger où ils étaient enfermés.

— Cooper nous a bien dit que sa locataire était responsable de la sécurité en grande surface? se souvint Baxter.

— Je m'en charge, rebondit Eva aussitôt. Je ne peux pas rester sans rien faire. Il n'y a pas tant de grandes surfaces à Lake, je vais faire le tour. Elles doivent être encore ouvertes, il n'est pas 20 heures.

— Cherche plutôt sous le nom de Cooper que sous celui de Bates. Avec l'adoption, elle a dû prendre le nom de Mary. Et sois prudente.

Tandis que Stevens et Hanah retournaient au bureau, Eva partit faire la tournée des supermarchés.

Non seulement il n'y a pas pléthore de grandes surfaces à Crystal Lake, mais il ne doit pas non plus y avoir tellement de femmes responsables de la sécurité manageant une équipe de vigiles masculins, pensait Eva au volant de sa Mustang.

Elle se ferait passer pour une journaliste en presse écrite préparant un reportage sur la sécurité des grands magasins, et s'était munie d'une carte de presse — elle disposait d'un choix de fausses cartes pour pouvoir montrer patte blanche sans se dévoiler.

Elle lista les grandes surfaces indiquées par son smartphone et en retint cinq suffisamment importantes pour disposer d'une équipe de sécurité conséquente.

La nuit avait recouvert Crystal Lake d'une cape sombre où les étoiles s'allumaient une à une. Les routes étaient sèches et déjà presque vides.

Lorsqu'elle se présenta à l'accueil de la grande enseigne alimentaire sur le parking de laquelle, ironie du sort, Joe et elle s'étaient retrouvés avant de partir ensemble à Oakwood Hills, on lui dit que le responsable de la sécurité était absent.

— Je peux prendre son nom et l'appeler à son retour ? demanda Eva.

— Si vous voulez, c'est Bryan Jones, dit l'employée à l'accueil, une Afro-Américaine de forte corpulence aux cheveux orange lissés qui ressemblaient à un bonnet de laine.

Eva la regarda avec des yeux étonnés. Si l'employée n'avait pas gardé tout son sérieux, la détective aurait cru qu'elle se moquait d'elle.

— Lui, c'est avec un «y» à son prénom, sourit la femme. Il s'appelle vraiment comme le chanteur. Son père était un fan de Brian Jones.

Mentalement, Eva raya le supermarché de sa liste. Ce n'était pas là que travaillait Leslie.

— Sinon, vous connaissez un peu les autres grandes surfaces du coin ? risqua-t-elle à tout hasard.

— J'ai travaillé dans un gros magasin de high-tech un peu plus loin, il y a cinq ans.

— Ça ne devait pas être la même équipe de sécurité, supposa la détective.

— En effet, ça tourne beaucoup. Surtout les chefs de sécurité.

— Savez-vous si c'était une femme ?

— Non, à l'époque, c'était un type, un gros lourd qui puait la transpiration. Mais je sais qu'il a été licencié et que c'est une femme qui l'a remplacé.

— Elle y est encore ?

— Je crois bien, oui.

— Vous avez son nom ? Ça ira plus vite…

— J'étais partie quand elle est arrivée, donc je ne l'ai jamais su.

— Merci quand même.

Eva sortit dans le froid presque en courant et démarra sur les chapeaux de roue en direction du magasin de high-tech, en effet indiqué par de grands panneaux.

Même opération à l'accueil, mais cette fois l'employée fit appeler le chef de sécurité dont venait de lui parler l'Afro-Américaine.

Lorsqu'elle la vit, elle crut d'abord apercevoir un homme. De taille moyenne, les cheveux foncés rasés sur les côtés, le dessus du crâne recouvert d'une brosse dressée au gel, une démarche virile dénotant avec sa forte poitrine et ses hanches éléphantesques, la responsable se présenta à Eva en une poignée de main qui faillit lui démettre l'épaule. Pourtant, son visage de type asiatique, d'un ovale parfait, n'était pas dénué de finesse et de sensualité.

— Shan Lee, enchantée, dit-elle d'une voix étonnamment suave.

Eva comprit tout de suite qu'elle faisait fausse

route mais, s'étant présentée comme journaliste, elle fut contrainte de donner le change en posant quelques questions. Elle enregistra l'interview sur son portable.

— Est-ce que vous vous connaissez, entre chefs de la sécurité ? demanda-t-elle enfin, en rangeant l'appareil dans son sac.

— Ça dépend. On a des formations communes à l'occasion desquelles on fait connaissance.

— Leslie Bates ou Leslie Cooper, ça vous dit quelque chose ?

Shan Lee secoua sa brosse.

— Négatif.

— Très bien, dit Eva, une pointe de déception dans la voix. Merci pour votre disponibilité, Shan.

Il restait encore trois grandes surfaces à visiter. La suivante, un magasin de bricolage, se trouvait à environ deux kilomètres, que la Mustang avala en quelques minutes. Voyant le parking presque désert à cette heure, Eva fut envahie d'un pressentiment. Elle vérifia la charge de son smartphone et vit que la batterie n'était plus qu'à vingt pour cent. Elle n'avait pas le temps de laisser tourner le moteur pour la recharger sur l'allume-cigares. Elle envoya un texto à Hanah : « Rien pour l'instant, je continue. »

Elle exposa sa demande à l'accueil, où un vigile la conduisit dans un bureau vide, au mobilier très sommaire, où elle attendit presque dix minutes avant de voir entrer une jeune femme brune, aux cheveux aussi noirs que ses longs cils, noués en queue-de-cheval par un élastique en velours gris pâle.

Son physique était à l'opposé de celui de Shan Lee. Très féminine, mince et sculpturale, une élégance naturelle malgré son uniforme, blouson, pantalon et rangers, une matraque électrique à la ceinture.

— Bonsoir, dit-elle à Eva avec un grand sourire.

La détective remarqua aussitôt le petit grain de beauté juste au-dessus de la lèvre supérieure. Elle ne portait pas de badge.

— Je suis journaliste et j'effectue un reportage sur les cellules de sécurité des grands magasins de la région, précisa Sportis en sortant son smartphone.

— Que faites-vous avec ça?

— J'enregistre toujours les entretiens, ça m'aide dans la rédaction de mes articles.

— Si vous pouvez vous en passer, ce sera tout aussi bien, dit la responsable sur un ton ferme, sans se départir de son sourire charmeur. Ici, à la sécurité, nous sommes plutôt des travailleurs de l'ombre.

— D'accord. Je peux vous demander votre nom, au moins?

— Lilly.

— Lilly? C'est tout?

— C'est tout. Ce sera plus court, pour l'article, souffla-t-elle dans un clin d'œil à Eva.

Pour la première fois, Eva se sentit mal à l'aise, malgré l'expression avenante de la jeune femme. Sans doute parce que les doutes commençaient à s'insinuer dans son esprit. Lilly pouvait très bien être un nom d'emprunt, un surnom, bien qu'il ne correspondît pas vraiment à Leslie.

Prenant place sur une chaise en métal face au bureau en formica derrière lequel s'installa Lilly, Eva commença l'interview, prenant quelques notes sur un carnet. Son interlocutrice la scannait du regard, ce qui accentua son malaise. Des fourmillements gagnaient sa nuque et ses tempes. La peur. Une peur sourde, insidieuse, peut-être irrationnelle.

Brusquement, en plein entretien, Lilly s'excusa, prétextant un problème d'organisation urgent à régler, et disparut. Eva profita de son absence pour se pencher sur les papiers posés sur le bureau et tenter d'y trouver des courriers portant la signature de la jeune femme. Mais elle ne tarda pas à entendre des pas et reprit sa place au moment où Lilly entrait. Mouvement de repli qui n'échappa pas au regard acéré de celle-ci.

— On en a encore pour longtemps? s'enquit-elle sèchement.

— Juste deux, trois questions.

Lilly y répondit de façon concise et rapide, son visage trahissant une certaine nervosité.

— Désolée de vous prendre de votre temps, vous aviez terminé votre journée, j'imagine, dit Eva que la soudaine impatience de la jeune femme intriguait.

— Non, non, pas de souci, je dois encore faire ma dernière tournée.

— Vous la faites seule?

— Mon collègue a dû rentrer plus tôt, une petite gastro, je crois. Et je ne suis pas complètement seule, ce soir… Voulez-vous m'accompagner? Comme ça, ce sera plus parlant pour votre article. En revanche, pas de photos des lieux, par souci de confidentialité et de sécurité.

Une poignée de secondes plus tard, les deux femmes descendaient dans les sous-sols du magasin, un dédale de couloirs aux murs bétonnés le long desquels couraient des câbles en hauteur et des tuyaux. De néons dispensant une lumière verdâtre. Eva suivait la jeune femme, attentive à tous ses gestes. Elle ouvrait et refermait chaque porte avec son passe, vérifiait les coins sombres à la torche qu'elle maintenait pointée devant elle, juste au niveau de son épaule.

L'idée qu'elle se trouvait peut-être avec Leslie Bates-Cooper, une femme capable de tuer de sang-froid, une femme redoutable qui avait peut-être enlevé trois gamines et assassiné plusieurs personnes, effleura à nouveau la détective.

Seuls leurs pas et leurs respirations résonnaient dans le silence.

Parvenue à une sorte de cul-de-sac au fond d'un couloir, là où il n'y avait pas de caméra de surveillance, Lilly se retourna vers Eva. Son expression avait changé. Elle ne souriait plus et la dureté de son regard frappa la détective.

— Vous êtes journaliste comme je suis présidente des États-Unis, avouez! lâcha-t-elle brutalement.

Même le timbre de sa voix s'était modifié, tranchant, glacial.

— Je... je ne vois pas ce que vous voulez dire, répondit bêtement Eva.

Une formule creuse et peu convaincante, dont l'unique effet fut d'irriter Lilly davantage.

La détective en prit aussitôt conscience. Mais il était déjà trop tard.

— Sale garce, tu croyais m'avoir...

Les mots frappèrent Eva en pleine tête, en même temps que la matraque électrique s'abattait sur son cou. Elle n'avait pas eu le temps de réagir. La douleur, aussi fulgurante qu'une morsure de serpent, la fit chanceler, la décharge paralysa son corps tout entier qui s'affaissa sur le béton. Sa vue se troubla aussitôt.

Dans un ultime effort, Eva, dont le cœur était celui d'une sportive, parvint à se redresser sur les genoux, les bras repliés en position de défense, cherchant à frapper. Mais là encore, Lilly fut plus rapide et, sous une deuxième décharge, le corps de la détective se cabra dans un dernier soubresaut avant de s'écrouler, inerte, sa tête heurtant violemment le sol.

Lilly procéda aussitôt à une fouille des poches et du sac d'Eva, où elle trouva son portefeuille, son permis de conduire et sa carte professionnelle.

— Salope ! cracha la jeune femme en se relevant.

Elle tapota son pantalon pour en décoller la poussière blanche du sol et entreprit de tirer Eva par les bras jusqu'à un réduit fermé à clef servant à stocker les chariots que l'on utilisait pour le transport des cartons volumineux et lourds. Elle dut s'y reprendre à plusieurs fois pour faire tenir Eva dans un carton vide, en la repliant sur elle-même. La détective étant inconsciente mais toujours en vie, la tâche ne fut pas trop difficile. Elle embarqua l'étrange colis sur un chariot et prit la direction de la sortie près de laquelle elle garait toujours sa voiture, un 4 × 4 de marque japonaise. Elle parvint, au bout de quelques efforts, à caser le carton dans le coffre. Par chance, il n'y avait plus personne à cette heure.

Grâce à une certaine pratique de la lutte et des sports de combat, Lilly était dotée d'une force surprenante pour une femme de son gabarit. D'autre part, elle connaissait tout du système de vidéosurveillance, l'emplacement exact des caméras sur le parking et à l'intérieur du magasin.

Après avoir verrouillé la porte du sous-sol, elle regarda une dernière fois autour d'elle pour s'assurer que personne n'avait repéré son manège et monta dans sa voiture.

44

Vers 21 heures, sans nouvelles d'Eva depuis son texto et tombant directement sur sa messagerie, Hanah commença à s'inquiéter. Depuis sa chambre d'hôtel où elle était rentrée prendre une douche chaude et se poser un peu, elle prévint Joe.

— Stevens ne connaît pas l'existence d'Eva, répondit-il. C'est embarrassant. On devrait attendre encore un peu. Elle va sans doute réapparaître, je la connais, elle est fine mouche et a l'habitude des enquêtes et des filatures.

— Oui, mais pas de cette trempe, Lasko! s'énerva Baxter en se tamponnant les cheveux encore humides avec le drap de bain. On s'en fout, maintenant, de ce que pense Stevens! Leslie Bates a pu la piéger et dans ce cas sa vie est en danger. Vous devriez être inquiet pour elle, non?

En réalité, Joe était mort d'inquiétude. Mais il se refusait à reproduire ce qu'il ressentait depuis plus d'un mois pour sa fille. Il ne voulait plus trembler pour un être aimé.

— OK, appelez Stevens et expliquez-lui tout.

— Je suis sûre qu'il comprendra et qu'il vous

approuvera, comme il l'a fait avec moi. Et ça l'éclairera aussi sur mes sources concernant Alice Patterson et la poupée Lara. Eva a fait un énorme travail. J'espère que, ce soir, ce ne sera pas au péril de sa vie.

— Je l'espère aussi, Hanah, je l'espère de tout mon cœur.

Tandis que Joe raccrochait, abattu, Hanah composa le numéro de Stevens. Elle lui expliqua la situation en quelques mots.

— Si elle a vraiment retrouvé Leslie Bates et qu'elle s'est fait repérer, c'est la panade, Baxter. Lancer des recherches en mettant en place des barrages peut lui nuire.

À cet instant, Bradley pointa sa tête par l'embrasure de la porte, essoufflé. Il devait bientôt succéder officiellement à Dorwell à la place d'adjoint.

— Chef, je viens d'avoir un appel d'une patrouille de nuit. Ils ont repéré un véhicule tout seul sur le parking d'une grande surface. Une Ford Mustang Shelby GT500 bleu ciel.

— C'est sa voiture ! C'est la voiture d'Eva ! bondit Hanah au bout de la ligne.

Sa voix, branchée sur haut-parleur dans le bureau de Stevens, remplit toute la pièce.

— Eva ? répéta Bradley. Mais c'est pas elle qu'on cherche, c'est Leslie Bates.

Stevens le fusilla du regard.

— Sur le parking de quel magasin ?

— Brico Géant.

— La patrouille est toujours sur place ?

— Affirmatif.

— Dites-leur qu'on arrive. Hanah, on passe vous prendre devant votre hôtel dans moins de dix minutes. Démarrez la voiture, Bradley, ordonna Stevens en enfilant sa parka.

Juste avant de sortir, il s'arrêta au standard.

— Trouvez le numéro du directeur du Brico Géant et passez-le-moi, dit-il à l'agent. Je vais sur place, il doit m'y rejoindre. Vous vous débrouillez, Lester, mais il me faut cette communication.

Lester rappela Stevens alors qu'ils étaient en route avec Hanah qu'il venait de récupérer.

— Je vous passe le directeur, monsieur Shark. Il a pas l'air commode.

— Eh bien, il faudra qu'il le devienne. Même avec un nom pareil. Merci, Lester. Allô? Lieutenant Stevens…

— C'est quoi ce bordel, d'appeler chez les gens tard le soir pour une bagnole sur le parking de mon magasin? tonna Shark.

— Déjà, monsieur Shark, il n'est pas si tard, et désolé de vous tirer de votre match à la télé, mais il s'agit d'une affaire criminelle. Nous serons sur le parking dans dix minutes. Je vous demande de nous y rejoindre.

— En quoi je serais mêlé à une affaire criminelle, moi?

— À tout de suite, monsieur Shark. Ne m'obligez pas à envoyer des hommes vous chercher.

Dès qu'elle vit la Mustang, seule sur le vaste parking qu'éclairaient quelques réverbères réchauffant la froide clarté de la pleine lune, le cœur d'Hanah se serra. Il était clair qu'Eva avait trouvé Leslie Bates et qu'elle n'était plus dans le magasin. Leslie avait dû la percer à jour.

Avec Bradley ils firent d'abord le tour de la

Mustang, fermée à clef et semblant intacte. La nuit était encore froide, même à l'approche de mars. Quelques fins flocons retardataires dansaient comme des lucioles. Dans l'air subsistait une odeur d'hiver.

« *Blue smoke climbin'up the mountain, blue smoke windin'round the bend, Blue smoke is the name of the heartbreak train that I am ridin'in. I left a note I wrote I'm leavin' and I won't be comin' back.* »

Le regard rivé à la Mustang comme si elle espérait en voir sortir Eva, Hanah remuait les lèvres sur les paroles de l'air de country qu'elles avaient chanté à tue-tête dans cette même voiture sur la route d'Oakwood Hills.

« *Oh I know I'm gonna miss you, But I hope it ain't for long…* » Où es-tu, Eva ? Bien qu'elle n'ait fait vraiment sa connaissance qu'à Crystal Lake, Hanah portait à Eva l'affection d'une grande sœur à sa cadette. Un brin maternelle et protectrice. S'il t'arrivait malheur, Sportis, je ne me le pardonnerais jamais, pensa Hanah, les yeux humides.

— Ça va, Baxter ? Vous êtes toujours avec nous ? s'inquiéta Stevens devant le visage défait de la profileuse.

— Plus que jamais avec vous, Stevens. Je veux retrouver Eva. Elle a été mon élève en cours de criminologie. Elle a du potentiel.

— Et vous ne comprenez pas pourquoi elle est restée enterrée à Lake.

— Même ici, on peut craindre pour sa vie.

— Partout, je crois. À n'importe quel endroit du monde. C'est là toute la trivialité de notre condition d'êtres vivants.

Le bruit d'un moteur leur fit tourner la tête en même temps.

Les pleins phares les aveuglèrent comme des lapins sur la route. Un énorme 4 × 4 de couleur noire s'immobilisa à moins d'un mètre de leurs pieds. Seul un parfait connard peut conduire ça, se dit Hanah.

— Shark, se présenta l'homme barbu qui en descendit, le manteau en poils de chameau tendu sur un ventre proéminent, une chapka vissée sur la tête.

Il ne daigna tendre la main à personne. Baxter flaira la réussite opportuniste, cent kilos d'arrogance et trois cents grammes d'or au poignet. Ça existe encore, cette fin de race, en Amérique ? se demanda-t-elle.

— Une détective avec laquelle nous collaborons est venue ici un peu plus tôt dans la soirée, avant la fermeture. Elle enquête sur la même affaire. Nous recherchons une femme présumée coupable de meurtres. Ce serait elle aussi qui aurait enlevé les gamines en janvier dernier. Vous avez sans doute entendu parler de ces disparitions.

— Quel rapport avec mon magasin ? Qu'est-ce qu'elle est venue foutre ici, votre détective ?

— La femme recherchée occupe un poste de chef de sécurité en grande surface.

— C'est pas ici, alors, parce que Lilly est irréprochable.

À ce nom, Stevens sursauta.

— Lilly, vous dites ? Bon sang, Dorwell m'a parlé d'une fille qu'il venait de rencontrer dans un bar… Elle s'appelait Lilly. On aurait bien dit qu'elle lui avait tourné la tête.

— Et Leslie Bates ou Leslie Cooper, ça ne vous dit rien ? intervint Hanah.

Shark releva ses épais sourcils.

— Bien sûr ! C'est elle, c'est Lilly, son nom c'est Leslie Cooper, son état civil, si vous voulez. Mais elle préfère qu'on l'appelle Lilly, allez savoir…

Hanah, la gorge nouée, lança un regard à Stevens. On pouvait y lire une angoisse mêlée de colère. Une colère contre elle-même, d'avoir laissé Eva se fourrer dans ce pétrin.

— Il faut qu'on entre dans le magasin, dit Stevens. Voir si on peut trouver des indices qui nous mèneraient à Eva. Et une photo de Leslie Cooper. Nous vous suivons, monsieur Shark. Vous avez le double des clefs ou bien un passe ?

Le petit groupe arriva devant l'entrée vitrée de la grande surface de bricolage, protégée par un store métallique.

— L'alarme risque de se mettre en route, mais on est obligés de passer par là, y a pas le choix, je n'ai pas les clefs de l'autre issue, qui mène aux sous-sols.

— Qui les détient ?

— Le chef de la sécurité. En l'occurrence Lilly.

— Tant pis pour l'alarme, ouvrez, le somma Stevens.

Shark s'exécuta à contrecœur. La clef, entre ses doigts boudinés, avait la taille d'un cure-dents. Il remonta le store en soufflant comme un bœuf. Rien ne se déclencha.

— C'est bizarre, on dirait que l'alarme n'a pas été enclenchée.

— Qui part le dernier ?

— Ce soir, c'était Lilly, avec un de ses gars.

— Elle n'a pas dû avoir le temps, dit Hanah.

— L'équipe de sécurité appartient à une entreprise indépendante ? demanda le lieutenant.

— Oui, la société Cerbère.

— À Crystal Lake ?

— Le siège est à Naperville, mais ils ont des succursales.

— Et vous avez le dossier de Leslie Cooper dans les fichiers de votre personnel ?

— Ben non, c'est la société de sécurité qui l'emploie, c'est elle qui doit en avoir un.

Le directeur, à l'aide d'une deuxième clef, ouvrit la porte vitrée, là encore sans déclencher l'alarme.

À peine furent-ils entrés que les éclairages s'allumèrent automatiquement. Ils se partagèrent les zones à explorer. Stevens et Hanah restèrent dans le magasin pendant que Shark descendait au sous-sol avec Bradley et son coéquipier. Les policiers étaient armés. Baxter s'était, elle aussi, munie de son Glock.

Après un bref passage dans le bureau de Leslie Bates, où ils ne trouvèrent rien, même pas une photo, les trois hommes accédèrent au dédale de couloirs du sous-sol sous la conduite du directeur, qui ne semblait malgré tout pas dans son élément dans ce labyrinthe de béton. Deux mille mètres carrés de sous-sols, la superficie du magasin lui-même. De quoi se perdre plusieurs fois.

Sans le savoir, ils empruntèrent les mêmes couloirs que Leslie et sa victime quelques heures plus tôt. Ils ne tardèrent pas à apercevoir au sol, dans la lumière blafarde d'un néon, une tache de sang d'une dizaine de centimètres de diamètre, qui commençait à coaguler.

— C'est là que ça s'est passé, constata Bradley, agenouillé devant l'auréole sombre qu'il venait d'effleurer du bout du doigt. Il est encore frais. Stan, va chercher Stevens. Et là, regardez, on a traîné le corps sur plusieurs mètres. Les semelles de la victime ont laissé des traces. Elle devait être inconsciente après un coup à la tête.

— Les membres de la sécurité ont tous une matraque électrique. Une sorte de taser, précisa Shark, que l'embarras gagnait. Ben merde, alors… Lilly ! Si j'avais pu prévoir ça…

— On ne prévoit jamais ce genre de choses.

Stevens et Hanah ne tardèrent pas à arriver, le souffle court, précédés du policier Stan.

— Oh non…, gémit Baxter, portant la main à son front. Eva !

— Aucune certitude encore que ce soit son sang, dit Stevens, mais de fortes probabilités, puisque c'est sa voiture qui est là. Quelle voiture possède Leslie Cooper ?

— Jamais vu. On ne sort pas en même temps. Peut-être un véhicule de société.

— Demain, première heure, j'essaie de les joindre. En attendant, j'appelle la scientifique pour les prélèvements d'ADN. Si on ne la retrouve pas rapidement, qu'on sache au moins si c'est le sang d'Eva.

— Il y a un chariot, ici ! cria Bradley parti en reconnaissance vers l'issue qui donnait sur l'extérieur. Il y a du sang sur la barre… Elle l'a transportée, elle l'a peut-être emmenée chez Mary Cooper !

— Deux hommes sont en faction devant la maison. Ils ne peuvent pas la rater. À mon sens, elle ne commettrait pas l'erreur de revenir sur les lieux, après avoir tué Dorwell et abandonné le corps.

Remonté en surface pour contacter d'urgence la scientifique, Stevens trouva un message. Son portable captait de nouveau.

— C'était le médecin, dit-il, le visage blafard et les traits tirés. Cooper vient de se réveiller et elle n'arrête pas de répéter des choses étranges. Une sorte de poème. Venez Hanah, on file à l'hôpital.

Bradley resta sur place avec Stan et le directeur du magasin, dont la mauvaise humeur s'accroissait face à la tournure que prenaient les événements. Il allait rater le match de foot.

45

— Je dis, moi, que c'est important, le cul, dans un couple. C'est même le ciment du couple. Et son salut. Tant qu'il y a du sexe, il y a de l'espoir. Mais ça, ça s'entretient.

— T'es un vrai sentimental, toi!

— Rigole, mais oui, je parle de sentiments, là, bien sûr. Tu aimes ta femme, tu la baises.

— On peut baiser sans aimer.

— Avec une pute ou une chaudasse, un coup d'un soir. Mais baiser quand on aime, c'est le pied.

— Alors, d'après toi, qu'est-ce qu'il faut entretenir? L'amour ou le cul?

— L'un découle de l'autre. Si t'entretiens l'amour, au lit ça marchera toujours, si t'entretiens le cul, t'entretiens aussi les sentiments.

— Ça se discute, ta théorie.

— C'est pas de la théorie, c'est de la pratique, mon gars.

— C'est pour ça que t'as divorcé trois fois?

— Justement, ça s'appelle entretenir la flamme, la même pour plusieurs femmes!

— Là, on est d'accord, gars!

Un rire gras résonna dans l'habitacle. Telle était la conversation entre les deux policiers en planque dans une voiture banalisée, tous feux éteints, stationnée le long de la propriété des Woodland.

— En attendant, on se les pèle dans ce trou à rats. Et il est pas tard. Qu'est-ce que ça va être à minuit !

— On sera raides.

— Tu dis des trucs bizarres, toi.

— De froid, ducon, raides de froid.

— Eh ben non, parce qu'on va allumer ce putain de moteur et le chauffage avec.

— Déconne pas, Sam…

— Tu vois bien qu'y a personne, pas plus dans la baraque que dans ce putain de chemin !

— On laisse les feux éteints, alors.

— Tu me prends pour un demeuré ou quoi ?

— Non, juste pour toi !

Nouveau rire gras, qui fut soudain interrompu par des coups répétés à la fenêtre du passager. Dégainant aussitôt leur arme, Sam et son coéquipier se retournèrent vivement et restèrent bouche bée.

De l'autre côté de la vitre fermée apparut le visage angoissé d'une jeune femme, le col en fourrure de son manteau relevé autour du cou, faisant de grands gestes de la main.

— S'il vous plaît, s'il vous plaît ! criait-elle. Vous pouvez m'aider, j'ai crevé !

Méfiant, Sam baissa la vitre et la toisa de la tête aux pieds. Elle était jolie et portait des escarpins.

— Où est-elle, votre caisse ?

La femme tendit le bras en direction de la nuit, plus loin dans le chemin.

— Vous habitez par là ?

— Non, pas du tout! J'allais chez des amis et je me suis paumée…

— Vous les avez pas appelés?

— Mon portable est déchargé, c'est vraiment la poisse!

— Comment vous nous avez trouvés?

— Je suis sortie de la voiture, j'étais prête à sonner ici et puis j'ai vu la fumée qui sortait du pot d'échappement, alors j'ai regardé dans la voiture et je vous ai vus.

L'explication sembla satisfaire le policier côté passager qui rangea son arme.

— J'y vais, dit Sam. Tu m'attends ici.

— Non, je préfère t'accompagner, au cas où t'aurais besoin d'un coup de main. C'est pas avec ses talons aiguilles qu'elle va t'aider…

— Oublie pas de fermer, alors.

Les deux hommes emboîtèrent le pas à la jeune femme en direction de sa voiture.

— Vise un peu ce déhanché… De quoi on parlait, tout à l'heure? Un coup d'un soir, c'est ça?

— Ouais, ben t'oublies, on est en service, gronda Sam.

— Voilà, c'est là, dit la jeune femme en désignant un 4 × 4 gris métallisé de marque japonaise. Et c'est le pneu avant gauche.

— OK, m'dame.

Sam et son coéquipier se baissèrent pour regarder. Avant même qu'ils pussent examiner le pneu et voir qu'il n'avait rien, ils ressentirent la décharge sur leur nuque, qui se propagea instantanément dans tout leur corps, paralysant leurs membres. Foudroyés, ils tombèrent à terre, sans connaissance.

Les lèvres crispées dans une moue méprisante, Lilly rangea ses deux matraques électriques dans un sac de sport sur le siège du passager et en sortit un couteau. D'un coup de lame, elle leur trancha les carotides, d'où jaillit un flot rouge et chaud. Puis elle désarma les policiers et troqua son manteau taché de sang contre une épaisse doudoune. Elle déroula son pantalon d'uniforme qu'elle avait relevé au-dessus des genoux, remit ses rangers et sa casquette.

— Ça vous apprendra à dire des saloperies dans mon dos ! cracha-t-elle au-dessus des corps, avant de remonter en voiture et de leur rouler dessus.

Elle en avait fini. Elle n'avait plus qu'à quitter la ville. Elle avait récupéré argent et papiers dans sa cachette chez Mary Cooper, et roulerait de nuit jusqu'à Aurora où elle demanderait refuge à Jude et Meredith Crowford. S'ils faisaient mine de refuser, elle s'occuperait d'eux aussi.

Le carton dans lequel elle avait transporté Eva avait été réduit en cendres, avec les vêtements et les papiers de la détective.

Et cette salope de Mary devait encore tournoyer sur l'étang, morte, attachée dans son fauteuil. Bientôt, tout rentrerait dans l'ordre.

Peu à peu, un sourire venimeux s'élargit sur ses lèvres comme de l'encre de seiche et Leslie Bates-Cooper se mit à chanter, le regard fou.

Sur la glace,
Nulle trace,
Le froid les emportera.
Cherchez, cherchez,
Personne vous ne trouverez.

Quand la neige danse,
Pupa à rien ne pense,
Quand la neige danse…

Puis elle éclata de rire.

46

«Sur la glace… Nulle trace… Le froid les emportera… Cherchez, cherchez… Personne vous ne trouverez… Quand… la… neige danse, Pupa à rien… ne
pense… Quand la… neige… danse…» Dans son
délire, depuis qu'elle était sortie de son coma hypo-
thermique et qu'elle avait été extubée, Alice Patterson
ne cessait de répéter ces bribes de phrases étranges.

L'EMCO — oxygénation par membrane externe
— avait fonctionné. En revanche, le médecin réanimateur attendait l'IRM et l'avis du neurologue
avant de se prononcer sur les séquelles plus ou moins
graves pouvant affecter le cerveau.

— Alice, vous m'entendez? demanda doucement
Hanah, assise près du lit. Vous êtes sortie du coma.
Je suis Hanah Baxter et je vous parle.

Mais les yeux de Mary Cooper, fixés au plafond,
étaient vides et absents. «Sur la glace… Nulle
trace… Le froid les emportera… Cherchez, cherchez…» Ses lèvres continuaient à remuer, comme
une mécanique remontée.

— Qui donc le froid emportera, Alice? Qui
doit-on chercher? Les fillettes, c'est ça?

«Personne vous ne trouverez… Quand… la… neige danse… Pupa à rien ne pense…»

— Pupa, c'est vous, n'est-ce pas, Alice? poursuivit Hanah.

«Quand la neige danse… Cherchez… Cherchez… Sous la neige… vous… trouverez…»

— Que doit-on trouver sous la neige? Les petites? Elles sont sous la neige? insistait Hanah, la gorge serrée.

— Est-ce normal, après un coma, docteur? demanda Stevens au médecin de garde.

— Ça arrive. Surtout si le cerveau a manqué d'oxygène un peu plus longtemps. Les lésions sont parfois irréversibles, mais elle peut aussi récupérer. Nous le saurons avec le temps.

— Pupa est la petite fille, Alice, c'est ça? Vous êtes Pupa, l'encourageait Baxter d'une voix apaisante.

«Le froid les emportera… Cherchez, cherchez…»

— Ce sont les petites filles que nous devons chercher? Dites-nous, Alice…

De façon inattendue, Mary Cooper tourna la tête de côté, vers Hanah, le regard dénué d'expression.

— Les poupées…, prononça-t-elle. Chercher les poupées…

— Elle délire complètement, soupira Stevens. Je crois qu'il n'y a rien à en tirer.

— Non, elle essaie de nous dire quelque chose, s'obstinait Hanah. J'en suis persuadée.

— Elle ne sait même pas qui vous êtes.

— Je pense que si. Son inconscient capte notre présence et mes mots. Elle vient de dire quelque chose de différent. Elle vient de dire : «Les poupées…

chercher les poupées. » Et si les poupées étaient les gamines? Les fillettes disparues?

— Elle est dans son délire, Baxter, je vous assure. Les poupées font partie de son passé en tant qu'Alice Patterson, de son enfance. Elle sait que les gamines ont disparu, elle a envoyé des poupées aux parents par empathie et…

— Non, moi je crois qu'elle a voulu attirer l'attention, nous faire remonter la piste jusqu'à Leslie. Et elle continue à vouloir nous dire quelque chose. Dans son langage, à sa manière.

— Baxter, je comprends votre obstination à vouloir voir des indices qui nous mèneraient aux gosses. Mais seule Leslie Bates a la réponse. Sauf qu'on n'est même pas certains qu'elle ait enlevé les petites. Vous vous trompez sur les intentions de Mary Cooper. Elle n'a plus toute sa tête.

— Je n'en suis pas si sûre.

— Retournez vous reposer à l'hôtel, Hanah, je vous ramène. La journée a été longue et éprouvante. Il faut dormir un peu.

— Je ne pourrai pas dormir tant qu'on n'aura pas retrouvé Eva, Stevens.

— Je vous préviens dès qu'il y a du nouveau. Quelle que soit l'heure. Gardez votre portable allumé près de vous.

— Dans ce cas… Mais vous devriez aller en faire autant, vous avez une tête de déterré, Stevens.

— J'aime votre franchise, sourit le lieutenant.

Une fois devant l'hôtel, Hanah regarda s'éloigner le 4 × 4 de Stevens, puis elle monta dans sa chambre. Il y faisait chaud, elle avait été faite et sentait bon les huiles essentielles. Sans être un palace, l'hôtel était élégant et confortable. Que de chambres d'hôtel elle avait occupées... Que de nuits solitaires passées à taper des rapports, son MacBook sur les genoux. Ce qu'elle allait faire ce soir, avant d'essayer de s'endormir.

Leslie Bates-Cooper avait sans doute pris la fuite. Qu'était-il advenu d'Eva ? Des petites ? Pourquoi les avoir enlevées maintenant ? Quel avait été l'élément déclencheur ? Des questions qui, toujours, la replongeaient dans son passé et ses choix. Pourquoi faisait-elle cela ? Pourquoi ce métier ? À traquer les monstres, ne risque-t-on pas d'en devenir un ? Peut-être l'était-elle déjà... Un monstre de solitude, d'angoisse, d'égoïsme. Sans enfants, ne vivant, ne respirant que pour elle. Et parfois pour Karen. Mais là non plus, rien de suivi. Sa maîtresse la plus fidèle, la plus constante, était finalement son éternelle solitude.

Elle se déshabilla, palpa ses cuisses, ses bras, constata un manque flagrant d'exercice et entra dans la douche.

« Sur la glace, Nulle trace, Le froid les emportera... Cherchez, cherchez, personne vous ne trouverez, Quand la neige danse, Pupa à rien ne pense, Quand la neige danse... Cherchez... Cherchez... Sous la neige, vous trouverez... »

Abandonnée au jet brûlant, dans la vapeur chaude, Hanah se répétait ces vers. Que voulait dire Alice Patterson ? La neige, l'hiver. Elle s'était évadée un 24 décembre, les petites avaient disparu en janvier. La neige, toujours présente. La neige danse... Pourquoi cette phrase lui disait-elle quelque chose ? Comme une musique... Un titre... Oui, c'était ça.

The Snow is Dancing, un morceau au piano, de Debussy.

Hanah appuya sur le mitigeur pour couper l'eau, sortit, prit une serviette et s'enveloppa dedans sans quitter ses pensées.

Elle ouvrit son Mac posé sur le chevet, cliqua sur le moteur de recherche et tapa le titre, « *The Snow is Dancing*, Debussy ». Plusieurs occurrences apparurent, des liens vers Youtube. Elle cliqua sur l'un d'eux et les premières notes coulèrent dans la chambre, pures, cristallines, des flocons qui n'en finissaient pas de tomber.

Mais l'*Été* de Vivaldi vint interrompre l'écoute. Le nom de Stevens s'afficha sur l'écran de son iPhone. Hanah coupa aussitôt la musique. La voix du chef de la police était exsangue.

— Je viens d'avoir un contact avec une patrouille que j'ai envoyée voir ce qui se passait devant la maison des Woodland. Mes deux gars ne répondaient plus aux appels. Ils ont été retrouvés sur le chemin, dans un état indescriptible. Apparemment, vu les dégâts, une voiture type 4 × 4 leur a roulé dessus, mais avant on leur a tranché la gorge. J'ai perdu trois hommes à cause de cette folle, Baxter !

— Elle est déterminée, dit Hanah, choquée mais malgré tout soulagée que la macabre nouvelle ne concerne pas la jeune détective. Elle a dû prendre la fuite avec Eva. Le temps est compté, Stevens.

Un bip répété lui signala un double appel. Elle jeta un coup d'œil. C'était Joe.

— Lasko essaie de me joindre, je vous rappelle, Stevens.

Hanah bascula la communication sur Joe.

— Je viens aux nouvelles pour Eva.

— Rien pour le moment. C'est dur, je sais, mais Stevens met tout en œuvre pour la retrouver.

Hanah avait décidé de passer sous silence le sang découvert au sous-sol du magasin et la voiture d'Eva sur le parking. Elle ne dit rien non plus de la mort des deux flics en faction devant chez Mary Cooper et de la fuite probable de Leslie, qui rendait la tâche plus ardue. Eva devait être avec elle, à moins qu'elle ne l'ait supprimée elle aussi.

— Si je peux faire quelque chose, dit Lasko d'une voix étranglée.

— La meilleure chose que vous puissiez faire, Joe, c'est d'essayer de vous reposer ce soir et de continuer à prendre soin de vos patients demain. L'issue n'est pas loin, je vous assure.

— Espérons qu'elle soit bonne pour Eva et les petites.

Hanah raccrocha et se prit la tête entre les mains. Encore un peu et elle imploserait. Elle avait besoin de silence. Juste entendre la neige danser. Seule la musique… et la neige. Les notes de Debussy, le piano…

— LE PIANO! s'écria-t-elle soudain, debout sur le lit, les bras en l'air. Bon sang! Bien sûr, c'est ça… sur le piano, la partition de Debussy, *The Snow is Dancing*, devenu dans le poème de Pupa : Quand la neige danse… Cherchez sous la neige, vous trouverez!

Elle prit son portable.

— Stevens! Passez me chercher tout de suite, on doit filer chez Cooper… Je vous expliquerai dans la voiture.

En cinq minutes, Hanah fut séchée, habillée et chaussée. Elle fixa le holster d'épaule dans lequel elle avait glissé son arme, enfila sa doudoune par-dessus, attrapa son sac à dos et descendit dans le hall. Stevens arriva peu de temps après.

Empruntant la petite route qui menait à la maison des Woodland, ils tombèrent sur la patrouille qui avait découvert les corps des deux policiers. Les hommes étaient sous le choc, le visage blême, et l'effroi se lisait dans leurs yeux. Le périmètre avait été sécurisé, les corps allaient être emmenés à la morgue, et des pompiers nettoyaient le bitume.

Stevens descendit du 4 × 4 et dit quelques mots de soutien aux policiers accablés.

— Et faites gaffe, chef, dit un de ses hommes, leurs armes de service ont disparu.

N'y tenant plus, Hanah descendit à son tour du 4 × 4 et courut vers la maison.

— Attendez, Baxter ! cria Stevens dans son dos. J'ai des gars en train d'inspecter l'intérieur, il ne faut pas les prendre par surprise ! Et Leslie peut y être encore !

Mais Hanah n'écoutait plus. Arrivée à la porte, elle vit que les scellés avaient été arrachés. Concluant que Leslie était en effet revenue, elle sortit son Glock et, sur ses gardes, pénétra à l'intérieur pour se diriger prudemment vers l'espace sous l'escalier où se trouvait le piano dont elle avait juste noté la présence lors de la perquisition. Or son subconscient l'avait enregistrée. Tout comme la partition qui se trouvait sur le piano, posée au-dessus du clavier.

Elle s'approcha et lut : THE SNOW IS DANCING — Debussy, *Children's corner* 4. « La neige danse

— Debussy, le Coin des enfants 4e», traduit-elle en français.

— C'est là, Stevens, dit-elle au lieutenant qui arrivait à sa suite. Sous la neige, sous la neige de Debussy. Elles sont là-dessous, quelque part, et personne n'a rien vu, parce que personne n'a déplacé ce piano. Aidez-moi...

S'arc-boutant sur leurs jambes, chacun à une extrémité de l'instrument, ils le tirèrent à eux. Le piano, monté sur roulettes, bougea sans trop de mal. Ils le firent glisser de façon à découvrir complètement le tapis qu'Hanah souleva, laissant apparaître une trappe pratiquée dans le plancher.

— Nom de Dieu, vous aviez raison, Hanah ! s'écria Stevens. Elles sont peut-être là-dessous !

Saisissant la poignée, le lieutenant souleva le battant qu'il laissa retomber sur le côté. Un escalier en bois descendait dans une cave plongée dans l'obscurité.

— Elles ne sont pas restées plongées dans le noir pendant plus d'un mois quand même..., souffla-t-il.

— Je crains que si..., dit Hanah, le sang pulsant jusque dans ses tempes.

Devant eux, l'ouverture de la cave, noire et béante, exhalant un air chargé de moisissures et de poussière, ressemblait à la gueule d'un monstre.

À cet instant, arrivèrent les deux flics armés qui venaient d'inspecter chaque pièce de la maison pour écarter tout danger tandis qu'une autre équipe s'occupait des extérieurs.

— RAS, chef, dit l'un d'eux, un Black immense aux yeux aussi noirs et profonds que de l'obsidienne.

— Pas trace de Leslie ni d'Eva, donc, soupira

Stevens. Merci, messieurs. Nous n'avons aucune photo de Leslie pour transmettre son signalement aux patrouilles.

— Ça ne servirait qu'à attiser sa rage, Stevens. Elle a Eva en otage et pourrait la tuer, si elle ne l'a pas déjà fait.

— Chef! Rien dans le parc, mais on a retrouvé des restes de vêtements à moitié consumés sur un tas de cendres encore chaudes, derrière la maison!

Bradley, essoufflé, venait de les rejoindre à l'intérieur.

— À quoi ils ressemblent? demanda Hanah, dont la nuque se raidit.

— Il y a un morceau de jean et un reste de doudoune, on dirait la manche, avec un logo, sans doute la marque, quelque chose comme Moncler.

Hanah se sentit chanceler.

— C'est celle d'Eva… Mon Dieu, Stevens, elle lui a enlevé ses vêtements. Toutes ses victimes, Ange, Bates et Cooper, ont été retrouvées nues dans le froid.

Le froid… «Sur la glace, Nulle trace, Le froid les emportera…» L'hypothermie meurtrière… Mary Cooper en avait réchappé de justesse, nue dans son fauteuil roulant, tournoyant sur l'étang gelé. Mais Ange avait été retrouvée morte, nue sur le lac. La glace, si cette fois ce n'est pas sur l'étang…

Hanah se dressa brusquement, comme foudroyée.

— Stevens! lança-t-elle, le souffle court. Occupez-vous des petites, je suis certaine qu'elles sont là, je file au lac, je vous emprunte votre voiture… Et tenez ça, il vous sera utile, si vous vous laissez guider…

Elle lui fourra dans la main l'étui contenant Invictus.

— Attendez… où allez-vous ? Que se passe-t-il ?

— Elle a emmené Eva au lac, sur la glace, c'est son mode opératoire ! Elle va la tuer, la sacrifier au froid, comme les autres, je dois essayer d'arriver à temps !

— Vous ne pouvez pas y aller seule, Baxter, je vous l'…

Mais Hanah courait déjà vers la voiture de police. Stevens avait laissé sa clef sur le contact.

Elle s'engouffra dedans et démarra dans un crissement de pneus.

— Bon sang, Bradley, rattrapez-la ! ordonna Stevens.

Au bout d'un kilomètre, sur une ligne droite, tenant le volant d'une main, Hanah sortit son portable de sa poche et appela Lasko.

— Décroche, marmonnait-elle, bon sang, déc… Lasko ? Rejoignez-moi au lac, sur-le-champ ! Je pense que Leslie y a emmené Eva !

Sans prendre le temps de couper, elle balança son portable sur le siège passager et, saisissant le volant à pleines mains, écrasa l'accélérateur.

47

Seul avec ses gars, Stevens jeta un coup d'œil plein d'appréhension à la trappe ouverte. C'était froid et noir. Et s'il y avait des mites ? Il chassa aussitôt cette pensée. Ce qui s'y trouvait avant tout, c'étaient des enfants captives, peut-être vivantes, terrifiées. Baxter semblait sûre d'elle.

— Vous voulez qu'on s'y colle, chef ? demanda le grand Noir, devinant l'hésitation de son supérieur.

— Non, passez-moi une torche, j'y vais seul. Il ne faut pas effrayer les petites si elles sont là. Tenez-vous prêts à mon appel, au cas où.

— Et si la tueuse est là-dedans ? objecta le flic.

— Alors quelqu'un aurait dû remettre le tapis à sa place et repousser le piano sur la trappe après elle, réfléchissez un peu ! grommela Stevens avant de disparaître dans l'obscurité.

Posant avec précaution un pied après l'autre sur les marches branlantes de l'escalier en bois vermoulu, il éclaira autour de lui avec la torche. C'était une cave, comme on en trouve dans les vieilles maisons. Des bouteilles de vin rangées contre l'un des murs, un congélateur, des objets qui n'avaient plus d'utilité.

Aucune présence humaine. Rien d'autre que le terrain de chasse des rats. Dans une grimace de dégoût, il écarta une toile d'araignée collée à son front.

Au-dessus de lui, le policier passa la tête par l'ouverture. Seul se voyait le blanc de ses yeux où brillaient ses prunelles de jais.

— Tout va bien, chef ?

— Ça va, ça va…, résonna la voix de Stevens, caverneuse.

Soudain, il sentit une vibration dans sa poche. Il y plongea la main et en sortit le petit étui qui protégeait le pendule de Baxter. Libérant l'objet, il le regarda, sceptique. L'ogive de cristal pur esquissa quelques rotations, au bout de sa chaînette. « Il vous sera utile, si vous vous laissez guider », lui avait affirmé la profileuse. Après tout, personne ne serait témoin… Il pourrait faire l'essai.

Maintenant le pendule devant lui comme il avait vu Baxter le faire, il avança pas à pas, attentif aux moindres réactions du cristal, tel un pêcheur surveillant les mouvements du bouchon à l'extrémité de sa ligne. Invictus tirait faiblement un peu partout où Stevens le promenait. Pourtant, à un endroit précis, là où se trouvait le congélateur, il se mit à vibrer, puis à tournoyer à un rythme effréné.

Intrigué, le chef de la police s'approcha de l'appareil. « Sur la glace, Nulle trace… Le froid les emportera… »

— Oh non, bon Dieu…, s'exclama-t-il.

— Chef ? Ça va ? Vous avez quelque chose ? lança la grosse voix du policier du haut de l'escalier.

— J'espère que non, répondit Stevens, en essayant d'ouvrir le congélateur, saisi d'une angoisse soudaine.

Le couvercle levé, la lampe torche éclaira l'intérieur de son faisceau blanc. Seuls apparurent des paquets de plats surgelés et de glaces. Stevens poussa un soupir de soulagement et poursuivit son investigation, guidé par les rotations du pendule. C'était malgré tout à cet endroit qu'il tournait le plus.

L'officier pointa sa lampe : il y avait une porte derrière le congélateur. Posant sa torche sur le couvercle rabattu, il entreprit de le décoller du mur. L'appareil glissa sur ses roulettes. Il put le faire latéralement en une seule poussée, libérant l'issue.

Celle-ci n'avait ni verrou ni cadenas. Facilement accessible, se dit Stevens. Il l'ouvrit et pénétra dans l'obscurité, plus épaisse encore, lui sembla-t-il. La lumière de la torche baissa en intensité.

— Ce n'est pas le moment de me lâcher, souffla le policier.

Il arriva dans une pièce voûtée aux murs suintants d'humidité. Sous ses pieds, des dalles de pierre recouvertes d'une poussière de qui sait combien d'années. Mais là non plus, rien. Rien d'autre qu'un vieux landau noir couvert de moisissures.

Soudain, il distingua une deuxième porte dans le fond de la pièce. Invictus se déchaînait. Le cœur battant la chamade malgré lui, Stevens appuya sur la poignée rouillée et ouvrit.

Le cercle lumineux de la torche était encore assez puissant pour qu'il voie ce qui l'attendait.

Assises, adossées au mur, tremblantes et serrées les unes contre les autres comme des chiots, les yeux enfoncés dans leurs orbites, les os saillants sous la peau, les cheveux hirsutes et raides de crasse, elles étaient là, toutes les trois, clignant des paupières, éblouies par le mince faisceau de la torche. Un souffle saccadé sortait de leur petit corps grelottant. Elles étaient étrangement accoutrées. Un ruban dans les cheveux et des nippes qui ressemblaient à des robes de poupée, sales et déchirées.

Les trois disparues de Crystal Lake. Toutes là et toutes vivantes.

À leurs pieds, des écuelles d'eau et des os à moitié rongés.

— Ce n'est pas possible, laissa-t-il échapper entre ses lèvres serrées.

Il n'appela pas de renfort, pour ne pas les effrayer davantage.

Puis, s'agenouillant près d'elles doucement, à voix plus haute, il s'adressa aux créatures apeurées qui se dessinaient plus distinctement sous ses yeux. Elles avaient perdu tout aspect humain, on aurait dit trois petits fantômes. Ou peut-être ce faible éclairage creusait-il davantage leurs traits. Le chef de la police en doutait.

— N'ayez pas peur, je suis de la police, nous sommes venus vous chercher et vous ramener chez vous. Vous pouvez marcher ?

Une des petites, la peau plus mate et les cheveux tirebouchonnés, sans doute métisse, hocha la tête. Stevens comprit aussitôt qu'il serait le lien avec le monde extérieur, que la communication passerait par lui seul.

— Tu es Amanda Knight ?

— Oui, expira la gamine, en un souffle.

— Et vous ? Babe Wenders et Lieserl Lasko ?

— Oui, confirma l'enfant aux longues boucles

rousses qui lui tombaient sur le visage, celle qui semblait la plus jeune.

— Et toi? Babe?

— Babe, elle peut plus parler…, dit Amanda.

Stevens éprouva un sentiment de malaise.

— Pourquoi donc?

— Elle a plus de langue.

— Elle n'a pas envie de parler, tu veux dire…

— Sa langue, elle est coupée. Parce qu'elle a pas
été sage.

Quel monstre, se dit le flic, se sentant bouillir
d'une rage contenue. Pourvu que Baxter et Bradley
arrivent à temps pour sauver Eva et empêcher Leslie
Bates de leur échapper. Qu'elle soit punie comme il
convenait. Et si d'aventure elle était tuée au cours
d'une lutte ou d'un échange de tirs, ce ne serait pas
si mal, se surprit-il à penser.

Soutenues par Stevens, les petites remontèrent à
la surface une à une, d'un pas hésitant, hissées dans
les bras des deux flics qui attendaient en haut de
l'escalier.

— Pour elles et leurs familles, c'est la fin d'un
cauchemar, lâcha-t-il, d'une voix émue. Mais pour
la détective, je crains le pire. Elle n'était pas avec les
petites. Si elle n'a pas tué les enfants, Leslie Bates n'a
pas hésité à tuer des adultes.

— Vous avez faim? Vous voulez boire? demanda
le policier noir aux gamines, hagardes, assises sur le
canapé et recouvertes d'une couverture.

Elles ne semblaient pas comprendre ce qu'on leur
proposait et avaient du mal à garder les yeux ouverts
à cause de la lumière.

«Cherchez, cherchez, Sous la neige vous trouverez.»

Merci, Alice. Dans un cadre ovale accroché au mur, son portrait paraissait les regarder. Elle était encore jeune et d'une beauté surprenante. D'avant les médicaments, sans doute.

Stevens se sentit soudain libéré. À compter de cet instant, il sut que les mites ne reviendraient plus. Il avait éradiqué la pourriture de cette maison sinistre. Délivré des enfants de l'obscurité. Il avait vaincu l'armée volatile et ses démons.

Une vingtaine de minutes plus tard, les ambulances arrivaient.

Les urgences de Crystal Lake admirent cette nuit-là les plus attendus de leurs patients. Bientôt, toute la presse serait là, troublant l'intimité des retrouvailles.

Les parents accoururent à l'hôpital. Il leur fut recommandé de suivre les conseils des psychologues de la cellule aussitôt mise en place pour la prise en charge des petites.

Elles avaient souffert de tortures morales et physiques, perdu leurs repères. Un mois avait suffi à les transformer en squelettes. Leur retour à la vie normale devait se faire progressivement, entourées de douceur et d'amour. Particulièrement pour Babe Wenders, que ses parents eurent la douleur de retrouver atrocement mutilée.

Seule la petite Lieserl ne reçut pas de visite en même temps que les autres. Resté auprès d'elle, Stevens avait tenté de joindre Joe à plusieurs reprises, en vain. Un mauvais pressentiment l'envahit.

48

Une neige fondue s'était mise à tomber, s'écrasant sur le pare-brise, en flocons gras comme des fientes d'oiseau. Les essuie-glaces gémissaient à chaque passage sur la vitre, étalant la matière plus qu'ils ne l'essuyaient.

Hanah clignait des yeux, sa vision de la route était brouillée. Sous la pleine lune, balayé par le double faisceau des phares, le bitume mouillé ruisselait de reflets trompeurs. Mais la profileuse ne ralentit pas pour autant.

— Saloperie de temps…, pesta-t-elle, concentrée sur sa conduite.

Soudain, une énorme masse noire surgit de nulle part et ce fut le choc. Surprise, ayant à peine eu le temps de comprendre ce qui lui arrivait, Baxter, crispée sur le volant, enfonça le frein par réflexe. Trop tard. Ses pneus n'adhéraient plus, la voiture décolla et, dans une gigantesque embardée, se cabra une fois, puis deux, pour retomber sur le côté droit dans une interminable glissade avant de se stabiliser, les deux roues latérales tournant dans le vide. Un peu plus loin, cause de l'accident, un ours de taille moyenne gisait sur le flanc, le pelage perlé de sang et agité de soubresauts.

Par chance, Baxter n'était pas blessée, seulement quitte pour une belle frayeur. Écartant l'airbag avachi pour faire fonctionner la radio, elle vit que celle-ci était HS. Merde. Après quelques contorsions, elle parvint à ouvrir la portière et à s'extraire prudemment de la voiture dont le pare-brise avait explosé. L'ours ne bougeait plus, c'était déjà ça, elle aurait détesté devoir l'achever. Les cheveux et les épaules pailletés de petits éclats de verre, quelques égratignures au visage, Baxter réussit à récupérer son portable pour appeler Stevens. L'écran fissuré du téléphone lui fit craindre un instant que celui-ci ait rendu l'âme, mais à la première sonnerie elle fut rassurée.

Parvenu près du lac, Joe gara la voiture en catastrophe à la hauteur d'un 4 × 4 abandonné.

Après avoir reçu l'appel d'Hanah, le jeune médecin avait sauté dans son pick-up pour la rejoindre. Malgré ses réticences, Gabe avait tenu à l'accompagner.

— Pas question que j'attende ici que vous vous fassiez dessouder par cette folle, frérot, avait-il dit en montant dans le pick-up. Tu verras, je pourrai t'être utile, avec ma petite expérience.

Et, devant Joe stupéfait, il avait agité sous son nez un pistolet. En d'autres circonstances, le médecin lui aurait demandé de le ranger, mais il n'avait pas le temps de discuter. Fendant le voile de neige fondue, le pick-up avait avalé en une volée de minutes les dix kilomètres qui les séparaient du lac.

Hanah ne semblait pas encore arrivée. Les deux hommes descendirent. Le cœur de Joe sautait dans sa poitrine. Leslie Bates avait-elle amené Eva ici ? Alors que Joe scrutait le sol à l'arrière du 4 × 4, la réponse vint à lui. Des traces de pas suivies d'autres, plus larges et profondes, indiquaient qu'on avait traîné un objet lourd sur plusieurs mètres, en direction du lac. Du sang se mêlait à la neige brassée. Joe courut vers le lac, distançant rapidement Gabe qui dérapait avec ses bottes.

La scène que surprit Joe sur la glace du lac, en franchissant le dernier tertre de neige à une cinquantaine de mètres de distance, lui coupa la respiration.

Dans l'éclat de la lune, presque comme en plein jour, il pouvait voir distinctement, à cheval sur le corps immobile et dénudé d'Eva, étendue sur le dos, une corde nouée autour de ses poignets réunis, une autre silhouette féminine s'apprêtant à lui planter une lame dans l'œil.

— Eva ! hurla Joe sans réfléchir.

Pris de rage, il se rua tel un fauve sur Leslie Bates, volant sur la glace sans perdre son équilibre. Leslie lui fit face et attendit, couteau braqué devant elle. Plongeant comme un joueur de rugby dans un plaquage, il s'abattit sur elle de tout son poids et tous deux roulèrent sur le côté. Sous eux, la glace gémit.

Dans leur étreinte, Joe, vacillant, n'eut que le temps de parer le coup de lame en se protégeant de son bras. La pointe troua la parka, s'enfonçant dans les plumes d'oie puis dans la chair. Mais Joe, sous une montée d'adrénaline, ne ressentit pas la douleur. Son visage ruisselait de pluie et ses cheveux étaient plaqués sur son crâne. Il soufflait comme un taureau dans l'arène face au picador. Un nouveau coup de couteau l'atteignit à l'épaule. Joe chancela et tomba. Une auréole de sang s'élargit aussitôt sur le tissu mouillé de sa parka.

Leslie saisit cette occasion pour sortir une arme et la pointer sur son adversaire.

À cet instant, Lasko vit clairement la mort, debout face à lui, les traits déformés par la haine. Dans la clarté lunaire, on aurait dit un spectre aux orbites vides.

Sous eux, d'imperceptibles fissures commençaient à fendiller la glace. En silence, la nature tissait sa toile.

Mais la voix de son frère résonna derrière lui.

— Tu bouges plus, Leslie Bates, ou je grille ce qui te reste de cervelle !

Joe fit volte-face. Gabe les avait rejoints, haletant et trempé. Derrière lui arrivaient Hanah Baxter et Bradley, l'adjoint du chef de la police, arme au poing. Lancé aux trousses de la profileuse par le chef Stevens, Bradley s'était garé à ses côtés juste après l'accident et l'avait embarquée illico.

À la vue du corps d'Eva, exposé à la pluie mêlée de neige, la gorge d'Hanah se serra.

— Nous avons retrouvé les petites, Leslie, cria-t-elle pour que Bates l'entende à travers la pluie.

— Vous bluffez ! C'est impossible ! répliqua la fille de Cooper, l'arme toujours pointée sur Joe.

— Non, Leslie, c'est fini. Baissez cette arme. Elles étaient dans la cave de votre maison, sous la neige, Leslie, sous la neige de Debussy. Le piano bouchait une trappe qui mène en bas, à la cave, là où vous les avez séquestrées pendant plus d'un mois.

À ces mots, l'expression victorieuse de Leslie se troubla et son sourire mauvais s'effaça d'un coup. Mais elle garda le silence, prête à tirer. Le cœur de Joe s'emballa. Les petites étaient dans une cave… Liese s'en était-elle sortie?

— Donnez-moi cette arme, Leslie, lui intima Baxter. Vous n'allez pas tous nous tuer. Pas comme ça. Et ces enfants, vous ne leur vouliez pas vraiment du mal, n'est-ce pas? Simplement les soustraire à des familles maltraitantes. Comme Mary Cooper a fait avec vous par voie légale. C'est elle qui, au départ, vous a incitée à enlever Shane Balestra et Suzy West, il y a quatre ans. Elle vous a élevée dans l'idée que vous étiez sa jolie poupée, que vous deviez lui obéir, comme elle-même a dû le faire avec son père, lorsqu'elle était Alice Patterson.

Le visage de Leslie marqua une nette surprise. Bradley émit un mouvement, mais Hanah l'immobilisa d'un geste. Le dialogue s'amorçait, ce n'était pas le moment d'avoir un geste brusque.

— Vous ne le saviez pas? interrogea Hanah. Vous ne savez donc rien de son passé? Pour vous elle a toujours été Mary Cooper? Elle ne vous a rien dit de son enfance en Angleterre? De son père incestueux, fabricant de poupées, qui la…

— Arrêtez! Vous mentez! Vous mentez! Ma mère a toujours vécu ici!

— Pourquoi avoir voulu la tuer, alors? Deux fois, en plus, car l'accident c'était vous, n'est-ce pas? Et Gary Bates, Ange Valdero? En réalité, vous avez appris qu'Ange était la fille biologique de votre mère adoptive et que Bates avait tué votre père pour usurper son identité. Vous vous êtes sentie trahie, Leslie, n'est-ce pas ?

Le menton de Leslie tremblait, mais son bras tendu en direction de Joe demeurait immobile.

— Je lui ai fait confiance, c'était ma mère, dit-elle d'une voix caverneuse. J'ai été aveugle. Alors qu'elle avait une fille cachée.

— Aveugle, répéta Baxter. C'est pourquoi vous avez privé Ange de ses yeux. Mais aussi de sa vie.

— Personne n'a le droit de trahir, de tromper. Surtout pas une mère. Je suis son unique fille. C'est moi qu'elle a élevée. Mais elle m'a élevée dans le mensonge.

— Pourquoi avoir enlevé ces fillettes maintenant ? demanda Hanah. Quel a été l'élément déclencheur, Leslie ?

— Il fallait… à cause de l'accident de ma mère, trop de temps est passé. Il fallait continuer notre œuvre…

— Continuer ? Vous en avez enlevé d'autres ? Où sont-elles ? Mortes ? Comme Shane et Suzy ?

Bombardée de questions, Leslie demeurait impassible.

— Il y a trop de filles maltraitées, dans ce monde, déclara-t-elle. Il faut en finir. Elles sont mieux là où elles sont.

— Mais vous ne les traitiez pas mieux qu'elles ne l'étaient dans leurs familles, Leslie. Vous les teniez enfermées dans une cave !

— Taisez-vous ! Vous ne savez rien du tout ! Elles étaient comme des princesses ! Gâtées et ingrates. Elles pleurnichaient tout le temps. Surtout une, cette petite peste de Babe, pour finir, j'ai dû lui couper la langue, pour ne plus l'entendre se plaindre…

Ne tenant plus, Gabe esquissa un pas en avant, son pistolet à bout de bras, levé sur Leslie. Mais elle fut plus prompte que lui. Changeant de cible en une fraction de seconde, le coup partit. Touché en pleine poitrine, Gabe s'écroula, les yeux sur son frère.

— Non ! hurla Joe.

Prenant son élan, dans un cri de rage, il bondit sur Leslie Bates à la vitesse de l'éclair, avant qu'elle ait le temps de le viser. Leurs corps empoignés allèrent se fracasser sur la glace. Sous le choc, la couche se brisa dans un claquement épouvantable. En un clin d'œil, Leslie Bates et Joe disparurent dans les ondes noires et glacées. Il y eut un bouillonnement à la surface, puis plus rien.

Bradley qui, dans un réflexe de survie, s'était projeté en arrière, échangea un regard horrifié avec Baxter, puis se précipita vers le trou béant, s'allongeant sur la glace pour répartir son poids. Hanah n'eut que quelques secondes pour évaluer la situation. Autour de la brèche, la glace était lézardée. La partie sur laquelle ils se trouvaient risquait de céder à tout moment. Un regard sur Gabe lui suffit pour voir qu'il n'y avait plus rien à faire. Imitant Bradley, elle rampa jusqu'à Eva, attentive au moindre grincement sous son corps. Collant enfin l'oreille contre le nez et la bouche de la jeune détective, elle sentit un léger souffle.

— Elle est vivante ! Dieu merci ! lâcha-t-elle dans un sanglot. Bradley, j'emmène Eva !

Rassemblant ses forces, elle se leva prudemment, souleva Eva par les épaules et entreprit de la tirer jusqu'à la berge, s'efforçant de ne pas penser à l'eau glacée où avaient disparu Leslie et Joe.

49

Le contact de l'eau glacée avait saisi Joe à la gorge. D'instinct, il avait pris une longue inspiration avant de bloquer ses poumons. Mais, Leslie accrochée à lui, il continuait à se débattre sous l'écorce blanche du lac.

Affaibli par ses blessures, ayant perdu pas mal de sang, il tenta en vain de se dégager de l'étreinte de la tueuse. En quelques secondes, l'eau entrava ses mouvements, le froid alourdit ses membres. Il était inexorablement attiré au fond. Dans les ténèbres. Son cauchemar devenait réalité...

Quelques bulles s'échappèrent d'entre ses lèvres fermées lorsque, en apnée, les joues gonflées, il expulsa un peu d'air. Il savait qu'il ne tiendrait pas longtemps avec ce froid, peut-être une minute avec de la chance. La tueuse semblait bénéficier d'une meilleure condition physique. Reverrait-il sa fille? Stevens l'avait sans doute retrouvée, il espérait qu'elle était saine et sauve. Cette idée décupla ses dernières forces.

Dans un sursaut de vie, Joe saisit Leslie à la gorge et serra, encore et encore. Il la vit ouvrir la bouche, essayer de lui faire lâcher prise en lui plantant ses ongles dans la chair. Mais il tint bon. Sentit enfin son corps se détendre, puis elle cessa de bouger. La détachant de lui, il la regarda sombrer vers le fond, entourée du halo de lumière qui leur parvenait à travers la glace.

Cherchant du regard la brèche d'où ils venaient de tomber, il battit des jambes pour remonter. Ses yeux le piquaient, il ne pouvait les garder longtemps ouverts. Ses paupières devinrent lourdes... Le manque d'oxygène l'étourdissait. Il était au bord de l'asphyxie.

Soudain, Joe se sentit violemment agrippé par la cheville. Levant les bras, il essaya désespérément de se donner assez d'impulsion pour remonter, tout en secouant son pied. Il regarda en dessous et vit les cheveux roux onduler autour de sa tête. Liese... c'est toi?

Liese, viens, viens avec papa, on rentre... Il tendit la main vers sa fille. Mais à la place de l'enfant, ses yeux rencontrèrent le rictus, les orbites creuses. De nouveau, la mort, qui observait sa victime avant de l'emporter. Lâcher prise... Mourir... Sortir enfin de ce cauchemar. Ce fut sa dernière pensée avant de perdre conscience.

Lorsque Joe ouvrit les yeux, tournant la tête, il vit, attentifs, ceux de Liese, de ce bleu lavande qui lui valait l'admiration des adultes et en premier lieu celle de ses parents. Guettant le moindre frémissement sur le visage de son père, la fillette poussa une exclamation de joie.

— Papa ! Il est réveillé ! Regarde !

Assise dans un fauteuil roulant à la tête du lit, d'une voix aussi frêle que son corps, elle s'adressait à Stevens qui, debout à côté d'elle, lui tenait la main. Elle se jeta sur le lit de Joe, posant son front sur celui de son père.

Lasko mit quelques minutes à comprendre : il était étendu sur un lit d'hôpital, en réanimation. Mais surtout sa fille était tout près de lui, bien réelle.

— Liese, ma chérie…, parvint-il à articuler entre ses lèvres sèches qui tentaient de sourire.

Une canule transparente qui l'alimentait en oxygène partait de ses narines. Torse nu sous d'épaisses couvertures, il était bandé au niveau du bras et de l'épaule gauches touchés par la lame de Leslie Bates-Cooper. Les sédatifs lui embrouillaient l'esprit. Il émergeait peu à peu du néant.

L'air préoccupé, Stevens se taisait. Malgré sa torpeur, la mine sombre du chef de la police alerta Joe. Il tenta de se redresser, mais, trop faible, sa tête retomba sur l'énorme oreiller blanc.

— Que s'est-il passé, Stevens ? Où sont les autres ? risqua-t-il.

La dernière vision qu'il avait eue d'Eva était son corps inanimé, nu sous la pluie tombant en gouttes serrées au clair de lune.

— Monsieur Lasko, reposez-vous. Vous êtes sous le choc, il sera temps de prendre des nouvelles de tout le monde plus tard, dit Stevens sur un ton à la fois avenant et ferme. Profitez de votre fille.

— Je me suis vu mourir, noyé…, souffla Joe, les larmes aux yeux.

— Et vous le seriez, si Bradley et Baxter ne vous avaient pas sauvé.

Joe lui lança un regard interrogateur.

— Bradley vous a rattrapé par une cheville et à eux deux ils vous ont sorti de l'eau, non sans mal. Vous étiez inconscient. Bradley a dû vous faire un massage cardiaque et du bouche-à-bouche.

— Et… et elle? demanda Joe.

Il ne parvint pas à prononcer le nom de celle qui avait enlevé sa fille.

— Elle est morte. On a remonté le corps.

Joe tourna la tête et fixa le mur devant lui. Une horloge digitale indiquait 1 h 30. La tortionnaire était morte. Mais Eva et Gabe? Pourquoi Stevens ne lui donnait-il pas de leurs nouvelles? Il avala le peu de salive qu'il arrivait à sécréter. Elle avait un goût métallique. Il caressa les cheveux de sa fille toujours collée contre lui.

Trois petits coups résonnèrent à la porte.

— Entrez, dit Joe d'une voix éteinte.

La porte s'ouvrit et son visage s'éclaira aussitôt.

— Hanah…

— Bonsoir, Joe, dit-elle. Contente de vous revoir. Et avec votre fille!

— Moi aussi, Hanah. Merci, pour tout ça. Mais je veux savoir comment vont les autres.

Hanah jeta un coup d'œil furtif à Stevens. Celui-ci secoua la tête.

— Liese, tu devrais retourner dans ta chambre, maintenant, glissa-t-elle doucement à la fillette. Ta maman t'y attend, et il faut que tu te reposes.

La gamine fit une moue, puis, encouragée par son père, accepta. Elle avait été lavée et changée et se sentait en confiance. Stevens poussa son fauteuil hors de la chambre, laissant Hanah avec Lasko.

Hanah prit place sur une chaise, près de lui, de façon à ce qu'il pût la voir sans se tordre le cou.

— Joe... votre frère... Gabe n'a pas survécu. Il a reçu une balle en plein cœur. Je suis désolée, ajouta-t-elle d'une voix prise par l'émotion. Son corps est à la morgue de l'hôpital. Vous pourrez le voir dès que vous vous sentirez d'attaque.

— Eva ? demanda Joe sans broncher. Mais ses mains tremblaient.

— Elle a une commotion cérébrale et souffre d'une légère hypothermie, mais ça va aller. Selon le médecin, ce qui l'a sans doute sauvée, c'est la pluie, avec le réchauffement de l'air. Les températures étaient d'un ou deux degrés au-dessus de zéro. Elle a eu de la chance.

Joe ferma les yeux. Il se sentait à la fois soulagé que la femme qu'il aimait soit en vie et accablé par la perte de son frère qu'il venait à peine de retrouver. En proie à ces sentiments contraires, il remercia Hanah et lui demanda de le laisser seul. Dès qu'il irait mieux, il se consacrerait aux deux femmes de sa vie.

Baxter pressa sa main entre les siennes et sortit, à la recherche de Stevens.

Dans sa chambre, Joe éteignit la lumière et libéra ses larmes contenues. Des larmes de joie et de chagrin mêlées. Comme la neige et la pluie. Il resta ainsi prostré tandis que les minutes s'égrenaient dans le vide. Puis la porte s'ouvrit doucement et une silhouette mince se profila, traînant avec elle le pied à perfusion où était suspendue une poche à demi pleine.

— Joe ? murmura une voix féminine.

Lasko tourna la tête vers l'intruse.

— Eva ? C'est toi ?

En guise de réponse, des lèvres chaudes se posèrent sur les siennes après les avoir cherchées à tâtons. Eva… Ignorant la douleur de ses plaies, il enlaça la jeune femme et l'attira à lui. Sa tête était enveloppée d'un épais bandage. Ils s'embrassèrent encore et encore, longuement, passionnément. Joe revenait au monde. Puis, en silence, Eva enleva la chemise d'hôpital dont on l'avait vêtue, souleva les draps et lova son corps nu contre celui de Joe. Cette fois, il n'était pas froid, cette fois, il brûlait de cette vie qui pulsait dans ses artères.

Avant de partir, Hanah et Stevens retournèrent au chevet de Mary Cooper. Son regard paraissait plus habité. Elle possédait l'étonnante force vitale des psychotiques.

À la vue de Baxter et du lieutenant, son visage changea d'expression.

— Merci, Alice, nous les avons trouvées, sous la neige.

— Les poupées ?

— Oui, les trois poupées. Mais j'ai une question. Suzy West et Shane Balestra, c'est vous aussi ? Vous et Leslie ? Ou bien Leslie seule…

— Leslie ? Qui est Leslie ?

Hanah et Stevens se regardèrent.

— Votre fille adoptive.

— Non, ma fille, c'est Lara.

Lara? Comme la poupée que vous aviez dans votre cellule à Seattle?

Mary Cooper ferma les yeux. Deux larmes coulèrent de chaque côté.

— Qu'en est-il pour Suzy West et Shane Balestra?

— Je les ai sorties de leur maison. Il fallait les sauver, vous comprenez. Elles avaient des dossiers très lourds…

— Mais vous ne les avez pas sauvées, corrigea Hannah, elles sont mortes. On a retrouvé leurs ossements autour et à l'intérieur de la cabane de l'homme avec lequel vous vous êtes échappée de Seattle.

— Il… il m'avait promis de bien s'en occuper. De les emmener en sécurité. Lara s'en était chargée. Après, j'ai eu mon accident.

— Mais un jour vous avez compris qu'elles étaient mortes.

Alice répondait, mais gardait les yeux fermés. Fermés sur son monde à elle. Elle acquiesça en silence.

— Pourquoi avez-vous adopté Leslie, alors que vous avez abandonné Ange à la naissance?

— Parce que… parce que je me suis retrouvée en elle. Je savais qu'elle serait une bonne petite fille. Avant, je ne pouvais pas m'occuper d'un enfant. J'étais trop jeune.

— Elle n'était pas si bonne, Alice. C'est elle qui a saboté les freins de votre voiture. Et, récemment, elle a voulu vous tuer.

Cette fois, Mary Cooper garda le silence. Ses lèvres se mirent à remuer très vite.

— Sous le plancher de la cabane de votre ex-amant et complice, on a aussi retrouvé deux squelettes de

484

nourrissons. Est-ce les vôtres ? Les bébés que vous avez eus avec lui ?

— Les bébés… les bébés… Oh non… ce n'était pas avec moi. Ce salopard, il… il violait notre fille, Ange. Il abusait d'elle, vous comprenez. Et il venait s'en vanter auprès de moi. Il savait que je ne dirais rien. Il me faisait peur.

— Demy Valdero, sa mère adoptive, le savait-elle ?

Alice secoua la tête de gauche à droite.

— Avez-vous encouragé votre fille à tuer Chandler ?

— Oui…

— C'est pour vous racheter, que vous avez voulu attirer l'attention avec les poupées ? Et là, avec le poème ? Pour nous aider à retrouver les poupées sans que Leslie vous surprenne ? Vous aviez peur qu'elle vous tue ?

— Elle devenait incontrôlable, capable du pire…

— Et là encore, vous avez survécu, Alice. C'est vous qui jouez du piano ? Le morceau de Debussy ?

— Oui… Je… suis fatiguée, maintenant.

— D'accord, nous vous laissons vous reposer.

— Dites-moi juste… Vous savez où j'irai après ? En prison ?

Hanah lança un regard à Stevens qui lui fit un petit signe de dénégation.

— Je ne pense pas, Alice. On va vous renvoyer à Seattle. Et je voulais vous dire, on a retrouvé votre poupée, Lara.

Ce fut comme si le soleil venait d'éclairer le visage de Patterson. Elle ouvrit grands les yeux.

— C'est vrai ? Ma Lara d'Angleterre ?

— Oui.

— Vous ne pouviez pas me faire plus plaisir. Merci. On a beaucoup de choses à se dire, avec Lara.

Alice Patterson tourna la tête de l'autre côté et ce furent ses derniers mots cohérents de la soirée.

«Quand la neige danse, Pupa à rien ne pense... Quand la neige danse...», se remit-elle à scander d'une voix d'enfant, de petite fille. La petite fille qu'elle n'avait jamais pu être.

REMERCIEMENTS

Même écrit dans la solitude, un livre publié est le fruit d'un travail d'équipe. Toute ma profonde gratitude donc à mes chères éditrices, Béatrice Duval et Caroline Lépée, pour leur confiance renouvelée et leurs conseils toujours si justes, à Cécile Gateff, un peu notre maman à nous autres auteurs Denoël, pour son dévouement sans faille, à Stanislas pour cette magnifique couverture, la deuxième, à Dana, Célia, et toute l'équipe de la maison d'édition. Merci à Muriel Poletti-Arlès de porter les couleurs de ce livre auprès des médias et des chroniqueurs.

Tout mon amour à ma compagne sans laquelle chaque minute, chaque seconde n'auraient pas la même saveur, mon affection et mon immense reconnaissance à ma mère qui saura pourquoi, mon amitié à Carole et Valérie les Lyonnaises.

Une mention spéciale aux libraires et passionnés du livre qui consacreront à celui-ci un peu de leur temps, à tous ceux qui y ont cru, qui y croient et qui y croiront longtemps, aux copains copines du virtuel, et avant tout, aux lecteurs, nouveaux ou fidèles.

Merci aux villes de Chicago et de Crystal Lake pour ce décor de neige, dépaysante source d'inspiration, à mes personnages qui font cette histoire et à mon Mac de tenir encore le coup après toutes ces années.

Enfin, merci à la vie de me laisser continuer à écrire jusqu'au bout, sans oublier de vivre.

DU MÊME AUTEUR

Aux Éditions Denoël

BORÉAL, 2018.
RÉCIDIVE, 2017, Folio Policier n° 853.
QUAND LA NEIGE DANSE, 2016, Folio Policier n° 828.
DUST, 2015, Folio Policier n° 796.

Hanah Baxter, la célèbre profileuse, est de retour.

Cette fois, elle affronte son ennemi juré
dans un duel implacable : son père.

RÉCIDIVE

SONJA DELZONGLE

DENOËL
SUEURS FROIDES

DENOËL
SUEURS FROIDES

Composition : Ütibi
Impression Novoprint
le 20 juillet 2018
Dépôt légal : juillet 2018
1er dépôt légal dans la collection : mars 2017

ISBN 978-2-07-270823-7/ Imprimé en Espagne.